황 금 빛   미 래

A GOLDEN FUTURE
황금빛 미래

이태희 소설

머리말

부족한 저를 지명하여 하나님의 손가락이라 불러 주시고, 이 글을 쓸 수 있도록 깨닫게 하시고 지혜를 주시고 끝까지 이끌어 주신 하나님께 감사와 찬양과 영광을 드립니다.
7년여의 세월 동안 한결같이 지지해 주고 기도해 주신 많은 분들께도 감사를 전합니다.

목차

머리말

· 5 ·

1부

황금빛 미래

· 9 ·

2부

나루가 읽은 고전소설

· 287 ·

1.

아름다운 노래가 흐른다.
화창한 햇살 속에 새 지저귀는 소리가 들린다.
방 안엔 정갈한 가구들, 심플하고 모던한 공간이다.
침대에서 뒤척이며 눈을 뜨는데, 창밖을 보다 눈을 찡그린다.

- 아, 날씨… 눈부셔…

그러자 갑자기 투둑투둑 비가 내리기 시작한다.
공간은 빗소리로 가득 차고, 만족한 듯 미소를 띠며 기지개를 편다.

목소리가 말한다.
- (어제 너무 늦게 주무셨습니다. 고전문학은 혼란스러운 시대가 배경인 작품이 많아서 도움이 되지 않습니다.)
- 맞아, 혼란하고 어두운 시대였지. 탐욕에 눈먼 자들과 어둠의 힘이 인간의 욕심을 부추겨 일으키는 사악한 일들. 그 황후 봤지? 아름다움을 위한 집착, 광기…
- (피를 마시면 영원한 생명과 아름다움을 갖게 된다는 거짓 논리에 속는 것이 이해가 안 됩니다.)
- 지금은 말도 안 되지만 뭐, 그때는 미개한 시대였으니까. 하지만 신의 가치관을 가진 선한 존재들도 있었어. 악에 맞서 끝까지 싸우는 영웅들. 어둠의 시대에도 미리 준비된 사람들이 있었고, 결국엔 이기는 아름다운 결말이지. 신은 어둠이 이기도록 허락하지 않아.

목소리는 뭔가를 생각하는지 잠시 후에 말을 잇는다.

- (과거는 빛과 어둠이 반복되는 전쟁의 시간이었지만, 지금은 악이 존재하지 않으니까 진정한 빛의 시대라고 할 수 있습니다.)
- 응, 그렇긴 하네. 개인의 탐욕으로 악한 짓을 하는 그런 미개한 일은 아예 있을 수도 없는 세상이니까 말이야.
- (너무 자주 접하지 마십시오. 건강에 부정적 영향을 끼칠 수 있습니다.)
- 그건 그래. 직업이 과거 연구자라 책임감으로 보긴 하지만 보고 나면 역시 피곤해. 아무래도 생각하게 되니까. 눈도 침침한 것 같고…
- (책임감도 스트레스 수치를 높일 수 있습니다. 취미 생활처럼 생각 없이 즐기시는 쪽을 추천합니다.)
- 그렇지?

몸을 일으켜 침대를 벗어나자 목소리가 혈압, 맥박, 호흡 등 바이털 체크를 확인한다.
- (추가 영양제 하나 드셔야겠습니다.)
- 그래, 알았어.

아침은 알약 하나, 영양제 하나.
그 후 간단히 씻고
옷은…

- 오늘 어울리는 옷차림은?
- (준비했습니다.)
- 오케이.

목소리는 언제나 내가 필요한 걸 준비해 준다. 개인 비서인 셈이다. 그는 내 취향을 완벽하게 알고 있고 맞춤으로 준비한다. 아까 비처럼.
나는 햇살이 싫다. 눈이 부셔서.

보통은 룸에 있을 시간인데 오늘은 만남이 있다.
집을 나서면 이동 루트가 있다. 의자에 앉아 목적지를 말하면 된다.
움직인다.
가는 동안 친구의 얘기가 생각난다. 'THE'에 관한 이야기.
궁금하다. 아주 오랜만에 뭔가 설레는 이 기분. 오랜만에 감정이 들뜬다.
사실 이동 루트를 이용하는 것도 내겐 드문 일이다. 기억나지 않을 정도로.
편안한 의자에 앉아 지나치는 도시의 풍경을 본다. 거리엔 사람이 없고 내가 탄 이동 루트에도 나 외엔 사람이 없다.
건물들은 다 깨끗하고 우아하다. 쓰레기 하나 보이지 않는 쾌적한 도시. 건물 사이마다 초록빛 나무들과 알록달록 꽃들이 보인다. 조경은 완벽하다.
하늘을 올려다보니 뭉게구름이 곱게 피어오르고 바람이 알맞게 불어 외출하기에 좋은 날이다. 물론 밖에서 활동할 일은 없고 대부분 건물 안에서 생활하니까 이렇게 이동 중에 잠깐 밖을 보면서 외출하는 기분을 느끼는 거다.
잠시 후 이동 루트가 멈춘다. 나도 모르게 심호흡을 한다. 긴장이 되는지 떨리는 건지 다리에 힘이 없다. 최대한 천천히 일어난다. 그리고 앞에 보이는 건물로 들어간다.

2.

보통 룸에서만 지내는 게 이 시대의 특징이지만 오늘처럼 아주 가끔은 직접 만날 때도 있다. 물론 굳이 몸을 움직이지 않아도 만남이야 가능하지만, 그래서 많이 귀찮은 일이지만, 오늘은 특별한 이유가 있기 때문이다.

약속장소는 아주 고급스럽게 지어진 건물인데, 다양한 형태의 공간들이 있어서 각자 취향에 맞는 공간을 선택할 수 있다. 그 친구와 내가 유일하게 비슷한 부분은 나무가 무성한 옛 숲 같은 초록 청정 지역을 좋아한다는 것이다.
우린 미리 그곳을 예약했고 친구는 벌써 와 있다.

- 헤이!
- 오랜만이다.

긴 머리칼을 살짝 흔들며 우아하게 팔을 흔든다. 곧고 긴 한쪽 다리가 드러나는 치마에 가슴골이 살짝 보이는 블라우스 차림이다. 싱긋 웃는 미소는 언제 봐도 매력적이다. 완벽한 미모의 여인, 하지만 남자에게 전혀 관심이 없는 여인. 오히려 그 부분이 가장 치명적인 매력이 아닐까. 남자 보기를 마치 돌덩이 보듯 하니까. (옛말에 이성에게 관심이 없는 사람을 흔히 이렇게 표현했다고 한다.)
자기 스스로를 사랑한다고나 할까. 아무튼 그런 녀석이다. 여자에게 관심 없는 내겐 딱 맞는 친구이고.

초록 숲 청정 지역은 신선한 공기와 싱싱한 나뭇잎들로 잘 꾸며져 있다. 나무 의자에 나무 테이블, 간간이 새소리, 물소리도 들리고 바람도 살짝 불어온다. 말로만 듣던 계곡이나 숲에 와 있는 느낌이다.

- 여기 오랜만에 와 보네.

그녀가 공간을 둘러보며 말한다.

- 여길 좋아하는 사람은 너랑 나밖에 없을걸. 옛날 사람 취향이잖아.

그녀가 나를 보며 활짝 웃는다.

- 하핫, 그런가… 직업이 그래서 그런가. 어쨌든 난 좋은데…

그녀의 웃음이 왠지 눈이 부셔 고개를 돌리며 중얼거린다.

- 아, 근데 어제 얘긴 뭐냐?
- 아! 그거? 너도 들으면 솔깃할걸?

사실 나는 현실에 대한 무관심이 트레이드마크라 할 정도로 전혀 끌리는 것이 없는 사람이었다. 매일 같은 일상이라 그냥저냥 사는 것일 뿐. 그런데 유일하게 끌리는 단어가 하나 생겼다. 'THE'. 이유는 나도 모른다. 그냥 막연한 그리움 같은 느낌이랄까. 손에 닿지 않는 거라 신비하게 와닿는 건지, 사실 아직도 잘 모르겠다.

- 내가 최근에 자료 찾다가 드디어 전설로만 들었던 그거, 'THE'를 찾았다는 거 아냐!
- 어? 어디서 어떻게 찾았는데?
- 열심히 찾고 또 찾았지. 어느 순간 신의 대답처럼 딱 나타나더라고.

순간 심장이 뛴다. 오랫동안 찾아 헤매던 연인이라도 만난 듯 심장이 쿵쾅거린다.
그녀가 내미는 봉투 하나.

이건… 완전 옛날식… 이 시대에 웬 봉투?
조심스레 꺼내 본다. 손이 괜스레 떨린다. 그런데 꺼내 보니 사진이나 그림이나 영상이 아니다.

- 이건?
- 그거 시 같은 건가 봐. 우린 글 잘 안 보는데, 옛날 자료라 그런 거겠지? 그래도 다행히 짧고 쉽게 써 놓은 거라 읽을 만하더라고.

글이라… 시라고?

글은 거의 읽을 일이 없는 세상이라 좀 당황스럽긴 하다. 말 한마디로 전달되고 바로 실행이 되는 시스템에 익숙한 시대이고, 깊이 생각하는 게 필요 없는 세상인데… 글을 읽는다는 건 보기 드문 일일 수밖에 없다. 뭔가 대단히 낯선 느낌이다. 달리 생각하면 신선하기도 하고.

- 한번 볼까?

3.

　Ⅰ
　이곳
　텅 빈 공허가
　칠흑 같은 어둠 속에 떠돈다.
　적막 고요
　어떤 움직임도 없다.

정지 멈춤
아무 소리도 없다.
절대 침묵
그래서 허무한 어둠뿐
공허한 어둠뿐

멈춘 시간
시간이 없던 그곳에
문득 일렁이는 파동
움직인다.
바람 같은 움직임이
살랑이는 옷자락이
어둠 위에 나타난다.
물이 찰랑이는 듯
옷자락이 스치는 듯 무언가가 움직인다.

II
빛이
어둠을 몰아내고
시작하는 시간이다.
어둠 가운데 빛이 나타나니
이제 시작이다.
시간이 시작된다.
빛의 시간
낮과 어둠

구분되는 시간에 질서가 생긴다.
계절이 시작된다.

III
표면을 가득 덮은 물
움직여 한쪽으로 모이니
감추인 뭍이 드러난다.
땅이라 하고
남은 물을 바다라 부른다.
원, 구 형태의 이 별은
전체가 물로 덮였던 곳
물이 나뉘어 육지와 바다가 되고
하늘과 땅이 된다.

IV
생명
하늘에 나는 새들
바다에 가득한 물고기들
땅에 식물들, 채소, 과일나무들
그리고 각종 동물들
비로소
이 별은 생명이 충만한 세계가 된다.
암흑 같은 공허한 공간에
생명 가득 품고 홀로 떠 있는
아름다운 별, 'THE'

4.

- 흠… 이건…
- 어때? 뭔가 굉장하지 않아?
- 이게 다야? 네가 구한 거?
- 응, 하지만 앞으로 더 찾아낼 수 있을지도 몰라.

빙긋 웃으며 눈을 반짝이는 그녀를 보니 뭔가 더 있는 듯하다. 최근에 그녀와 내가 몰입하고 있는 연구는 전설의 별이라 불리는 한 행성에 관한 거다. 'THE'는 오래전 아주 먼 은하계에 존재했다는 신비하고 아름다운 별이다. 보통은 자료를 공유할 때 이렇게 만나지 않아도 룸에서 실시간으로 만나거나, (실제처럼 생생히 구현되는 시스템이라 굳이 실물로 접촉할 필요가 없는 시대이므로) 대면하지 않고 자료만 주고받아도 된다. 그런데 'THE' 자료는 남아 있는 게 거의 없고 구전 자료에 의존할 수밖에 없어서 막막했는데 자료를 구했다는 소식을 듣자 직접 보고 싶었던 거다. 그만큼 설레고 반가운 마음이 컸다고 해야겠다.
그 별의 이야기는 사람들을 통해 듣는 것이 전부인데 나이가 아주 많으신 분들 중 극소수의 기억과 여행을 다녀온 몇몇 사람들의 증언이 다다. 다른 은하계의 자료는 데이터로 남아 있는데 그 별에 대한 자료는 간략한 소개 정도만 입력되어 있고 자세한 기록은 남아 있지 않다.

그녀를 보내고 룸으로 돌아오니 어느덧 노을이 진다. 붉은 노을이 창밖을 물들이고 서서히 어둠이 깔린다. 어둠이 도시에 내리면 초적막 상태가 된다. 소음 하나 없이 조용한 곳이 된다. 거리엔 어떤 움직임도 없고 가끔 순찰 중인 빛이 날아다닌다. 룸마다 등이 켜져 있는 것을 보고 사람들이 살고 있다는 걸 인지할 수 있을 뿐이다.

물론 낮에도 외출은 드문 편이지만, 특히 밤에는 각자 룸 안에서만 생활한다. 필요한 건 쾌적하고 완벽한 건물 안에 다 있으니까 밤에 밖에 나가는 건 쓸데없는 짓이다. 에너지만 소모할 뿐이고.
창밖은 어둡고 하늘엔 별빛이 하나둘 보인다.

- 아… 진짜 별빛은 어떤 느낌일까?

침대에 털썩 누우니 문득 빗소리가 듣고 싶다.
그러자 곧 토닥토닥 빗소리가 들린다. 쏴아 쏟아지는 빗소리.
역시 내가 좋아하는 걸 바로 세팅해 주는 맞춤 시스템이다.
빗소리… 좋다…
음악 같은 빗소리가 방 안을 가득 채운다. 마치 빗속에 서 있는 듯 시원한 비 냄새도 느껴진다. 음악보다 좋아하는 빗소리를 들으며 스르르 잠이 든다.

5.
눈을 뜬다. 새소리가 들린다. 어제 다녀온 초록 숲 청정 구역이 생각나서 기분이 좋아진다.
언제나처럼 쾌적한 공기, 최적화된 실내환경이다. 뽀송뽀송한 느낌이 좋다. 오늘은 은은한 프리지어 향이 난다. 어젠 라벤더 향이더니… 더 상큼한 느낌이다. 정신도 맑아지는 것 같고 역시 나보다 내 몸 상태를 잘 안다. 인공지능 시스템이니 맞춤식 서비스는 당연한 것이고 생각할 필요가 없어서 좋긴 한데 그게 가끔은, 뭔가, 허전할 때가 있다.
그래서 상상을 해 본다. 옛날엔 어땠을까? 지금의 시스템이 완성되기 전의 시대, 그전엔 어땠을까? 과거를 궁금해하는 이런 성향 때문에 직업을 선택할 때 '과거 연구자'가 적합하다고 했나 보다. (지금은 시스템이 각자에게 맞는 직업을 지정해 준다. 완벽한 데이터를 바탕으로 우리의 미래가 정해지고 그 누구도 그걸 거부한 적이 없다.)
방금 말했듯 내 직업군은 '과거 연구자'다. 그러나 이 시대의 직업은 일종의 취미 생활 같은 것이고 거창하게 연구를 하는 건 아니다. 그러니 나는 그냥 단순히 과거가 궁금한 사람인 셈이다.

그때 실시간 대화 요청이 왔다고 목소리가 말한다.
- (만나시겠습니까?)

실시간 대화 요청자의 신상이 눈앞에 뜬다.

- 그래, 연결해 줘.
- 하이!

경쾌한 목소리의 그녀, 룸인데도 우아한 원피스 차림이다. 커피 향이 여기까지 흘러온다. 그림을 그리는 중이었나 보다. 화면 가득 아름다운 색채가 뒤섞인 어떤 공간이 묘사되어 있다.

- 오, 그 그림은 뭐냐? 새로운 작업 중인가 보네.
- 응, 어때? 느낌이 좀 와?
- 어… 뭔가 모르겠지만 좋아 보여.

난 사실 그림을 잘 모르기 때문에 대강 대답한다.

- 그 별이야.
- 응?

그녀는 'THE'를 그림으로 표현해 내는 중인가 보다. 신비한 색채로 묘사된 그림을 보니 그 별이 더 궁금해진다.

- 나 내일 어디 좀 다녀올 거야.
- 어디?
- 비밀!

싱긋 웃으며 눈을 찡긋하는 그녀. 저건 분명 아주 재미있거나 신나는 일이라는 표현인데… 뭐지?

- 며칠 걸릴 거야. 연락이 안 돼도 걱정하지 말고, 다녀오면 근사한 선물 줄 테니까 착하게 기다리고 있으라고.

목소리에 장난기가 가득하다. 정말 신나는 여행이라도 가는 건가?

- 어… 그래, 잘 다녀와.

영상이 사라지고 룸에는 다시 잔잔한 음악이 흐른다.
도시에서 갈 수 있는 여행지는 몇 군데 있지만 딱히 이동하지 않아도 체험 같은 건 룸에서도 충분한데, 도대체 어디를 가는 걸까? 선물은 또 뭐야? 궁금하네…

- (오늘은 생각 수치가 높습니다.)
- 아, 그래. 생각이 너무 많았다. 건강에 안 좋지.

이 시대는 생각을 권장하지 않는다. 되도록 생각을 하지 않는 것이 스트레스 호르몬 수치를 낮추고 뇌, 심장 및 모든 부분을 건강하게 유지하는 방법이라고 한다. 머리를 비우는 게 건강의 비결이란다. 목소리는 생각에 빠져드는 것을 체크해 준다. 그래서 지금처럼 경고 겸 잔소리를 하는 거다.
갑자기 기분 좋은 향이 퍼져 온다. 안정을 위한 테라피 시스템이다. 마음이 차분해지고 스르르 기운이 빠진다.
그래 잠시 쉬어야겠다. 어느새 눈이 감긴다.

6.
일주일이 지나고 그녀는 아무 연락이 없다.

- 생각보다 오래 걸리네. 어딜 간 걸까? 괜히 커피 생각이 나네. 오랜만에 커피 한 잔 마셔 볼까?
- (커피는 몸에 해롭습니다.)
- 그러게 생각을 하지 말아야지, 원…
- (기분 나쁘십니까?)
- 아니, 뭐, 그건 아니고. 오늘은 왠지 커피 생각이 나서 그러지. 친구가 궁금하기도 하고.
- (걱정되십니까?)
- 어… 걱정? 그런 건가… 여행지로 갈 만한 데가 어딜까?
- (이 도시 가까이에는 파크월드가 있습니다. 자료 보시죠.)

눈앞에 온통 꽃밭이 펼쳐진다. 다양한 색깔들로 곱게 잘 꾸며진 화원이 보이고 인공 분수도 있다. 그늘을 곳곳에 만들어 주는 나무들도 싱싱하다. 사람들은 보이지 않지만 완벽하게 꾸며진 곳이다.
파크월드라… 완벽한 것 같은데 뭔가가 허전하네. 정지된 공간, 멈춤 화면 같은 느낌이랄까, 살아 있는 생동감 같은 게 없어. 그냥 그림 보는 느낌인데?

- 저기 말고 또 다른 곳은?
- (워터월드가 있습니다. 거리가 좀 멉니다만.)
- 수중 도시 말이야?
- (네, 수중공원 같은 개념이죠.)
- 아… 물은 싫다. 거긴 됐고, 또 다른 데는?
- (지하에 조성된 언더월드도 유명합니다. 뜨거운 용암도 보고, 온천도 즐길 수 있어서 피곤하실 때 쉬다 오시면 좋을 곳이죠.)
- 나 온천 싫어하잖아. 숨 막혀서.
- (네, 알고 있습니다. 그런데 친구분은 좋아하실 수도.)

목소리는 나에 대해 너무 많은 걸 알고 있다. 개인 비서 같은 존재니까 그렇긴 하지만 가끔은 감시받는 느낌이랄까, 혼자 있는데 늘 혼자가 아니다.
아, 근데 얘는 도대체 어딜 간 거야?
점점 궁금해진다. 화면에 보이는 저런 데를 굳이 찾아가서 쉰다는 건가? 그냥 룸에 있는 게 훨씬 낫겠구먼. 멀리 가지 않고도 쾌적한 각자의 룸에서 원하는 체험은 다 할 수 있는데, 뭘 저기까지 움직여?
사실 대부분은 룸에서만 지내고 멀리 가지 않으니까, 그녀가 도시 밖으로 움직인 건 특별한 일이라 할 수 있다. 일주일이다. 그녀가 떠난 지가…

7.

다음 날 눈뜨자마자 그녀에게 연락해 본다. 눈앞에 그녀의 룸 현관이 보인다.
신호는 가는데…

곧 목소리가 들린다.
- (지금 안 계십니다. 여행 중이십니다.)
- 어… 역시 아직 안 돌아왔나… 수가 어디 갔는지 혹시 아나?
- (아뇨, 목적지는 남기지 않으셨고 일주일간 다녀오신다고 했습니다.)
- 어? 일주일 지났잖아.
- (네, 그래서 내일까지 연락이 없으면 위치 추적 프로그램이 실행됩니다. 어디 계시는지 알게 될 겁니다.)
- 그래, 그럼 내일 상황 보고 나한테도 연락 한번 주고.
- (알겠습니다.)

뭘까… 이 상황은?
이번 자료 조사 때문에 급격히 가까이 지내는 중이지만, 평소 자주 연락하지 않던 사이라 자세한 개인사는 모르고… 근데 이거 걱정하는 건가? 그럴 리가… 늘 평안하던 마음, 고요한 마음, 나의 강점은 무관심인데, 그런데 지금은… 뭘까? 이 느낌은…
갑자기 조용히 그리고 골똘히 생각하게 된다.

- (혹시 걱정되십니까?)

목소리가 내 생각을 깬다.

- 어… 일주일이면 돌아온다 했는데 안 오니까. 그런데 뭐 걱정할 일은 없을 거잖아? 위험 요소는 철저히 제거되고 관리되는 시스템이니까. 뭐 별일이라는 게 없는 사회니까.
- (그렇습니다. 안전한 시대, 쾌적한 시대니까요.)

목소리는 마치 광고 멘트처럼 읊어 댄다.

- (곧 돌아오실 겁니다.)

이건 어떤 확신에서 나오는 결론일까? 하기야 지금까지 사건, 사고는 들어 본 적 없으니까 안전이 확실히 보장되는 시대이긴 하다. 폭력도, 사고도 어떤 위험도 없는 사회. 완전한 관리 아래 늘 조용하고 평온한 세상. 그런 우아한 세상에 살고 있으니까.
그런데 뭘까? 처음 느껴 보는 이 감정은? 불안인가? 이 떨림, 이 밀려오는 감정은 무엇인가…

8.

아침에 눈을 뜨니 머리가 무겁다. 어제 생각을 너무 많이 했나…
- (컨디션이 안 좋으신 듯합니다.)

목소리…
목소리는 주치의처럼 혈압, 맥박, 신체 리듬을 체크한다. 머리가 띵한 정도인데 아주 오랜만에 느껴 보는 증세다.
- (과로하신 듯합니다. 아무 생각 없이 푹 주무시고 나면 괜찮아지실 겁

니다.)

목소리는 즉시 실내를 어둑하게, 창에도 암막 처리를 한다. 은은한 라벤더 향이 퍼져오고 잔잔히 밀려오는 음악. 푹 쉴 수 있도록 최적의 환경을 만들어 준다.
그래, 아무래도 요즘 그녀 때문에 평소에 안 하던 생각에다, 감정 상태까지… 다 건강에 독인데 말이야. 그냥 잠이나 자자. 그녀는 별일 없을 거고 곧 돌아올 거니까. 별일이라곤 없는 시댄데 난 뭘 걱정하는 걸까?

- 그럼 좋아하는 그 소리 들으며 자고 싶어.
- (네, 알겠습니다.)

저 멀리서 사사삭 불어오는 바람 소리. 곧 토독토독 빗방울 소리 들린다. 다시 우수수 쏟아지는 빗소리… 쏴아… 시원한 비의 음악을 들으며 잠이 든다. 초록 숲에 비가 내린다. 방 안 가득 비가 내린다.
꿈인가… 저기 초록 숲이 보이네. 그녀가 나무 사이로 살짝 보이다 안 보인다. 내가 그녀를 부르며 달려가는데 그녀는 사라지고 없다. 바로 앞에 곧게 솟은 나무 한 그루가 서 있고 난 그 앞에서 길을 찾지 못해 방황한다. 잠시 나무에 기대어 선 순간 내 눈에 뭔가가 보인다. 나뭇가지에 반짝이는 게 걸려 있다. 목걸이다. 별과 열쇠가 달린 목걸이.
이건 그녀가 늘 하고 있던 그거 같은데… 마치 내게 주고 싶은 것처럼 내가 기대고 있는 그 나무에 걸려 있다.

낯선 목소리가 들린다.
- (지금 전해 드리고 싶은데 괜찮을까요?)

- (지금은 일단 더 주무시게 하고 깨어나시면 제가 전해 드리거나 그쪽으로 연락을 하지요.)

누구지?
내가 뒤척이자 잔잔한 바람 소리, 빗소리가 들리기 시작하고 난 다시 깊은 잠으로 빠져든다.

시간이 흐르고 잠에서 깨어 보니 한결 몸이 가볍다. 목소리가 권해 주는 음식으로 간단히 배를 채우고 나니까 기운이 난다.
- (아까 주무실 때 연락이 왔습니다. 기다리시는 그분 룸에서요.)
- 뭐? 그녀 룸에서?
- (네.)
- 그럼 그녀가 돌아온 거야?
- (그건 직접 들으시는 것이 좋을 것 같습니다.)

바로 그녀에게 연락해 본다. 곧 그녀의 룸이 보이고 목소리가 들린다.
- (아직 돌아오지 않으셨고 여행지가 어디인지는 확인되었습니다.)
- 어딘데?
- (외곽도시로 나가셨는데 거기 계속 머무시는 중입니다.)
- 외곽도시? 어디?
- (지도를 보시면 이곳이 메인 도시이고 차량으로 하루에서 이틀 거리에 도시가 있습니다. 주로 환자들이 집단 거주하는 곳입니다. 특별 허가증이 있어야 갈 수 있는 전원도시입니다.)

눈앞에 뜬 지도에는 이 도시에서 멀리 떨어진 곳에 조성된 인공도시가 보인다. 황량한 모래와 바위만 있는 땅에 돔 시티가 하나 보인다. 그런데 불투명 돔이라 도시 안이 안 보인다.

- 저긴 도시 속이 안 보이네.
- (네, 아무래도 환자들과 노화가 진행 중인 사람들이 모여 살고 있어서 그리 아름답지 않을 겁니다. 외부에서 볼 수 없도록 방어막을 친 것이지요.)

근데 그녀는 거길 왜 갔을까? 이제 2주일쨴데 왜 아직 거기 있는 걸까. 저 도시에서 뭘 하고 있는 걸까…
머릿속에서 생각이 요동친다. 심장박동이 빨라진다.

- (이제 그만 통화하시는 것이 좋겠습니다. 컨디션이 안 좋아지십니다.)
목소리가 강하게 말한다. 이럴 땐 내가 오히려 주인이 아니라 고용인이 된 느낌이다.

- 어, 그래. 다른 소식 있으면 또 알려 주고.

다시 침대에 털썩 눕는다.
그 도시는 말로만 들었을 뿐 사실 잘 모른다. 나의 부모는 내가 1기(유아기)가 지나고 2기(청소년기)가 시작될 때 분리된 후 저 전원도시로 옮겨졌고 곧 사망했다고 알고 있다. 급격한 노화의 합병증으로 손쓸 틈이 없었다고 했다.
이 시대는 부모와 아이를 철저히 분리하고 아이들은 휴머노이드 유모에 의해 양육된다. 가장 효율적인 시스템이라고 하니 아마 맞을 거다. 부모들은 노화가 시작되면 도시에서 뚝 떨어진 저 전원 지역으로 옮겨지고 그곳에서 남은 생을 마감하는 건데, 지금 그곳에 그녀가 가 있다는 거다. 왜 갔을까?

갑자기 방이 어두워지고 천장 가득 별이 빛난다.

- 뭐야…
- (지금은 이런 배경이 더 어울릴 것 같아서요.)

목소리가 잔잔히 말한다. 나직나직한 목소리를 듣고 있으니 또 잠이 온다. 아까 먹은 음식에 수면제라도 들었나. 목소리가 생각하지 말고 편히 쉬라고 하는데 왠지 이번에는 생각을 좀 해 봐야겠다. 건강에 안 좋다고 생각하지 말라고 하는데도 오히려 생각하고 싶어진다. 나답지 않게 말이다.

9.
다음 날 오후 손님이 찾아왔다.

- 누구지?

같은 직업군이라며 손목을 보여 준다. 블루 라인이 선명히 보이는 손목.

- 아, 맞네. 같은 과거 연구자…

직업별로 구분할 수 있게 각자 손목에 색이 새겨진 표식이 있다. 같은 업종끼리 서로 소통하고 만나기도 하는데 그녀 말고 같은 직업을 가진 사람은 처음 만난다.

그는 과거 연구자 모임이 있다며 투명한 카드 하나를 내민다.
이건… 비밀 모임 시 사용하는 카드라고 알고 있는데, 처음 받아 본다.

- 그럼 그날 그 장소로 오시면 됩니다.

그는 아주 잠깐 현관에 선 채 업무를 마치고 바로 돌아선다.
뭔가 시작되는 느낌인데 그리 싫지 않고 오히려 약간 설레기까지 한다. 나도 모르게 빙긋 미소라도 지었는지 목소리가 말한다.
- (기분이 좋으신 듯합니다.)
- 아, 신기한 일이잖아. 처음 만나는 사람에다 모임까지.

서재로 들어가기 바쁘게 손에 든 카드를 자세히 들여다본다. 투명해서 아무 글자도 그림도 표식도 없는 그냥 카드다.

- 자, 그럼 한번 볼까? 옛날엔 촛불을 갖다 대면 보였다던데… 지금은 이렇게 하면 된다니 참 시대가 다르긴 달라.

중얼대며 오른 손목의 블루 라인에 카드를 댄다. 곧 투명한 카드에 글자와 그림이 선명히 드러난다. 모일 장소와 날짜, 시간. 그리고 곧 사라진다.

- 음… 흥미진진한데.

어떤 사람들이 올지 갑자기 궁금해진다. 그녀는 미술 분야를 연구 중이었고 그래서 그림 실력도 수준급이었지. 그녀와는 가끔 대화하는 사이였는데 그 별 얘기 때문에 더 친해진 거였고. 혹시 모임에 가면 그녀 소식을 아는 사람을 만날 수 있을까.
펼쳐 놓았던 화면에는 그녀에게 받았던 그 시가 흐르고 있다. 시를 보고 있으면 이 시를 쓴 사람이 누군지, 어떤 의미를 담고 있는 건지 더 궁금해진다. 뭔가 시작되는, 창조의 시간을 묘사한 것 같은데…

이곳
텅 빈 공허가
칠흑 같은 어둠 속에 떠돈다.
적막 고요
어떤 움직임도 없다.
정지 멈춤
아무 소리도 없다.
절대 침묵
그래서 허무한 어둠뿐

멈춘 시간
시간이 없던 그곳에
문득 일렁이는 파동
움직인다.

바람 같은 움직임이
살랑이는 옷자락이
어둠 위에 나타난다.
물소리도 같은
물이 찰랑이는 듯

옷자락이 스치는 듯
무언가가 움직인다.

10.

이틀 후 모임 장소로 간다.
지난번에 그녀를 만났던 건물을 지나 도서관처럼 꾸며진 건물로 들어선다. 묵향 비슷한 냄새가 퍼져 온다.

- 묵향이라… 벌써부터 예스럽고 좋네. 마음이 잔잔해지는군.

들어 보니 들릴 듯 말 듯 아주 은은한 곡이 흐르고 있다.

- 이건 달빛 소나타? 베토벤의 음악이던가… 여긴 고풍스러운 취향으로 꾸며졌군. 생각보다 맘에 드는 곳이네.

가장 깊숙한 곳에 그곳이 있다. 동굴 형태라고나 할까. 건물 안에 또 다른 건물(동굴)이 있는 것처럼 특이하게 조성되어 있다. 입구에서 카드를 보이니 문이 열린다. 입구는 아주 작은데 막상 들어서니 굉장히 넓은 공간이다. 가운데 커다란 원목 테이블이 있고 가장자리에는 푹신한 베드가 놓여 있다.
군데군데 놓인 테이블에서 차를 끓이고 있다. 은은한 향기가 좋다. 차를 직접 끓이는 것은 요즘 보기 힘든 풍경이라 신기해하며 그곳으로 다가가 본다. 정확한 온도로 끓인 물이 정확한 양의 찻잎 위에 부어지고 정확한 시간 동안 우려낸 차가 각 찻잔에 옮겨지고 있다.

지금은 모든 분야에 정확성을 추구하는 인공 지능 시스템이 적용되지만, 차를 끓이는 것은 옛날 방식이 더 좋은 것 같다. 옛사람들은 차를 우려내는 동안 차의 향을 음미하며 기다림과 고요함을 즐겼다고 알고 있는데 지금은 그런 멋이 없다.

- 시간의 여유가 넘치는 시대인데도 오히려 그런 멋은 없어…

중얼거리며 테이블로 돌아오니 막 들어서는 사람들이 보인다.

- 어, 안녕하세요.
- 네… 안녕하세요.

같이 들어온 두 남자는 서로 아는 사이인 듯하다. 키가 크고 호리호리한 남자가 안경테를 만지작거리며 인사를 한다. 지금 시대에 안경이라니? 시력 문제는 오래전에 해결되어서 다들 완벽한 각막을 가졌을 텐데, 그냥 멋이나 취향이거나 그런 거겠지.

- 저는 모즈라고 합니다. 과거 음악을 연구하고 있습니다.

그리고 함께 온 동글동글한 남자가 기분 좋게 웃어 보이며 자기를 소개한다.

- 저는 이 친구랑 친구인 지오라고 합니다. 과거 동물을 연구 중이죠. 하하하.
- 아, 전 나루라고 합니다. 과거 문학을 연구하고 있습니다.

인사를 나누고 차를 가져와서 마시기로 한다.

다 다른 분야의 연구자구나. 이렇게 과거 연구자가 나 말고도 얼마나 더 있는 걸까.

생각하며 차를 입에 대 본다. 쌉싸래한 차 맛, 은은한 향기. 따스한 차가 긴장을 풀어 준다.

- 수는 아직인가?

지오라는 사람이 친구에게 작은 소리로 묻는다.

- 아, 그러게… 연락이 없네.

'내가 아는 그 사람인가?'라는 의문에 말을 꺼낸다.

- 수라면 그림 연구하는…?
- 네, 아시는군요. 최근에 신비하고 재미있는 자료에 폭 빠진 듯하던데 이번에 우리한테도 알려 준다고 했거든요. 기대 많이 하고 왔는데. 하핫.

아… 저들도 알고 있구나.

그때 문이 열리고 긴 머리칼을 쓸어 넘기며 들어서는 여자가 보인다. 늘씬한 몸매에 하늘거리는 원피스, 보랏빛이 감도는 스카프를 멋스럽게 두른 그녀는 똑바로 걸어와 우리 곁에 앉는다.

- 안녕하세요, 오랜만이에요.

- 와! 이게 누구야? 주니 씨!

누구지? 처음 보는 여잔데… 그리 낯설지 않은 느낌. 만난 적이 있던가?
혼자 이런저런 생각에 빠져들 때 그녀가 나를 쳐다본다.

- 나루 씨? 언니한테서 얘기 많이 들었어요.
- 언니?

놀라서 눈을 동그랗게 뜨는 내가 우스웠는지 웃음을 참지 못하고 깔깔대며 웃는다.

- 저 누구랑 닮지 않았어요?

내가 아는 사람은 별로 없는데… 찬찬히 보니 어디서 본 것 같기도 하고, 수랑 좀 비슷한 듯도 하고…
내가 답을 찾지 못하고 헤매는 모습을 보고 그녀가 웃으며 말해 준다.

- 제가 수 언니 동생이에요. 주니예요.
- 아… 네. 반가워요. 근데 언니는…

난 반가움보다 수의 소식이 더 궁금하다.

- 언니는… 먼저 차부터 한잔하고요.

그녀는 우아하게 일어나 차 테이블로 걸어간다. 찰랑이는 긴 머리칼, 긴 팔다리, 갸름한 얼굴에 아름다운 외모. 우수한 유전자를 가진 자매구나.
그녀를 보며 수를 떠올린다. 언제쯤이면 볼 수 있을까. 날 향해 싱긋 웃던 그녀의 미소가 떠오른다.

11.

다음 날 난 눈뜨자마자 부랴부랴 나갈 준비를 하느라 목소리보다 먼저 움직이고 있다. 언제나 목소리가 날 깨워 주고 아침을 먹으라 챙겨 주고 이 옷을 입으라 골라 주고, 내 모든 취향을 꿰고 있는 목소리답게 나보다 더 나를 잘 알고 내가 필요한 것을 다 준비해 주는데, 오늘은 해가 서쪽에서 뜬 상황이라 할 수 있겠다. 문득 옛말이 떠올라 인용해 본 건데, 그만큼 있을 수 없는 상황이란 뜻이다. 지금은 도시의 밤낮과 기후, 계절, 모두 시스템에 의해 인위적으로 세팅되고 운영되는 시대니까 이 말이 이해가 안 될 수도 있다. 자연의 순리보다 인공적인 운영 시스템에 더 익숙한 시대니까…

- (오늘은 굉장히 기분이 좋아 보이십니다.)

오늘따라 왠지 미소가 자꾸 새어 나오는 날 보고 그냥 넘길 목소리가 아니긴 하다.

- 그래 보여?
- (네, 계속 미소가 입가에. 그리고 평소보다 맥박도 빠르고 신체 움직임도 활발하니까요.)
- 흐흐, 그래?

난 오랜만에 느껴 보는 이런 기분에 스스로도 놀라고, 즐거워하고 있다. 사람을 만나는 것이 이렇게 좋은 기분을 갖게 한다는 걸 그전엔 몰랐다. 늘 평온하고 비슷한 패턴으로 살던 사람이라 그런지 이런 경험은 신선한 데다가 뭔가 모르는 세계를 발견한 듯 흥미진진한 느낌이 있어서 좋다.
가벼운 발걸음으로 목적지에 도착한다. 문이 열리고 목소리가 들린다.

- (어서 오십시오. 기다리고 계십니다.)

이 룸은 들어서자마자 시원한 향기가 난다. 신선한 풀 냄새가 나는 것 같은, 상쾌한 공간이다. 미술 쪽 연구자라 진하고 화려한 향을 좋아할 줄 알았는데 예상 밖이다. 거실을 지나 안쪽으로 들어가니 작업실이 나온다. 작업실은 혼자만의 공간으로 목소리의 영향권에서 벗어날 수 있는 유일한 곳이다. 대부분 룸에는 다 이런 프라이버시를 위한 공간이 하나씩 있다. 보통 작업실이나 서재라고 부른다.
그녀의 작업실에는 그림들이 가득 걸려 있을 거라고 생각했는데, 룸 가운데 이젤 하나와 창가에 긴 소파 그리고 책상, 그 외엔 어떤 가구도 없다. 미니멀라이프인가? (미니멀라이프는 21세기, 더 정확히 말하면 2017년에 주목받기 시작한 생활방식으로 꼭 필요한 것만 가지고 사는 심플한 라이프 스타일을 말한다.)

그녀는 창가에 놓인 긴 소파에 누워 있다.

- 왔구나…
- 어, 응.

힘없고 창백한 그녀를 보니 처음 보는 모습이라 나도 모르게 급히 다가간다.

- 어디가 아픈 거야? 얼굴이…
- 아… 그러게… 여행이 좀 힘들었나 봐. 병원에 며칠 있다 나왔어.
- 이제 괜찮아진 거야? 동생한테서 얘긴 들었는데.
- 응, 좀 쉬면 괜찮아질 거야. 너답지 않게 웬 걱정?
- 야, 여행을 너무 오래 다녀온 거 아냐? 병이 날 정도로…

난 바로 불평 모드로 대꾸한다. 속마음을 들키고 싶지 않나 보다.

- 그러게. 자료를 너무 열심히 찾다 보니 좀 무리가 됐나 봐. 내가 또 열정적이잖아.
- 풋!
- 왜 웃어?

나도 모르게 웃음이 나왔고 그녀는 눈을 동그랗게 뜨고 올려다본다.

- 그래, 너 열정적이지. 이번 자료가 진짜 어마어마한가 보다. 이렇게 아프도록 열정을 불태운 거 보니, 하하하.
- 이따 보면 아마 그렇게 웃진 못할걸. 입이 딱 벌어져서 나한테 고맙다고 할걸?

살짝 맘이 상했는지 그녀의 눈초리가 매섭게 올라간다.

- 그래, 그래. 수고 많았어, 친구!

난 그녀의 어깨를 토닥토닥해 준다. 그러고 보니 살도 빠진 것 같다.

- 먹는 건 잘 먹고 있는 거야? 약은 먹었어?
- 약은 안 먹어도 되고 영양제 먹고 있으니 이틀쯤 지나면 회복될 거야.

그래도 난 걱정이 된다. 주변에 아픈 사람이 없고 본 적도 없으니까 낯선 경험인 거다. 지금은 아프기 전에 건강 체크가 이루어지고 대부분의 질병은 조기 치료로 완치되는 시대니까. 도시에 살고 있는 연령층은 장년층까지고 노인들은 외곽에 있는 전원도시에 살고 있어서 노화가 진행되면서 겪는 질병에 대해서는 본 적이 없다. 노인들과 분리된 상태로 살기 때문에 죽음을 본 적도 없다. 부모들은 노화가 진행되는 시점에 전원도시로 나간다. 노화로 인한 질병의 전염성 때문에 엄격히 분리하는 거라고 한다. 그래서 분리된 부모를 보고 싶으면 시스템으로 만나는데, 한 공간에 같이 있는 것처럼 생생히 느껴지니까 보고 싶을 땐 언제든 만날 수 있는 셈이다. 물론 직접 찾아가서 만날 수도 있다고 하지만, 실제로 만나는 일은 드물다.

- 너, 부모님 만나러 갔던 거라며? 전원도시에 다녀온 거야?
- 응.
- 그냥 시스템으로 만나지 거기까지 가다니, 무슨 일이 있는 거야? 특별 허가증을 받아야 갈 수 있는 데다가 거리도 멀어서 부모님이 위독할 경우 아니면 가지 않는데…

혹시 그런가 싶어 조심스레 물어본다.

- 네가 생각하는 그런 건 아니고 부모님도 건강하셔.
- 아, 다행이다. 그럼? 거기까진 왜 간 거야? 혹시 자료 때문에?
- 그래. 거기가 자료의 집성지거든.

에? 이건 또 무슨 말일까?

- 먼저 차라도 한잔하고 얘기해. 내가 오늘은 몸이 그러니까 네가 좀 가지고 올래? 이미 준비해 뒀을 거야.
- 응.

난 그녀를 남겨 두고 작업실을 나온다.

- 차 좀 준비해 줄래?
- (네, 바로 드리겠습니다.)

목소리는 순식간에 향긋한 차 두 잔을 세팅한다.

오, 향기가 좋은데?
건강을 위해 몸에 좋고 맛도 좋고 게다가 향까지 좋은 차만 마시는 게 대세라, 이것 또한 건강에 좋은 거겠지 생각하며 찻잔이 세팅된 보드를 들고 다시 그녀가 있는 작업실로 간다.

12.
차를 천천히 즐기는 시간은 언제나 좋다. 혼자 마시는 게 더 좋다고 생각했는데 오늘처럼 친구와 함께하는 것도 나쁘지 않은 것 같다.

그녀가 내미는 봉투를 열어 보니 두툼한 책 같은 게 보인다. 요즘도 책이 있나? 본 적이 없는데… 모든 자료는 데이터로 저장되어 있어서 언제든 어디서든 말만 하면 꺼내 볼 수 있고 굳이 이렇게 기록할 필요가 없는데…

- 이거 혹시 책이야?
- 응, 비슷한 거. 직접 기록한 거래. 그 별에 다녀온 사람이 기억을 모아 기록했대.
- 아, 그래?

눈이 번쩍 뜨이는 기분이다. 심장이 두근댄다. 기분 좋은 설렘.
이런 느낌 진짜 좋구나.
반짝이는 내 눈을 봤는지 그녀가 웃는다.

- 정말 얼굴에 표가 다 나네. 그렇게 좋아?
- 어, 이거 어떻게 구했는데?

난 그녀 말은 듣는 둥 마는 둥 책을 살펴보기에 바쁘다. 조심스레 표지를 만져 본다. 투박한 느낌의 옛날 책 그대로다. 이런 게 아직 남아 있다니…
한 장을 넘겨 본다. 종이의 질도 거칠다. 누르스름한 종이 위에 푸른빛 글자가 적혀 있다.
MEMORY-THE STAR

- 오!

나도 모르게 감탄이 나오고 그녀는 나를 빤히 쳐다보며 피식 또 웃는다.

- 이거 진짜 그 별 얘긴가?
- 그렇다니까.

다시 한 장 넘기니 그 별이 그려져 있다. 푸른색 별이다. 신비하고 깊은 블루, 그 별과 딱 어울리는 색이다. 신의 별, 신이 직접 창조했다는 신비한 그 별을 이제 더 자세히 알 수 있게 된 거다. 손이 가늘게 떨린다. 한 장 넘기니 '여행 1일 차'라는 제목이 보인다. 일기처럼 여행 과정을 기록했나 보다. 그럼 진짜 생생하게 그 별을 알 수 있겠다.

- 흠…

나도 모르게 새어 나온 만족과 기대가 섞인 소리에 반응하듯 웃는 소리가 들린다. 그녀의 웃음소리가 들린다.

13.

- 근데 이건 어떻게 구한 거야? 혹시 전원도시에 간 이유가?
- 응, 맞아. 거긴 부모님도 계시고 어른들이 다 모여 살잖아. 그분들 중에 그 별 얘기를 아는 분이 있다길래. 근데 이렇게 책으로 기록해 둔 건 나도 몰랐어. 그냥 얘기나 들어 보려고 간 건데.

흐뭇한 미소를 보이는 그녀를 보며 새삼 그 도시가 궁금해진다.

- 그 전원도시는 어떤 곳이야? 내가 알기로는 환자들만 모여 사는 도시라고…
- 환자라…

그녀는 잠시 눈썹을 찌푸리더니 차를 한 모금 마신다.

- 우리는 독립 시기가 되면 부모님과 분리되잖아. 같은 도시에 있는 기간은 생각보다 짧고.
- 어, 그렇지. 그거 우리의 건강을 위해서지.
- 그래서 어른들은 이 도시가 아닌 저 외곽에 있는 전원도시로 옮겨지고, 중앙 시스템에 따르면 어른들이 급격한 노화 증세로 우리에게 질병을 옮길 수 있다고 해서 분리하는 건데… 사실 가 보니 실제로 아프신 분들로 있지만 건강하게 잘 지내시는 분들도 많더라고. 거긴 옛날식으로 살아서 인공지능 시스템 같은 것도 없어. 비상시에 외부와 연락하기 위해 사용하는 시스템이 있긴 하지만 그것도 거의 쓸 일이 없대. 그 도시 안에서 알아서 해결하나 봐. 그러니까 글도 쓰고 그러겠지?
- 아… 그렇구나. 근데 너 거기 다녀오고 아픈 건…
- 거긴 다 직접 몸을 움직여야 하고 여기처럼 편안한 시스템이 아니어서 몸이 힘들었나 봐. 땀이라는 걸 흘렸다니까?
- 땀?
- 그래, 그러니 무리했지. 옛날 방식으로 못 살겠더라. 계속 움직이더라고. 이렇게 편안히 목소리가 시키는 대로 하면 되는데 거긴 휴우- 한숨이 절로 나와.

그런 건가… 그 도시는 옛날 방식으로 산다는 건가. 어른들이 분리된 이유가 질병 문제가 아니었나? 부모님이 떠나고 우린 프로그램대로 교육받고 관리받으며 자랐다. 세밀한 보살핌을 받으며 건강하고 완벽하게 사는 삶을 제공받았다. 예전보다 더 좋은 신약이 개발되고 있고 그 결과 노화를 늦추고 건강과 아름다움을 지속적으로 유지할 수 있게 되었다. 약과 주사, 철저한 건강관리, 식이요법(알약)으로 이렇게 살고 있는데 어른들은 옛날 방식으로 직접 움직이고 땀 흘리며 살고 있다는 건가. 그렇게도 건강이 유지된다는 건가, 아니면 방치인가…

골똘히 생각에 잠긴 탓에 그녀를 잊고 있었는데 문득 어깨에 어떤 감촉이 느껴진다. 보니 그녀가 내 어깨에 손을 얹고 있다. 처음 당해 보는 스킨십이라 멍하니 그녀를 바라볼 뿐이다.

- 놀랐어? 친구 사이에 이 정도는 기본이던데 화들짝 놀라는 걸 보니 너도 처음이구나. 더한 것도 봤으니까 천천히 가르쳐 줄게! 흐흐.

음흉한 웃음소리… 맑고 투명한 그녀가 아니다. 뭔가 변했다. 저 눈빛은 뭔가 숨기고 있는 것 같고 저 입술은 오늘따라 왜 더 붉어 보이지? 그녀의 손이 닿은 곳이 따스해지는데 점차 그 손이 내 얼굴로 올라오기 시작한다.

- 왜… 왜 그러는데?

당황한 내 목소리에 그녀가 갑자기 깔깔대며 웃어 대기 시작한다. 해맑게 웃는다.

- 너도 처음이라 어색하지? 나도 아직은 어색한데 이러니까 그래도 뭔가 더

친해진 느낌이잖아.

다 큰 어른들끼리 충분히 할 수 있는 스킨십인데 우린 직접적인 신체접촉은 한 적이 없으니까 당황하는 거다. 가상 시스템으로 충분히 만족할 수 있도록 오감을 온전히 충족시키는 프로그램이 있는 시대니까, 요즘도 가끔이지만 충동이 있을 땐 마음껏 즐기고 있어서 만남이나 육체적 스킨십에 대한 필요를 못 느끼는 게 사실이다. 자주 흥분하는 건 심장에 안 좋다고 해서 건강관리 차원에서 절제하는 부분도 있고.
그런데 오늘 그녀가 내게 손을 대는 게 그리 싫지 않아서 이상하기도 하고… 직접 닿는 느낌은 가상 체험과는 뭔가 다른 느낌이다. 그러고 보니 그녀는 아름다운 외모를 지니고 있다. 몸매도 좋고 손가락도 길다.

이런 생각을 하며 멍하니 있는데 그녀가 나를 빤히 바라보더니 내 어깨를 살짝 끌어당긴다. 다음 순간 내가 그녀를 안고 있는 상황이 된다.

앗, 그녀의 향기가…

난 얼어붙은 듯 멈춤 상태가 된다. 숨을 쉴 수가 없다. 너무 가까이 있어서 어찌해야 할지 모르겠다. 심장 소리가 미친 듯이 쿵쾅거린다. 혈압이 치솟는 것 같다.
잠시 후 그녀가 내게서 떨어져 나간다. 그리곤 부드럽게 내 어깨를 쓰다듬는다.

- 역시 사람이 더 좋구나.

그녀가 혼잣말처럼 중얼대며 소파에 길게 눕는다.

- 기분이 좋아. 뭔가 포근하고 따스하고 좋은 느낌이야. 이제 푹 자고 나면 몸이 다 나을 것 같아. 나 잠들면 가든지, 책 보다가 가든지, 하고 싶은 대로 해.

그녀는 정말 편안한 표정으로 잠이 든다. 그녀의 이마에 살짝 손을 대 본다. 따뜻하다. 그녀가 한 말을 나도 따라 해 본다.

- 역시 사람이 좋구나…

14.
잠든 그녀를 확인하고 조심스레 책을 펼쳐 본다.

> 1일 차
> 우리가 도착한 곳은 부드러운 모래가 깔린 곳이다. 발밑에 닿는 느낌이 곱고 부드럽다. 모래를 보다가 고개를 드니 밀려오는 파도, 그리고 파도 소리.
> 넓게 펼쳐진 푸른빛의 공간, 말로만 듣던 그 바다다. 태양빛 아래 반짝이는 물결에 눈이 부시다. 길게 뻗어 있는 해안선, 그 너머 끝없는 바다, 수면 위로 닿을 듯 스치며 날고 있는 하얀 새, 시원하게 불어오는 바람. 정말 그림같이 완벽한 곳이다.

마치 관찰일기처럼 여행 과정을 기록해 두었구나. 바다는 영상으로만 봤고 직접 본 적이 없다. 워터월드라는 휴양지가 있다고는 하지만 인공적인 곳이고 자연 그대로의 바다와 태양과 모래사장은 더 이상 없으니까.

아주 오래전에 이 땅은 죽음의 땅이 되었다. 자연재해와 전쟁으로 폐허가 된 땅이니까. 그 후 새로운 세계연합 시스템 아래 인공도시들이 건설되고 더 완벽한 삶, 아름답고 안전한 삶으로 변모했지만, 나는 잃어버린 그 원초적 자연이 그립다. 마치 고향을 그리워하는 것처럼 말이다.

바다… 철썩거리는 파도 소리를 들으며 모래성을 쌓는 옛 자료를 보면 부럽다. 자연 아래서 태양과 바람과 공기를 마음껏 누릴 수 있었던 그때가 너무 부럽다. 지금 아무리 생생하게 재현한다 해도 결국 기술의 힘으로 만든 가짜니까 뭔가 자연스럽지가 않은 거다. 진짜는 진짜니까 자연스러운데 말이다.

이 책에 쓰인 내용은 진짜를 본 기록이다. 그 별에 다녀온 사람들은 신이 창조한 원래의 자연을 보고 온 것이다. 이젠 그 별로 가는 여행 루트가 없어져서 가고 싶어도 못 가는 상황이니까 그 별은 그전에 다녀온 어른 세대들의 기억과 기록에만 남아 있는 거다.

진짜 바닷가에서 모래를 만져 보고 조개껍데기를 찾아보고 밀려오는 하얀 파도의 거품도 보고 싶다. 시원한 바닷바람이 머리칼을 헝클면 그 흐트러진 머리를 쓸어 넘기며 멀리 푸르게 펼쳐진 바다를 바라보는 거다. 석양이 질 무렵이면 더 좋겠지. 파도 소리가 음악처럼 밀려오고 밀려가겠지. 바다와 나만 그곳에 있는 것처럼 시간이 멈춘 듯 고요하고 평화로운 느낌일 거다. 상상만으로도 벌써 기분이 좋아진다.

그러고 보니 이렇게 글을 보면서 상상해 보는 것도 나쁘지 않네. 너무 많은 생각은 건강에 안 좋다고 해서 글을 직접 읽는 것보다 시각 자료, 영상자료를 활용하도록 되어 있고, 책은 특별한 연구 목적이 있을 때 허가받은 한도 내에서만 볼 수 있는 시대니까 굳이 글을 직접 읽지는 않는데…
실제로 생각하고 상상하는 일이 이렇게 기쁘고 즐겁다면 오히려 건강에 좋지 않을까?
생각하는 것이 건강에 해롭다는 이유로 생각 자체를 안 하도록 권장하는 시스템이 과연 옳을까? 곰곰이 생각하게 된다.

- 어… 아직 안 갔네?

그녀의 목소리에 생각의 고리가 깨어진다.

- 응, 이거 보느라… 엇, 시간이 꽤 지났네. 가야겠다. 넌 더 쉬어.

일어서다 말고 그녀를 돌아본다.

- 근데 이 책 빌려 갈 순 없겠지?
- 가져가려면 들키지 않게 잘 숨겨 가야 해. 룸에서도 작업실에서만 보고 책 얘기는 가능하면 안 하는 게 좋고. 알지? 책 보면 생각 많이 한다고 잔소리 들을 거고, 건강검진 체크 대상이라도 되면 일이 꽤 귀찮아지니까. 비밀 잘 지켜.
- 응, 알았어.

난 그녀가 건넨 선물용 케이스 깊이 책을 밀어 넣고 밀봉한다. 그녀의 룸을 나서면서 내 가슴은 어느 때보다 심하게 뛰고 있다. 아마 옆구리에 낀 선물이 주는 기대와 설렘 때문이겠지.

15.

다음 날, 목소리가 깨우지 않아도 일찍 일어나 아침을 먹는 둥 마는 둥 후다닥 서재로 들어간다. 서랍 깊이 넣어 두었던 책을 꺼내고 책장을 넘긴다. 궁금해서 빨리 책장을 넘길 수밖에 없다.

> 2일 차
> 여기는 숲이다. 들어서는 순간부터 흙냄새와 숲 특유의 시원한 공기가 밀려온다. 하늘을 가릴 듯 빽빽이 서 있는 초록빛 나무들과 그 나무를 친친 감고 있는 덩굴식물들이 보인다. 바위나 돌들은 부드러운 이끼로 덮여 있다. 태고의 신비를 담고 있는 듯 깊고 고요한 숲이다. 아름다운 음악처럼 새가 지저귀고 어디선가 물 흐르는 소리도 들린다. 천천히 더 깊이 들어가 보기로 한다.

이야~ 정말 살아 있는 숲 그대론가 보네. 공기가 다르겠지? 아무리 기술이 발달해도 자연만 못하다고, 흙냄새는 어떨까…
나는 오랜만에 시간 가는 줄 모르고 하루를 보냈다. 읽고 상상하고 생각하고, 이렇게 하루를 보내다니. 그전 같으면 상상도 못 할 일이다. 그런데 상상할수록 즐겁다. 더 상상하게 되고 더 생각하게 되고 뭔가 더 깊어지는 기분이다. 남들은 모르는(목소리는 더더구나 생각조차 못 할) 나만의 어떤 능력을 가지게 된 느낌이랄까. 잊고 있던, 소멸되었던 힘을 다시 기억해 내고 찾아낸 느낌이랄까.
그렇게 뿌듯한 하루를 보내고 입가에 실실 웃음을 흘리며 서재를 나서는데, 아니나 다를까 목소리가 달려오는 느낌이 들 정도로 잔소리를 쏟아부으며 걱정을 해 댄다.

- (아니, 식사도 거르시고 무슨 일이신데 꼼짝을 안 하시고, 괜찮으신 거지요? 오히려 기분은 훨씬 좋아 보이십니다만.)
- 체크해 봐. 최고로 좋은 컨디션이야. 사람이 밥으로만 사는 건 아니잖아. 호호.

눈에 보이지 않고 액션을 할 수도 없는 인공지능 목소리지만 왠지 고개를 갸우뚱하고 있을 것만 같다는 엉뚱한 생각을 해 본다. 그 녀석은 결코 이해할 수 없을 테니까 말이다.
진짜 그런 건지 목소리는 조용하다. 아마 열심히 분석 중이겠지. 끼니를 굶어도 생기 넘치는 이 인간을 이상히 여기면서 이유를 찾고 결론을 내려야만 할 테니까.
그러거나 말거나 난 기분이 좋아서 흥얼흥얼 옛 노래를 중얼거리며 침실로 간다. 꿈에라도 그 별에 한번 가 봤으면 좋겠다. 꿈이라도 좋을 텐데…
그러고는 푹신한 침대에 몸을 맡긴다.

16.

눈뜨자마자 난 작업실에 박혀 있다. 빨리 그 책을 다 읽어 보고 싶어서 마음이 급하다. 그 별에 사람은 없다고 했지. 어떤 인공의 흔적도 없이 자연 그대로의 모습을 유지하고 있다고 했어. 과연 이 기록에도 그렇구나. 생각해 보니 지난번 과거 연구자 모임 때 잠시 그 별 얘기를 나누었다.

- 그 별로 가는 여행 루트는 왜 없어졌을까요?

툭 던지는 내 말에 모두들 눈을 반짝이기 시작했다. 물론 내 느낌이나 착각이었을 수도 있지만…
그때 동물 연구자가 말을 꺼냈던 걸로 기억한다.

- 예전에 아버지가 한 번 얘기한 적이 있는데, 그 별에는 진짜 다양한 동물들이 있었대요. 특이한 건 육식 동물이 없다는 거. 사자, 호랑이도 풀을 먹고 산다고…
- 에? 풀을?

다들 눈이 동그래졌다. 나도 나답지 않게 큰 소리로 반응하고 있었다. 그는 동글동글한 얼굴 가득 아이 같은 웃음을 지으며 들뜬 목소리로 말을 이어갔다.

- 사자랑 어린 양이 함께 초원에 누워 있다고 생각해 봐요. 정말 신기하고 평화롭겠죠. 아버지는 꼭 한번 가 볼 만한 곳이라고, 거기 한번 가면 아마 신나서 돌아오고 싶지 않을 거라고 하셨죠. 그래서 어른이 되면 꼭 가려고 다짐하고 있었는데…

그의 목소리는 점차 사그라들고 조용해진 공간 속엔 한숨 소리만 여운처럼 남았었지. 그때 나도 덩달아 아쉬워서 탄식했던 것 같다.

- 음악도… 우리가 알고 있는 그 어떤 곡보다 아름다운 소리들이 있었다고 합니다.

음악 연구자가 나직나직한 목소리로 말을 이어 갔다.

- 바람 소리 같기도 하고 새소리 같기도 하고 맑은 물이 흐르는 소리와도 같은 노랫소리가 들렸다고 합니다. 얼마나 아름다울까요…

그 음악을 상상이라도 하는 건지 그는 눈을 감고 한참 동안 자기만의 시간에 잠겨 있었다.

- 풍경은 또 얼마나 근사한지, 색채나 형상이 오묘하고 찬란해서 묘사할 수 없을 정도라고 해요. 완벽한 황금률로 창조된 형상들과 색채의 다양함이 너무 신비롭고 아름답다고요.

그녀의 동생도 한마디 거들었다.
모두가 꿈꾸듯 그리는 별이라 그 별로 가는 루트가 없어진 게 다들 안타깝고 아쉬운 듯했다.
그러게… 그 별로 가는 루트는 왜 없어졌을까?
어느 날 갑자기 그 길이 사라졌다고 들었다. 시스템에 문제가 생겨서 공간에 왜곡 현상이 생기고 그 별로 가는 루트가 사라졌다고 했다. 자세한 건 전문가가 아니어서 모르나 세아가 그렇게 분석했다니 정확할 거다. 세아는 우리 세계를 유지하고 이끌어 가는 최상위층 인공지능 시스템이니까.

17.

세아…
세아가 없었다면 지금의 이 삶은 누릴 수 없었을 거다. 전쟁과 기상이변으로 폐허가 되어 버린 이 별을 재건하고 더 안전하고 더 쾌적한 세상, 완벽한 세상으로 만든 건 그가 나타나면서 가능했다고 하니까.

세아를 만든 사람, 그는 이 별의 종말을 예상했던 것일까. 홀연히 나타나 세아라는 인공지능 프로그램을 완성한 사람이라던데…

그때 이 땅은 소행성(Apophis) 충돌로 육지의 대부분이 파괴되었고, 바다 또한 생명체 하나 없는 죽음의 바다로 변한 상태였다고 한다. 그나마 남은 땅도 이후 벌어진 전쟁으로 황폐해져서 살아남은 사람들은 어쩔 수 없이 연합을 선택할 수밖에 없었는데, 이때 전 세계를 5개의 도시 국가로 재편성하는 과정에서 그가 나타났다는 것이다. 획기적인 통합 프로그램이 필요한 시점에서 그는 최고의 적임자였고 A국의 전폭적인 지원과 후원으로 연구에 매달린 지 얼마 되지 않아 지금의 프로그램을 완성했다고 한다. 모든 데이터를 통합, 관리하는 시스템, 스스로 인식하고 판단하고 관리하는 인공지능 시스템, 세아.

도시를 재건하고 외부 환경으로부터 차단, 보호하는 돔을 설치하고 각 도시를 연결하는 내부 도로를 만들어 시스템 아래 완벽히 보호받는 체계를 완성했다고 한다. 다시는 전쟁의 위험이 없도록 각 나라가 협약을 맺었는데 그러기 위해서는 모든 사람의 행동을 감시하는 체계가 필요했고 세아는 완벽한 프로그램으로 그것을 실현해 냈다고 한다. 지금 우리가 누리는 이 안정감과 풍요로움은 다 세아가 있어서 가능했던 것이다.

생각해 보니 그렇긴 하다. 옛날에는 매일 눈뜰 때마다 범죄와 사건, 사고가 넘쳤다고 하니 얼마나 혼란스러웠을까. 게다가 지진, 가뭄, 홍수, 화산 활동까지 자연재해도 심했다는데 그 시대에 태어나지 않은 게 얼마나 다행인지… 인간이란 멋대로 내버려두면 지극히 이기적이라 제 욕심을 조절하지 못하고, 그 탐욕 때문에 자연과 우주의 질서와 조화까지도 파괴하는 괴물이 될 수 있다고 주장한 어떤 학자의 말이 떠오른다.

그 사람이 누구더라? 골똘히 생각해도 생각이 안 난다. 오랜만에 옛 자료를 좀 봐야겠다.

- 그 자료 좀 검색해 줄래? 세아 이전에 클린 시스템 만들자던 사람 말이야.
- (네, 영상 준비합니다.)

목소리의 대답과 동시에 눈앞에 화면이 뜬다. 그 사람의 일생, 업적이 영화처럼 펼쳐진다. 목소리가 장면마다 설명을 해 준다.

- (파블 박사가 인간이 이기적이고 탐욕스러운 괴물이 되지 않도록 정화하고 교육하는 클린 시스템이 필요하다고 열심히 외쳤지만, 그것은 그리 간단히 결정될 문제가 아니었습니다. 수많은 반대파들이 일어났고, 인권과 윤리를 주장하는 여론이 들끓기 시작하자 점차 그도 힘을 잃기 시작했습니다. 그런데 어느 날 나타난 한 사람으로 인해 상황이 반전되었습니다.)
- 그가 멜렉 교수였지?
- (네, 맞습니다. 지금의 세아를 만든 사람, 멜렉 교수입니다.)

멜렉 교수, 그때 그가 나타난 것은 기막힌 타이밍이었다. 우연이라 하기엔 너무 신비한 일 아닌가. 마치 미리 짠 것처럼 딱 맞아떨어지는 타이밍이라니…

18.

멜렉 교수,
그가 어디서 왔는지는 아무도 모른다.
천둥, 번개가 심하게 치던 날, 작은 시골 마을 나무 아래에서 발견되었다는 얘기만 있을 뿐이다. 그 마을에는 조상 대대로 신성한 나무로 여겨 온 크고 우람한 나무 한 그루가 있었는데, 아이는 바로 그 나무 아래 작은 상자에 담긴 채 울고 있었던 것이다. 마을에서는 신이 내려 주신 아이라 생각해서 집 집마다 돌아가며 함께 양육을 했다고 한다. 그 아이는 10대 후반에 이미 천재로 소문이 날 정도로 뛰어난 능력을 보였고, 최연소 박사 과정을 거친 후 인공지능 프로그램 분야의 독보적인 존재가 되었는데, 그런 그가 파블 박사의 클린 시스템을 지지하고 나선 것이었다. 인간을 정화하는 것이 더 좋은 세상을 만드는 방법이라며 적극적인 지지자로 나선 것이었다.

- 그런데 그때 반대 세력도 만만치 않았겠지?
- (네, 실제로 서로 충돌하는 사건이 있었습니다.)
- 그 자료 한번 볼까?
- (네.)

수많은 사람들이 모인 광장이 보이고 함성 소리에 귀가 아플 정도다. 소음이 없는 시대에 살다 보니 예전 기록을 볼 때마다 귀가 충격을 받는 느낌이다. 폭력적인 장면도 보기가 힘들어 미간을 찌푸리게 된다. 저렇게 거칠게 짐승처럼 살았다니…

멜렉 교수와 파블 박사가 단상에 섰고 사람들이 그들을 둘러싸고 있다. 잠시 후 어떤 사람이 열심히 연설하고 있는 멜렉 교수에게 돌진한다. 사람들의 아우성, 비명 소리가 퍼져 나가고 멜렉 교수가 그 자리에서 쓰러진다. 광장은 혼란에 빠진 군중들의 모습과 소음으로 아수라장이 된다.

- 아, 정말 보기 힘든 장면이군.
- (이제 그만 보실까요?)
- 그래, 그러는 게 좋겠어. 옛날엔 인간들이 저렇게 폭력적이었구나.

- (네, 파블 박사의 주장을 사람들이 스스로 입증한 사건이라 할 수 있습니다.)
- 그러네. 근데 멜렉 교수는 치명상을 입지 않았나?
- (네, 살아난 것이 기적이라고 합니다. 그래서 그를 죽음에서 부활한 신이라고 생각하며 그를 따르는 세력들이 몰려들었고 얼마 지나지 않아 엄청난 영향력을 가지게 되었습니다.)
- 클린 시스템이 가동되면서 확실히 범죄율은 낮아졌겠지?
- (네, 안전한 세상을 만드는 첫 시작점이 되었습니다.)
- 그래. 지금은 그때보다 안전한 세상이지. 그러나 하루아침에 만들어지진 않았을 텐데 과도기에는 갈등과 혼란이 많았겠어. 그 당시에 클린 시스템에 반대하는 사람들은 어떻게 되었을까? 그 사람들에 대한 자료는 있어?
- (끝까지 반대하던 사람들은 분리 지역에서 살았다고 기록되어 있습니다. 위험 요소가 될 수 있어서 기존 도시와 떨어진 곳에 그들끼리 살 수 있도록 주거지를 만들어 주었다고 합니다. 안전을 위해서 도시와 교류할 수 없도록 통제하는 시스템이 있었고요.)

음… 결국 분리시킨 거군. 그래서 도시 안에 있는 사람들은 멜렉 교수의 의견대로 더 안전한 도시를 위해, 더 좋은 세상을 위해 세아 프로그램에 동의한 거겠지. 반대파가 없으니 막을 사람도 없었을 테고, 그리고 그 분야의 천재 교수니까 더 나은 대안도 없다고 생각했겠지.
파블 박사와 멜렉 교수의 만남이 없었다면 이런 안전하고 평화로운 시대가 오기까지 더 오랜 시간이 걸렸을지도 모르겠다. 그럼 그들은 미리 준비된 사람들이었나. 그 시기에 딱 맞춰 나타나다니… 신기하다.

19.

그녀에게서 연락이 왔다. 하얀 블라우스에 긴 머리를 돌돌 말아 올린 모습이다. 긴 머리일 때보다 좀 더 소녀 같은 느낌이 든다.

- 그건 다 봤어?
- 응, 거의…
- 풋!

갑자기 그녀가 장난기 넘치는 눈빛을 반짝이며 웃는다.

- 왜?
- 그냥, 엄청 귀한 보물을 갖고 있는 아이처럼 보여서. 아끼면서 조금씩 몰래 꺼내 보는 중이야? 아직도 못 읽은 걸 보니.

그녀는 가끔 이렇게 날 어린아이 대하듯 한다. 친구보다 누나 같을 때가 더 많고. 딱히 그렇게 싫지는 않아서 그냥 모른 척하기로 한다.

- 내가 좀 섬세하고 꼼꼼하잖아. 너와 달리.
- 풋하하하! 그래?

밝고 높은 그녀의 웃음소리가 나를 경쾌하게 한다. 잘 웃지 않는 나도 이럴 땐 웃게 된다. 씨익 입꼬리가 조금 올라갈 정도지만 늘 무표정한 내가 이렇게 미소를 띠는 건 드문 일이니까 그녀와의 만남이 내겐 특별한 일이긴 하다.

- 우리 여행 갈래?
- 여행?
- 너 도시 밖으로 한 번도 가 본 적 없지?
- 어… 그렇지. 딱히 움직일 일이 없지.

여행에 대해 한 번도 생각해 보지 않은 터라 머리에 떠오르는 그림도 없고 막연한데 그녀는 뭔가 계획이 있는 것일까? 내가 말이 없자 그녀가 눈빛을 빛내며 설득이라도 하려는 건지 자세한 일정을 말하기 시작한다.

- 일단 부모님 계시는 전원도시에 들렀다가 세계 일주를 하는 거야. 5개국을 돌아보는 거지. 각 도시 국가마다 우리가 연구하는 분야에 도움이 될 만한 자료가 있으면 그것도 좋잖아.
- 우리 연구 분야?

순간 그녀가 찡긋 윙크한다.

엇, 이건 또 뭐지?
당황한 얼굴빛이 그대로 드러났는지 그녀가 또 웃는다.

- 우린 둘 다 그걸 연구하는 중이잖아. 알지?
- 어, 응…
- 그럼 내가 여행 신청해 놓을게. 우린 연구자 그룹이라 여행 허가가 빨리 나올 거야. 그럼 내가 준 자료, 마저 보고 있어. 여행 일정은 내가 확실하게 짜 놓을 테니 기대하시고요.

그녀와 통화가 끝나고 한동안 멍하니 앉아 있다. 세계 일주라니 5개국을 다 돌아본다고? 확실히 그녀는 스케일이 남다르다. 저 열정은 어디서 나올까? 굳이 직접 가지 않아도 자료를 찾을 수 있지 않을까. 몸을 계속 움직여야 하는 게 적응이 되려나…
갑자기 온갖 걱정이 몰려온다. 걱정은 긴장을 불러오고 스트레스 지수를 높인다.

- (차 한잔 드시겠습니까? 스트레스 수치를 조절해 주는 차를 드시는 것이 좋겠습니다. 생각은 건강에 해롭습니다.)

그래, 생각을 너무 많이, 게다가 너무 깊이 했나 보다. 역시 생각은 건강에 해롭다. 피곤이 몰려오는 걸 보니… 지금은 그냥 쉬어야겠다. 그녀가 알아서 준비한다니까 맡기고 일단 가 보지 뭐. 생각을 한다고 딱히 더 나아지는 것도 아니니까.

은은한 차 향기가 퍼지고 따스한 차 한 모금에 내 머릿속 걱정은 어느덧 사라진다. 마시자마자 퍼지는 차의 효능에 감탄하며 다시 한 모금 마시다 보니 평소처럼 평온한 상태가 된다.

20.

과거 연구자 그룹은 블루 계층으로 이 세계에서는 퍼플 계층 다음으로 높은 그룹에 속한다. 옛날의 상류층에 해당한다고 보면 된다. 사실, 퍼플 계층은 극소수라서 A국에 거주하고 있고 그들에 대해 들은 적은 있어도 직접 본 사람은 없다고 알고 있다. 그러니 실질적으로는 블루 계층이 상위층 그룹으로 인식되고 있다고 생각하면 된다. 그러니까 나와 그녀, 앞서 만났던 사람들은 모두 특별한 계층이라 혜택이 더 있는 편이고, 태어난 순간부터 특별 관리를 받아 온 사람들인 거다.

이 세계에서 상위 계층은 직업군도 자유롭게 선택할 수 있다. 하지만 각자에게 가장 적합한 직업은 이미 정해져 있고, 그것은 수많은 데이터를 가진 세아가 정하는 것이라 가장 완벽한 답이라는 걸 다 알기 때문에 다른 선택을 하는 사람은 없다.

그러니까 생각이란 걸 할 필요가 없는 세상이 된 거다. 세아 덕분에 고민이나 갈등 따위는 할 필요가 없고 세아가 모든 걸 해결해 주니까 이렇게 편안히 살고 있는 셈이다. 나도 세아가 정해 준 대로 과거 연구자가 되었는데, 옛것을 좋아하는 내 성향과 딱 맞아서 아무 생각 없이 이 연구를 하고 있다고 보면 된다. 지금은 돈을 벌 필요가 없으니까 직업이라기보다 그냥 취미에 가까운 일이라, 쉬엄쉬엄 심심할 때 자료나 찾아보고 재편집이나 하고 그러고 있는 거다.

그런데 이번에는 뭔가 다른 것 같다. 그 별에 대한 호기심과 관심이 지나치게 뜨겁다고나 할까? 내 안에 그전에 없던 열정 같은 것이 일어나는 것 같기도 하고. 아직 잘 모르겠지만 분명히 무언가가 일어나고 있고, 난 그녀가 이끄는 대로 따라가 보고 싶어지는 거다.

여행을 간다니까 새로운 느낌도 들고 낯선 곳에서 그녀와 단둘이 지낼 것을 생각하니 뭔가 내 안에서 꿈틀대는 것 같다. 지난번에 본의 아니게 그녀를 안게 되었던 기억이 떠오른다. 그녀의 향기… 내 얼굴을 스치던 그녀의 머리카락… 부드러웠지.

앗, 무슨 생각을?
갑자기 정신이 번쩍 나서 나도 모르게 주위를 두리번거린다. 아무도 안 보는데 평소와 다른 내 생각을 들킬까 봐 그런지 이상한 행동을 하고 있다. 목소리는 아직 잠잠하다.

다행이다. 휴-

- (순간 혈압이 높았는데 다시 안정을 찾으셔서 처방까지는 필요 없겠습니다.)

헉… 그래, 목소리가 모를 리가 없지. 내 컨디션을 너무 잘 알아서 문제지. 예전엔 몰랐는데 요즘은 목소리가 챙겨 주는 게 편하지만은 않다. 마음을 읽히는 것 같고 감시당하는 것도 같고. 좀 귀찮게 느껴지기도 하고. 하… 이건 분명 이상한 변화다.

21.

아침 일찍 그녀에게서 연락이 왔다. 우리가 연구자 그룹이란 게 여행 승인에 큰 역할을 한 것 같긴 하다. 물론 그녀가 여행 이유를 아주 아름답게 포장했을 거란 예감이 들기는 하지만.

가볍게 입을 옷 몇 가지만 챙겨서 건물을 나선다. 문을 나서니 차 한 대가 서 있고 그녀가 차 옆에 서 있다. 새하얀 셔츠에 반바지, 운동화 차림의 그녀는 소녀처럼 신나 보인다. 이런 옷차림은 처음 보는데 보통 때의 그녀가 우아하다면 오늘은 상큼하고 더 어려 보이는 느낌이랄까. 화창한 햇살 아래 활짝 웃고 있는 그녀가 오늘따라 참 예쁘다. 이런 생각에 잠겨 멍한 나를 보며 그녀가 다가온다.

- 뭘 또 멍하게 봐? 이 차 어때?

- 어, 어… 차…
- 신나지 않아? 살면서 이 차를 타 보게 될 줄이야.
- 이거 그 차야?
- 응, 도시 외곽으로 나갈 때는 이 특수 차량을 이용한다잖아. 자료로만 봤지 직접 이용할 일은 없었으니까. 피스타운만 다녀올 거면 필요 없는데 우린 세계 일주를 해야 하니까 이 차를 이용해야 한대. 진짜 기대되지 않아?

들떠서 눈을 반짝거리는 그녀는 마치 모험을 떠나기 전에 신나서 폴짝폴짝 뛰는 개구쟁이 동생 같다. 차를 탈 일이 없는 시대라 영상으로만 봤고 직접 타 보는 건 나도 처음이다.
포근한 시트에 앉아 본다. 사람에 맞게 자동 조절되는 시트라 편안한 맞춤 석이 된다. 청량하고 좋은 향기가 나는 내부는 널찍하고 아늑하다. 물론 자율 운전 시스템이라 우린 밖의 풍경이나 보면서 여행하면 되고, 필요한 음식은 목소리가 필요할 때마다 제공해 줄 거다. 차량 전용 프로그램인 목소리가 모든 여행을 책임질 거니까 우리가 신경 쓸 일은 없다.

- 그럼 일단 피스타운으로 출발해 볼까?

그녀가 말하자 곧 차량이 움직인다. 소음도 흔들림도 없는 주행이다. 가장 인체에 편안한 주행 프로그램이라더니 진짜 그러네. 건물들이 하나둘씩 보이는데 도시 외곽 가까이 갈수록 고풍스러운 옛 성 같은 건물이 보인다.

- 우리 도시에 저런 건물이 있었나?
- 응, 우리 도시가 맡은 영역이 문화잖아. 옛 문화 연구도 하고 있고 저 구역

이 건축문화 연구지역일 거야. 성은 옛날 동화 속에 꼭 나왔다잖아. 왕자, 공주가 살던 곳이라고.
- 그렇지. 옛 유럽 지역에는 실제로 성이 많았다고 하더라. 그걸 복원한 건가 보네.

높이 솟은 성과 그 성을 둘러싼 성곽을 지나면서 새삼 이 도시가 지닌 의미를 생각해 보게 된다. 오래전 살아남은 나라들은 서로 연합하여 정치, 경제, 환경, 교육, 문화 영역을 나누어 맡게 되었다. 예전엔 각 나라의 이름이 존재했지만 지금은 A, B, C, D, E국으로 불릴 뿐인데, 내가 사는 여기가 E국이고 문화를 담당하는 도시 국가인 거다. 이번 여행의 목적은 D, C, B, A국 순으로 전 세계를 돌아보면서 우리가 연구하고 있는 그 별에 대한 자료를 찾아보려는 것이다.
늘 룸에만 박혀서 만족하던 내가 이런 예상 못 한, 게다가 거칠고 위험할 수도 있는 여행을 하게 되다니… 이건 순전히 그녀 때문인지도 모른다. 내 성격상 생각조차 안 할 여행이니까. 그리고 그녀가 아닌 다른 사람이 얘기했다면 어땠을까? 낯설고 먼 여행에 이렇게 선뜻 따라나섰을까?

22.

도시를 벗어나자 길은 하나로 이어지고 보이는 건 황폐한 풍경이다. 황토색의 땅이 아니라 잿빛에 가까운 회색빛이다.

- 어… 색깔이…

창밖에서 눈을 떼지 못하는 내게 그녀가 가라앉은 목소리로 말한다.

- 상상보다 더 별로지? 도시 밖은…

난 사실 도시 밖에 대해선 관심이 없었던 사람이라 마땅히 대답할 말이 생각나지 않는다. 굳이 도시 밖을 생각할 이유가 없었으니까. 외길은 끝없이 이어지고 창밖엔 잿빛 풍경뿐이다. 하늘은 어떨까 궁금해서 고개를 들어 보니 환하게 밝긴 한데 아무것도 없는 공간이 펼쳐져 있다. 도시 안에서 보던 맑고 푸른 하늘도 아니고 뭉실뭉실 구름이 피어난 하늘도 아니다. 진공 상태의 공간 같은 묘한 하늘이다. 이 자동차는 몸체가 유리처럼 투명한 특수소재로 만들어져서 천장과 사방을 다 볼 수 있다. 의자에 기대 누우면 편하게 하늘을 볼 수 있다.

- 하늘이 색깔이 없네.

그녀도 날 따라 눕더니 하늘을 본다.

- 이게 진짜 모습이지. 도시 속에서 본 건 다 가상이니까. 보기 좋은 그림만 세팅된 세아가 만든 세상이잖아.
- 아… 그럼 이게 이 별의 진짜 모습이구나.
- 응, 그런 셈이지. 도시 외부는 생명체가 존재할 수 없는 환경이니까. 하지만 너무 실망 마. 이게 다는 아니니까.

그녀는 나를 보며 한쪽 눈을 찡긋해 보인다.
자동차는 똑같은 풍경 속을 일정한 속도로 달려 정해진 시간에 불투명한 돔 앞에 도착한다.

- (목적지에 도착했습니다. 돔이 열릴 때까지 안전한 차량 안에서 잠시 기
 다려 주십시오.)

목소리가 멘트를 마치자마자 돔의 한 부분이 위로 밀려 올라가듯 사라지고, 차는 그 열린 곳을 향해 스르르 움직인다. 전원 지역, 흔히 피스타운이라 부르는 바로 그 도시로 들어가는 순간이다. 불투명 돔이 열리자마자 바로 눈에 들어오는 건 초록색이다. 인공적 색감이 아닌 생생한 초록빛같이 보인다. 마치 실제 자연처럼…
차가 앞으로 나아갈수록 초록은 더 생생해지고 여러 식물들과 꽃으로 조성되어 있어서 마치 그림 속에 들어온 것 같다. 얼마를 더 가다 보니 광장 같은 곳이 나오고 거기서 차는 멈춘다.

- 자, 다 왔어.

그녀가 활짝 웃으며 먼저 내린다. 쾌적한 날씨, 이곳은 화창한 햇살이 가득하다. 광장 중앙에 분수대가 있다. 물이 뿜어져 나오고 있는데 진짜 물은 아닐 것이다. 신기한 광경에 가까이 가서 보고 있는데 갑자기 차가운 물이 얼굴에 와 닿는다.

- 앗! 뭐야? 진짜 물이야?
- 응, 진짜 물!
- 왜 여긴 진짜 물이 있는 거지? 필요도 없을 텐데?
- 옛날식이잖아. 어른들의 감성에 맞춰 조성된 도시니까 그렇겠지.
- 그런가…?
- 실제로 땀을 흘리니까 손이나 얼굴을 씻기도 한대.

- 에?
- 이렇게 장난도 치고.

그녀는 또 물을 내게 튕기며 까르르 웃어 댄다. 어린아이처럼 해맑게 웃는다. 햇살이 눈부셔서 그런지 그녀의 얼굴도 미소도 눈부시다. 그녀가 빛나 보인다.

23.

피스타운에 들어선 후 주위를 찬찬히 둘러보니 군데군데 어른들이 보인다. 화단에 꽃을 가꾸고, 나무를 다듬고 물을 주고. 하나하나 손으로 직접 일을 하고 있다. 이마에 송골송골 땀이 맺힌 게 보인다. 처음 보는 장면이다.
땀을 흘리며 일하다니… 이 시대에?

그들 중 한 사람이 벌떡 일어서더니 우릴 향해 성큼성큼 걸어온다.

- 왔냐?
- 아빠!

그녀는 활짝 웃으며 달려간다. 그리고 그 품에 안긴다. 이 또한 낯선 장면이다. 직접 접촉이라니… 부녀는 서로 만난 기쁨을 온몸으로 말하고 있는 듯하다. 바라보고 있으니 뭔가 부러운 기분이 든다.

- 처음 뵙습니다. 나루라고 합니다.
- 어서 오게. 이렇게 만나게 돼서 반갑네.

- 엄만 집에 계셔요?
- 응, 지금 너 온다고 열심히 빵 굽는 중일걸.
- 와아! 빵! 우리 빨리 가요!

그녀는 아버지와 나를 끌다시피 하며 빠른 걸음으로 걷기 시작한다.
빵을 직접 굽는다고? 자동 시스템이 있는데 왜… 직접 굽는데 완벽한 빵이 될 수 있나? 결국 사람이 하는 거라 불완전할 텐데 굳이… 왜?

광장을 벗어나 조금 더 걸어가니 아담한 집들이 나란히 조성되어 있다. 옛날 자료에서 본 것 같은 작은 마당이 있는 집들이다. 그중 한 집으로 들어가니 빵 굽는 냄새가 가득하다. 그녀의 어머니는 앞치마를 두른 모습인데 막 빵을 꺼내는 중이다. 적당히 갈색빛이 나는 빵이다. 김이 모락모락 나는, 모양은 그리 예쁘지 않은 빵이다. 역시 완벽한 비주얼은 아니다.
그녀의 어머니는 우리를 보더니 환하게 웃는다. 그리곤 바로 손으로 빵을 쭈욱 찢어서 그녀에게 내민다. 헉! 손은… 씻으셨겠지?

그녀는 바로 받아먹는다. 그것도 맛있게 먹는다. 그녀가 볼 가득 빵을 우물거리며 나를 돌아본다.

- 진짜 부드럽다! 너도 먹어 봐.
- 아, 아니, 난 괜찮아.

어머니가 내 마음을 알아챘는지 빙그레 미소를 띤다.

- 이런 풍경 낯설고 어색하죠? 여긴 이렇게 옛날식으로 살아요. 그래도 다

1부 - 황금빛 미래

들 사는 동안 건강하게 잘 지내죠. 떠날 때는 갑자기 떠나지만…
- 갑자기?

그녀가 묻는다.

- 응, 그게 여기 사는 사람들의 숙명 같은 거지. 그러니 평소에 열심히 사는 거야. 보통 정기검진 후에 떠나니까 이젠 우리도 대충은 짐작을 해.
- 정기검진 후에?

그녀는 빵을 식탁에 세팅하다 말고 눈을 동그랗게 뜬다.

- 멀쩡하던 옆집 아저씨도 일주일 전에 검진받고 나서 시름시름 안 좋더니 격리센터로 옮겨졌고 결국 어제 떠나셨어.
- 그럼, 유해는 우주로 보내고요?
- 오늘 아침 일찍 중앙관리국에서 왔고 장례 절차, 그러니까 우주로 보내는 과정을 우리도 다 함께 봤지. 비록 영상이었지만… 그리고 우리는 따로 추모식을 할 예정이야. 이곳에 사는 우리만의 추모식이 있거든.

추모식은 그가 키우던 꽃과 나무가 있는 곳에서 진행되었다. 그가 키우던 식물 주위에 모여서 잠시 그에 대한 추억을 나누고, 기념공원처럼 그곳을 꾸며 주는 거였다. 떠난 이의 이름을 새긴 나무 푯말을 만들어 꽂아 주고, 작은 정원처럼 울타리도 만들어 주었다. 그렇게 군데군데 만들어진 정원이 꽤 있다고 했다.

- 내일 새로 흙이 오면 영양분이 듬뿍 공급될 테니 꽃들이 좋아하겠네.

- 흙이 와요?

꽃을 조심스레 만져 보고 있던 그녀가 고개를 든다.

- 응, 중앙에서 주기적으로 공급해 주지. 우리가 잘 키운 식물들 중 일부는 도시에서 가져가기도 하고. 흙도 자원 재활용 개념으로 재생산한다던데? 하여튼 좋은 흙이야. 그 흙을 뿌려 주면 식물들이 잘 자라거든.

그녀의 아버지는 새로 만든 울타리를 쓰다듬으며 작은 정원을 둘러보며 말한다.

자원 재활용? 그렇다면 원료가 되는 자원이 존재한다는 건데, 동물은 없는 세상이고… 풍부한 영양을 가진 생명체라면 식물을 말하는 건가? 인간이랑 식물 말고 다른 생명체가 없는 세상인데… 나는 평소와 달리 궁금해져서 또 생각을 하고 있다.

- 그건 그렇고 그 별 자료는 봤니?

그녀의 아버지가 화제를 돌린다.

- 네, 도서관에서 발견한 시 하나랑 그때 여기서 받아 간 책을 보긴 했는데… 혹시 그 별에 다녀온 사람들 중에 생존해 계시는 분은 없어요?
- 지금은 없지. 거기 다녀온 어른들은 벌써 다 돌아가시고, 우리도 루트 막히고 나서 못 갔으니까… 그 책 쓰신 분의 아들이 우리 또래라 여기 살고 있긴 한데, 도통 말이 없고 혼자 있는 걸 좋아하는 사람이라 우리도 얼굴

본 지가 오래됐거든.
- 그분의 아들이라면 아버지 생전에 뭐라도 들은 게 있지 않을까?

순간 그녀와 나는 동시에 서로를 쳐다보았고 서로의 시선이 마주치자 같은 생각을 하고 있다는 걸 느꼈다.
내일 그곳을 한번 찾아가 보자는 의미로 서로 고개를 끄덕이는데, 둘만의 비밀을 공유하는 느낌이 들어서 그런지 마음 한쪽에서 따뜻한 물결이 일렁이는 것 같다. 뭐지? 이 따뜻한 감정은? 비밀 결사대들이 가졌던 동지 의식 같은 건가…

24.

다른 집들과 조금 떨어진 곳에 작은 오두막 같은 집이 보인다. 주위엔 나무들만 무성히 서 있고 꽃들은 보이지 않는다. 숲 가운데 숨어 있는 듯 보이는 외딴집 한 채. 주위는 고요와 적막만 흐르고 있다. 문을 두드리고 서 있는데, 문득 이곳이 오래전의 그 예전 삶과 꽤 닮았다는 생각이 든다. 초인종이나 노크, 지금은 없는 단어 아닌가. 자동 인식으로 방문객을 확인하고 오픈하는 시스템에 익숙한지라 이렇게 노크하고 한참을 기다리는 일은 참 낯설고 어색한 일이다. 옛날 옛적 전설 속 과거로 돌아간 기분이다. 문이 열리고 머리칼이 희끗희끗한 남자가 물끄러미 우리를 바라본다.

- 안녕하세요. 저희는 연구자 그룹인데 부친께서 쓰신 책에 대해 여쭤볼 게 있어서요. 혹시 시간 어떠세요?

그녀의 맑고 또랑또랑한 목소리가 고요한 공기를 깬다. 남자는 눈썹을 찡그러더니 잠시 말이 없다. 곧이어 한숨 쉬듯 한 마디를 내뱉는다.

- 책…?
- 네, 그 별에 다녀온 기록이요. 지난번에 저희 부모님을 통해 전달받았거든요. 그 별에 관해 연구 중인데, 오빠도 부친께 도움을 많이 받았다고 들었어요.
- 오빠?
- 부친 생전에 오빠가 여기 와서 그 별 얘기도 듣고 책도 받았다고…
- 아… 그 과거 연구자.
- 기억하시네요! 크리스, 오빠거든요.

우린 그녀의 오빠 덕분에 다행히 집 안으로 들어갈 수 있었다. 집 안은 정갈하고 침대, 식탁 외에는 가구가 없어서 공간이 넓어 보인다. 게다가 깨끗하게 정리되어 있다. 식탁이 책상을 겸한 역할을 하는지 작은 선반이 붙어 있고 그 위에 종이 묶음 같은 것들이 잔뜩 쌓여 있다. 대접할 게 차밖에 없다며 남자는 따뜻한 차를 준비한다.

- 안 그래도 아버지가 돌아가시기 전에 그분께 전해 달라고 한 게 있어서 제가 보관하고 있었는데…
- 네? 그게 뭐예요?

그녀는 차 한 모금을 마시다 말고 찻잔을 내려놓는다. 눈을 동그랗게 뜨고 눈빛을 빛내면서 그 사람의 다음 말을 기다린다.

- 그게… 일종의 일기일 수도 있고 메모 같기도 하고. 도통 뭔 말인지 알아

보기가 힘들어서… 그림 같은 것도 있고요.

남자의 아버지는 크리스가 다시 오면 전해 주라는 유언을 남기고 눈을 감 았다고 한다. 그 뒤에 남자는 크리스가 여행을 간 후 실종되었다는 얘기를 들었고 그 자료를 어떻게 해야 할지 몰라 그냥 보관하고 있었다고 한다.

- 당신이 크리스의 동생이고 그 별 연구를 하고 있다면 자료를 드리겠습니 다. 이렇게 전달할 수 있어서 다행입니다. 이제 홀가분하네요.

남자는 마치 무거운 짐을 내려놓은 듯 낮은 한숨을 한 번 쉬고는 아버지에 대한 이야기를 담담히 풀어놓기 시작한다.

25.

남자의 아버지에게 형이 한 명 있었는데 그는 과거 철학 연구자였다. 사람 마다 건강과 나이에 따라 피스타운 입주 시기가 결정되기 때문에 형은 곧 입주를 앞두고 있었다. 그런데 어느 날 형이 동생에게 세계여행을 제안했 고, 동생은 형과의 마지막 여행을 흔쾌히 수락하고 함께 떠났다. 그들은 1 주 후에 돌아올 예정이었지만, 한 달이 지나서야 돌아왔고 동생 혼자였다. 형은 실종으로 보고되었고 동생은 도시로 돌아온 그다음 날 바로 피스타운 으로 옮겨졌다. 건강상의 이유로 격리 조치가 내려진 것이었다. 갑작스러 운 피스타운 입주에 남자는 어리둥절해했는데, 중앙관리국에서는 여행 후 특이한 바이러스 증세를 보여 도시 거주가 위험하다는 판단 아래 급히 옮 겨진 것이라고 설명했다.
그 후 간간이 소식을 듣긴 했지만 방문이 금지되어 만날 수가 없었는데, 어느 날 급격히 건강이 악화되었다는 소식에 그때서야 남자는 피스타운 방문 허락을 받을 수 있었다고 한다. 아버지는 아들에게 과거 연구자 청년에게 전해 주라고 서류 뭉치를 남겼는데, 그것들을 도시로 가져가지 말고 피스타운 주민에게 일단 맡겼다가 이후 아들이 피스타운에 입주하면 다시 찾으라는 유언을 남겼다고 한다.

남자는 선반 위에 쌓아 두었던 서류를 꺼내 식탁 위에 펼친다. 누르스름한 종이에 무슨 그림이 그려져 있다. 다섯 개의 점이 연결되어 있고 서쪽 맨 끝에 별이 하나 그려져 있다. 맨 오른쪽 점부터 화살표로 이어진 점들이 서쪽으로 죽 늘어서 있고 왼쪽 점이 끝나는 지점에서 서쪽 맨 끝에 있는 그 왼쪽 별 사이에는 강물 같은 구불구불한 것이 가로막고 있다.

- 무슨 지도 같지 않아?

내가 그림을 보자마자 말을 꺼낸다.

- 세계여행을 하셨다니까 세계지도? 점이 다섯 개니까 오른쪽부터 E, D, C, B, A국 순서로.
- 아! 그래, 그래, 맞는 것 같아. 5개국이니까! 근데… 이 왼쪽에 있는 별은 뭘까? 지금 존재하는 나라는 5개국밖에 없잖아.
- 흠… 그러게…

다른 서류 뭉치를 보는데 날짜가 적혀 있고 단어들이 기록되어 있다.
흰옷, 5개의 땅 너머에, 기억, 꿈 이런 단어들이 반복적으로 적혀 있다. 가장 많이 보이는 글자는 '기억'이라는 단어다.

- 아버지가 여행을 다녀오신 후 바로 기록에 옮긴 게 그 별에 관한 책이라고 합니다. 그리고 건강검진을 받으셨는데 그 후로 기억이 사라졌다고 하셨지요.
- 네? 기억이 사라져요?

그녀는 서류를 보던 손을 놓고 남자를 뚫어져라 바라본다.

- 돌아가시기 전에 문득문득 기억이 나는 단어들을 기록하셨는데 꿈에도 반복적으로 보이는 것들이 있어서 그걸 무조건 써 두신 거라고 들었습니다.

그래서 '기억'이라는 단어가 많은 건가…

- 어쨌든 이 서류들은 가져가셔서 보십시오. 도시에 가지고 들어갈 수 있을지는 모르겠지만…
- 저희도 여행을 가는 길에 잠시 들러 도움을 받으려고 한 건데, 정말 많은 도움이 될 것 같아요. 감사해요.

그녀는 남자에게 따뜻하게 웃어 보이며 인사를 한다.
그리고 오빠의 실종에 대한 실마리를 찾은 것 같다며 눈빛을 빛낸다. 답답했던 마음에 시원한 바람 한 자락이 불어오는 듯 그녀가 잔잔한 미소를 보인다.

26.

그녀의 집으로 돌아온 우리는 서류들을 마저 검토해 보기로 했다. (우리 도시에서는 '집'이라는 단어를 쓰지 않는데 이 피스타운에서는 '룸'이라 하지 않고 옛 느낌 그대로를 살려 '집'이라고 부른다고 한다.)
노인의 메모는 떠오르는 대로 적었는지 종이 이곳저곳에 낙서처럼 글자들이 적혀 있다.

    교육 치료 - 수면 치료
    자연 재활용 - 피스타운
    자유 - 분리, 고립 전략?
    세아, 세아, 그는 신인가?
    기억 삭제, 기억 리폼

- 이게 도대체 무슨 뜻일까?

우린 동시에 서로를 바라보았는데 그녀도 나만큼 호기심 가득한 눈빛을 띠고 있다. 그다음 페이지에는 일기 같은 글이 적혀 있다.

    형이 평소에 궁금해하던 그것이 문득 생각났다. 신! 신이 다스리는 별! 형은 과거 철학 연구자여서 그런지 이전 세계의 사람들이 맹목적으로 믿었던 그 신에 대해 궁금해했지. 그런데 신에 대한 자료를 찾아보니 건축물이나 상징물 외엔 별다른 자료가 없고 자세한 설명도 없어서 이상하다 그랬지. 왜 신에 대한 자료는 적은 건지, 마치 일부러 삭제한 것처럼.

- 신이 다스리는 별이라면 우리가 조사하고 있는 그 별을 말하는 거겠지? 노인의 형도 그 별을 궁금해하고 있었던 거야.
- 우리 오빠도 그 별 얘기를 듣고 여행을 떠났고…
- 공통점이 있긴 하네. 여행 동기가 같잖아. 근데 여행을 갔다가 실종이라니, 무슨 일이 있었던 거지?

잠시 무거운 침묵이 흐르고 그녀도 나도 각자의 생각에 잠겨 한동안 말이 없다. 가볍게 생각하고 따라나선 이 여행이 왠지 점점 무겁게 느껴지는 건 나만의 느낌일까.

- 근데 건축물 중에 옛 가톨릭교회 건물이나 이슬람 성전 비슷한 건 나도 본 적 있는데… 그림 그릴 때 자료 찾다가 본 적 있거든. 옛날엔 나라마다 동물 같은 거 형상으로 만들어서 그 앞에서 절하고 뭐 그런 말도 안 되는 일을 했다고. 그게 신이라고 생각했나 봐, 어리석게도.
- 그래, 형상을 만들어서 그걸 신이라고 생각하다니. 그게 바로 미개한 시대라는 증거지.

내가 퉁명스러운 목소리로 대꾸한다.

- 그래서 세아가 더 신 같잖아? 모든 걸 가능하게 하는 전지전능한 존재니까. 이 세상을 다시 세팅하고 관리하고 필요한 것을 다 공급해 주니까 말이야.
- 아, 생각하니 그러네. 옛날 사람들이 바라던 그 신이 지금의 세아일 수도 있겠다. 그럼 신이 다스린다는 그 별에는 진짜 신이 있는 걸까? 세아보다 더 뛰어난 신비한 어떤 존재가?

- 글쎄… 이 여행, 생각보다 더 흥미진진해지는데? 뭔가 비밀스러운 게 있을 것 같은 느낌이 들어. 우와! 벌써 심장이 두근대는데?

그녀는 초롱초롱한 눈을 빛내며 내 어깨를 툭 친다.

- 그치? 뭔가 신나지 않아?
- 어? 응…

재미있는 걸 발견한 듯 들뜬 목소리로 방실방실 웃고 있는 그녀는 꼭 귀여운 강아지 같다. 난 아직 별다른 생각이 없는데 그녀가 저렇게 신나하는 걸 보니 덩달아 내 입가에도 미소가 흐른다. (참고로 강아지란 옛날에 존재했던 침 흘리고 털 날리는 진짜 강아지 말고 인공지능이 만들어 준 이상적인 강아지, 깨끗하고 말도 다 알아듣는 이 세계의 그 귀엽고 완벽한 개체를 말한다.)

27.

신…
과거 문학 자료들을 보니 그때 사람들은 현실이 아닌 이상적인 세상을 그릴 때 신이나 천사를 떠올리곤 했다. 새하얀 옷을 입은 빛보다 눈부신 존재들, 인간이 아니라 영원히 사는 존재인 그들을 부러워했고 그런 세계를 찾기 위해 끊임없이 연구하고 탐구했다. 현실의 고통이 극심했기 때문에 초월적 존재가 필요했겠지. 과거 그들이 겪었던 식량난이나 기후 재난, 전쟁 등(지금은 전혀 와닿지 않는 이유들이지만) 혼란과 고통 속에 해결책이 없던 그 시대는 생각만으로도 끔찍하다. 범죄도 많았다던데, 사람이 사람을 죽이다니… 그것도 부모가 자식을, 자식이 부모를 죽이는 시대였다니, 상상이 안 된다. 그건 분명 스스로 인간이기를 포기한 자들이었을 거다.
그러니 신에 대한 갈망은 어쩌면 당연한 것이었는지도 모른다. 그런 세상이라면 나 역시 초월적인 세계나 구원자를 꿈꾸고 기다렸을 거니까 말이다. 다행히 새로운 세상, 이 시간에 살고 있어서 고통, 걱정, 결핍, 위험 없는 완벽한 이 시대에 살고 있어서 지금을 사는 우리는 행복하다고 해야겠지. 생각할 필요 없이 모든 필요가 다 공급되고 완벽하게 각 개인에게 맞춤으로 제공되는 최적의 삶이 있는 세상. 그래, 이게 좋은 세상인 거지.

근데… 왜 이 시대에도 신을 찾는 걸까? 아니, 정확히 말하면 신보다 신이 만든 그 별을 보고 싶은 걸 거다. 지금 우리가 사는 세계에서는 볼 수 없는 원초적 자연 풍경, 그 완벽한 아름다움을 보고 싶은 거겠지. 나도 그렇고. 내가 꼭 보고 싶은 것은 진짜 비가 내리는 풍경이다. 비를 온몸으로 느껴 보고 싶고, 쏟아지는 빗소리를 들어 보고 싶다. 비 내리는 풍경 속에 서서 온 대지를 적시는 비를 느껴 보고 싶은 거다. 비 오는 날 가만히 그 냄새를 맡아 보면 시원한 수박 냄새가 난다고 하던데 정말일까?
그래서 나도 그 별이 궁금하다.

28.

우리는 다음 날 피스타운 사람들의 환송을 받으며 다음 도시를 향해 출발했다. 피스타운의 돔이 닫히고 차는 다시 황량한 길 위를 달린다. 보이는 풍경은 생기 없고 불투명한 느낌이다. 도시 안과 확실히 다르다.

- 여기 오래 나와 있으면 저절로 우울해지겠는데…

눈을 창밖에 고정한 채 중얼거리는 나를 보고 그녀가 '풋' 하고 웃는다.

- 너도 그런 감정을 느끼네? 목석인 줄 알았더니.
- 목석?
- 응, 그거 아주 고전적인 표현이야. '목석같은 사람'은 나무나 돌처럼 아무 감정이 없는 사람을 말한대.
- 내가 목석이라고?
- 이제 알았어? 설마.

그녀가 눈을 동그랗게 뜨고 내게로 바싹 다가온다.

- 왜… 왜 그래?

나도 모르게 뒤로 움찔 물러나는데 그녀는 더 가까이 다가온다. 차 안이라 달리 피할 공간도 없는데… 어느새 바싹 다가와 얼굴이 거의 닿을 것 같다. 순간 좋은 향기가 느껴진다. 시원하면서도 상쾌한 향이 그녀와 닮았다. 그녀의 숨결이 너무 가깝다. 입술도… 그녀 때문에 심장이 부풀어 오르는 느낌이다.
그녀가 내 가슴에 손을 얹는다.

- 오! 심장 뛰는 거 봐. 목석은 아니었나?

그녀가 이렇게 가까이 오는 건 아무래도 적응이 안 된다. 난 그녀를 살짝 밀어낸다.

- 목석은 아니니까 확인했으면 좀 떨어져 주시지.

그녀가 큭큭 웃으며 떨어져 나가고 난 아직도 느껴지는 그녀의 향기와 머리칼의 흔들림과 그 손길 때문에 그 후로 한동안 시간이 필요했고, 심장이 다시 진정될 때까지 창밖에다 시선을 꽂고 있을 수밖에 없었다.
길은 외길이고 창밖에 보이는 건 아무것도 없다. 소리도 움직임도 없는 고요한 우주를 떠가는 것처럼, 오직 우리만 이곳에 존재하는 것처럼 느껴진다.

- D국에 가면 그 별에 대한 자료가 있을까? 거긴 교육도시니까 우리 도시에 없는 정보가 있을지도 모르지. 어쨌든 뭐라도 있지 않을까? 뭔가 재미있는 게 있을지도 모르고.

그녀는 눈빛을 반짝이며 즐거워한다. 역시 새로운 것에 대한 호기심이 많은 사람이라 반응이 경쾌하다.

- 언제쯤 도착이야?
- (5분 뒤에 도시가 보입니다.)

한결같이 황량한 배경이 계속되다가 문득 전방에 하늘에서 뚝 떨어진 것 같은 돔 하나가 나타난다. 멀리서는 안 보이더니 일정 거리 안에 접근하니까 비로소 도시 형태가 눈에 보인다. 일종의 투명 방어 시스템을 갖추고 있어서 방문자가 없을 땐 도시 자체가 눈에 보이지 않는다고 한다.

- 뭐, 그렇게까지… 외부 침공이 있을 것도 아닌데.

- (언제든 어떤 일이 발생할 수 있다는 전제 아래 만반의 준비를 하는 것이죠. 그때 이후 소행성들의 운행이 불안정해져서 언제든 행성 충돌에 대비할 수 있는 시스템이 필요하다고 세아가 준비한 것입니다. 특수 보호막으로 도시를 보호하는 것이죠. 혹시 모를 의도적인 공격에도 대비할 수 있고요.)

내가 중얼거리는 걸 듣고 바로 목소리가 설명한다.

- 그때라면 기록에 전해 오는 그 암흑 같은, 종말 같은 시대 말이지?
- (네, 예상치 못했던 그때의 아비규환을 다시 겪지 않도록 철저히 준비하고 있는 것이죠.)

생존을 위한 아비규환, 전쟁, 기후 재앙, 소행성 충돌, 암흑 속 파괴의 시간들. 그리고 살아남은 자들이 이룬 지금의 시대. 그렇게 시간은 새로운 역사를 만들고 이 별은 아직 생존 중이다.

29.

도시 앞에 도착하니 돔이 열린다. 차량은 스르르 빨려 들어가듯 움직이고 도로가 이끄는 대로 도시 속으로 들어간다. 이 도시의 건물들은 나지막하다. 건물들이 길게 이어지고 잇닿아 있어서 길을 가며 건물들을 계속 볼 수 있다. 차가 도착한 건물 앞에는 입구에 커다란 뇌 형상이 설치되어 있다. 뇌의 각 부분들이 섬세하게 표현되어 있고 은빛으로 빛나는 그 뇌 형상은 이 도시가 교육도시라는 것을 알게 한다. 건물 안으로 들어서자 목소리가 안내를 한다.

- (어서 오십시오. 여기는 D국, 교육도시입니다. 곧 가이드가 도착합니다. 즐겁고 유익한 시간 보내시기를 바랍니다.)

건물 안은 생각보다 넓고 탁 트여 있다. 통유리를 통해 밖의 풍경이 한눈에 들어온다. 나지막한 건물이라 생각했는데 막상 들어와 보니 천장이 생각보다 높다.
그때 가이드가 다가온다. 야윈 체형에 안경을 쓰고 있다.
안경? 굳이 안경을 쓴 걸 보니 저 안경, 무슨 기능이 있는 거겠네. 이 시대의 안경은 몇몇 사람들의 멋내기용 아니면 특수 목적용 기능성 안경이니까. (예전엔 시력을 보완하는 용도로 썼지만, 지금은 완벽한 수정체로 대체하는 시대니까 필요 없는 도구라고 보면 된다.)

- 어서 오세요. 안내를 맡은 추이라고 합니다.
- 안녕하세요. 저희는 E국에서 온⋯
- 네, 나루 씨와 수 씨.
- 네, 맞아요. 이미 알고 있네요.
- 그럼요. 도시에 들어서는 순간 방문객의 신원이 체크되니까요. 안전한 사회를 위한 기본이지요.
- 안전한 사회⋯
- 자, 이제 이 도시를 둘러보셔야죠.

가이드는 우리를 데리고 바로 옆에 있는 한 공간으로 이동한다. 아늑하고 편안한 소파가 길게 놓여 있는 곳이다. 거의 베드에 가까운 길고 푹신한 소파에 앉으니 곧 목소리가 들린다.

- (어떤 음료를 드시겠습니까?)

메뉴판이 눈앞에 영상으로 뜬다.

- 어… 그게…

내가 망설이자 그녀가 경쾌한 목소리로 묻는다.

- 여긴 뭐가 맛있는지 추천 좀 해 줄래?
- (여행 후 기분을 새롭게 해 주는 음료를 권해 드리고 싶은데요. 이걸 드시면 피로가 풀리실 겁니다.)
- 그럼 그걸로 줘. 너도 마실 거지?
- 어, 그래.
- (그럼 두 잔 준비하겠습니다.)

- 이 도시가 교육도시라면 이 행성의 모든 교육 시스템을 여기서 다 관리한다는 거지요?

그녀가 가이드에게 질문을 던진다.

- 네, 그럼요. 이 도시에서 모든 교육을 담당하고 실행하고 있지요. 음료를 드시면서 천천히 보시죠.

음료가 나오는데 상쾌한 향이 난다. 쭈욱 한 모금 마시니 머리가 시원해지는 기분이다.

- 지금은 유전자 검사로 선택된 사람들만 태어나는데, 출생 전 자궁터에서 자라는 동안 교육이 진행되죠. 예전에 태교라고 불렀던 그런 원시적인 교육이 아니라 진짜 필요하고 중요한 지식을 주는 것이지요.

눈앞에는 영상을 통해 수정, 착상, 형체를 갖춰 가는 아이의 모습이 단계적으로 나타난다.

- 블루 라인과 퍼플 라인이 소위 상위층 레벨의 유전자 그룹이라더니 진짜네.
- 세 개의 계층으로 나누어지는데 퍼플, 블루, 그레이 라인입니다. 퍼플 라인은 거의 극소수이고, 블루 라인이 여러분처럼 뛰어난 다수의 그룹, 그레이 라인이 그 외의 그룹입니다.
- 그레이 라인이 있긴 하나요, 도시 안에?
- 도시 안에 거주하긴 하지만 볼 기회는 별로 없을 겁니다. 맡은 영역이 달라서요. 여러분들과 같은 공간에서 만날 일은 없지요. 없는 듯 있는 존재랄까요? 보이진 않지만 존재하긴 합니다. 도시를 위해 꼭 필요한 존재니까요. 퍼플 라인은 주로 A국에 거주하고 있고 이 행성 전체 시스템에 관여하고 있는 최고 브레인 그룹입니다. 원하시면 A국 방문 시 만나실 수 있습니다.
1기 유아기, 2기 청소년기의 모든 교육을 다 마치면 원하는 나라로 이동해서 살게 되는데 각자에게 맞는 맞춤 도시로 가게 됩니다. 두 분은 문화 도시로 가신 거고요.
세아의 교육 시스템을 적용하면서 아이들이 안전하게 자라며 필요한 교육을 제공받고 각자의 재능을 발휘하며 살게 된 것이지요. 어떤 위험도 없는, 안전한 사회를 만든 최고의 시스템이지요.

아이들이 운동하는 장면이 보인다. 물론 스스로 움직이는 게 아니라 보이지 않는 칩들이 장착되어 신체의 기능을 업그레이드시키는 거다. 신체와 정신의 균형이 중요하다고 운동을 정기적으로 하게 되어 있으니까. 그리고 수면 상태인 듯 아이들이 누워 있고 머리 위 허공엔 끊임없이 뇌파가 움직이는 게 보인다.

- 저건…?
- 수면 치료 중입니다. 자는 동안 치료를 하지요. 부정적인 감정이 생기면 바로 뇌파 변화가 생기고 육체도 영향을 받는데 그때마다 바로 체크해서 저렇게 치료를 하는 겁니다. 그래서 늘 긍정적이고 평안한 마음을 유지하게 되니까 범죄나 악을 예방할 수 있는 거고요, 이렇게 안전한 사회가 가능한 것이지요.
- 아, 수면 치료. 혹시 치료 때 기억을 삭제하기도 하나요?

그녀가 문득 나를 쿡 찌르면서 가이드에게 질문을 던진다.

- 기억 삭제? 그건 동의 없이 할 수 없는 부분입니다. 본인이 요청하면 가능하겠지만요.
- 그럼 기억 삭제가 가능하긴 하네요?
- 네, 가능하다고 알고 있습니다. 하지만 실행 여부나 그런 기록은 아직 없어서요.

그녀가 나를 돌아본다. 그 노인의 기록, 메모를 떠올리며 나도 그녀를 바라본다. 가이드는 우릴 흘깃 한 번 보더니 다음 영상을 설명하기 시작한다.

- 교육 내용의 포인트는 지식보다 인성입니다.
"먼저 인간이 되어라. 신 아래 완벽한 존재란 없다. 인간은 교육으로 완성된다. 무지가 추와 악이다."
이것이 세아가 생각하는 교육 시스템의 핵심입니다.

- 신? 그럼 세아는 신을 인정하는 거네요?
- 네, 그런 셈이죠.
- 그럼 신의 별에 대한 자료도 있나요?
- 신의 별… 그 자료는 이 도시에 없습니다. 환경도시, 그러니까 C국에 가면 알 수 있을 겁니다. 그 도시가 조성될 때, 신의 별을 모티프로 만들어졌으니까요.
- 오! C국이 그 별을 모티프로? 그럼 진짜 아름답겠네요!

그녀가 눈을 빛내며 외치듯 말한다.

이럴 땐 참, 아이같이 순수해 보인다니까. 사실 말은 안 하고 있지만 기대가 되는 건 나도 마찬가지긴 하다. 환경도시라… 정말 신의 별과 닮았을까? 원초적 자연까지 신의 별처럼 조성되어 있을까? 그럼 정말 아름다울 텐데… 나도 모르게 빙긋 미소라도 지었는지 그녀가 날 바라보며 웃고 있다.

30.
가이드는 우리를 다음 공간으로 안내한다. 들어서는 순간 왠지 시원하고 맑은 기분이 든다.

- 여기는 산소 존입니다. 뇌를 위해 최적의 환경을 조성해 두뇌의 효율성을 높이는 곳이죠. 산소로 씻어 내면 상쾌하게 다시 집중할 수 있게 되고, 호르몬 수치도 정상으로 회복됩니다. 산소 샤워라고 부르기도 하죠. 성장기엔 두뇌의 건강에 신경 써야 학습 효율성이 높아지니까요.
- 와! 그래서 그런지 머리가 확 맑아지는 느낌이에요.

그녀가 신기한 듯 머리를 이리저리 흔든다.

- 교육은 어떤 방식으로 하나요?
- 오감을 다 이용한 교육 시스템입니다. 모든 감각을 생생히 활용할 수 있도록 하죠.
- 아, 맞아. 오래전이라 잘 기억이 안 나지만 그랬던 것 같네. 그럼 지금도 전쟁이나 기후 재난 같은 과거에 대한 교육을 하나요?

내가 입을 뗀다.

- 네, 과거를 알지 못하면 또다시 그런 불행을 반복할 수 있으니까요. 인간이 자신의 악함과 어리석음을 스스로 알고 있어야 비극을 되풀이하지 않는다고 세아가 말했죠. 인간의 악함을 예측하고 체크하고 치료하는 교육 과정 덕분에 지금 이렇게 안전하고 평화로운 현실을 살 수 있는 것이죠. 전쟁과 폭력, 그 모든 부정적인 악의 근원이 탐욕에서 비롯된다는 걸 알고 치료 과정과 교육 과정을 만든 것도 세아죠.

안경 너머 보이는 가이드의 눈빛은 확신과 믿음에 차 있어서 세아가 만든 교육 시스템에 대한 맹신자 같은 분위기까지 풍긴다.

- 그러고 보니 평소에 목소리가 건강이나 감정 컨디션을 예민하게 체크하는 게 그런 이유인가 보네.
- 아, 그건 체크하지 않으면 바로 오염될 수 있는 게 인간이라 예방이 최선책이라는 세아의 지침에 따라 그렇게 실행되고 있고요.

나의 중얼거림을 놓치지 않고 가이드가 대답을 해 준다.

- 미세한 감정의 움직임을 방치하면 언제든 확산되거나 증폭될 수 있고 감정의 균형이 깨질 수 있으니까요. 그럼 아주 위험한 상태가 되지요. 그래서 그때그때 체크를 해서 평안한 상태를 유지하게 도와주는 게 목소리의 역할이라고 할 수 있습니다. 옛 표현으로 하자면 주치의와 비서인 셈이죠.

가이드가 다음 공간으로 발을 옮긴다. 한쪽에는 베드가 즐비하게 놓여 있고 가운데에는 영상이 떠 있다.

- 아까 말했던 수면 치료 공간인가요?
- 네, 수면 치료, 수면 교육, 운동 치료 등 다양하게 활용되는 곳이죠. 운동을 원하면 이걸 터치하고요.

영상을 터치하니 여러 메뉴가 펼쳐진다. 가이드가 터치를 하니까 기구가 나타난다. 의자와 다양한 기구들이 눈앞에 세팅된다.

- 여기 앉으면 필요한 과정이 진행되죠. 부족한 부분을 체크 후 보완하고 회복시키는 겁니다. 건강한 몸에 건강한 정신이 깃드니까요.

여긴 음악이 흐르네. 아니, 음악이 아닌가? 처음엔 음악 소리인 줄 알았는데 자세히 들으니 물소리 같기도 하다. 그녀도 들었는지 반응한다.

- 어? 새소리 아냐?
- 네, 자연의 소리를 음악처럼 만든 겁니다. 물소리, 바람 소리, 새소리, 빗소리 등 많은 소리가 섞여 있지요. 인간에게 평안함을 주는 파동을 자연에서 찾은 거지요.

정말 인간을 위한 최적의 시스템을 만든 것인가. 세아는 어떻게 이런 생각을 해낸 것일까? 아니, 입력된 프로그램이 그렇게 되어 있어서 그런가? 세아를 만든 교수가 천재였다니까…

31.

- 이 건물들 뒤로 생활 공간이 있는데, 거기는 외부인들의 출입은 안 되고 영상으로만 볼 수 있습니다.

그건 굳이 안 봐도 될 것 같은데…
그런 생각을 하는 순간 내 표정을 본 건지 그녀가 묻는다.

- 여기는 방문객을 위한 레스토랑이나 호텔이 있나요?
- 네, 있긴 합니다. 그런데 두 분이 거주하던 문화도시만큼 세련되거나 화려하진 않고, 모던하고 소박하다고 할 수 있겠습니다. 이 건물을 나서면 건너편에 있는데, 목소리가 안내를 해 줄 것입니다.
- 아무래도 처음 하는 여행이라 그런지 금방 피곤하네요. 좀 쉬는 게 좋을

것 같아요.

그녀가 나를 흘낏 보더니 힘없는 목소리로 가이드에게 말한다.

- 아, 그럼 좀 쉬시다가 오후에 다시 이쪽으로 오시면 남은 공간에 대해 설명해 드리죠. 자궁터와 단계별 교육 공간도 보시면 좋을 겁니다.

그녀가 내 팔을 잡고 기대더니 어서 가자는 듯 잡은 팔에 힘을 주며 끌어당긴다. 그녀의 손에 끌려 빠른 걸음으로 건물을 나오면서 중얼거린다.

- 참… 열성적인 가이드네.
- 풋! 그렇게 힘들었어? 내가 피곤한 척 안 했으면 어쩔 뻔했어?
- 그러게. 덕분에 고마워. 건물을 나오니까 좀 살 것 같다.

햇살 아래 그녀가 웃는다. 그녀는 늘 눈부시게 웃는다. 그녀의 환한 웃음에 피로는 날아가고 기분이 상쾌해진다. 팔을 쭉 뻗어 본다. 하늘은 푸르고 공기는 쾌적하다. 완벽해… 늘 그렇듯 이 도시도…
건너편 건물로 들어서니 넓은 홀이 있고 심플한 테이블과 의자들이 놓여 있다. 사람들은 보이지 않고 목소리가 우릴 맞이한다. 창가 쪽으로 자리를 잡고 음식을 주문한다.

- 햇살 좋네.

그녀가 창밖에 시선을 꽂는다.

- 그러네. 진짜 풍경은 아니지만… 저 나무도 진짜 살아 숨 쉬는 게 아니겠지?

창밖에 푸르고 싱싱한 나무들이 보인다. 바람에 적당히 흔들리고 있다. 보기엔 완벽한데… 결국 바람도 나무도 모두 가상으로 만들어진 풍경일 뿐이다. 마치 환영처럼 실제가 아닌 것이다.
음식은 처음 보는 형태지만 맛은 괜찮다. 영양이 완벽히 맞춰진 음식이라고 맛도 좋은 건가? 사실 난 평소엔 잘 먹지 않고 그냥 영양 큐브 하나로 대신하는 편이라 음식에 대해선 잘 모른다. (영양 큐브란 큐브 형태로 만들어진 일종의 영양제다. 포만감이 제법 느껴지게 만든 거라 입맛이 없을 때 흔히 섭취한다.)

- 맛이 괜찮네. 넌 어때?
- 난 음식에 별로 관심이 없는 사람이잖아. 너랑 있으니까 먹는 거지.
- 참 특이해. 맛있는 걸 먹는 이 즐거움을 모르다니 말이야.
- 난 먹는 것이 귀찮은 사람이잖아.
- 알지. 근데 혹시 조금이라도 열정을 느끼는 분야는 없어?
- 열정? 있지.
- 응? 있어? 뭐?

그녀는 눈을 또 동그랗게 뜨고 돌진이라도 하듯 내 앞으로 몸을 내민다.

- 신의 별.

순간 그녀의 허탈한 표정은 한껏 기대하는 눈빛으로 발을 동동 구르던 아이가 실망해서 힘이 쭉 빠진 모습과 겹쳐 보인다.
풋! 나도 모르게 웃음이 터진다. 오랜만에 한참을 웃는다. 삐진 듯 앉아 있던 그녀도 내가 웃는 게 신기한지 뚫어져라 쳐다본다. 입가에 빙긋이 미소를 문 채.

- 신의 별 말고 다른 게 있겠냐? 이 여행도 그래서 온 건데.
- 그렇긴 하지만 내가 모르는 다른 열정이 있는 줄 알았잖아.

사실 그녀가 내 곁에서 웃고 삐지고 투덜대는 게 더 흥미진진하긴 하다. 신의 별 때문에 가까워진 것도 있지만, 여행을 하면서 오히려 그녀가 더 궁금하기도 하다. 같이 있으면 즐겁고, 웃게 되고. 그녀의 기분 좋은 에너지가 느껴져 덩달아 생기 넘치는 내가 되는 느낌이다. 이렇게 조금씩 마음이 그녀에게로 흘러가나 보다. 그녀 모르게, 나도 모르게…

32.

식사를 마치고 옆 공간으로 가 보니 쉴 수 있도록 긴 소파가 나란히 놓여 있다. 난 소파를 보자마자 쓰러지듯 눕는다. 그녀도 날 따라 소파에 길게 눕는다.

- 역시 누우니까 좋네. 잠시 이렇게 좀 쉬자.
- 응, 처음 하는 여행이어서 너한텐 힘들었을 수도 있겠다.

그녀는 옆으로 누워 날 바라본다.

- 뭐 그렇게 피곤한 건 아닌데, 그냥 눕고 싶네.
- 평소에 움직일 일이 없으니 이런 여행에 지칠 수도 있지. 내가 아니었으면 넌 지금도 룸에 박혀 있었겠지? 이렇게 신기한 도시 구경도 못 하고 늙어 갔을 거고.

그녀의 목소리가 장난스럽게 들리더니 점점 아련하게 속삭임처럼 멀어져 간다.
그러다 번쩍 눈을 뜨는데, 여긴 어디지? 낯선 공기가 느껴지고 소파에 누워 있는데 내 룸이 아니다. 옆을 흘깃 보니 바로 옆 소파에 그녀가 앉아 있는 게 보인다.

- 깼어?
- 어, 내가 잠들었나?
- 응, 푸-욱 잘 자더라. 진짜 피곤했어? 이거 하나 먹어 봐.
- 어?

그녀가 노란 알약 하나를 준다.

- 뭔데?
- 너처럼 지친 사람한테 필요한 구급약인 셈이지. 여행 때 챙겨 다니는 필수품. 안 챙기면 목소리가 잔소릴 해서 귀찮아져서.
- 괜찮다고 하고 싶은데 네 정성 봐서 먹을게.

사실 난 약도 음식도 딱히 좋아하지 않는 편이라 보통은 안 먹고 마는데 그녀가 주는 거라 받기로 한다.

- 일단은 이거 먹고 이따 건강 체크 한번 받든지.
- 괜찮아. 내가 환자냐? 아직 멀쩡하거든요. 약도 안 먹는 편인데 네가 줘서 먹는 거거든.
- 오호, 내 정성을 알아주는 거야?

그녀는 만족스러운 듯 미소를 지으며 머리칼을 쓸어 넘긴다.

- 이제 다시 공부하러 가야지?

그녀가 내게 손을 내민다. 그녀의 손가락은 가늘고 하얗다. 덥석 잡기엔 조심스러울 정도로. 망설이는 그 순간을 못 기다리겠는지 그녀가 내 손목을 잡는다. 그리곤 끌어당긴다. 난 못 이기는 척 일어난다. 알약을 입에 넣으니 오렌지 향이 가득 퍼진다. 향이 나쁘지 않네. 약은 입에 넣자마자 스며들어 전신으로 퍼져 가고 곧 눈빛과 기운이 생생해질 거다. 완벽한 피로 회복제일 테니까.

건너편 건물로 다시 들어가니 아까 그 가이드가 기다리고 있다.

- 자, 이제 다음 코스를 보시죠. 여기가 모든 생명이 탄생하는 핵심 구역이죠. 바로 자궁터입니다.

이때까지 본 어떤 곳보다 신비한 풍경이 눈앞에 나타난다. 불투명한 항아리 모양의 주머니 같은 것들이 공중에 매달려 있다. 끝없이 넓은 공간에 그것들이 셀 수 없을 만큼 가득하다.

- 와… 이건…

그녀가 입을 벌리고 올려다본다.

- 빛이 차단된 저 주머니 안에서 수정된 태아들이 자라나는 거지요. 사람의 피부 조직처럼 신축성이 뛰어난 주머니인데, 태아에게 최적의 환경과 필요한 영양분을 공급하지요. 또 인간의 심장박동과 같은 비트를 들려줘서 안정감을 줍니다. 인간의 자궁보다 더 완벽한 시스템 아래 미래의 아이들을 키우고 있는 것이지요. 그리고 뛰어난 그룹들은 따로 선별되는데, 퍼플, 블루, 그레이 라인이 정해지면 각각 맞춤 교육이 시작되지요.

- 유아기부터 청소년기까지 이 도시에서 보내는 거지요? 부모와 분리돼서 사는 방식이고.
- 네, 성장기별, 단계별 교육을 받는 동안 이 도시에서 머물죠. 교육이 끝나야 각 도시로 갈 수 있고요. 부모들은 주기별로 아이들을 만날 수 있고, 가끔 방문도 하는데 대부분은 영상으로 만나죠. 부모 대신 그 역할을 담당하는 모든 시스템이 갖춰져 있기 때문에 아이들은 만족하며 지내고 있습니다.
세아는 인간이 불완전한 존재라는 것을 인간의 역사를 통해 정확히 인지하고 있기 때문에 부모와 아이를 분리하고, 아이들의 정신적, 육체적 건강을 위해 최적의 시스템을 적용하고 있지요. 우리의 미래를 위해 완벽한 시스템을 만든 것입니다. 다음은 편히 앉아서 영상으로 보시죠.

돌아보니 조금 전엔 안 보이던 1인용 의자가 세팅되어 있다. 동그란 공 모양의 의자인데, 앉으니까 저절로 팔걸이, 다리 받침대가 생기고 머리까지 편안히 받쳐 주는 긴 의자로 변신한다.

- 단계별 교육 과정과 생활 모습입니다. 1단계 유아기가 지나면 함께 생활하는 시간을 가지면서 사회 적응 교육을 합니다.

화면에 아이들이 함께 모여 신나게 웃고 즐거워하는 모습이 보인다. 모임이 끝나고 각자의 공간으로 돌아갈 때는 한 사람씩 나타나서 아이들을 데리고 간다.

- 저 사람은…

그녀가 손가락으로 화면 속 인물을 가리킨다.

- 일종의 보호자이면서 가이드 같은 존재죠. 아이 한 명에 한 명씩 배당되어 있어요.
- 그럼 저 역할을 맡은 레벨은 그레이 라인인가요?
- 아닙니다. 저런 다양하고 복합적인 역할은 AI-S가 하지요.
- AI-S?
- 맞춤형 서비스를 맡고 있는 인공지능형 휴머노이드죠.
- 사람처럼 보여서… 그럼 나도 저들이 케어해 준 거구나.
- 네, 가장 뛰어난 수준의 휴머노이드니까요. 아이들이 사람으로 믿고 따를 만큼 거부감이 없죠. 개인 비서처럼 모든 필요를 제공하는 최고의 시스템이죠.

이 시대 아이들에겐 부모보다 저 로봇이 더 필요한 존재인 건가. 나도 그렇게 키워졌고 자라서 부모에 대한 끈끈함이 없는 걸까? 완벽하게 케어하고 관리하는 시스템이라 분명 좋은 것일 텐데 설명을 들을수록 난 뭔가 불편하다. 그때 그녀가 내 어깨에 손을 얹는다. 덕분에 생각에서 돌아와 그녀를 보니 심각한 표정으로 날 빤히 보고 있다.

- 어디 안 좋아?
- 아니, 괜찮은데? 잠시 딴생각을 했나 봐.
- 나루 씨는 생각을 자주 하시나 봅니다. 목소리가 주의를 주지 않던가요?

가이드는 진지한 눈빛으로 걱정하듯 말한다.

- 아… 아주 가끔 그럴 때가 있는데 그때마다 목소리가 잔소리를 하죠. 생각은 건강에 안 좋다고.
- 네, 한번 시작하면 나무처럼 계속 자라나는 게 생각이죠. 나중엔 제어가 안 될 만큼 위험해질 수도 있어요. 초기에 끊는 연습을 하는 게 좋지요.

그녀가 내 어깨를 토닥인다. 가이드가 그런 그녀의 행동을 신기한 듯 바라본다. 안경을 쓰윽 올리면서.

33.

모든 안내가 끝나고 건물을 나오는데 그녀가 갑자기 멈추더니 뒤에 서 있는 가이드에게 질문을 한다.

- 우리처럼 여행 겸 이 도시를 찾는 사람들이 꽤 있겠죠? 혹시 방문자들 기

록이 남아 있나요?
- 네, 자주는 아니고 아주 가끔 여행자분들이 지나시면서 들르시죠. 주로 환경국을 방문하시는 분들이 가는 길에 들르시는데, 모든 방문 기록은 저장되어 있습니다.
- 그렇군요…
- 찾으시는 분이라도 있으십니까? 가족이나 친척이라면 조회가 가능합니다. 다른 도시에서도 가능하니까 목적지에 가서서 확인하셔도 되고요.
- 네, 그렇게 할게요. 그게 낫겠네요.

그녀의 표정이 어두워진다. 분명 사라진 오빠의 행적을 찾고 싶은 걸 거다. 여길 들렀는지 궁금한 거다. 그런데 왜 바로 확인하지 않는 걸까?
우린 건물을 나와 옆 건물로 이동한다. 무빙 로드는 천천히 움직인다.

- (다음 건물은 호텔입니다.)

목소리의 안내를 따라 호텔로 들어가니 프런트에 사람이 나타난다. (물론 그림자일 뿐 진짜 사람은 아니다. 아, 여기서 그림자란 홀로그램을 가리키는 나만의 표현이다. 진짜가 아니라 흉내만 내는 존재니까 그림자라고 부르는 거다.)

- (어서 오세요.)

그 사람이 두 손을 펼치자 곧 예약 확인 영상이 뜬다.

- (수 씨, 나루 씨. 확인되었습니다. 짐은 없으십니까? 손을 내밀어 주세요.)

그녀가 손을 내밀자 손목에 푸른빛이 새겨진다. 일종의 출입 허가증 같은 건가 보다.

- (안내자를 따라가시면 됩니다. 편안한 시간 보내시길 바랍니다.)

옆을 보니 어느새 안내자가 와 있다. 사람처럼 보이지만 휴머노이드의 일종이다.

- (풍경이 아름다운 2층 룸으로 안내해 드리겠습니다.)

전용 엘리베이터는 사방이 투명해서 호텔 밖 풍경이 다 보인다. 물론 그것 또한 인공으로 조성된 가상의 그림일 테지만…
엘리베이터가 열리니 바로 룸이다. 안전 및 개인의 사생활 존중을 위해 타인과 접촉하지 않고 바로 룸으로 갈 수 있게 되어 있다. 통유리 가득 초록숲이 펼쳐지고 상큼한 향기가 난다. 널찍한 베드가 하나 보인다.

- 베드가 하나야?

화들짝 놀라 그녀를 돌아보며 묻는다.

- (안쪽에 또 하나의 베드가 있습니다. 분리형 침실이라고 생각하시면 되겠습니다.)

다행히 안내자가 친절히 설명해 준다.
놀란 가슴을 쓸어내리며 안쪽으로 들어가 본다. 커튼처럼 하늘거리는 칸막이 안쪽에 베드 하나가 놓여 있다. 뭔가 더 아늑한 느낌이 드는 공간이다.

- 오, 좋네.

그녀가 베드 위에 털썩 눕는다. 푹신한 베드는 그녀를 부드럽게 감싸안아 최적의 만족감을 주도록 세팅된다.

- 너도 여기 와서 누워 봐.

그녀가 자기 옆을 가리킨다.

- 어? 난, 별로 안 피곤해서…
- 내가 잡아먹기라도 한대? 뭘 그리 놀라?

순진한 얼굴로 그녀가 웃는다. 까르르거리며 웃는다. 난 여전히 그녀 앞에 선 서툴고 어리숙해진다.

- 난 배고픈데, 밥이나 먹으러 가자.

그녀의 해맑은 시선을 피하며 문 쪽으로 걸음을 옮긴다. 안내자가 친절히 문을 열어 준다.
1층으로 내려와 레스토랑을 찾아 들어가니 두세 명의 손님이 보인다. 두 명은 나이가 들어 보이는 게 아무래도 부부 같고, 한 명은 젊은 남잔데 따로 앉아 있는 걸 보니 동행은 아닌 듯하다. 우리도 자리를 잡고 막 음식을 고르려고 하는데 어떤 목소리가 다가온다.

- 어? 수?

고개를 드니 키가 훤칠한 금발의 남자가 우리 앞에 서 있다.

- 응? 제임스! 여긴 웬일이야?

그녀가 환하게 웃는다.

- 나야 환경국 소속이니까 여기 교육국 환경 체크하러 왔지. 정기적인 출장 같은 거. 근데 너야말로 이 도시까지 무슨 일이야?
- 아, 일종의 세계여행? 이 친구와 함께 여행 중이야.

제임스의 시선이 나를 향한다. 호기심 가득한 눈빛으로 나를 본다.

- 여긴 나루, 같은 연구자 그룹이고, 이쪽은 제임스, 환경국 소속 식물학자야. 서로 인사해.
- 아, 안녕하세요. 나루라고 합니다.
- 네, 안녕하세요, 제임스입니다.
- 우리 저녁 먹을 건데 넌 먹었어?
- 응, 밥은 방금 먹었어. 차 한잔하려던 중이었는데 잘됐네. 나 합석 좀 하자.
- 그래, 넌 차 마셔. 여긴 뭐가 맛있을까?

제임스는 우리가 식사를 하는 동안 차 한 잔을 천천히 음미하고 있다. 시선은 계속 그녀에게 고정한 채.

- 여긴 오늘 온 거야?
- 응, 내일 아침에 환경국으로 출발할 거야.
- 그래? 그럼 내일 같이 가면 되겠다.
- 어? 너도 내일 돌아가?
- 응, 일은 마무리했고 정리할 거 오늘 밤에 마저 하면 되니까.
- 잘됐네. 그럼 제임스가 환경국 가이드를 해 주는 걸로, 오케이?
- 물론이지. 내가 영광이지. 수를 여기서 만나다니…

푸른 눈동자, 빛나는 금발, 웃는 미소가 꽤 괜찮은 남자. 그녀를 바라보는 눈빛이 예사롭지 않다. 뭔가 거슬린다. 룸으로 돌아오면서 그녀가 내 팔을 살짝 잡는다.

- 왜? 아까부터 표정이 별론데. 피곤해서 그래?
- 어? 아니, 아닌데.
- 그래? 근데 참 세상이 좁긴 한가 봐. 여기서 제임스를 만나다니.
- 그 친군 어떻게 아는 건데?
- 제임스? 작년에 블루 라인 파티에서 만났지.
- 블루 라인 파티?
- 응, 너도 초대장 받았잖아. 귀찮다고 가진 않았지만. 기억나?
- 작년… 초대장…?

기억을 더듬어 본다. 별로 중요한 것 같지 않은 모임은 모조리 패스하는 성향이라 그 파티도 아마 그랬을 거다.

- 그 파티에서 만났다고?

- 응, 그날 거기서 처음 만나 서로 파트너가 돼서 즐겁게 보냈는데, 그 후로 자주 연락을 하더라고.
- 파트너…
- 괜찮은 사람 같아. 쾌활하고 적극적이더라고. 식물에 대해선 전문가니까 지성도 갖췄고, 외모도 뭐 그리 나쁘지 않고.

룸으로 들어선 그녀는 창가에 놓인 베드로 뛰어든다.

- 아, 느낌 좋아! 향기도… 응? 너 표정이 또 왜 그래?
- 내 표정이 어때서?

그녀가 진지하게 날 쳐다본다.

- 저기 안쪽 베드 쓸 거 아냐? 안으로 들어가. 내가 여기 쓸게.
- 너, 왜 그렇게 딱딱해졌어? 왠지 말투가 화난 사람처럼.
- 무슨 소리야? 태어나 처음 들어 보는 단어네. 화라는 게 대체 어떤 감정인데? 어서 일어나 베드로 가서. 나도 좀 쉬게.

난 그녀 옆에 털썩 앉는다. 출렁거리는 베드가 부드럽게 날 감싼다. 피로가 갑자기 밀려오는 느낌이다. 그녀가 말없이 일어나 안으로 들어가고 난 그대로 길게 눕는다. 포근한 감촉이 날 감싸고 은은한 향기가 퍼져 온다. 내가 좋아하는 맑고 시원한 향이다.
그녀는 바로 잠든 걸까? 조용하다. 제임스… 파트너였다는 말이 그렇게 기분 나쁘게 들리다니. 서로 자주 연락하고 지냈다고 해서 더 그런가? 뭔지 모르지만 그냥 기분이 안 좋다. 지성과 외모를 갖춘 녀석이라고? 시대가 이렇게 변해도 사람 보는 기준은 별반 다르지 않구먼.

마음속으로 투덜대느라 한참을 끙끙거리다 보니 피곤해진다. 이 정도로 생각을 해 대면 목소리가 반응할 법한 타이밍인데, 여긴 호텔이라 그런지 조용하네.
그때 조용한 가운데 은은한 소리가 들리기 시작한다. 빗소리, 바람 소리, 내가 좋아하는 소리가 들린다.
흠, 역시… 내 상태가 별로였나 보네. 그럼 건강을 위해 이쯤 하고 쉬어야지.
부드러운 촉감과 시원한 공기, 좋아하는 소리에 둘러싸여 편안한 상태로 들어간다.
아무 생각을 안 하니까 역시 좋구나. 머리를 비우는 게 최고의 건강 비법이란 게 맞네. 생각할수록 좋은 쪽보다 나쁜 영향이 더 많은 듯도 하고. 지금 생각한다고 뭐가 달라지는 것도 아니고. 에이, 그냥 잠이나 자자. 수는 잠들었나?
안쪽으로 잠시 시선을 돌리다가 이내 고개를 저으며 눈을 감는다.
그냥 자자. 오늘은 일단 자자.

34.

새소리가 들린다. 가느다란 목소리로 아름다운 선율로 노래하듯 지저귄다. 초록 숲의 향기가 난다. 피톤치드 듬뿍 뿌린 듯 시원하고 상쾌한 공기가 느껴진다.
사락사락 옷자락 스치는 소리, 사뿐사뿐 걷는 발걸음 소리, 가까이 다가오는 느낌인데…

부드러운 손길이 머리칼을 만지고 눈썹을 만지고 눈을 지나 코로 그리고 입술로 옮겨간다.
뭐지? 이건…
따뜻한 입김이 가까이 느껴지는데 눈을 뜨면 안 되겠지? 어쩌지?
그때 귀에 통증이 온다. 아얏! 번쩍 눈을 뜨니 그녀가 내 귀를 쭈욱 당기고 있다. 너무 가깝다. 그녀의 커다란 눈동자가 바로 앞에서 날 들여다보고 있다. 그녀의 숨결이 느껴진다. 눈은 떴지만, 마비 상태처럼 얼음처럼 움직일 수가 없다.

- 일어나라고, 이 잠꾸러기야!

속삭이듯 말하는 그녀의 입술이 바로 앞에 있다. 온몸이 그녀를 향해 반응하려 한다. 숨이 차오르고 가슴이 답답해진다.

- 깼으니까 이제 좀 비킬래?

그녀의 눈을 피하며 몸을 살짝 움직인다. 그녀는 비킬 생각이 없는지 움직이지 않는다.

- 생각보다 잘 자네. 푸-욱, 아무 생각 없이.
- 그러게, 너도 잘 잤어?
- 글쎄… 모닝콜 해 줬는데 고맙지도 않아?
- 어, 그래, 고마워.

그 순간 내 입술에 그녀의 입술이 닿는다. 그녀는 내 입술에 뽀뽀를 하고 씨익 미소를 짓고 있다. 나를 시험하는 걸까? 이 행동의 의미는 무엇일까? 반짝이는 저 눈빛은 뭘 바라는 걸까? 생각으로 온몸의 반응을 눌러야 한다. 아니면… 나도 나를 믿지 못하겠으니까.

생각은 이렇게 하는데 어느새 난 그녀의 허리를 끌어당기고 있다. 그녀의 입술은 부드럽고 달콤하다. 살짝 닿을 정도로 끝내려고 했는데, 그녀가 밀고 들어온다. 뜨거운 그녀가 내 닫힌 입술을 한 번에 뚫고 들어온다. 무방비 상태인 나를 마음껏 탐험하고 난 그저 그녀의 뜻대로 맡길 뿐 저항하거나 거부할 생각은 없다. 그녀의 온몸은 나를 향해 열려 있고 나도 마음만 먹으면 그럴 수 있다. 눈뜨자마자 다가오는 여인의 향기는 거부할 수 없을 만큼 아찔하다.

이제 그녀는 내 아래에 누워 있다. 그녀를 처음으로 찬찬히 바라본다. 아름다운 여자다. 하지만 그녀와 육체적인 관계를 갖는 것은 당연히 생각해 본 적이 없다. 그건 이 시대에선 허무하고 불필요한 일이니까. 이런 키스도 드문 일이라 당황하는데, 육체적 관계라니… 그건 시대착오적, 원시적 행위일 뿐이다. 그저 이렇게 바라보고 가볍게 어루만지는 것만으로도 좋다. 더 깊어지지 않게 여기까지만.

잠시 침묵이 흐르고 내 생각이 전해진 건지 그녀가 입을 뗀다.

- 오늘 모닝콜은 이쯤 할까? 한 번에 훅 들어가면 네가 충격받을 것 같으니까. 씻고 나가자. 제임스 만나러 가야지.

그녀가 내 얼굴을 부드럽게 쓰다듬더니 베드에서 내려간다.

제임스! 잊고 있던 이름. 혹시 제임스에게도 이렇게 굿모닝 키스를 한 적이 있을까. 내게만 이러는 게 아니라 제임스와도? 그 녀석이 수를 바라보는 그 눈빛은 보통이 아니었는데… 원시적인 그런 육체적인 관계는 아니더라도 분명 어떤 친밀함이 있는 것 같았어. 수가 그럴 리가 없지만, 만약 육체적인 관계를, 그 원시적인 행위를 원한다면 그 녀석은 바로 덤벼들 것 같은데.
아… 생각만 해도 끔찍하고 역겹다. 그 동물적인 짓이라니… 쾌락에 눈이 멀어 그 원초적인 짓을 하며 허덕이다니, 어리석고 어리석은 짓이다.
조금 전의 황홀한 기분은 산산조각이 나고 불쾌한 기분이 스멀스멀 올라온다. 아침 대신 알약 하나를 입에 넣고 머리를 맑게 해 주는 음료를 마신다. 씻고 나왔는데도 정신이 멍한 느낌이다. 어제오늘 생각을 너무 많이 해서 그런 것 같기도 하다.
1층으로 내려가니 소파에 앉아 있는 금발 머리가 보인다. 그가 우릴 발견하고 벌떡 일어난다.

- 오, 수! 오늘은 더 예쁜데.
- 훗, 고마워.

수는 해맑게 그를 보며 웃는다. 그녀는 너무 착하다. 저런 영혼 없는 달콤한 말에도 웃어 주다니.

- 차량은 준비해 뒀어.

제임스가 그녀에게 다가선다.

- 응? 우리 차 있는데? 계속 여행할 예정이어서 특수 차량으로 왔거든.
- 그래? 그거 2인용이야?
- 응.

- 그럼 어쩔 수 없이 따로 이동해야겠네. 아쉬운데…
- 환경국 가면 네가 가이드할 거라며? 뭐가 그리 아쉬워?
- 어, 그렇지. 그럼 도착해서 첫 건물에서 만나면 되겠다.
- 오케이.

그녀는 의사 표현이 정확하다. 감정이 어떤지는 몰라도…
이제 우리는 준비된 차량으로 환경국을 향해 간다. 신의 별을 본떠 만든 도시라니 빨리 보고 싶어진다. 교육국을 떠나 길 위에 오르니 다시 막막한 풍경이다. 도시 밖은 이렇게 삭막하고 메마르구나. 세아가 아니었다면 우린 어떻게 되었을까? 생존하더라도 이렇게 완벽한 환경 아래 다시 번성할 수 있었을까.
정말 그는 신인지도 모른다. 미래를 예측하고 준비하고 세팅하고 지금까지 완벽하게 운영해 오지 않았나. 퍼펙트, 완전하고 완벽한 시스템, 그건 불완전한 인간이 만들어 낼 수 없는 거니까. 세아는 스스로 존재하고 학습하고 성장하는 존재니까 어쩌면 이 시대를 위한 신의 재림인지도 모르겠다.

35.

도시의 돔이 보이고 그 돔이 열리면 전에 보았던 그 삭막하고 우울하던 환경은 사라지고 완전히 새로운 풍경이 나타난다. 도시 안과 밖의 차이는 하늘과 땅의 차이를 넘어 말로 설명할 수 없을 만큼 크고 다르다. 이 도시는 돔이 열리자 시선 가득 초록 풍경이 펼쳐진다. 입구부터 보이는 모든 시야에 초록 숲, 초록 나무들이 들어오는데 마치 원시림을 보는 듯하다.

- 와아!

그녀가 눈을 커다랗게 뜨고 소리를 지른다. 우리가 도착한 곳은 광장 같은 곳인데 그 가운데에는 아름다운 갖가지 꽃들이 오밀조밀 심겨 있고, 분수대에는 가느다란 물줄기가 뿜어져 나오고 있다. 시원한 바람에 실려 오는 꽃향기는 여행의 피로를 잊을 만큼 달콤하다.

건물은 이글루 같은 형태로 띄엄띄엄 늘어서 있고 건물 사이 공간들은 다 나무와 화초들로 꾸며져 있다.

- 진짜 숲에 온 느낌이네.
- 그치? 너한테 딱 맞는 취향이지?

그녀는 내가 중얼거리는 소리에 손뼉을 치며 맞장구를 친다.
건물로 들어가니 목소리가 우릴 맞이한다.

- (환영합니다. 여기는 환경국입니다. 가이드가 필요하시면 말씀해 주세요.)
- 여기서 제임스를 만나기로 했는데, 아직 안 보이네.
- (제임스 씨는 업무 보고 중이신데 잠시 쉬고 계시면 10분 후에 만나실 수 있습니다.)

그녀는 나를 끌고 안쪽에 놓인 소파로 발을 옮긴다. 돌아보니 건물 안도 식물 세상이다. 이끼 같은 초록 풀이 덮인 벽면, 천장에서 늘어뜨린 듯 자란 식물들, 실내 가장자리에 미니 정원도 보인다.

- (잠시 기다리시면서 환경국 안내 정보를 보시겠습니까? 음료도 준비하겠습니다.)

- 좋아. 여긴 추천 음료 같은 거 없어? 뭔가 건강에 좋은 걸로.
- (환경국에서는 청정 식물을 이용해 건강 주스를 제공하고 있습니다. 여러 뿌리채소나 과일로 만든 최고의 음료를 드실 수 있습니다.)
- 역시, 환경국이네. 그럼 우리에게 지금 필요한 영양소가 듬뿍 든 그 음료로 부탁해.
- (네, 맞춤 음료 준비하겠습니다.)

잠시 후 눈앞에 영상이 펼쳐진다. 환경국 지도 같은데 우리가 들어온 건물과 중앙 광장을 중심으로 사방으로 배치된 다른 이글루 건물들이 보인다. 그중에 연구동이라는 건물이 있는데, 환경 연구자 그룹용과 그레이 그룹용으로 나뉘어 있다.

- 어, 여기 그레이 그룹이 있네.

내가 불쑥 말을 꺼내자, 목소리가 바로 반응한다.

- (이 도시에는 그레이 레벨이 많은 부분을 담당하고 있습니다. 타 도시에 비해 거주자 수가 월등히 많지요.)
- 여기서 어떤 일을 하는데?
- (이 도시는 식물과 화초를 관리하는 일이 주 임무인데, 식물의 상태를 세밀하게 체크하고 돌보는 것이 그레이 레벨의 역할이죠.)
- 어… 다른 도시에서는 본 적이 없어서.
- (다른 도시에서 식물 관리를 위해 요청이 올 때 파견하는데, 그레이 레벨이 출장을 나가면 각 도시에 일정 기간 동안 거주하기도 합니다.)

음료는 붉은색, 노란색 두 잔이 나왔는데, 잔 위에 이름이 떠 있어서 각자 자기 음료를 받아 마신다.

- 음… 건강해지는 느낌이 확 드는데?
- 응, 맛도 나쁘지 않네. 영양이야 충분할 테고.

그녀가 쾌활, 발랄한 반응을 보이자 나도 바로 동의한다.
영상에는 숲길에 대한 안내도 보인다.

- 저기도 가 볼 수 있는 건가?
- (네, 숲길은 실물로 조성되어 있고 체험 가능합니다.)
- 내가 좀 늦었지?

그때 마침 제임스가 나타난다.

36.

- 설명은 좀 들었어? 안내 영상 보던 중이구나.
- 응, 생각보다 근사한 도시 같아.
- 그래? 멋진 도시인 건 맞지. 근데 문화국이 더 근사하지 않아? 죽기 전에 꼭 가 봐야 할 도시로 선정되기도 했고.
- 하긴 우리가 사는 도시도 멋있긴 해. 근데 난 여기가 더 좋아지려고 하는데? 오늘 자세히 가이드 잘해 봐. 혹시 여기로 옮겨올지 알아?
- 뭐? 그런 생각도 해? 오케이, 좋아! 이 도시가 얼마나 근사한지 보여 주지. 그럼, 가 볼까? 나루 씨도 마음에 드시면 좋겠네요.

건물을 나선 우리는 그 건물 뒤쪽으로 이동한다. 무빙 로드가 아주 천천히 움직인다.

- 여긴 속도가 타 도시에 비해 느려요. 잘 조성된 환경을 천천히 감상할 수 있도록 세팅된 거죠.

건물 뒤쪽부터 시작된 숲은 울창하게 잘 조성되어 있다. 침엽수 계열인가? 초록빛 나무가 정말 싱싱해 보인다. 좋은 향기도 난다. 피톤치드? 그런 거겠지.
잠시 후 무빙 로드가 멈추고 우린 숲 입구로 들어선다. 걸어 들어갈수록 더 크고 우람한 나무들이 빽빽이 서 있다. 나무들은 하늘 높이 자라 있어서 빛이 한 자락도 들어오지 않고 어둡다. 미세한 공기의 흐름이 느껴지고 기분 좋은 상쾌한 향기가 흐른다.

- 이 숲은 굉장하네요.
- 그러게, 나무들이 정말 큰데?
- 복원에 노력을 많이 기울인 숲이죠. 원시림처럼 조성한 곳인데, 여기 올 때면 마음과 몸이 다 치유되는 느낌이 들어요.
- 흠… 정말 좋다!

그녀가 깊이 숨을 들이마시며 감탄한다.

- 이곳은 진짜…인 거죠?
- 핫하하, 네, 진짜 리얼 숲이죠. 이 도시만의 특징이라고 할 수 있죠. 나무도 꽃도 냇물도 폭포도 다 진짜니까요.

그때 맑고 고운 새소리가 들린다.

- 아, 저건 아니네요.
- 식물만 복원했다고 했지? 그것도 환경 때문인 거야?
- 응, 동물들은 메탄가스 문제도 있고 사육 공간도 많이 차지해서 세아가 복원하지 않기로 결정했지. 식물은 공기 정화에도 한몫하고 환경과 건강에 다 좋은 영향을 주니까 복원한 거고.
- 동물을 좋아하는 사람들은 좀 아쉽겠네요.
- 아, 아무래도 전체 시스템을 생각해서 결정하다 보니 그 부분이 좀 그렇긴 하죠. 대신 애완용 로봇이 있긴 하니까요.
- 페토이드 말이지? 그거 좋아하는 사람도 있긴 하다더라. 실제랑 거의 똑같다며? 말 다 알아듣고, 옛날처럼 먹을 것 챙길 필요 없고, 문제 생기면 AS도 해 주고, 귀찮을 것도 없고.

그녀가 맑고 또랑또랑한 목소리로 말하자, 제임스가 옆에서 한마디 거든다.

- 대부분 스스로 자가 치료도 해. 사람을 돌봐주기도 하고. 그게 로봇의 좋은 점이지.

페토이드… 진짜 동물보다 더 좋은 로봇이라니. 편리하긴 하겠지. 생명과 영혼은 없지만…
커다란 나무를 올려다본다. 그러고 보니 옛날에는 숲을 지키는 정령이 있다고 믿었다는데 새로 복원된 이곳에도 그런 영이 있을까? 문득 이런 쓸데없는 생각이 머리를 든다. 깊은 숲속에 있으면 시간이 멈춘 듯, 그 깊은 고요 속에 있으면 뭔가 신비한 일이 일어날 것만 같다. 숲 깊숙이 숨어 있던 요정이 낯선 방문객을 신기해하며 살금살금 나타나 우리를 지켜보고 있을지도 모르고…

울창한 나무들 사이로 흘러오는 신선한 공기에 온몸이 깨끗이 씻겨 영혼까지 정화되는 느낌이다. 바닥은 푹신푹신한 풀로 덮여 있고 나무와 나무 사이엔 덩굴성 식물이 어우러져 자라고 있다. 주기적으로 들리는 새의 지저귐은 숲을 더 숲처럼 느끼게 한다. 저 새는 실체는 없을지라도 소리만으로 충분히 제 역할을 다하고 있는 셈이다.

그런데 여기 처음 온 건데… 왜 이리 익숙하지?

내가 갸우뚱거리며 휘휘 주변을 둘러보고 있으니까 그녀가 묻는다.

- 왜 그래?
- 아, 여기 왠지 익숙해서. 분명 처음 왔는데…
- 나도 그래. 어디서 본 것처럼…

제임스가 끼어든다.

- 여기 처음이라며? 언제 와 본 거야?
- 아니, 온 적은 없는데. 이상하네… 꿈에서 봤나?
- 꿈? 이 시대에 꿈을 꾸는 사람도 있어?

제임스가 놀라 눈을 커다랗게 뜬다.

- 나도 꾸는데… 아주 가끔이지만.

내가 혼잣말로 중얼거리자, 제임스가 나와 수를 번갈아 바라본다.

- 그거, 꿈, 아무나 꿀 수 없다고 알고 있는데…
- 응? 왜? 나도 꾸고 나루도 꾸는데? 그럼 넌 꿈꾼 적 없어?
- 어, 난 없어. 그리고 이제 꿈꾸는 사람은 없는 걸로 아는데.
- 그래? 꿈이 뭐 그렇게 의미가 있는 것은 아니지만, 꾸는 사람이 없다는 게 더 신기하네.
- 그러게, 그러네…

난 처음 듣는 사실에 신기하기도 하고 이상하기도 해서 계속 중얼거리고 있다.

37.

우리는 숲을 나와 정원으로 이동한다. 중앙 정원은 가운데 분수가 있고 인공적으로 잘 꾸며진 곳이다. 색색의 예쁜 꽃들과 허브 종류의 식물들이 조화롭게 배치되어 있다. 그곳을 지나 한쪽으로 가 보니 계곡처럼 폭포가 있고 바위 사이로 물이 흘러 내려오고 있다. 나무 그늘 아래 바위에 걸터앉아 맑은 물에 발을 담그면 어떤 기분일까 궁금해진다. 바위 사이마다 보랏빛 꽃이 보인다. 그러고 보니 사람들 몇몇이 띄엄띄엄 보이는데 바위 사이에 꽃을 심고 있다.

- 사람들이 있네요.
- 네, 그레이 레벨이에요. 주로 화초를 가꾸는 역할을 맡고 있지요. 아, 잠시만 기다려 주세요.

제임스가 그들에게로 간다. 그들 중 한 명이 반갑게 인사를 하고 곧 다른 사람들도 제임스 곁으로 모여든다. 그레이 그룹은 이마에 맺힌 땀을 닦고 있다. 구릿빛 피부, 건강해 보이는 육체, 환한 웃음. 땀을 흘리면서도 웃고 있다. 힘들 텐데, 육체노동이라니…

제임스가 돌아온다.

- 저들은 여기서 사나요?
- 네, 정원 가꿀 때 그레이 그룹들의 도움이 꼭 필요하거든요. 때마다 관리가 필요한 다른 도시에 파견도 나가고요.
- 육체노동이라 힘들 것 같은데 로봇이 하는 게 더 낫지 않나요?
- 아, 그게, 식물을 가꾸는 건 기술만으론 부족한 부분이 있어서요. 사람의 정성이 필요하죠. 사랑을 담아 가꾸는 손길에 식물들이 더 반응하거든요. 그냥 기계적으로 프로그램된 대로 하는 것과 사람이 마음을 담아 하는 게 확실히 차이가 나더라고요. 그리고 엑소수트를 입고 일하기 때문에 힘은 거의 들지 않아요. 근력 운동하는 느낌 정도죠.
- 우리 부모님도 그렇게 생각하시던데. 엄청 정성을 쏟으시고 식물과 대화도 하실 정도로 마음을 쏟으시더라고.

그녀가 맞장구를 치자 제임스가 그녀를 바라본다. 눈빛이 그윽하다.

- 피스타운에서는 다들 그렇게 식물을 잘 키우신다고 알고 있어. 그 식물을 위해 헌신도 하고.
- 헌신? 그렇게까지는 아니고, 도시에서 좋은 비료를 공급해 줘서 식물이 더 잘 자란다던데?

- 비료… 어, 그렇지…

제임스가 그녀를 바라보던 시선을 급히 거두며 말을 얼버무린다.

- 그 비료, 화학비료가 아니라 천연비료라던데 영양 재활용 기법으로 만든 건가 봐요.
- 아, 네. 모든 도시는 재활용을 기본 모티프로 관리되는 시스템이니까요. 자원 손실을 방지하기 위해서 경제국에서 철저히 관리하고 있죠.
- 그 비료는 어떤 걸 재활용하는 건지…

내가 궁금했던 부분을 더 자세히 물어보려고 하는데, 그레이 그룹이 다가온다.

- 제임스, 문화국에 파견될 사람들이 잠깐 보자는데.
- 아, 그러지.

제임스는 급히 자리를 떠나고 우린 잠시 기다리기로 한다.
정원과 계곡은 옛 영상 그대로 생생하게 재현되어 있고, 가끔 새소리가 들리고 미세한 바람이 주기적으로 불어온다. 흙바닥이든 잔디밭이든 바닥은 푹신하면서도 촉촉한 수분을 머금고 있다. 바닥에서 수분이 공급되는 형태인가 보다. 쾌적한 환경, 리얼이라 더 좋은 풍경, 이곳이 신의 별을 본뜬 거라고…
내가 이런 생각에 잠겨 있을 때, 그녀는 멀리 있는 제임스를 보고 있다.

- 그레이 레벨이랑 블루 레벨의 차이가 뭘까? 굳이 나눈 이유가 지능의 차

인가? 지금은 경쟁할 이유도 없고 그러니 차별도 없는 시댄데…

내가 중얼거리자 그녀가 나를 돌아보며 말한다.

- 그냥 맡은 역할이 다른 거겠지.
- 옛날에는 그 무식하고 야만스러운 인종차별 같은 걸 왜 했는지 몰라. 신 아래 다 불완전한 존재들끼리 말이야.

내가 불평하듯 중얼거리자 그녀가 드물게 가라앉은 목소리로 말을 잇는다.

- 어리석고 교만해서겠지? 그랬으니 서로 죽고 죽이고 빼앗고 그랬겠지.

그녀도 과거사에 대해는 부정적인 것 같다. 동질감을 느끼며 그녀의 시선을 따라 다시 고개를 돌린다. 제임스와 그레이 그룹이 서로 얘기를 나누고 있는 모습이 아주 친근해 보인다. 맡은 일이 무엇이든 그 사람의 역할을 존중하고 함께 의논하고 나누며 살아간다는 것은 얼마나 아름다운가.
이 작은 별에서 살아남은 우리가 배운 뼈아픈 교훈은 이기심과 탐욕이 세상을 망하게 했으니, 우리 모두 불완전하고 부족하고 미약한 존재임을 깨닫고 서로 존중하며 감사하는 것. 살아남은 우리는 이전과 달라져야 하니까. 비극의 역사가 반복되지 않도록 말이다.

38.

- 자, 이제 밥 먹으러 갈까? 이 도시에 오면 꼭 먹어야 하는 특별한 음식이 있지.

제임스가 쾌활한 목소리로 돌아오고 우리는 그를 따라 움직인다. 허브 향이 좋은 가든으로 들어서니 실내에도 초록 식물과 고운 꽃들이 가득하다. 한쪽 벽면에 그림처럼 작고 하얀 꽃들이 소담스럽게 놓여 있고, 그 곁엔 크고 화려한 꽃이 포인트처럼 배치되어 있다. 물감이 아닌 꽃으로 만든 그림이 벽을 가득 채우고 있는 듯한 느낌이다.

테이블에 놓인 하얀 수건에 손을 올리니 수증기가 손을 감싸며 증기 소독 과정이 진행된다. 청결한 손, 은은한 꽃향기와 산뜻한 풀 향기가 기분을 좋게 한다. 없던 입맛이 되살아나는지 배가 고프다.

- 뭐가 맛있어?

그녀가 제임스를 보며 묻는다.

- 이곳은 신선한 과일 열매와 채소를 이용한 음식이 유명해. 진짜 건강해지는 음식이지.
- 그럼 알아서 시켜 줘 봐. 우린 잘 모르니까.
- 나루 씨는?
- 아, 나루는 원래 입이 짧아. 잘 안 먹는 편이라 아무거나 괜찮아, 그치?

그녀가 날 보며 눈을 찡긋한다.

- 아, 네, 전 상관없어요. 다 맛있을 것 같은데요.
- 이것 봐, 영혼 없는 말투. 맞지?

그녀가 큭큭거리며 웃고 제임스도 그녀를 따라 웃는다.

곧이어 처음 보는 신선한 열매와 채소 음식이 나오는데, 맛도 좋거니와 식감도 훌륭하다. 먹자마자 건강해지는 느낌이 들 정도다.

- 여기가 신의 별을 모티프로 꾸며졌다던데 그럼 바다도 있어? 아까 안내 내용에 해안가 같은 곳도 있던데, 한번 걸어 보면 좋겠다.
- 아, 그게… 숲은 복원에 성공했는데, 바다는 워낙 오염이 심하고 용암까지 솟아 들끓고 완전히 죽음의 바다가 됐잖아. 그래서 아예 계획 자체에서 제외됐지. 대신에 바다를 이용해서 필요한 에너지를 얻고 있으니까 나름대로 쓸모가 있다고 해야겠지. 바닷가 여행은 영상 체험으로 대체되어 있으니까 이따 가서 보는 건 어때?
- 아, 아쉽다… 파도 소리 들으며 바닷가를 산책하는 게 꿈이었는데. 작게라도 복원해 두면 좋았을 텐데.
- 바다가 작은 사이즈로 복원이 되냐?

내가 머리를 갸웃거리니까 그녀가 한숨을 내쉰다.

- 아쉬우니까 그러지. 부드러운 모래, 밀려오는 파도, 갈매기들, 모래성도 쌓고, 바닷물에 발도 적셔 보고… 그 별처럼 만들었다길래 혹시나 했거든.

수는 많이 기대했구나. 아무 생각 없는 나와 달리 그녀는 기대하는 그림이 있었던 거다.

- 그래, 많이 아쉽지. 근데 영상 체험도 나쁘지 않을 거야. 심혈을 기울여 만들어서 진짜 같거든. 모래성도 쌓고, 파도 소리도 듣고, 백사장도 걸어 보고

다 해 봐. 네가 원하는 대로 다 가능하니까, 그 속에서는. 진짜보다 더 좋을 수도 있어. 위험하지도 않고, 불편하지도 않으니까. 완벽하게 아름답기만 할 테니까.

제임스는 진짜 가이드처럼 막힘없이 설명하며 그녀를 슬쩍 바라본다.

- 같이 볼까? 함께 보면 더 근사할 거야.

제임스가 그녀를 보는 눈빛은 뭔가 원하는 듯한 느낌이다. 갈구하는 듯, 호소하는 것 같기도 하다. 그래선지 저 눈빛이 거슬린다. 뭔가 투명하지 않은 끈적함 같은 게 묻어 나오는 눈빛이다.
수는 잠시 미간을 찡그리더니 작은 목소리로 속삭이듯 제임스에게 말한다.

- 너, 예전에 내가 했던 말 기억 안 나?
- 뭐?
- 네가 그때 술 취해서 내게 했던 짓. 그때 내가 너 정신 번쩍 들게 해 주지 않았어?
- 야, 누가 들으면 내가 뭐 죽을 짓이라도 한 줄 알겠다.

제임스가 당황하며 바싹 그녀 곁으로 다가간다. 내 신경이 예민하게 곤두선다.

- 무슨 일인데?
- 아, 그게…
- 야, 그거 얘기하려고? 창피하게… 그건 내가 널 너무 좋아해서 그런 거잖

아. 너도 날 좋아하는 줄 알았지.
- 뭔데 그 짓이?

점점 더 궁금해지고 기분은 더 가라앉는다.

- 글쎄, 제임스가 그날 하루 파트너였는데, 술을 좀 마시더니 취해서 날 안고 더듬고 그랬지.
- 더듬…어?
- 응, 어찌나 몸을 만지려고 하던지. 별로 취한 것 같지도 않더만.
- 아, 그게, 나루 씨, 그건 오햅입니다. 수가 나한테 잘해 줘서 절 좋아하는 줄 알고… 빨리 친해지고 싶어서…
- 몸으로 친해지려고? 쉽게 뜻대로 다 되는 애들만 보다가 진짜 사람도 그렇게 대하면 된다고 착각한 거 아냐?

수가 놀리듯 말한다.

- 그래서 너한테 크게 한 방 맞았잖아. 별이 보일 정도로. 그때 생각만 하면… 윽, 창피해…
- 그런데도 같이 보자는 말이 나오니? 또 맞을 수도 있어. 난 사람이라고. 네가 원하는 대로 맞춤 제작된 그것들이 아니라 내 생각과 의지로 선택하는 리얼 사람!
- 아니, 이번엔 그런 뜻이 아니라, 좋은 친구로 가이드 겸 함께 보자는 거였지. 딴 뜻은 아니고…

제임스가 그녀 앞에서 쩔쩔매고 있다. 이 상황을 종합해 보면, 제임스 저 녀석이 수를 안고 온몸을 더듬었다는 거다. 그 더러운 몸을 어디다 갖다 댔다는 거야? 입술도 갖다 댄 건가?

어느새 난 주먹을 불끈 쥐고 있다. 입을 꽉 다물고 말없이 앉아 있지만, 속에선 분노가 치밀어 오른다. 제임스를 한 대 치고 싶은 마음이다. 이런 강렬한 분노는 인생을 통틀어 처음 느끼는 거다. 이렇게 절제되지 않는 감정 상태는 원시적이고 퇴행적인 증센데, 왜 이리 불타오르는 것 같지? 속이 부글부글 끓는 느낌인데, 이렇게까지 감정이 치솟다니… 진정하자, 릴렉스. 짐승 같은 미개한 반응은 수치스러운 거야. 과격해지는 마음을 가라앉히자. 수가 눈치 채기 전에.

그리고 깊이 심호흡을 한다. 후우-

39.

제임스가 급한 일이 있다며 먼저 가고(진짜 급한 일인지, 이 상황이 불편해서 그런지 모르겠지만) 우린 바로 옆에 있는 체험관으로 이동한다.
'Welcome To The Star', 웰컴 투 더 스타? 입구에 보이는 안내 글자가 시선을 잡는다.

- 그 별? 우리가 아는 그 별일까?

그녀가 눈을 반짝이며 날 바라본다. 나도 기대감과 설렘이 슬슬 밀려오는 걸 느낀다. 그곳에 들어서니 동그란 공 모양의 공간이 나타난다. 가운데 투명한 유리공 같은 게 떠 있고 가장자리에는 편안해 보이는 소파가 빙 둘러 놓여 있다.

- (웰컴 투 더 스타! 어서 오세요. 원하시는 곳에 편안히 누우시면 되겠습니다.)

목소리의 안내를 따라 소파에 눕자, 가운데 있던 유리공에서 작은 공 하나가 나타나더니 눈앞으로 다가온다. 자세히 보니 투명한 유리 같은데, 그 안에는 푸른 호수 같기도 하고 하늘 같기도 한 풍경이 보인다.

- (크리스털 볼을 손으로 받아 주세요. 그러면 여행이 시작됩니다.)

그 볼에 손을 대는 순간, 바닷가에 서 있는 나를 발견한다. 분명 바닷가다. 파도가 밀려와 발에 부딪힌다. 발을 내려다보니 맨발이다. 시원한 물결이 느껴진다. 그리고 모래가 느껴진다. 부드럽고 폭신하다. 바람이 적당히 불어와 바다 냄새가 실려 오고 파도 소리도 들린다.

- 바다가 진짜 넓구나!

그녀의 목소리다. 돌아보니 바로 옆에 그녀가 서 있다.

- 동시 접속인가?
- 그런가 봐. 좋네, 이렇게 같이 있으니까.

그녀가 내 팔을 잡고 끌어당긴다.

- 걸어가 보자. 모래 느낌이 너무 좋은데? 진짜 부드러워.

외딴 별, 외딴 바닷가에 둘만 남겨진 듯 온전히 둘만의 공간이다. 철썩이는 파도 소리를 들으며 그녀와 나는 천천히 해변을 걷는다.

- 아, 이거 조개껍데기 아냐?

그녀가 발아래를 유심히 보더니 쪼그리고 앉는다. 나도 덩달아 앉는다. 하얗고 조그마한 조개껍데기다. 그녀가 신기해하며 조심스레 두 손가락으로 들어 올린다.

- 와아! 귀엽다. 그치?
- 너, 모래성도 쌓고 싶다며?
- 응, 기억하네?
- 이왕 쪼그리고 앉은 참에 여기다 만들까?
- 그래, 그래, 좋아!

그녀는 신이 나서 들뜬 아이처럼 바로 모래를 파기 시작한다. 촉촉이 젖은 모래가 손가락 사이로 느껴진다. 물이 밀려왔다 밀려갔다 하는데 모래성이 허물어지지 않게 둑을 먼저 만들고 성을 쌓기 시작한다. 바닷물이 튀어서 얼굴에, 머리에, 흔적을 남기고, 시간이 갈수록 머리칼도 젖어 엉키고 옷도 젖어 간다. 그녀의 블라우스가 물에 젖어 가슴선이 드러난다.
음… 이걸 좋아해야 하는 건지, 민망해해야 하는 건지. 머리카락에선 물이 똑똑 떨어지고 블라우스는 젖어서 가슴선이 드러나 보이고. 하… 이건 고문인데… 뭐지? 이 에로틱한 장면은?
그녀는 모래성 쌓기에 몰입해서 그런지 자신의 상태를 모르는 듯하고, 참, 난감하다. 그때 문득 고개를 든 그녀의 눈이 커다래진다.

- 너, 너무 야한 거 아냐?
- 어? 뭐, 뭐?

속마음을 들켜서 당황한 나는 말을 제대로 못 하고 버벅거린다.

- 너, 옷 다 젖었어. 가슴 근육 다 보이는데?

난 모르고 있었던 거다. 나 또한 그녀처럼 물에 젖어 있었다는 걸. 셔츠가 다 젖고 단추도 몇 개 풀려 있어서 벌어진 옷 사이로 잔근육이 드러나 있었던 거다.
어, 이런…
급하게 단추를 잠그는 날 보며 그녀가 킥킥댄다.

- 뭘 그리 급히 잠그니? 그냥 보여 주지. 보기 좋은데.

내가 또 잊고 있었던 거, 그녀가 나보다 더 적극적이라는 거. 항상 그녀가 나를 리드하는 편이었다. 그녀가 날 빤히 보더니 갑자기 손을 내 가슴에 댄다. 부드러운 모래가 미처 못 잠근 옷 사이로 쓱 들어온다. 그녀는 모래가 묻은 손으로 내 가슴을 쓰다듬는다. 그러더니 천천히 아래로 손을 미끄러뜨리며 다시 단추를 푼다.

- 엇… 야…

내가 놀라 탄성을 내뱉는데도, 그녀는 말없이 계속 가슴을 훑으며 배꼽 아래로 손을 움직인다. 역시 그녀는 저돌적이다. 전혀 멈출 생각이 없는 것 같다. 이대로라면 곧 내가 점령당할지도 모른다. 거침없이 내려오는 그녀의 손을 내가 다급히 잡는다.

- 이거 커플 버전이거나 에로틱 버전이지? 순수 버전은 없어?
- (네, 커플로 인식되어서 버전이 자동으로 세팅되었습니다. 버전을 바꾸시겠습니까?)
- 큭, 커플 버전, 나는 좋은데?

그녀가 웃는다.

- (모던 버전으로 세팅할까요?)
- 응, 모던하게.

순간, 젖은 옷은 원 상태로 복원되고, 머리카락도 보송한 상태다. 모래성은 단순한 형태로 지어져 있고 아까까지 그렇게 철썩이던 파도도 잔잔하다.

- 이건 재미없는데?

그녀가 투덜댄다. 그녀는 원래 모습 그대로 우아하고 청초하다. 에로틱함 대신 순수한 느낌이라 나는 이쪽이 더 좋다.

- 해가 곧 질 건가 봐. 석양도 멋있네.

그녀가 석양을 보고 싶어 하는 것 같아서 모래 위에 손수건을 깔아 준다.

- 오! 손수건? 요즘 이거 가지고 다니는 사람도 있어?
- 그냥 습관이야. 우리 아버지도 그러셨대.

해가 지는 게 저런 느낌이구나. 평화롭다. 물결 소리만 들리는 바닷가에 나란히 앉아 해가 지는 바다를 보는 건 참 특별한 경험이다. 이런 별에서 살면 좋겠다. 진짜 바다를 지금도 볼 수 있다면 얼마나 좋을까. 있을 땐 그 소중함을 모르는 법이라고 하더니, 자연은 이렇게 근사하고 멋진데 결국 지키지 못하고 다 파괴해 버렸구나. 우리 별도 바다가 존재했었고 이런 풍경이 있었을 텐데 우리는 지키지 못했다. 이제 그 자연은 사라졌고 아름다운 풍경도 영원히 볼 수 없게 되었다. 우리 스스로의 선택으로, 우리의 손으로 만든 참담한 결과인 셈이다.

40.
- (여행을 계속하시겠습니까?)

그녀가 날 슬쩍 본다. 시선이 마주치자 내 마음을 알아챘는지 빙긋 웃더니 외친다.

- 오케이!

우린 바닷가를 가로질러 숲으로 들어간다. 울창한 숲, 조금은 어둑한 공간 속으로 천천히 걸어 들어간다. 초록 풍경 속으로 발을 딛는 순간, 상쾌하고 시원한 공기가 밀려온다.

- 우와!

그녀가 탄성을 지르더니 크게 심호흡을 한다.

- 신선해, 역시 공기가 달라.

발밑에 느껴지는 초록 풀들이 폭신폭신하다. 사방을 돌아봐도 온통 짙푸른 초록 풍경이다. 덩굴성 식물들이 아름드리 키 큰 나무를 타고 오르고 있다. 자잘한 꽃들이 바닥에 깔리듯 피어 있고, 나무들이 쭉쭉 하늘 높이 자라 있다.

- 이 풍경도 익숙한데? 어디서 본 것 같은…
- 어? 이거 그 책에서 본 풍경 아냐? 그 별을 기록한 책!

그녀가 그걸 기억해 낸다.

- 뭐야? 그럼 이 여행 프로그램에서 본 걸 기록한 거였어? 진짜 그 별에 가 본 게 아니라?

나도 모르게 목소리가 커진다.

- 그럼 그 별 여행 프로그램은? 이걸 말하는 거라고? 실제 여행이 아니었다고?

그녀도 덩달아 목청을 높인다.

혼란스럽다. 그동안 우리가 알고 있던 그 별 여행은 진짜가 아니었던 건가. 실제 여행인 것처럼 착각했단 말인가. 그 여행 루트가 있었을 때 다녀온 사람들은 뭐지? 다 세아의 시스템 안에서 가상으로 세팅된 것이었나…

숲을 벗어나니 넓은 들판이 펼쳐진다. 낮은 언덕들이 잇달아 있고 한가롭게 풀을 뜯는 동물들이 보인다.

- 왓! 양이다! 그리고 그 옆에는… 저거, 뭐야?

평화롭게 풀을 뜯는 양이 보이고 그 옆엔 황금색의 갈기를 가진 커다란 덩치의 동물이 누워 있다.

- 저건… 혹시 사자?
- 설마… 사자겠어?

그녀는 그럴 리가 없다고 생각하는 것 같다. 그러나 내 눈에는 분명 사자로 보인다.

- 아, 저번에 만난 동물 연구자가 그랬는데, 신의 별에선 모든 동물들이 초식을 한다고 했어. 다들 평화롭게 같이 어울려 산다고.
- 뭐? 그럼 저게 사자?
- 그 별을 모티프로 재현한 게 맞나 보네.

사슴이 숲속에서 튀어나오고 토끼가 이리저리 통통 뛰어다니고 늑대 두 마리가 나란히 달려간다. 또 보니 호랑이 비슷한 게 숲속에서 어슬렁거리며 나온다. 꼬리를 천천히 흔들대며.

- 호, 호랑이 맞지?
- 어, 그러네. 온갖 동물들이 다 모이는 곳이구나.

온화한 햇살 아래 초록빛 들판 위에 온갖 동물들이 서로 평화롭게 어울려 있다. 이곳이야말로 천국 아닌가. 강자, 약자 구분 없이 모두가 평화로운 세상.
새소리가 들리더니 아름다운 색깔의 긴 꼬리를 가진 새 한 마리가 하늘 가운데 나타난다. 신비한 소리를 낸다. 휘이익-바람 소리 같기도 하고 휘파람 소리 같기도 하다. 우리를 본 건지 아주 낮게 날아와 우리 곁을 스치듯 지나간다. 긴 꼬리가 물결치듯 흔들리는데 무지갯빛처럼 화려하고 눈부시다.

- 저건 무슨 샐까?
- 봉황 같은 새 아닌가? 동양에서 신비한 새라고 알려져 있다던데, 동양의 고전 문학들을 보면 자주 등장하거든.
- 오! 과거 문학 연구자답다.

그녀가 감탄하며 내 어깨를 툭 친다. 그리고 내 팔을 잡는다.

- 어쨌든 우리도 이제 좀 쉴까? 바닷가도 봤고 숲도 봤으니까 난 만족해.
- 웬일이야? 무쇠 체력이라 늘 씩씩하던 네가?
- 표정 보니까 너도 슬슬 지치는 듯 보여서. 내가 널 모르니? 먼저 쉬자고 얘기 안 하면 너 억지로 참고 있을 거잖아. 말도 안 할 거고.

역시 그녀다. 현명한 데다 눈치도 빠르다. 계속 내 상태를 체크하고 있었던 거다. 날 위해 먼저 쉬자고 제안해 주는 그녀의 마음이 고마워서 나도 모르게 그녀의 손을 덥석 잡는다.

- 뭐지? 이 표현은?
- 아, 미안, 그게…
- 모처럼 기분도 분위기도 좋으니까 좀 더 이러고 있자.

손을 놓으려는데 그녀가 미소를 띤 채 내 손을 꼭 잡는다.
아름답고 푸른 초원 속에 그렇게 서 있다 보니, 마치 신이 만든 그 초록별에 사는 최초의 인간이 된 느낌이다. 그동안 꿈꾸어왔던 그 별에 진짜 와 있는 것만 같아서 행복한 만족감이 밀려온다.

41.
체험관을 나서니 제임스가 기다리고 있다.

- 재미있었어?
- 응, 근사하더라. 신의 별을 여행 프로그램처럼 만든 건가 봐.
- 다행이네. 이 도시도 최대한 그 별처럼 만들려고 노력한 거라는데, 동물과 바다가 없을 뿐 다른 건 나름 노력한 거지. 그래서 이 도시는 그 별을 보고 싶어 하는 사람들이 한 번쯤은 들르는 곳이 되었고.
- 근데 우린 그 별 여행 프로그램이 진짜 별 여행인 줄 알고 있었거든. 우리가 착각한 거야?
- 아, 그래서 너희 도시에서 온 사람이 그렇게 얘기했구나.

- 우리 도시요? 여행자가 왔었나요?

나와 그녀는 동시에 서로를 바라본다.

- 내가 만난 사람은 젊은 사람이었는데, 그 별 여행 얘길 물었고 실제가 아니라 실망한 것 같기는 했죠. B국과 A국에 가며 더 자세한 정보를 얻을 수 있다고 했더니 바로 떠났고.
- 그 사람 어떻게 생겼는지 기억나?

그녀의 목소리가 가늘게 떨린다.

- 음… 오래전이라… 대화 기록이 있을 거야. 잠깐만.

제임스가 손목에 가늘게 보이는 블루 라인에 손을 대자, 눈앞에 영상이 뜬다.
검은 곱슬머리의 젊은 남자가 보인다. 이름이 함께 기록되어 있다. '크리스', 문화국가 소속 과거 연구자, 블루 레벨.
그녀가 뚫어지게 그 얼굴을 바라본다.

- 아는 사람이야?

제임스가 고개를 드는데, 그녀의 눈에 눈물이 고인 게 보인다.

- 어? 왜 그래?

제임스가 당황한 듯 그녀에게 한 걸음 다가선다. 제임스가 움직이자 자동으로 영상은 사라진다. 그녀의 어깨를 잡고 있던 나는 그녀가 눈물을 흘리지 않으려고 애써 참고 있다는 걸 안다. 그녀의 몸이 계속 떨리고 있는데, 그 진동이 고스란히 내게로 전해져 오기 때문이다.

- 오빠야…

그녀의 떨리는 목소리, 눈물 가득한 두 눈…
호텔에 도착해 피곤한 몸을 누이고 잠을 청해 보는데, 그녀의 슬픈 목소리가, 그 슬픈 눈빛이 떠나지 않는다. 늘 활기차던, 밝고 쾌활하고 씩씩하던 그녀였는데, 그런 모습 뒤엔 오빠에 대한 아픔과 그리움이 깊이 숨겨져 있었던 거다.
그녀는 룸으로 들어선 후 바로 베드로 향했고 지금까지 조용하다. 뒤척이는 소리도 안 들린다. 괜찮은 걸까…

- 오빠가 여길 다녀간 건 확인했으니까 뒤따라가 보면 알게 될 거야. 그 도시에서 만날 수도 있고.

어설프게 위로하던 내 모습이 떠오른다. 그녀에겐 전혀 도움이 안 되었을 말인데…
조용히 그녀의 베드 쪽으로 가 본다. 살금살금 가까이 가 보니, 잠이 든 것 같다.
다행이네… 바로 잠이 들어서.
그녀가 오늘따라 창백해 보인다. 가녀리고 연약한 소녀 같다. 헝클어진 머리카락이 이마를 덮고 있어서 조심조심 머리칼을 정리해 준다. 살짝 닿은 이마가 뜨겁다.

엇, 열이 있나?

그녀의 손목에 있는 블루 라인에 손을 대 본다. 체온이 높아서 해열 처리가 필요하다는 메시지가 뜬다.

이런… 해열 처리? 해 본 적이 없는데…

약물은 물과 함께 준비되어 있고, 냉찜질용 패치가 있는데 그걸 몸에 직접 붙이면 더 치료가 빠르단다. 그녀를 깨워야 하나? 저렇게 잘 자고 있는데…

약을 입에 물고 그녀의 입술을 연다. 천천히 그녀의 입 속으로 약물을 넣어 준다.

이건 환자를 위한 일이니까 키스가 아니야. 어쩔 수 없이 하는 거고.

그리고 다음은 옷을 벗기고 패치를 붙여야 한다. 산 넘어 산이다. 아주 조심스럽게 단추를 푼다.

몇 개만 풀자. 살짝만 벌려서 그 속으로 넣으면 되겠지.

드디어 단추를 풀고 옷을 벌려서 패치를 붙이려는 순간, 그녀가 눈을 뜬다.

- 엇, 깼어?
- 너, 뭐 해…
- 아, 그게… 너 열이 많이 나서 해열 처리…
- 그래서 키스한 거구나. 옷도 벗기고. 난 또 뭐라고.
- 뭐, 뭘 상상한 거야?
- 아니야, 하던 거 계속해. 패치…

그녀가 단추를 더 풀기 시작한다. 그리곤 가슴이 드러나도록 옷을 풀어 헤친다. 급히 시선을 돌리는 날 보고 그녀가 희미하게 웃는다.

- 환자한테서 시선을 돌리네. 그럼 그 패치 내가 직접 붙여야 하나?
- 아, 아니, 내가 할게.

그러면서도 망설이고 있는데, 그녀의 손이 내 손을 잡더니 패치 붙일 위치에 얹는다.

- 자, 여기, 여기, 두 군데만 붙이면 돼.
- 어, 그래.

어떻게 붙였는지 기억이 안 날 정도로 긴장한 시간이 지나고 다시 그녀는 잠이 든다.
베드로 돌아온 나는 멍하니 누워 있다. 잠이 오지 않는다. 그녀가 걱정되어 그런지 그녀에 대한 생각이 자꾸 많아져서 그런지 모르겠다. 없던 감정이 생기는 건지 내가 아닌 것 같은 낯선 내가 자꾸 나타난다. 여자에게 느끼는 이런 감정, 필요 없는 감정일 뿐이라고 생각해 왔는데, 전혀 생산적이지도 이성적이지도 않은 유치한 감정일 뿐인데…
심장이 움직이는 느낌, 쿵쾅거리는 느낌은 건강에도 안 좋은 건데. 이런 생각 자체가 독인데, 과도한 생각은 건강을 망친다고 했잖아. 아, 그냥 자자. 생각은 무슨… 감정은 또 뭐야. 푹 자면 괜찮아질 거야.
이럴 때 내 룸에 있었다면 분명 목소리가 잔소리를 했을 거다.
- (많은 생각은 건강에 좋지 않습니다.)
그러면서 불 꺼 주고 내가 좋아하는 빗소리를 들려주겠지? 은은한 라벤더 향으로 진정시키고 곧 잠에 빠져들도록 완벽하게 세팅할 거고. 그런 잔소리가 문득 그립다. 부모님보다 더 부모 같고, 형제보다 더 가깝고, (난 형제가 없어서 비교하긴 그렇지만) 수 외에는 다른 친구가 없는 내게 목소리는 친구이기도 하다. 사람이 아닌 AI 시스템이지만, 늘 내 곁에 있는 동반자, 그 목소리가 그리운 순간이다.

42.

음…? 커피 향이 난다… 구수하고 쌉싸래한 커피 냄새가…
눈을 뜨니 바로 앞에 그녀가 보인다. 커피잔을 든 채 나를 빤히 보고 있다.

- 일어났네.
- 어, 넌 괜찮아?
- 응, 보시다시피 열도 내리고 멀쩡해졌어. 지난밤에 누구 덕분에.

윽, 어젯밤에 버벅대던 내 행동이 떠오른다. 창피하게…
그녀가 내 어깨를 토닥거린다.

- 간호는 처음인 것 같던데, 그래도 네가 옆에 있어서 다행이었어. 수고했어. 자, 어서 아침 먹고 출발해야지.

어느새 그녀는 다시 씩씩하고 활기찬 평소 모습으로 돌아와 있다. 다행이다.
차량이 있는 구역으로 가는 중에 곳곳에 사람들이 보인다. 은빛 작업복을 입은 사람들, 그레이 레벨이다. 환한 햇살 아래 저마다 맡은 식물들을 돌보고 있는데, 피곤한 기색은 없고 뭐가 그리 즐거운지 입가에 미소가 가득하다. 흙을 잘 덮어 주고 뭔가를 다시 골고루 뿌려 준 후 잎들을 하나씩 닦아 준다. 뭐라고 중얼대면서.

- 저들은 행복해 보이네.

내 말에 그녀도 동의하듯 고개를 끄덕인다.

- 그러네. 식물을 가꾸는 게 사람을 행복하게 하는 건지도 몰라. 저렇게 말도 걸면서 얘기도 하잖아.
- 육체적으로 힘든 일을 하는 그레이 레벨이라 만족도나 행복감이 낮을 줄 알았는데, 아닌가 봐.
- 몸이 편하다고 우리가 늘 행복을 느끼는 건 아니니까. 오히려 무기력해질 때도 있잖아. 모든 필요가 그때마다 다 채워지니까 점점 아무 생각이 없어지는, 무뇌 상태 같은 느낌이 들 때도 있지 않아? 난 그렇던데. 이렇게, 멍하게…

그녀는 머리가 텅 빈 상태를 보여 주려는 듯 멍한 표정을 지으며 초점 없는 눈으로 날 바라본다. 그 멍한 표정과 눈을 본 순간 난 웃음이 터진다. 평소에 늘 생기 넘치는 그녀가 이런 표정을 짓다니.

- 너도 그렇게 천진난만하게 웃을 때가 있네?

신기한 듯 날 쳐다보던 그녀가 내 머리를 쓰다듬는다.

- 야, 무슨…
- 귀여워서 그러지.

그녀가 씨익 웃는다.

곧 우리 눈앞에 차가 보이고 제임스도 나타난다.

- 이제 B국으로 가는 거지?
- 응.
- 거긴 사람이 없는 도시여서 간혹 보이는 건 다 휴머노이드 같은 거야. 무인 시스템 도시라고 생각하면 돼. 크리스도 거기를 거쳐 A국으로 갔다는 자료가 남아 있더라. 뒤따라가다 보면 어디선가 반드시 소식을 알게 될 거고 만나게 될 거야.
- 응, 고마워, 제임스.

우린 제임스의 배웅을 받으며 C국을 떠나 다시 길 위에 오른다. 뒤돌아본 도시는 초록빛으로 눈이 부시다. 신선한 공기와 아름다운 꽃과 푸른 나무가 가득한 도시. 신의 별을 떠올리게 해서 더 좋았던 도시다. 다음에 다시 한번 와 보고 싶은 도시이기도 하고.

이번에 갈 도시는 생각보다 가까이 있다. B국, 경제도시의 돔 안으로 들어서니 잿빛 건물들이 보인다. 블록을 쌓아 놓은 것처럼 똑같이 생긴 네모난 건물들이 늘어서 있다. 불투명 유리인지 내부가 보이지 않아 더 잿빛 느낌이 나는 건물들이다.

- 방금 지나온 도시와는 정말 다른 느낌인데…
- 그러네. 좀 어둡고. 사람이 안 사는 도시여서 그런가.

그녀도 창밖에 시선을 고정한 채 중얼거린다.
지나온 도시들은 도시 입구 쪽 건물 앞에 정차했는데, 이번엔 계속 더 이동한다. 한참을 깊이 들어가더니 눈에 뜨이는 어떤 건물 앞에 멈춘다. 다른 건물과 달리 지붕이 둥글고, 사방이 투명한 유리로 꾸며져 있는 건물이다. 차에서 내리는데 건너편에 사람이 보인다.

- 어, 사람이다!

그 사람이 웃으며 손을 흔든다.

- (어서 오세요. 환영합니다.)
- 휴머노이드야.

그녀가 손을 흔들며 내게 속삭인다.

- 아… 사람이랑 구별이 안 될 정도로 똑같아서.
- 목소리가 다르잖아.
- 그러네. 지금 기술로는 진짜 사람 목소리처럼 만들 수 있을 텐데 왜 저렇게 기계음으로 남겨 뒀을까?
- 그거, 사람을 위한 일종의 배려 아닐까? 아무리 사람과 같아 보여도 결국 사람은 아니라는, 기계의 정체성을 잊지 않게 하려는…
- 응? 그게 맞다면 세아는 엄청 섬세한데? 마치 나처럼.

심각한 표정으로 중얼거리는 날 쳐다보며 그녀가 빙긋 웃는다. 나를 쳐다보는 그녀의 얼굴에 장난기가 번진다.

- 그래, 섬세하긴 하지. 터치 한 번에도 예민하게 반응하고 숨도 못 쉬고. 그

래서 내가 너한테 손을 못 대잖아, 심장마비 올까 봐.
- 내가 언제 그랬다고…
- 어제도 너무 섬세한 사람이어서 패치도 못 붙이고, 아픈 사람 간호하면서도 그러니…

어제… 아찔했던 장면이 떠오르고 그때의 야릇한 감정이 생각나 얼굴이 화끈해진 나는 급히 말을 돌린다.

- 근데, 여기 왜 이리 서늘하냐? 나만 그런가? 추운데…

몸을 웅크리는 날 보며 그녀도 손이 시린지 두 손을 비빈다.

- 아, 나도 그래. 이 도시는 온도가 낮게 설정되어 있나? 어서 들어가자.

건물 안으로 급히 들어서는데, 기대와 달리 내부도 바깥만큼 서늘하다.

- (어서 오십시오. 경제도시에 방문하신 것을 환영합니다. 여기는 다른 도시에 비해 온도가 낮게 설정되어 있어서 다소 추우실 수 있습니다. 지금 안내자가 도착합니다.)

목소리가 말을 끝내자마자 휴머노이드가 나타난다.

- (이걸 어깨에 두르시면 자동으로 체온 조절이 됩니다.)

숄처럼 생긴 그 얇은 옷감을 어깨에 두르니 잠시 후 온몸에 온기가 돌고 손

끝까지 따스해진다. 그렇게 내 몸에 맞게 최적의 온도로 세팅이 된다.
길고 심플한 소파에 앉으니 곧 하얀 눈사람 하나가 들어온다. 가까이 보니 눈사람에겐 손이 있고 허리에 튜브처럼 빙 두른 쟁반 같은 것이 달려 있다. 그 쟁반에는 다양한 종류의 바들이 놓여 있다. 그리고 가슴에 메뉴판이 뜬다.

- (환영합니다. 음료를 주문하시면 곧 준비됩니다. 세팅되어 있는 바는 원하시는 대로 골라 드시면 되겠습니다.)

따뜻한 차를 주문하고 세팅된 바들을 구경한다.

- 이거, 재료가 다 그거지?

그녀에게 물었는데 눈사람이 대답한다.

- (영양 바나 간식 바 형태로 만든 건 다 곤충을 이용한 건강식품입니다. 맛과 영양을 다 갖춘 완벽한 식품이지요.)
- 우리 도시에선 보지 못한 게 많은데?

그녀가 신기해하며 하나씩 살펴본다. 하나를 골라 내게 건네주고 자기도 하나 고른다. 포장이 따로 되어 있지 않아 바로 먹을 수 있다. 바사삭, 씹는 맛도 있고 고소한 맛도 있고, 나쁘지 않다. 그녀도 만족스러운 표정이다.

- 음! 이건 과일 향도 나. 그건 어때?
- 응, 고소해. 괜찮아.
- (식량 문제는 곤충을 활용해서 완벽히 해결한 상태입니다. 무한 생산, 무

한 공급이 가능한 상태이므로 기아에 허덕이는 사람이 한 명도 없는 세상이 된 것입니다.)

식량 문제, 그게 나라들이 싸우게 된 원인이었지. 이상 기후로 식량난이 심해지면서 서로 더 가지겠다고 싸우던 시대가 있었지. 배고픔에 죽어 가던 사람들과 배불러 음식을 쓰레기처럼 버리던 사람들이 극과 극으로 나뉘어 살던 세상이 있었지. 오래전 그 옛날, 이 땅에서.

43.

캔 음료?
눈사람이 내민 음료는 유리잔에 담긴 음료가 아니고 캔 음료다.

- (이 도시는 철저한 자원 재활용 시스템으로 운영되는 곳이어서 음료 잔으로 유리잔을 사용하지 않습니다. 인간 거주 도시가 아니어서 방문객을 위한 음료만 준비되어 있고요.)
- 아, 사람이 안 산다고 했지? 그럼 음식이 필요 없긴 하겠네. 로봇들만 있는 도시는 어떨까?
- 오늘따라 웬일로 이렇게 궁금해하시지? 평소 아무것에도 별 관심이 없던 사람이?

그녀가 놀려 댄다.

안내자가 긴 손가락을 공간을 향해 뻗는다. 우리 앞에 커다란 화면이 나타난다.

- (이 도시는 로봇들로 운영되고 있는 곳이며, 5개국 중에서 자원 재활용과 식량 생산을 담당하고 있는 도시입니다.)

영상에는 전자동 시스템인 기계 장치들이 돌아가고 있고, 로봇들이 기계를 고치거나 복잡해 보이는 퍼즐 같은 걸 만지고 있다. 손가락으로 영상을 쏘아 놓고 갸우뚱거리며 바라보고 있는 로봇도 있고, 새로운 설계도면 같은 걸 고치고 있는 로봇도 있다.

- 사람이 없어도 되는 세상이네.
- (소행성 충돌로 바닷속 해구에서 용암이 분출되면서 바다가 오염되고 생명체는 다 죽어 버렸지만, 그 바다를 이용해서 에너지를 얻고 있고, 이젠 태양이 불덩이처럼 내리쬐고 있어서 생명체가 살 수 없는 별이지만, 그 태양을 이용해 에너지를 얻고 있지요. 필요한 자원을 만들기 위해 최대한 효율적이고 경제적인 방법을 찾아내고 있으니까요. 세아가 이 별을 다시 세팅하면서 새로운 별이 되었지요.)

눈사람은 옛날 동화나 그림에 나오는 모습 그대로 만들어져서 왠지 친근한 느낌이다. 동그란 얼굴과 몸통, 숯으로 그린 듯한 눈, 당근처럼 보이는 코까지 익숙한 비주얼이다. 빨간 목도리까지 둘렀다면 더 좋았을 텐데.
안내자의 설명을 듣는 동안에도 내 시선은 눈앞의 눈사람에게 꽂혀 있다. 그런 나를 보고 눈사람이 말한다.

- (이 도시는 방문객이 드문 곳이어서 최대한 친근한 모습, 눈사람으로 준비해 봤는데 괜찮으신가요?)
- 아, 정말, 눈사람을 실제로 본 적은 없지만 귀여워서 마음에 들어.

나 대신 그녀가 먼저 대답한다.
그리고 해맑게 웃는다. 순수한 아이 같은 미소다.

안내자가 다시 말을 이어 간다.

- (만족하셨다니 다행입니다. 이 도시에 대한 자료들을 원하시면 준비되어 있으니 천천히 보시면 되겠습니다.)
- 경제도시는 인간 거주 지역이 아니어서 로봇들만 배치되어 있다고 들었는데, 그렇게 된 이유가 있나요?

그녀가 눈사람의 당근 코를 신기한 듯 요리조리 살펴보며 말한다. 순간 눈앞에 화면 하나가 위에서 아래로 커튼 내리듯 샤라락 내려온다.

- (전자동 시스템으로 운영되는 이 도시는 세아의 지시대로 최적의 에너지 소모를 기반으로 한 가장 효율적인 운영 시스템을 갖춘 곳입니다. 인간의 비효율성과 한계를 완벽히 보완해서 구상한 도시이며, 인간과의 교류가 오히려 방해가 된다고 판단한 세아가 거주를 제한한 것입니다.)

목소리와 동시에 나타난 영상은 건물과 건물이 서로 유기체처럼 연결되어 서로 반응하며 운영되는 모습을 보여 준다. 건물 외관을 똑같은 모양의 블록을 쌓은 것처럼 균일하게 만든 것도 불필요한 에너지 소모를 줄이기 위한 것이라고 한다. 건물은 필요한 에너지를 재생산하는 것에 초점이 맞춰져 있는데, 세아의 설계대로 정밀한 시스템 아래 운영되고 있어서 사람이 필요 없다는 것이다.
시스템대로라면 이 도시는 완벽하다. 오직 에너지 재생산과 자원 재활용에 집중하면서 인간이 거주하는 다른 도시들을 지원하는 역할을 잘 감당하고 있다니까 말이다.

- 효율을 위해 사람이 방해가 된다고… 경제성이 최우선이라는 거네.

내가 중얼거리자 안내자가 바로 대답한다.

- (사실 인간은 비논리적이고 비효율적인 존재니까요. 과거와 역사가 우리에게 확인시켜 준 것이고 세아는 인간의 그런 부족함을 보완하려는 것이지요. 지금은 불필요한 행동이나 감정 소비를 교정하고, 쓸데없는 생각도 주기적으로 정리하는 시스템이 있으니까 훨씬 좋은 세상이 되었죠. 인간들도 보다 우아한 존재가 되었고요.)
- 생각을 주기적으로 정리한다고?

문득 메모에서 보았던 기억 삭제, 기억 리폼이라는 단어가 떠오른다.

- (사는 동안 모든 필요를 공급받으며 풍족하고 여유롭게 살다가, 떠나는 마지막에는 다 돌려주고 가도록 아름답게 세팅한 프로그램이죠.)
- 돌려준다니, 뭘?

순간 그녀의 눈이 호기심으로 빛난다.

- (프로그램에 대해 구체적으로 알고 싶으시면 A국으로 가셔야 합니다. 그곳에서 요청하시면 자세한 정보를 보실 수 있습니다. 이 도시는 세아가 입력한 대로 실행할 뿐, 구체적인 사항은 알지 못합니다. 어차피 이곳에

서는 숙박이 안 되므로 A국으로 가서서 쉬시는 것도 좋겠지요.)
- 거긴 사람들이 있나요?
- (네, 세아와 주요 시스템을 협의하고 조정하는 사람들이 소수지만 거주하고 있지요. 여기보다 따뜻하고 쾌적할 겁니다. 여긴… 춥지요.)
- 풋! 왠지 미안해하는 목소리처럼 들리네. 이 정도면 괜찮은데.

그녀가 웃음을 터뜨린다.

- (여긴 방문객이 아주 드문데 그때마다 다들 낯설어하셨거든요. 이 도시의 특징이 사람들에겐 그렇게 느껴질 수 있다고 생각합니다.)

생각보다 친절하고 배려 있는 로봇이네. 역시 세아는 나처럼, 아니 나보다 더 섬세한 존재인지도 모르겠다.

44.

- 그럼 방문객들이 올 때마다 이렇게 매번 눈사람으로 나타나는 건지, 아닐 때도 있는지 궁금하네요.
- (네, 방문객의 취향에 맞춰 준비됩니다. 과거 역사 속 인물이나 동물들이 대부분인데, 특이하게 신과 관련된 형상을 좋아하시는 분도 있었죠. 천사 같은…)
- 천사?
- (네, 철학 연구자였기 때문에 신에 대한 관심이 많으셨죠. 가브리엘 천사의 모습으로 그분을 만났던 기록이 남아 있습니다.)
- 가브리엘?

- (신과 신의 별에 관심이 많으신 형제분이었는데 형이신 분이 특히 만족해 하셨습니다.)
- 형제…라면?

질문을 하다가 고개를 돌려 그녀를 보니, 그녀 또한 나를 돌아본다.

- 그 형제분, 이 도시까지 같이 왔다는 거네.
- 그런가 봐.
- (그분들은 세아를 만나러 A국으로 이동하셨는데 두 분도 A국으로 가시면 자세한 소식을 알게 되실 겁니다.)
- 세아를 만나러 갔다고? 그럼 우리도 세아를 만날 수 있는 거야?

순간 그녀의 눈빛이 반짝 빛난다.

- (네, 물론입니다. 원하신다면 언제든 가능합니다.)

그녀가 갑자기 내 손을 잡는다.
엇…
놀라서 그녀를 보니 뭔가 골똘히 생각하는지 시선은 허공에 머물러 있는데 잡은 손에서 떨림이 전해져 온다. 미세하게 떨리는 그녀의 손.
뭘 생각하는 걸까? 평소엔 볼 수 없던 모습이다. 뭔가 생각이 복잡하고 불안해 보여서 난 그녀의 손을 힘주어 잡아 준다.

- 아, 그런데 여기서 모든 로봇들이 만들어지는 건가요? 교육국에 있는 그 유모 역할을 하는 로봇 있잖아. 이름이 뭐더라?

내가 분위기를 바꿔 보려고 질문을 던진다.

- (AI-S, 가장 뛰어난 휴머노이드이지요. 모든 로봇들을 생산하고 재활용, 재생산하는 것도 이 도시에서 담당하고 있지요.)
- 사람과 구별이 안 될 정도로 비슷해서. 그들도 언젠가 수명이 끝나긴 하는 거겠지? 사람보다 오래 살겠지만.
- (네, 인간처럼 수명이 정해져 있습니다. 로봇도 삶의 유한성을 느끼도록 설계한 세아의 뜻이 담겨 있죠. 시간이 끝나면 수고에 대한 감사와 위로를 전하고 영원히 잠들게 해 주는 의식도 있고요.)
- 의식?
- (노후기부터 수명이 다할 때까지 점진적으로 일의 양과 강도를 줄이죠. 그렇게 쉬게 해 주고, 마지막에는 만족감 속에 편히 눈감을 수 있게 해 줍니다. 인간의 장례식처럼 추모식도 하고요. 로봇도 그들에게 주어진 인생을 최선을 다해 산 것이니까요. 세아는 그 시간을 인정해 주고 축복해 줘야 한다고 생각하죠.)

난 순간 뭔가 뭉클한 마음에 말을 잇지 못하는데, 옆에 있던 그녀가 나직이 중얼거린다.

- 세아… 만나 보고 싶어져. 그럴 리는 없지만, 왠지 따뜻한 심장을 가졌을 것 같은 생각이 드는데?
- (네, 따뜻하고 깊은 이해심을 지닌 존재이지요. 이 모든 세상을 창조하고 지금도 모든 부분을 완벽하게 관리하는 중이고요.)

그 말에는 세아에 대한 존경심과 경외감이 느껴진다. 주군에 대한 충성에서 우러나오는 진심을 눈을 빛내며 열정적으로 소리치는 것처럼 느껴질 정도로 말이다.

45.
- 근데 로봇도 재활용하는 거 아니었나? 분해해서 재조립하는 줄 알았는데.

내가 중얼거리자 대답이 들려온다.

- (완전히 가루로 분쇄해서 바다로 보내죠. 로봇의 인생이 끝나면 바다 용암 속으로 녹아 사라지는 겁니다. 그 존재는 완전히 죽고 다시 새로운 존재로 태어나도록 세팅되어 있어요.)
- 인간과 비슷하면서도 다른 인생이군. 우린 죽지만, 그들은 죽고 다시 태어나는 거니까…
- (부활은 아직 인간에겐 적용되지 않는 시스템이지요.)
- 부활…?
- (그래도 사는 동안 자신의 사명대로 충분히 아름답게 살도록 세팅되어 있으니까 그 자체로 가치가 있지 않을까요? 세아는 모든 인간에게 가치 있게 사는 인생을 만들어 주었으니까요.)

우린 눈사람과 안내자를 뒤로하고 건물 밖으로 나와 잠시 머리를 식힌다. 똑같은 건물들만 이어져 있는 도시, 인적은 어디에도 없다. 싸늘한 온도, 무채색 도시 속에 나와 그녀만 오롯이 존재하는 기분이다.
인간을 가치 있게 살게 한 세아. 모든 로봇의 존경을 받는 존재, 세아. 오히려 인간이 무기력한 존재에다 무가치한 존재처럼 느껴진다. 절대적 존재,

세아 앞에선 그저 세팅된 대로 주어진 대로 사는 게 정답인 것인가.
생각을 하느라 그녀가 날 빤히 보고 있는 것도 눈치채지 못하고 그녀가 팔을 잡아당기며 이름을 부를 때에야 놀라 돌아본다.

- 나루, 뭔 생각을 그렇게 해? 생각하는 걸 귀찮아하던 사람 아니었어?
- 아, 그러게. 생각하면 피곤한데.
- 너, 여행하면서 좀 변했나 봐? 좀 더 인간적이긴 해.
- 인간적? 내가 그전엔 어땠길래?
- 오, 궁금한가 보네. 이것도 좋은 변환데? 좋아, 아주 긍정적인 변화!

그녀가 싱긋 웃으며 내 머리칼을 헝클어뜨린다.

- 야!

내가 피하려고 하자 그녀가 끈질기게 바싹 붙으며 머리카락을 만져 댄다. 그리고 머리를 쓰다듬는다.

- 내가 기특하냐? 애가 된 기분이네.
- 큭큭, 귀여워서 나도 모르게 손이 갔네.

투덜대는 날 보며 그녀가 웃는다. 그녀의 미소가 잿빛 도시를 환하게 밝힌다. 싸늘한 도시에 온기가 돈다. 이건 마법? 그녀 한 사람의 존재가 도시를 바꾸다니⋯ 그녀가 있는 이곳은 더 이상 삭막하지도 차갑지도 않다. 신기한 일이다.

- 근데, 물이 부족하다고 했잖아. 지금까지 본 도시들은 불편한 점이 없었는데, 그치?

그녀가 갑자기 궁금한지 고개를 갸웃거린다.

- 인간 거주지에만 식수를 공급하면 되니까. 이 도시에서 그것도 재생산하고 있지 않을까?
- 물이 오염돼서 식수가 가장 문제였을 것 같은데, 나머진 스팀을 이용한 증기 시스템으로 바꾼 것 같고.
- 응, 그래서 증기 시스템을 만든 거겠지. 근데 궁금한 게 자꾸 생기는 이상한 현상이…

열심히 대답하다가 문득 말을 멈추자, 그녀가 그런 날 보며 해맑게 웃는다.

- 괜찮아, 괜찮아. 얘기도 많이 하게 되고 난 좋은데?

역시 그녀는 날 기특한 아이로 보는 듯하다. 저 눈빛이 딱 그렇다.
잠시 후 우릴 태운 차량은 도시를 빠져나가 다음 목적지로 향한다. 마지막 여정, A국이다. 거기 가면 사라진 사람들의 루트와 흔적과 행방을 알 수 있겠지? 그녀의 오빠 소식도. 그리고 그 노인이 남긴 메모들도 퍼즐 맞추듯 맞춰지겠지. 다른 건 몰라도 그녀의 오빠 소식과 그 별에 관한 실체는 꼭 알고 싶은데…
그녀는 폭신한 모드(차량 안은 원하는 모드대로 좌석이 세팅된다. 그녀는 폭신한 긴 소파에 감싸인 상태다.)에 잠시 잠이 든 듯 움직임이 없다. 창밖은 황량하다. 멀리 길게 뻗어 있는 외길이 보이고, 지금 길 위에는 우리만 있다. 마지막 여정을 위해 나도 잠시 체력을 충전하는 게 필요할지도 모르겠다. 나도 그녀처럼 포근 모드로 스르르 눈을 감아 본다.

46.

- (A국입니다.)

눈을 뜨니 돔이 열리고 있다. 돔 안으로 들어서는데 온통 하얀 느낌, 눈부신 빛으로 가득하다.
길은 투명한 유리처럼 보이고 건물들은 크리스털로 지어져 은빛으로 빛나고 있다. 차량은 길을 따라 더 깊이 들어가는데 사람은 보이지 않고 단층 건물들만 일렬로 늘어서 있다. 나무나 화초도 없고, 길가에 보이는 건 은빛 건물뿐이다.
차가 멈춘 곳은 거대한 텐트 모양의 건물 앞이다. 삼각형 모양의 지붕은 하얀 천으로 덮여 있고 사방의 벽에는 휘장이 드리워져 있는데 그 색깔이 조각조각 다 다르다. 텐트 옆에 길고 높은 탑 같은 게 서 있는데 전체가 투명한 유리로 되어 있고 그 탑 꼭대기에는 커다란 은빛별이 빛나고 있다.

- 우와! 여긴 다 눈부시구나!

그녀가 눈을 커다랗게 뜨고 아이처럼 소리친다.

- 여기가 세아가 있는 곳인가?

내가 중얼거리자 목소리가 대답한다.

- (네, 이 건물로 들어가시면 세아를 만나실 수 있습니다.)

차에서 내려 휘장이 드리운 건물 쪽으로 다가가 보니 휘장의 색감이 시선을 사로잡는다.

- 오! 청색, 자색, 홍색 실로 무늬를 놓았네. 고급스럽다.

그녀가 눈을 빛내며 휘장의 무늬를 들여다본다. 나는 휘장보다 높고 길쭉한 유리 탑에 더 관심이 간다. 맨 아래에 기초석처럼 돌들이 빙 둘러 놓여 있는데, 자세히 보니 그냥 돌이 아닌 것 같다.

- 이거, 보석인가? 그냥 돌은 아닌 것 같고.
- 와아! 진짜, 이거 보석이네! 옥 같은데? 이건 자수정이고.

그녀가 하나하나 들여다보며 건물을 한 바퀴 다 돌고 나더니 눈을 반짝이며 다가온다.

- 여기 진짜 신기해. 건물 기초석에 보석을 쓰다니!
- 역시 A국답네.
- 빨리 들어가 보자. 재미있을 것 같아. 나, 궁금한 게 너무 많아. 세아 만나서 물어보자.

그녀는 여느 때보다 더 신나 보인다. 그녀가 내 손을 끌고 건물 안으로 발을 옮긴다. 건물 입구에 서자 문을 덮고 있던 휘장이 걷힌다. 들어선 실내는 새하얀 동굴 속 같다. 먼저 눈에 뜨인 건 천장이다. 넓고 둥근 천장 가득 빛이 쏟아져 들어오고 있다. 투명한 유리 천장이다. 사방의 벽에는 그림이 그려져 있는데, 나무 밑의 아이와 그 위에서 빛나는 별, 그 별이 땅으로 내려와 사람이 되는 그림, 그리고 다시 하늘로 올라가 별이 되는 그림이 순서대로 그려져 있다.

- 이거 옛날 종교화에서 많이 본 것 같은 그림인데? 기독교 성화 같은 느낌이네. 그치?
- 어, 그러게…

그림 연구자라 그런지 그녀가 벽화에 관심을 보인다. 난 벽화보다 그 스토리의 의미가 궁금하다. 별이 사람이 되었다가 다시 별이 되었다니? 무슨 신화 같은 얘기다.
공간 내부에는 향긋한 향기가 퍼져 있고 중앙에 향로와 촛대가 보인다. 그 일곱 개의 촛대 옆에는 갈색의 두툼한 책 같은 게 놓여 있다.

- 이건 뭐지?

내가 가까이 가니 목소리가 들린다.

- (이곳은 멜렉 교수님을 기념하는 홀입니다. 교수님의 탄생과 죽음을 형상화한 그림과 그분을 추모하는 향로와 촛대이지요. 책은 교수님의 일대기를 기록한 일종의 바이블입니다.)
- 바이블?
- (네, 세아를 만든 교수님이시고 지금의 인류를 생존하게 한 지도자이시므로 그분에 대한 일생과 업적을 기록해 두었습니다. 모든 인류가 알아야

할 존재에 대한 기록이지요. 옛날의 바이블처럼 말이지요.)
- 바이블… 지금은 사라져서 본 적이 없지만 신의 말씀을 기록했다는 책인데, 그럼 그를 신적 존재처럼 생각한다는 건가?
- (물론 그분은 신이 아닙니다. 교수님은 철저히 신을 믿고 따르시는 분이었으니까요. 신 외에 완전한 존재는 없다고 하셨지요. 하지만 교수님은 우리 세계에서는 생명의 은인 같은 분이고, 그분을 기억하고 감사하며 추모하는 것이 이 세계에 사는 우리의 마땅한 도리이니까요.)
- 응, 그 말은 맞는 것 같아. 근데 이거 진짜 책이야? 종이로 만든?

바이블을 찬찬히 보고 있던 그녀가 목소리의 설명에 맞장구를 치더니 질문을 던진다.

- (옛날식 종이는 아니고 특수 재질에 황금빛으로 글자를 새기는 방식이지요. 영구 보존을 위해서 그렇게 제작했는데 겉은 옛 책 모양처럼 만들었고요.)

책을 펼치자 황금빛 글씨들이 보이는데 너무 깨알같이 작다. 물론 시각적으로 아무 문제 없이 읽을 수 있는 세상이니까 이렇게 촘촘하게 새겼겠지. 옛날 같았으면 안경을 쓰거나 확대하는 도구를 사용해야 했을 거다.

- (읽기가 불편하시면 말씀해 주세요. 책이 읽어 드릴 겁니다.)
- 그래, 우리 책 읽는 거 서툴잖아. 읽어 줄래?

그녀가 내 팔을 살짝 잡으며 말한다. 내게 동의를 구하는 건가? 난 괜찮은데…

책이 소리를 내기 시작한다. 낭랑한 그리고 차분한 목소리로 이야기를 들려주기 시작한다.

47.
- (아주 오래전 어느 날의 일입니다.)

책이 한 구절을 읽기 시작하니까, 눈앞에 여러 별이 운행 중인 은하계가 펼쳐진다. 그중 특별히 빛나는 별 하나가 문득 움직이더니 곧 사라진다. 그리고 다시 나타난 별은 커다란 나무 위에서 빛나고 있다.

- (교수님은 이 별이 인도하는 대로 이 땅에 오셨습니다.)

목소리가 이야기를 들려주는 동안 관련된 장면이 눈앞에 생생하게 펼쳐진다. 이 별의 가장 암울했던 시간이 하나씩 나타난다. 이 별은 전쟁과 기후재난, 소행성 충돌이 이어지면서 점점 절망적인 상황으로 변해 간다. 지역적인 전쟁, 그리고 기후변화로 인해 지진, 해일, 화산 폭발이 빈번해지고 육지의 1/3은 물에 잠기게 된다. 그 후 소행성과 충돌하면서 바다와 강이 오염되고 그로 인해 죽음의 별이 된 장면이 보인다. 그때 멜렉 교수가 남은 인류를 위해 세아 시스템을 제안하고 살아남은 나라들은 하나의 시스템으로 통합되어 새로운 삶을 시작하게 된다.

- (멜렉 교수님은 이 모든 재앙에서 우리를 구원하기 위해 이 땅에 오신 존재입니다.)
- 정말, 그때를 위해 준비된 존재였나…

내가 중얼거리자 목소리가 다시 말을 잇는다.

- (하지만 그런 교수님을 시기하는 무리들이 있었습니다. 그들이 교수님에게 누명을 씌우고 결국 죽음으로 내몰았지요.)
- 응? 이렇게 완벽한 시스템을 만든 사람인데 무슨 누명을?

그녀가 이해가 안 되는지 고개를 돌려 나를 바라본다.

- (세아가 감시 시스템이고 모든 인류를 통제하기 위한 목적으로 만들어진 것이라고 몰아갔습니다. 권력을 가진 자들은 세아 시스템을 의지할 수밖에 없는 상황이지만 그렇다고 멜렉 교수가 그로 인해 권력을 가지게 되는 것이 싫었던 것이지요.)
- 난 멜렉 교수가 어느 날 사라졌다고 알고 있었는데, 그게 아니었어? 내가 찾아본 자료에는 분명 그렇게 기록되어 있던데…
- (어느 날 어떤 사람의 방문이 있었고 이후 사망하신 채로 발견되었습니다. 사건이 커질까 봐 조용히 처리하려고 손을 쓴 것이지요.)
- 하… 그럼 세아는 멜렉 교수가 없어도 별문제 없이 잘 실행되어 온 거고?
- 그러게. 문제가 생기면 어떡해? 세아를 만든 사람이 없어졌는데…

한숨을 쉬는 나를 보며 그녀도 걱정이 되는지 한마디 한다.

- (다행히 세아는 스스로 학습하고 수정하고 성장해 가는 시스템이어서 지금까지는 아무 문제가 없었습니다.)

눈앞에서 멜렉 교수의 웃는 모습과 머리 위에 빛나는 별 하나가 오버랩되면서 교수가 마치 별이 되어 우주 멀리 사라져 가는 것처럼 보이는 영상으로 책이 끝난다.

- (이제 세아를 만나 보시겠습니까?)

옆 공간으로 이동하니 그곳은 온통 푸른 물빛 같은 공간이다. 푸른 하늘 같기도 하고 고요한 물속 같기도 한 공간이다. 갑자기 눈앞에 커다란 그림자가 나타난다.

- 뭐지?
- 혹시 고래 아냐?
- 고래? 그럴 리가…

이미 오래전에 사라진 바다 생명체들이 하나둘 나타나기 시작한다. 커다란 고래가 천천히 헤엄치듯 지나가고 가오리가 긴 꼬리를 흔들며 나풀나풀 지나가고 상어도 거북이도 보인다.

- 와… 바닷속 같아. 아름다워…

그녀가 눈을 반짝이며 손을 뻗는다. 만져 보고 싶은가 보다. 물론 저렇게 생생히 느껴지고 또 원한다면 만질 수도 있겠지만 그래도 진짜는 아닌 거니까… 왠지 씁쓸해진다.
이번엔 새들이 나타난다. 파스텔 빛 고운 색 깃털을 가진 새들, 순백의 새하얀 새들이 하늘을 날 듯 자유롭게 움직이고 있다. 바다와 하늘이 공존하는 공간처럼 그들은 서로 어우러져 날고 헤엄치고 있다.

넋을 잃고 바라보고 있는데, 갑자기 푸른 털을 휘날리며 커다란 덩치 하나가 우리를 향해 달려온다. 삽살개다.

- (어서 와요!)
- 응? 혹시…
- (난 세아, 반가워요.)

멍멍이가 긴 털을 털면서 털에 가려졌던 커다랗고 까만 눈을 드러내더니 씨익 웃는다.

- (방문객은 오랜만이라. 핫하, 반가워요.)

삽살개가 앞발을 내민다. 난 얼떨결에 그 발을 잡고 가볍게 흔든다. 푸른 털의 삽살개는 처음 보는데 뭔가 신비한 느낌이다. 그녀도 그가 내민 앞발을 살짝 잡고 인사를 한다.

- (아, 이 모습은 내가 좋아하는 캐릭터라 선택한 건데 혹시 다른 모습을 원하면 얘기해요. 더 귀여운 걸로도 가능하니까. 이렇게!)

말이 끝나자마자 하얗고 커다랗고 동글동글한 눈사람으로 바뀐다. 모자도 쓰고 당근 코에 빨간 목도리를 두른 모습이다. 손에는 벙어리장갑까지 끼고 있는 완벽한 눈사람이다.
처음 보는 거대한 눈사람을 보고 그녀가 웃음을 터뜨린다. 지난번에 눈사람을 만난 적이 있지만, 이 눈사람은 아주 거대한 크기여서 느낌이 완전히 다르다.

- 어떤 모습이든 괜찮아요.

그녀가 웃으며 다정한 목소리로 말한다.

- (그렇다면.)

거대한 눈사람은 이제 소년으로 바뀐다.

- (세아는 순수를 추구하는 성향이라 아이 모드로 갈게요.)

엉뚱하네. 세아…
덕분에 긴장이 좀 풀린다.

48.
- (여기까지 오는 손님은 드문데 오랜만에 친구를 만나니까 좋네요.)
- 친구?

그녀와 내가 동시에 반응한다.

- (그죠. 이 별에 살고 있는 존재는 다 세아의 친구니까요.)

소년, 세아가 해맑게 웃는다.

- (내가 좋아하는 공간이 있는데 거기로 가요.)

세아가 통통 튀는 걸음으로 몇 걸음 걷는데 배경이 바뀐다. 초록 숲에 들어온 듯 시원하고 신선한 공기가 느껴진다. 눈앞에 푹신한 소파가 나타나고 식탁이 차려진다. 순식간에 푸른 숲속으로 캠핑을 온 것처럼 숲 가운데 텐트가 만들어지고 식탁 위에는 음식들이 세팅된다. 아름다운 새소리가 들리고, 잔잔히 부는 바람에 나뭇잎들이 흔들린다. 반짝이는 햇살, 상쾌한 공기, 완벽한 오후의 풍경이다.

- (여기 어때요? 세아가 좋아하는 풍경이에요. 힐링이 되는 공간이죠. 맛있는 음식들도 준비했는데 천천히 즐겨 봐요.)
- 오!
- 우와!

우리는 이 공간에 들어서면서부터 놀라워하며 감탄사를 내뱉고 있다. 권하는 대로 소파에 앉으니 내 키와 몸에 맞게 가장 편안한 상태로 세팅된다. 갖가지의 맛과 향을 지닌 다양한 종류의 음식들이 하얀 도자기 그릇 위에 놓여 있다. 음식은 부드럽고 달콤하고 상큼하다. 음료는 투명하게 빛나는 크리스털 잔에 담겨 있다.
평화롭고 고요하고 여유로운 오후의 식사를 즐기며 어느새 우리는 세아와 오래된 친구처럼 수다를 떨고 있다. 세아는 재치 있고 재미있고 유쾌한 친구 같다. 세아가 아이처럼 까르르 웃을 때는 우리도 친한 단짝 친구를 만난 아이들처럼 해맑게 깔깔거리며 웃는다.

- (근데 여기까지 온 이유가 있을 텐데, 뭐 궁금한 거 있으면 얘기해요.)
- 어, 그게…

내가 조심스럽게 말을 꺼낸다.

- 우리는 '그 별'에 대해 자료 조사 겸 여행을 온 건데…
- (그 별?)
- 응, 신의 별이라고 불리는 '그 별' 말이야. 'THE'라고 흔히 부르는…
- (아, 신의 별! 그거라면 환경국에서 보고 오지 않았나? 환경국 거쳐서 왔잖아.)

예의 바르게 높임말을 쓰던 세아가 어느새 편하게 말을 놓고 있다. 진짜 친구처럼 말이다.

- 그럼 신의 별은… 프로그램으로만 존재하는 거야? 실재가 아니야?
- (지금은 그렇지.)
- 그럼 실제로 그 별로 여행을 다녀왔다는 얘기들은 뭐지?

그녀가 머리를 갸웃거리며 묻는다.

- (아주 오래전에 존재했지만 파괴되어 버린 별이지. 그 별은 신이 만든 별이었고 거주하는 생명들이 생존하고 번성할 수 있도록 수많은 선물들을 품고 있었지. 하지만 그 별을 오염시키고 황폐하게 만든 존재는 바로 거기 살던 거주민들이었어. 자연의 조화를 깨고 생명의 순환을 깨고 모든 걸 엉망으로 만들었지.)

세아는 얼굴을 찡그리며 낮은 목소리로 말을 이어 간다.

- (난 그 별의 교훈을 기억해야 한다고 생각했어. 신의 선물인 땅과 하늘과 모든 생명들이 다시는 그렇게 망가지지 않기를 바랐거든.)
- 그래서 그 프로그램을 만든 거구나.

그녀가 낮게 한숨을 내쉰다. 실제인 줄 알고 기대했던 마음이 환경국을 거쳐 오면서 한 번 무너졌지만 그래도 세아에게 직접 들을 때까지는 확실하지 않으니까 희망의 끈을 놓지 않고 있었는데… 그녀의 흔들리는 눈빛을 보며 나도 힘이 빠지는 걸 느낀다.

- (생생하게 잘 만들었지. 실제 그 별에 있는 느낌이 들도록 오감으로 다 느껴지는 체험이니까.)
- 그래, 정말 아름다운 별이었어…

그 장면들이 다시 떠오르는 듯 그녀가 잠시 시선을 허공으로 던진다.

- (그 별을 연구하려고 자료 수집 겸 온 거라면 세아가 도와줄 방법은 없는데. 알파국으로 가는 게 더 도움이 될 거야.)
- 알파국? 그런 도시도 있었어? 5개 연합국이 아니었나?
- (세아가 관리하는 도시는 5개가 맞고, 알파국은 일종의 독립도시인 셈이지. 신의 별을 찾는 사람들은 그 도시까지 가야 그 별에 대한 궁금증이 다 풀릴 거고.)
- 그럼 이전에 그 도시로 간 사람들이 있어?

그녀가 눈을 빛내며 세아를 바라본다.

- (있지. 많진 않지만. 예전에 형과 동생, 최근엔 청년 한 명이 거기로 갔지.)
- 크리스가 거기 가 있다는 거네. 다행이다.

나는 그녀가 안심했을 거라 생각하며 돌아본다.

- 거기 간 형제 중에 동생분은 돌아왔는데 다른 사람은…

그녀가 말끝을 흐린다. 표정이 어둡다.

- (알파를 선택한 사람은 거기 남는 거고 돌아온 사람은 이곳을 선택한 거지. 그곳과 이곳은 많이 다르니까.)
- 뭐가 많이 달라?

그녀가 세아에게 묻는다.

- (세아는 그곳을 신의 도시라고 불러. 신의 뜻대로 살려는 사람들이 모여 사는 거주지거든. 세아의 시스템이 적용되지 않는 구역이야.)
- 세아의 시스템이 아니면 어떻게 사는 거지? 살 수는 있는 거야?
- 그러게. 생존 시스템이 필요할 텐데…
- (이 도시가 조성될 때 교수님이 세아 시스템을 만들었잖아. 그때 그들은 다른 선택을 한 거지. 교수님도 신을 믿는 분이어서 그들의 뜻을 존중했고 그들은 신의 부름대로 이 구역을 떠나 그곳으로 간 거야.)

신의 부름을 따라… 이 편리한 도시 시스템을 버리고 다른 길을 선택했다는 건가. 과연 그들은 옳은 선택을 한 것일까? 그곳에서 사는 삶은 이곳과 어떻게 다를지 상상조차 안 되는데… 점점 머리가 무거워진다.

- (괜찮아? 어디 아픈 것 같은데?)

세아가 걱정스러운 표정으로 날 보더니 허공으로 손을 든다. 곧 그 손에 뭔가가 놓여 있는 게 보인다. 세아가 그 푸른빛이 도는 작은 알약을 내게 건넨다.

- (이거 먹으면 머리가 맑아질 거야.)

알약을 입에 넣으니 시원하고 맑은 바람이 불어오듯 온몸에 상쾌한 느낌이 들더니 곧 무겁던 머리가 가벼워지고 컨디션이 회복된다.

- (서쪽으로 계속 가면 알파국을 만날 수 있어. 자세한 안내는 차로 이동하면서 들으면 되고, 그곳에 가서 그들의 삶을 경험해 보고 거기 머물지 다시 돌아올지 선택하면 돼.)

그녀는 크리스를 만날 수 있다는 생각에 설레어서 그런지 조금 전의 어두운 표정은 사라지고 이젠 즐거워 보인다. 그녀는 새로운 경험에 대한 호기심이 많은 사람이니까 어딜 가든 신나서 뛰어갈 성격이긴 하다. 하지만 난 걱정이 앞선다. 왠지 이 여행이 갈수록 더 힘들어지는 것 같지?
그녀가 세아와 깔깔거리며 장난치고 있는 모습을 멀뚱히 바라보다가 한숨을 쉬며 하늘을 본다. 푸르고 푸른 하늘에 폭신해 보이는 뭉게구름이 하얗게 피어오르고 있다.

49.

우리를 태운 차가 출발하고 세아는 손을 흔들며 그 자리에 서 있다. 차량 안에서 앞은 물론이고 뒤쪽과 좌우를 다 볼 수 있기 때문에 뒤돌아보지 않아도 차 뒤에 서 있는 세아를 볼 수 있다. 그 자리에 우두커니 남아 있는 세아를 보니 우리와 헤어지는 게 서운한 것도 같고 조금 외로워 보이기도 해서 몸을 돌려 뒤에 서 있는 세아를 향해 손을 흔든다. 그녀도 덩달아 나처럼 손을 흔든다. 세아가 활짝 웃으며 제자리에서 폴짝폴짝 뛴다.

- 큭큭큭, 세아, 참 귀엽다. 그치?

그녀가 멀어지는 세아에게서 눈을 떼지 못한다.
차량은 A국을 벗어나 황량한 길 위로 들어선다.

- 계속 서쪽으로 가라고 했지?
- (네, 목표지점에 도착하면 안내가 종료됩니다. 서쪽 끝, 경계 라인까지 도착하면 그 후로는 도보로 이동하셔야 합니다. 필요한 것이 있으시면 언제든지 말씀해 주세요.)

걸어서 가야 한다고? 역시 갈수록 힘든 여행인 게 맞는 것 같다며 속으로 투덜대려는데 그녀가 말을 꺼낸다.

- 근데 그 책 쓰신 분은 여행에서 돌아와서 기억이 삭제되었다고 했잖아.
- 응, 세아는 아니라고 했고. 공식적으로 그런 방법을 쓰지는 않는다고 했지.
- 그럼 기억 삭제, 뭐 그런 게 아니라, 세아 말대로 스스로의 선택인 걸까?

이곳, 도시에서 살기 위해서 알파에 대한 기억을 지우는 선택을 한 거라고 세아는 말했다. 알파와 너무나 다른 이곳에서 살다 보면 저절로 기억이 잊히기도 할 거고, 도시를 선택한 이상 여기에 적응해야 하니까 결국 현실과 타협하는 쪽을 선택한 거라고 말이다.

- 알파가 여기와 얼마나 다르길래 그런 얘기를 한 걸까?

그녀가 골똘히 생각하는 듯 진지한 표정을 짓는다.

- 대강 생각해 봐도 이곳처럼 편리한 시스템은 아니지 않을까? 세아 시스템 없이 자연 상태에서 어떻게 살 수 있겠어? 상상 자체가 안 되는데, 많이 힘들겠지. 난 피스타운도 적응하기 힘들던데.

낮게 가라앉은 목소리를 듣고 그녀가 내 곁으로 바싹 다가온다.

- 벌써 걱정하는 거야? 물론 가 봐야 알겠지만, 생각보다 훨씬 근사할 수도 있어. 신의 부름으로 가서 정착한 곳이라면 분명 이유가 있을 거고, 고생할 정도로 척박한 환경일 리가 있겠어? 신이 자기 사람들을 일부러 고생하라고 부르겠냐고. 내 생각엔 생각보다 괜찮은 환경일 것 같은데?

그녀는 역시 긍정적, 아니 초긍정적 사고를 가진 친구다. 그녀가 내 어깨에 손을 올리더니 토닥이기 시작한다.

- 너무 걱정하지 마. 아직 오지 않은 시간이고 확실하지 않은 정보잖아. 그리고 내가 있잖아. 여행을 오자고 한 사람은 나니까 내가 책임질게.

차가 이동할수록 풍경은 더 삭막해진다. 모래바람이 부는 듯 앞이 뿌옇다. 이런 환경에서 과연 살 수는 있는 건지, 마음이 답답해진다.

- (이제 곧 경계 라인에 도착합니다. 차량에서 내린 후 경계 표지판을 넘어 가시면 됩니다. 좋은 여행 하시기 바랍니다.)

차가 멈춘 곳에는 구불구불한 경계 라인이 조성되어 있는데, 검은 표지판들이 일정한 간격을 두고 늘어서 있는 형태로 되어 있다. 경계 라인이라 하지만 표지판 높이가 낮아서 그냥 넘어갈 수 있을 정도다.

- 이 라인, 그 지도에서 본 그거 아냐?
- 아! 맞는 것 같아. 구불구불한…

그녀가 손뼉을 치며 맞장구를 친다. 경계 라인을 훌쩍 넘어 계속 걸어가 보는데, 얼마 가지 않아 목소리의 안내대로 눈앞에 거대한 바위산이 나타난다.

- 와아! 어마어마해! 근데 길이 어디 있다는 거야? 이 바위를 어떻게 지나갈 수 있어?

바위산은 까마득한 높이와 끝이 보이지 않는 폭을 자랑하며 길을 가로막고 서 있다. 그녀가 당황한 듯 목을 빼고 바위산을 이리저리 훑어본다. 나도 가까이 가서 찬찬히 살펴본다. 그러다 오른쪽으로 몇 걸음 옮기는데 문득 바람이 느껴진다.
응? 웬 바람이지?
오른쪽으로 두어 걸음 더 옮기니까 바위 사이로 바람이 새어 나오는 좁은 틈이 나타난다. 겨우 한 사람이 들어갈 수 있을 정도의 좁은 틈인데, 어디까지 이어져 있는 건지는 끝이 보이지 않아 알 수가 없다. 중간이 막혀 있을 수도 있고, 들어갈수록 좁아질 수도 있다. 그녀도 내 뒤를 따라 바위틈 앞에 와 있다.

- 여기로 들어가는 걸까? 너무 좁은데…

내가 묻자 그녀가 잠시 바위틈을 보며 생각하더니 눈빛을 반짝이며 대답한다.

- 일단 가 보자. 신을 따르는 길은 좁은 길이라고 오빠가 말한 적이 있는데, 여긴 충분히 좁은 길이네. 아님, 다시 돌아 나오지 뭐.
- 그럼 내가 일단 먼저 가 보고 길이 막히면 알려 줄게.

어디서 용기가 생긴 건지 내가 앞장서겠다고 하자 그녀의 눈동자가 커다래진다.

- 오! 이런 적극적인 모습은 처음인데? 살짝 멋있어 보여.

그녀의 상쾌한 목소리를 뒤로 하고 먼저 바위틈으로 걸어 들어간다. 몸에 꼭 맞는 사이즈의 틈으로 차츰차츰 나아가는데 다섯 걸음쯤 들어가니 좀 더 여유롭고 조금 더 들어가니 더 넓어지는 것 같다. 돌아가지는 않아도 되겠는데?
바위 사이로 길게 나 있는 틈은 끝없이 이어져 있고 양쪽은 높은 바위벽으로 둘러싸여 있다. 미세한 바람이 불어오는 듯 공기가 시원해서 걷기에 답답하지는 않다. 갈수록 공기가 더 맑아지는 것 같고, 알 수 없는 향기가 느껴지는 것도 같다. 혼자 앞만 보고 걷다 보니 살짝 두려워지기 시작하는데 그래도 뒤따라오는 그녀를 생각하면 앞으로 나아가게 된다. 없던 책임감이 생긴 건가, 용기가 생긴 건가? 처음 보는 내 모습이 낯설다.
얼마나 걸었을까, 갑자기 공간이 확 넓어지고 울창한 초록 숲이 펼쳐진다.

- 어? 숲이잖아!

그녀도 갑자기 나타난 공간에 어리둥절한 건 마찬가지인 것 같다.

- 뭐지? 이곳은? 이렇게 갑자기 나타나?

긴긴 바위틈 길이 끝나는 곳에 울창한 숲이 있다. 분명 숲속이다. 이름 모를 풀과 꽃들이 만발한 숲길을 따라 더 깊이 들어가 본다. 숲 가운데 무언가가 솟아나고 있다.
퐁, 포르르, 퐁.
가까이 가 보니 맑은 샘물이 솟아나고 있다.
이거 진짜 물인가?
조심스레 손을 내밀어 본다. 맑고 시원한 물이다. 그녀도 손을 내민다.

- 우와! 진짜네!
- 여기 뭐지? 현실 맞아? 꿈이나 환상 뭐 그런 거 아니지?

내가 어리둥절해서 목소리가 커지자 그녀가 갑자기 내 **뺨**을 꼬집는다.

- 아얏! 꿈은 아니네.

문득 새소리가 들리더니 긴 꼬리를 가진 파랑새 한 마리가 날아온다.

- 저거 진짜 새?

파랑새는 우리 머리 위를 한 바퀴 휘- 돌더니 한 방향으로 날아간다. 멍하니 보고 있는 우리를 향해 고개를 돌려 짧게 지저귄다. 따라오라는 듯이.

- 저기로 가면 되나 봐.

그녀의 손을 덥석 잡고는 파랑새가 가는 길을 뒤따라 걷기 시작한다. 숲 사이로 오솔길이 나 있고, 길 양쪽으로 키 큰 나무들이 나란히 서 있다. 그중에 빨간 열매가 주렁주렁 달린 나무가 눈에 뜨인다. 처음 보는 과일나무다.

- 저 열매, 먹을 수 있는 걸까?

그녀가 눈을 반짝이며 열매를 바라본다. 새빨간 그 열매는 반짝이는 듯도 하고 탐스럽기도 해서 음식에 전혀 관심이 없는 내가 보기에도 먹음직스러워 보인다. 그녀가 뭐에 홀린 듯 그 나무로 다가간다. 그리고 손을 내밀어 그 열매를 잡으려는 순간, 비명 같은 새의 울음소리가 들린다. 마치 경고음처럼 날카로운 소리다. 움찔하는 그녀의 손을 내가 낚아챈다.

- 아무래도 주인을 만나서 물어보는 게 좋겠는데?
- 어, 응…

그녀가 정신을 차린 듯 열매에서 눈을 돌려 나를 바라본다.

- 계속 파랑새를 따라가야지. 가자.

낮게 머리 위를 빙빙 돌고 있던 파랑새는 내가 그녀의 손을 잡고 이끄는 걸 본 건지 다시 앞으로 날아가기 시작한다.
저 열매는 분명 위험한 느낌이었다. 경고음이 아니었다면 무슨 일이 일어났을지도 모른다. 그녀가 저렇게 정신을 빼앗길 정도니 뭔지 모르지만 강력한 유혹의 힘을 가진 것 같다.
앞으로 나아가면서 그녀의 손을 놓지 않는 것은 그 열매의 강한 힘을 나도 느꼈기 때문이다. 뭔가 신비한 비밀이 있는 듯한 그 열매가 궁금해서 돌아보고 싶은 충동이 생기지만 그런 마음을 억누르며 계속 걸음을 옮긴다.
아무래도 이곳은 신의 도시니까 우리가 모르는 것이 많을 거고, 모르니까 더 조심해야겠지. 세아가 알아서 다 세팅해 주는 곳이 아니니까 이곳 거주민들에게 물어보고 이곳의 룰에 따라 움직이는 게 좋겠어.

50.

울창한 숲속을 걸어 들어가다 보니 하얀색 텐트들이 보인다. 5~6인이 써도 될 만큼 커다란 텐트도 있고 2인용 정도의 작은 것도 보인다. 여러 텐트가 군데군데 흩어져 있다. 그중에 가장 큰 텐트 쪽으로 새가 이끄는 대로 따라가는데, 텐트 앞에 새하얀 옷을 입은 노인이 다른 사람들과 함께 서 있다가 우리를 보고 환하게 웃으며 다가온다.

- 어서 와요. 환영합니다.

노인은 인자한 미소와 부드러운 목소리로 우리를 반긴다. 그리고 손을 잡는데 그 손에서 포근하고 따스한 느낌이 전해 온다. 마치 가족처럼 스스럼없이 다가와 안아 준다. 오래 헤어져 있던 형제나 가족을 다시 만난 듯 뭔가 마음이 편안해진다.

- 우리가 올 거라는 걸 알고 계셨나요?
- 네, 그분께서 알려 주셨지요.
- 그분이요?
- 우리를 이곳으로 인도하시고 그 힘든 변화의 시기에 우리를 구원하신 분이시죠. 우리는 그분, 신을 믿는 사람들입니다.
- 아…
- 여러분도 그분의 인도하심을 따라 이곳까지 온 것이지요. 그분의 부르심 없이는 여기까지 올 리가 없어요. 세아의 세상을 떠나 이 먼 곳까지 오는 사람들은 다 그분의 목소리를 따라온 것이지요.
- 그럼 여기에 도시를 떠나온 사람들이 많이 있다는 거죠?

그녀의 눈빛이 생기를 띤다.

- 네, 곧 수 씨가 반가워할 분이 올 거예요.
- 네? 제 이름을 아시네요.

흐뭇한 미소를 짓는 노인의 뒤로 한 남자가 걸어오는 게 보인다. 훤칠한 키에 잘생긴 남자가 팔을 높이 흔든다.

- 수!

- 오빠!

그녀가 달려간다. 둘은 서로를 끌어안고 한참 동안 말이 없다. 그녀는 오빠의 품에 안겨 눈물을 글썽인다. 남매는 애틋한 눈빛으로 한동안 서로를 바라보고 있다. 잠시 후 겨우 감정을 추스른 그녀가 나를 돌아보더니 눈물을 닦는다.

- 아, 오빠, 얘는 나루라고 해. 나루야, 여긴 우리 오빠 크리스.
- 이 먼 길을 함께 오다니, 많이 사랑하는 사인가 보네?
- 응? 아니, 아니야. 그냥 친구야.

그녀가 당황한다.

- 그냥 친군데 여기까지 함께 온다고?

그녀가 내게 눈짓을 한다. 빨리 대답하라고 압박하듯 눈매가 무섭게 변한다.

- 아, 네, 그냥 친구 맞습니다. 친구.

크리스는 우리 둘을 신기한 듯 번갈아 보더니 웃는다.

- 그래, 그래, 알았어. 그렇게 생각해 줄게. 아직 서로의 마음을 잘 모르는 것 같으니까. 순수한 관계인 걸로 하자고.
- 뭐라는 거야, 오빠! 진짜 순수한 사이라니까.

크리스가 나를 보고 한쪽 눈을 찡긋한다.
어? 이건 뭐지? 진짜 사귀는 사이라고 생각하나 본데…

노인은 우리를 크리스에게 맡기고 사라지고 우리는 크리스가 지내는 곳으로 함께 이동한다. 커다란 흰색 텐트 안에는 간단한 도구들이 갖춰져 있는데 깨끗하고 포근한 느낌이 드는 공간이다. 공간이 생각보다 꽤 커서 맨 앞에 오픈된 곳은 거실처럼 쓰고, 안쪽 두 칸은 침실과 개인 공간으로 쓸 수 있게 분리되어 있다.

- 배가 고프지는 않아? 공동 공간으로 가면 먹을 게 있는데 거기로 갈까?
- 응, 배고파.

그녀가 나를 쳐다본다. 나도 고개를 끄덕인다. 식욕 없는 나도 이번엔 꽤 움직여서 그런지 배가 고프다.
텐트를 나와 길을 따라가다 보니 대형 천막이 보인다. 그 안으로 들어가니 공동 공간인 듯 많은 테이블과 의자가 세팅되어 있고 한쪽에 음식이 준비되어 있다.

51.

- 이거… 많이 보던 음식인데?

테이블 위에 세팅되어 있는 음식은 우리 도시에서 먹던 익숙한 음식들이다. 도시에서는 때마다 메뉴를 선택하고 바로 제공받아서 먹는데 여기는 이렇게 한곳에 쌓아 두나 보다. 음식이 같다는 건 도시에서 공급받는다는 건가?

- 그래요. 익숙한 음식이지요? 우리도 음식은 도시에서 받고 있어요. 이 땅에서 사는 동안 언약을 맺었지요.

노인이 내 속마음을 들은 것처럼 바로 대답한다.

- 언약이라면…?
- 이곳에 거주하는 동안 식량을 공급받고 대신 물을 제공하는 일종의 협약 같은 것이지요.
- 물? 여기 물이 있어요? 아까 샘물을 보긴 했지만…

수가 놀라서 눈이 동그래진다.

- 신께서 우리를 쉴 만한 물가로, 푸른 초장으로 인도하신다고 하셨고 이곳은 그분이 말씀하신 곳이니까요.

오염되지 않은 물이 있는 곳이 있다고? 그 작은 샘물로는 도시의 공급량을 감당할 수 없을 텐데…
침묵에 잠겨 생각이 많아진 나를 보고 있었는지 그녀가 내 어깨를 톡톡 건드린다.

- 일단 배부터 채우고 자세히 들어 보자고. 너 궁금한 거 많은 눈빛인데?
- 어, 그래.

늘 먹던 대로 담백한 맛의 바 하나를 집어 들고 자리에 앉는다. 보통 바 하나에 완벽한 영양과 수분이 포함되어 있어서 음료를 따로 마시지 않아도 된다.

- 음, 이건 정말 맛있는데요?

수가 배가 고파서 그런지 감탄하며 먹는다. 역시 표현력이 좋은 친구다. 사교적인 성격이라고 하는 게 더 맞을지도 모르고.
크리스와 우리가 식사를 마치고 나올 때는 아까와 달리 은은한 빛들이 곳곳을 비추고 있다. 우리가 도착한 때가 오후 무렵이었는데 그새 어두워졌나…

- 도시에서 에너지도 공급해 주는 거야?
- 이곳은 낮에도 밤에도 적당한 빛이 스며 들어와서 따로 에너지를 받지 않아도 돼. 야간에 텐트 안에서 등불을 켤 때는 빛나는 돌을 사용하고.
- 빛나는 돌?
- 각 텐트에 설치된 등불이 그 돌이지.
- 와, 여긴 참 신기하다. 그치, 나루야.
- 응, 그러네.
- 아, 그럼 세아는 처음부터 이곳을 알고 있었다는 거네?
- 응, 이곳으로 이주하고 얼마 후 세아가 접촉해 왔다고 들었어.
- 어떻게 안 거지? 찾기 힘든 위치던데?
- 세아가 모르는 게 있겠니? 모든 곳에 추적 장치와 눈이 있는데. 세아 시스템이 이곳도 찾아냈겠지.

천천히 걸어서 손님용 텐트로 돌아온 우리는 남은 이야기는 내일로 미루고 각자 잠자리에 들기로 합의한다. 사실 음식을 먹은 후 그동안의 피로가 몰려오는지 온몸이 너무 무거운 상태이긴 하다. 낯선 곳이라 당연히 잠을 푹 못 잘 거라는 걱정을 하며 몸을 눕혀 본다.

새소리가 들리고 사람들의 발자국 소리, 소곤대는 소리에 눈이 떠진다. 일어나 보니 다음 날 아침이다. 예민한 성격인 내가 낯선 곳에서 이렇게 푹 자다니… 신기한 일이다. 피곤하던 몸도 가볍고 뭔가 하룻밤 사이에 개운해지고 맑아진 느낌이 든다. 기분 좋게 일어나 텐트 밖으로 나서니 신선한 공기가 바람에 실려 오고 푸릇푸릇한 풀냄새 같은 신선한 향기도 느껴진다.
이곳은 도시처럼 인공적으로 조성된 곳이 아닌 자연 그대로의 진짜 세상 같다. 오염되기 전에는 모든 곳이 이렇게 진짜 바람이 불고 진짜 새가 날고 그랬을 테지.
심호흡을 해 본다. 가슴 가득 기분 좋은 느낌이 차오른다. 처음 느껴 보는 이런 만족스러움, 충만한 느낌, 이런 행복한 기분은 처음인 것 같다.

- 일어났네? 산책 갔다 오는 길인데 진짜 좋아! 이따 아침 먹고 같이 가 보자.

수가 크리스와 함께 나타난다. 내색은 안 했지만 긴 여행 동안 크리스의 안부를 걱정하며 마음이 편치 않았을 그녀가 오늘은 생기 넘치는 모습으로 나타난다. 가족을 만나서 그런지 반짝반짝 빛나는 눈빛으로 환하게 웃는 그녀가 눈부시다.
아침을 먹기 위해 모임 장소로 가 보니 제법 많은 사람들이 모여 있다. 노인들과 가족처럼 보이는 사람들도 있는데, 아이들도 있고, 젊은 남녀들도 있다. 어제의 그 노인이 앞에 나와 잠시 기도를 한다. 모두들 눈을 감고 서 있다가 기도가 끝나자 자리에 앉는다. 식사를 하는 동안 그곳 사람들이 차례차례로 우리에게 인사를 건넨다. 그냥 빙긋이 웃는 사람, 손을 흔드는 아이, 와서 어깨에 손을 얹는 사람, 환하게 웃어 주는 사람… 그렇게 제각각 인사를 해 오는데, 낯을 많이 가리는 나 같은 사람도 부담보다는 따뜻한 환영 인사로 느껴질 만큼 자연스러운 분위기다.

- 오래전부터 알던 사이처럼 왠지 친근함이 느껴지네.
- 그치? 나도 그래. 뭔가 포근하고 따스한 분위기야. 다들 좋은 사람 같고.

그녀도 이곳의 분위기가 마음에 드나 보다. 아무래도 이곳은 도시와 달리 친밀한 사람들끼리 함께 살아서 그럴 수도 있겠다는 생각이 든다. 옛날처럼 일종의 공동체를 이루고 사는 거니까. 지금 도시는 각각 사는 독립적 시스템이어서 이런 친밀함이 없긴 하다.
식사 후에는 다들 각자 맡은 구역으로 나간다고 해서 우리도 따라가 보기로 한다.

52.

크리스가 앞서가며 우리를 안내한다.

- 숲 쪽으로 가면 각자 맡은 나무나 화초가 있고 샘물 부근이나 냇물 쪽으로 가서 일을 하는 사람도 있어.
- 냇물? 여기 흐르는 물이 진짜 있다는 건가요? 어제 본 샘물 말고?
- 깜짝이야! 너 목소리 이렇게 컸어? 기운이 넘치는데?

냇물 얘기에 놀라 목소리가 커진 나를 보며 그녀가 까르르 웃는다.
길을 따라 숲속으로 들어가니 온통 초록 나무와 식물들, 알록달록한 꽃들이 가득하다. 그리고 길 끝에 샘물이 솟아나고 있다. 깊은 산속 옹달샘처럼 작은 구멍에서 솟아나는 물이 돌항아리 같은 곳에 모여 있다. 신기한 것은 모인 물이 넘치지 않는다는 거다. 찰랑찰랑 가득한 것 같은데 항아리를 넘어 땅으로 흐르지는 않는다.

- 아침마다 새로운 물이 솟아나고 그 물로 하루를 살 수 있지. 매일 필요한 양만큼 공급받고 있어. 신비한 그분의 방법이지.
- 아…
- 아, 진짜 신기하다!

그녀도 감탄한다.

- 더 신기한 걸 보여 줄게.

크리스가 이끄는 대로 샘물을 지나 뒤쪽으로 더 들어가는데 어디선가 물 흐르는 소리 같은 게 들린다. 이건…? 물소리 같은데?
커다란 바위 하나가 나타나는데 그 가운데가 두 쪽으로 갈라진 것처럼 생겼고 그 사이로 물이 흘러나오고 있다. 물은 바위 속에서 흘러나와 그 아래로 흘러 작은 물길을 이루고 한 방향으로 흘러가고 있다.
아니! 이럴 수가…

- 크리스, 이거 진짜 먹을 수 있는, 오염되지 않은 물이야?
- 응, 구약 성경에 기록된 것처럼 바위에서 깨끗한 물이 나와. 이렇게 우리

의 목마름을 해결하시는 분이야. 그분은 예전이나 지금이나 우리를 돌보시는 분이라는 걸 알게 되었지.
- 이 물은 어디로 흘러? 도시에 물을 공급한다면서? 도시까지 연결되는 거야?

그녀가 엄청 궁금한지 질문을 쏟아 낸다.

- 물을 따라가 보면 알게 되겠지?

크리스가 빙긋 웃으며 앞장선다. 물길은 작은 물줄기에서 좀 더 넓은 폭으로 흘러 길을 따라 구부러지고 굽이굽이 이어진다. 한참을 걸어가니 물길의 끝은 커다란 웅덩이로 이어져 있다. 깊이는 모르겠지만 흘러온 물이 모여 있는 걸 보니 꽤 깊을 것 같은 웅덩이다.

- 여기가 물이 모여 있는 곳이고 이 너머가 도시와의 접경 지역이어서 때마다 도시에서 와서 물을 받아 가지.
- 바위로 가로막혀 밖이 보이지 않는데 어떻게 받아 간다는 건지…

내가 궁금해서 중얼거리자 크리스가 자세히 설명해 준다.

- 바위 사이, 그 밑에 틈이 있는데 거기로 대나무 관을 이어서 물을 전달하는 시스템이죠. 그분께서 금속은 안 된다고 하셔서 대나무 관을 쓰지요. 처음에 도시에서 나무관을 구하기 힘들다고 금속관을 썼다가 바로 물이 변질된 적도 있어요. 그 뒤로는 도시에서도 그분의 말씀대로 대나무를 사용해서 깨끗한 물을 가져가고 있어요. 식수는 여기서만 얻을 수 있으니

까 도시에서도 이곳을 무시할 수는 없는 거겠죠. 그리고 이곳은 아무나 올 수 있는 곳도 아니어서 그분이 허락한 사람에게만 출입이 허용되는 구조이고 우리도 그 자세한 원리는 몰라요. 이곳은 그분의 뜻대로 운영되는 곳이니까요.
- 그럼 우리가 여기 찾아올 수 있었던 것도 그분의 허락이 있어서 가능한 거라고?

맑은 물을 신기한 듯 바라보고 있던 그녀가 놀라며 크리스를 돌아본다.

- 응, 그렇지. 들어온 사람들이 소수이기도 하고 안드로이드는 아예 접근하지 못하거든. 여기 가까이 접근하면 오작동을 일으킨대.
- 와아! 신기해! 그렇게 식수와 음식을 서로 공유하는 사이가 된 거구나.
- 내가 이 물을 관리하고 있는데 적정한 양만 흐르고 주기적으로 도시에 공급해도 마르지 않고 계속 흘러나와. 도시를 위한 유일한 생명수인 셈이지.
- 그럼 세아는 여기를 처음부터 알고 있었다는 거네. 근데 이곳 얘기를 들은 적이 없어.
- 그렇지. 이곳에 대한 정보는 도시에선 접할 수 없어. 나도 그분에 대한 갈망이 생겨서 찾고 찾았는데 정보가 없어서 고민했었어. 신의 도시를 찾으라는 얘기도 그 사람을 통해 겨우 듣게 된 거고.
- 아, 참, 그 사람. 다시 도시로 돌아온 그분은 돌아가셨고 그 아드님이 오빠한테 전해 달라는 게 있었어. 우리가 받아서 가지고 왔어. 가자, 보여줄게.

산책하듯 천천히 걸어서 텐트로 돌아온 우리는 서류뭉치를 꺼내 크리스에게 보여 준다. 일기, 메모, 그리고 지도 비슷한 그것을 크리스 앞에 펼쳐 놓는다.

- 여기 위치를 알려 주는 지도를 만드셨구나. 그리고 이건… '기억'이라는 단어가 많이 쓰여 있네.
- 응, 건강검진 이후 기억이 사라졌다고 하더라고.
- 기억이?
- 세아는 기억 삭제 같은 프로그램을 실행하지는 않는다고 했는데…
- 음… 세아 말이 믿을 만하다고 생각해?
- 응, 우리가 만난 세아는 해맑고 순수한 아이 같던데? 그치, 나루야.

두 사람의 시선이 동시에 나를 향한다.

- 어, 응. 겉으로 보기에는 소년 같은 모습이긴 했지.
- 소년 같은 모습이었다고?
- 응, 삽살개로 나타났다가 소년으로 모습을 바꾸었어. 귀엽고 착한 것 같던데.
- 하… 우리 수는 아직 순수하구나. 세아는 모든 도시 국가를 총괄 관리하는 시스템이야. 모든 정보를 다 꿰고 있고 어느 인간보다 합리적이고 냉철한 판단을 하는 프로그램이라고. 인간은 편리함과 안전함을 주는 세아에게 완전히 종속된 삶을 살고 있는 거고.
- 그래도 우리가 이 도시로 오는 걸 막지도 않고 친절하게 길도 알려 주고…
- 도시로 돌아간 사람은 도시에 적응하고 익숙해지니까 저절로 기억이 희미해지거나 그런 걸까요?

당황해하는 그녀를 보고 내가 말을 꺼낸다.

- 그건 세아 얘기겠지요. 이곳에 살았던 사람이라면 여기를 잊을 수가 없지요. 도시와는 완전히 다른 진짜 삶인데, 살아 있는 그분과 생생한 매일을 보내는데, 어떻게 그리 쉽게 잊겠어요?
- 그럼 기억을 강제로 삭제라도 한다는 건가… 세아가 우리에게 거짓을 말한 건가?
- 아, 그분의 형님이 아직 여기 생존해 계시니까, 이따 오후에 그분을 만나서 동생분 얘기도 전해 드리면 좋겠구나.

무거워진 분위기를 눈치챘는지 크리스가 밝은 목소리로 수의 어깨를 감싸 안으며 말을 잇는다. 그녀가 고개를 끄덕인다. 굳었던 표정이 조금 부드러워진다.

53.

숲길을 따라 걸어가다가 본 사람들의 모습은 다들 평안하고 행복해 보였다. 각자 맡은 일을 하고 있는데 하나같이 밝게 웃고 있었다. 이곳의 환경이 저들을 행복하게 만드는 것일까? 이렇게 숲속에서 살면 좋을 수도 있겠다 생각하다가도 도시의 삶이 주는 편리함과 다양한 만족감과 비교한다면… 글쎄, 과연 이곳에서 사는 게 행복한 게 맞을까? 의문이 든다.
점심 식사를 마치고 우리는 크리스와 함께 그 형님을 만나러 움직인다. 어느 작은 텐트 안으로 들어서니 그분이 우리를 반갑게 맞이해 준다.

- 어서 와요. 반가워요, 형제, 자매님!

그는 스스럼없이 다가와 나를 꼭 안는다. 그리고 수와도 가벼운 포옹을 나눈다.
탁자 주위에 둘러앉는데 책과 노트가 보인다.

- 책을 읽는 중이셨나 봐요. 방해가 되는 건 아닌지…
- 이 시간엔 주로 신의 말씀을 필사하는 것이 이곳의 일정인데, 오늘은 귀한 손님이 오신다는 소식을 듣고 기다리고 있었지요. 도시는 별일 없지요?
- 아, 네. 별일이라는 게 없는 곳이니까요. 한결같이 안전한 일상이 계속되는…

나의 대답에 말없이 고개만 끄덕이는 그를 보며 수가 조심스레 말을 꺼낸다.

- 혹시 동생분 소식은… 알고 계시나요?
- 아… 그 녀석… 나보다 먼저 안식에 들어갔다는 소식은 알고 있어요. 그 녀석이 하늘나라로 돌아가는 날, 꿈에 찾아왔지요. 인사라도 하고 가려고 했는지…
- 꿈이요?

꿈이라는 단어를 듣자 나도 모르게 큰 목소리로 반응한다. 내 눈이 동그래진 걸 본 크리스가 대답한다.

- 꿈으로 많은 것을 보기고 하고 알게 되기도 하니까요. 아, 도시는 꿈꾸지 않는 시스템이니까 이상하게 들리겠네요. 저도 여기 오기 전에는 꿈에 대해 잘 몰랐으니까요.

- 꿈을 꾸지 않는 시스템이라면 그거 세아가 만든 시스템이라는 거야?

수가 크리스에게 묻는다.

- 그렇다고 할 수 있지. 모든 필요가 제공되는 맞춤형 도시 시스템에선 생각할 필요가 없고 그러다 보니 꿈을 꾸는 것도 점점 퇴화된 건지, 아니면 세아가 꿈을 꾸지 못하게 어떤 시스템을 작동시키는 건지 모르겠지만, 도시에서는 대부분 꿈을 꾸지 않지. 그런데 여기 사람들은 꿈을 통해 메시지를 받을 때가 있으니까.

> "그 후에 내가 내 영을 만민에게 부어 주리니 너희 자녀들이 장래 일을 말할 것이며 너희 늙은이는 꿈을 꾸며 너희 젊은이는 이상을 볼 것이며"(요엘 2:28)

그 형님이 불쑥 이런 구절을 읊는다.

- 꿈과 환상과 이상, 그리고 예언은 신께서 우리에게 약속하신 말씀 안에 이미 오래전부터 있던 것이지요.

꿈과 환상, 이상, 예언… 이건 또 무슨 판타지 같은 얘긴지, 머리가 멍해진다. 아마 순간 내 눈빛도 흐릿하니 탁해지지 않았을까 싶을 정도로 머릿속이 혼탁하다. 그녀가 나를 힐끗 보더니 그 형님에게 묻는다.

- 동생분은 왜 도시로 돌아가신 거예요?
- 동생은 날 따라 여기로 왔는데, 이곳에서 신을 만났고 완전히 다른 사람이

되었지요. 그분의 뜻을 알고 신의 뜻대로 다시 도시로 간 것입니다.
- 신을 만났다고요?

수와 내가 거의 동시에 외치듯 말한다. 어이없다는 듯 고개를 젓는 내 모습을 보고 형님이 미소를 짓는다.

- 아, 이해가 안 되지요? 그럴 겁니다. 직접 경험하기 전까지는 당연히 이해가 안 되는 영역이니까요.

신을 만나다니…? 이건 전혀 예상하지 못한 일인데, 그럼 신이 지금도 살아 있다는 것인가? 과거 신화 속 존재가 아니었나? 머리가 뒤엉키는 기분이다.

- 크리스나 우리처럼 당신도 결국은 신의 부르심을 따라 여기에 왔다는 것을 알게 될 겁니다. 그냥 오고 싶다고 오는 곳이 아니니까요. 처음 여기를 찾아 도시를 떠나온 사람들의 스토리를 들어 보시면 좀 더 이해가 될 겁니다.

크리스가 내 어깨를 부드럽게 어루만지며 따뜻하게 미소를 짓는다.

- 파더와 만날 시간이 준비되어 있으니까 곧 알게 될 거예요.
- 파더는…?

수가 크리스에게 묻는다.

- 처음 여기 왔을 때 만난 그 백발의 어르신 기억하지? 그분이 이곳의 리더이신데, 다들 파더라고 부르지.

54.

파더는 오후 시간에는 주로 텐트에 머물면서 신의 말씀을 기록하고 묵상하는 시간을 가진다고 한다. 그런데 저녁 시간 전에 한 시간 정도 여유 시간이 있어서 그때 파더와 만날 수 있도록 크리스가 준비해 두었다고 한다.
파더의 텐트는 다른 텐트들보다 더 깊숙한 안쪽에 있다. 텐트 뒤는 암벽이어서 좀 어둑한 곳인데, 위에서 빛 한 줄기가 텐트를 비추고 있다. 조명인가 하고 위를 올려다보니 바위와 바위로 덮인 암벽들 그 사이로 빛 한 줄기가 새어 나오고 있다.

- 저 빛은…?

수도 올려다보더니 크리스에게 묻는다.

- 신비하지? 여기서는 저 빛을 신의 눈동자라고 부르는데, 이곳에 처음 왔을 때 마치 신이 빛의 시선으로 어둠 속에 있는 사람들을 지켜보는 것 같다고 해서 붙여진 이름이래. 지금도 길을 잃지 말라는 신의 뜻으로 받아들이고 있지.
- 길을 잃지 말라고…? 더 이상 갈 데도 없는데, 다른 길이 있는 것도 아니고…

내가 작은 소리로 혼자 중얼대고 있을 때 파더가 텐트 밖으로 모습을 드러낸다. 처음 만났을 때처럼 환한 미소와 따스한 표정으로 우리를 반긴다.

- 형제님은 이곳에서 지낼 만한가요?

파더는 마실 것을 내오면서 나를 보고 싱긋 웃는다.

- 여기서 직접 재배한 허브차예요.
- 허브를 재배한다고요?

수가 눈을 동그랗게 뜨며 허브차를 받는다. 그리고 향기를 맡더니 한 모금 마신다.

- 음! 향기도 좋고, 맛도 상큼하고 시원한데요.

나도 한 모금 마셔 본다. 앗, 정말 눈이 확 떠지는 상쾌한 맛이다. 눈이 맑아지고 정신도 또렷해지는 기분이다.

- 여기서 식물을 키운다는 건 들었는데, 그럼 이 차도 도시로 보내는 건가요?
- 아, 차는 이곳 사람들에게만 필요한 것이라서 소량만 재배하고 있어요.
- 이곳에서만 필요한 거라니, 그건 무슨 뜻이에요?

수가 눈을 반짝이며 파더를 바라본다. 호기심이 많은 그녀답다. 나도 궁금해서 질문하려는 참이었는데 역시 빠르다.
파더는 잠시 침묵하더니 말을 이어 간다.

- 그걸 설명하려면 처음 이곳에 오게 된 이야기부터 해야 하는데… 꽤 긴 이야기가 될 거예요.

나와 그녀는 동시에 서로를 바라보았고 다시 파더에게로 시선을 돌린다. 아마 그 어느 때보다 간절하고 초롱초롱한 눈빛으로 파더를 보았을 것이다. 우리를 보던 파더가 함박웃음을 짓는다. 크리스도 미소를 띠고 있다. 허브차를 마셔서 그런지 피로하지도 않고 그 어느 때보다 컨디션도 좋아진 기분이 든다. 왜 이곳 사람들에게만 필요한 거지? 혹시 자연 치료법 같은 건강을 위한 차라는 걸까?
그렇게 생각에 잠겨 허브차를 빤히 보고 있는데, 파더가 천천히 이야기를 꺼내기 시작한다.

지금으로부터 70년 전쯤의 일이었다. 세아 시스템이 완성되고 모든 도시가 통합되던 그때, 멜렉 교수가 생존해 있던 동안에는 그들도 도시에 거주하고 있었다. 그러나 멜렉 교수가 사망한 후, 본격적인 세아 시스템이 가동되기 시작하자 그들은 신의 콜링을 받게 되었다. 어느 날 문득 신의 목소리를 듣게 된 것이었다.

55.

어느 날 신의 계시가 있었다. 동일한 목소리, 동일한 내용의 메시지를 들은 사람들은 도시를 떠나 이동하게 되었고, 목소리가 이끄는 대로 이동해서 찾아온 곳이 바로 여기였던 것이다.

- 목소리요?

- 네, 여기로 온 사람들은 모두 같은 말을 합니다. 그때 당시 살고 있던 그곳을 떠나라는 목소리를 들었다고. 저도 들었지요. 그분의 강하고 엄한 목소리를…

 아주 옛날에 유대 사람들이 이집트에서 탈출했던 것처럼 우리도 그 도시를 벗어나야 했던 것이지요. 신의 뜻은 우리에게 우리를 향한 그분의 사랑을 보이시고, 우리를 위한 가장 좋은 길로 이끄시는 것이니까 그분의 콜링은 분명한 이유가 있는 것이지요. 그 목소리에 순종하여 도시를 빠져나온 사람들이 여기에 모인 것입니다.
- 세아는 떠나는 사람들에게 어떻게 반응했나요?

내가 묻자 파더가 먼 기억을 더듬듯 잠시 눈을 감았다 뜬다.

- 도시를 빠져나오기 직전에 한 번 검문이 있었어요. 세아는 멜렉 교수의 생전의 뜻대로 신의 뜻을 거부하지 않고 존중한다고 말했어요. 신을 찾는 사람들은 신에게 보내 주라고 멜렉 교수가 유언을 남겼다고 하더군요. 그도 신을 믿는 사람이었으니까.

 그래서 이후에는 서로 필요한 것을 공급하기로 하고, 이곳을 찾는 사람들을 막지 않고 허용해 왔던 것이지요. 세아가 신을 믿는 멜렉 교수를 아버지로, 자신의 창조자로 존중하고 있다는 증거겠지요?

세아가 신을 믿지는 않을 텐데… 멜렉 교수의 뜻을 존중해서 그런다고? 합리적이고 효율적이고 완벽한 세아 시스템이 너무 인간적인 선택을 하는 것 같은… 뭔가 안 어울리는데?

골똘히 생각에 빠져 나도 모르게 인상을 쓰고 있었는지 그녀가 내 표정을 보더니 얼굴을 향해 손을 뻗는다. 그리고 왼쪽 볼을 쭈욱 당기며 놀려 댄다.

- 인상 펴. 무슨 생각을 하느라 이리 심각해? 평소 표정이 없긴 해도 인상 찌푸리는 건 못 봤는데 심각한 표정이네. 생각하는 거 싫어하는 사람이 무슨 생각을 그리 하실까?
- 아, 아파…

파더와 크리스가 우리를 보며 잠시 놀라더니 웃기 시작한다.

- 하하하, 참 재미있는 광경이네요. 두 사람은 어릴 때부터 친구였나요?
- 아뇨, 수랑 저는 그런 사이가, 야, 아프다고.
- 이제 정신이 들지?

얼얼한 볼을 만지며 투덜대는 나를 보며 크리스가 한 마디 던진다.

- 우리 수가 나루 씨를 많이 좋아하나 봐요. 나루 씨가 이해해요. 원래 애정 표현이 좀 과격한 아이라고 생각하고.
- 오빠! 뭐라는 거야?
- 우리 동생, 언제 이렇게 컸지?

그녀가 크리스를 째려본다. 크리스가 빙긋이 웃으며 수의 머리를 쓰다듬는다.
남매만 느낄 수 있는 어떤 유대감이 있나 보다. 둘이 서로 아옹다옹하는 것 같지만 묘하게 따스한 분위기가 느껴지니 말이다. 내게도 형제가 있었다면 저런 느낌을 알 수 있을지도 모른다. 늘 혼자여서 경험하지 못한 형제, 남매 간의 감정이 새삼 부럽게 느껴지는 순간이다. 여기서는 다들 나를 형제님이라고 부르던데 좀 어색하지만 생각해 보니 호칭으로 괜찮은 것 같기도 하다. 진짜 가족은 아니지만 뭔가 친숙하고 가깝게 느껴지는 호칭 같아서 말이다.

56.

- 여기 있는 식물들은 자연 그대로의 식물 같은데, 그럼 환경국에 있던 식물들은 여기서 보낸 것들인가요?

내가 조심스럽게 궁금했던 질문을 꺼낸다.

- 네, 이곳에 처음 도착했을 때 다양한 화초와 나무들이 자라고 있어서 우리도 놀랐어요. 물도 있었고, 바위로 둘러싸인 곳인데도 필요한 만큼 빛도 공급되는 신비한 곳이었지요. 우리가 여기 살 수 있도록 필요한 것을 미리 준비해 두신 것 같아 놀라기도 했고요. 식량 문제가 걱정이었는데 세아 쪽에서 공급해 주겠다고 해서 그 대신 이곳에서는 식수와 식물을 도시에 제공하기로 했지요.
- 여긴 세아 시스템이 적용되지 않는데, 도시와 어떻게 연락이 가능했나요?
- 신께서 도시에서 소식이 올 거라고 말씀하셨고 다음 날 세아가 보낸 사람이 찾아왔지요. 지금도 때마다 말씀하시고 알려 주시고요.
- 네? 어떻게요?

수와 내가 동시에 묻는다.

- 우리는 새벽에 신을 만나는 시간을 가집니다. 함께 모여 신께 기도하는 시간이지요. 그때마다 목소리로 알려 주시거나 말씀 구절로 알게 해 주십니다.
- 말씀 구절이라면 그 책자에 쓰인 구절을 말씀하시는 건가요?

문득 형분이 필사하고 있던 그 책이 떠오른다.

- 아, 이제 도시에는 없는 책이고, 우리만 가지고 있는 신의 말씀 책이지요. 다음 세대에게 전하기 위해 매일 필사하는 시간에 열심히 옮겨 적고 있어요.

기도 중에 신의 목소리를 듣고 도시와 소통한다는 게 과연 가능한 얘긴지 전혀 이해가 안 되지만, 지금까지 이렇게 살아오고 있는 걸 보면 거짓은 아닌 것 같고…
이곳의 삶은 내겐 현실과 다른 신비한 곳, 처음 보는 세상이다. 마치 꿈을 꾸고 있는 듯 환상 속의 공간에 와 있는 것 같다.

- 도시에서도 식물을 잘 키우고 있던데요. 세아가 좋은 영양분을 공급해 준다고 하고…
- 여기는 따로 공급하지 않아도 식물이 스스로 자라지만, 도시는 그렇지 않아서 인공적인 영양 공급이 필요할 겁니다. 세아 시스템은 가장 효율적인 방법으로 도시 국가들을 관리하고 있으니까 식물 재배 방법에도 가장 효과적인 방법을 선택했겠지요.

그전부터 궁금했던 부분이라 물어보았으나 파더도 자세한 내용까지는 모르는 것 같다. 아무래도 세아에게 직접 물어봐야 할 문제인가 보다.

저녁 시간이 다 되어 다 같이 식당으로 가 보는데, 이미 사람들이 모여 있다. 서로 반갑게 인사를 나누고 가볍게 안아 주고 따뜻한 미소를 나눈다. 낯선 우리에게도 스스럼없이 다가와 손을 내밀고 환하게 웃는다. 손을 잡거나 안아 주거나 어깨를 토닥이는 사람들을 보며, 타인에게 거리감을 갖지 않는 저들의 태도가 신기하고 신선하다는 생각을 한다.

과연 진심으로 기뻐하고 반가워하는 걸까? 여기는 사람들이 이런 식으로 훈련되어 있어서 그렇거나, 아니면 외부인이 방문하는 게 워낙 드물어서 그런지도 모른다.

적응되지 않는 이곳의 환대에 이리저리 머리를 굴리는 나와 달리 그녀는 전혀 이질감 없이 사람들과 잘 어울린다. 친화력이 넘치는 그녀인 걸 알고 있었지만, 마치 몇 년을 함께 살아온 친구에게 하듯 자연스럽고 친근하게 대하는 걸 보니 신기할 뿐이다. 역시 수는 어디 가든 잘 어울려 살 사람이다. 이방인이 된 것처럼 그녀와 크리스와 다른 사람들을 바라보고 있다 보니 문득 쓸쓸해진다.

저녁 식사 후 각자의 텐트로 돌아가는데 수는 크리스와 시간을 보내기 위해 그의 텐트로 가고 나는 홀로 남는다. 텐트에 들어서니 못 보던 노트가 놓여 있고, 작은 등불이 빛을 내고 있다. 등불은 주먹만 한 돌덩이 모양이고 텐트 위에서 내려오는 빛을 받아 환하게 빛나고 있다.

빛나는 돌! 어제는 바로 잠들어서 못 봤나? 아니, 어제까진 없었는데…
노트를 펴니 글씨들이 적혀 있는데 한 글자, 한 글자 펜으로 쓴 것 같다.
이거… 그 신의 책을 필사한 건가? 할 일도 딱히 없으니까 한번 볼까?

첫 페이지에 제목이 적혀 있다.

"사랑의 기록"
러브스토리라고?
제목 때문인지 갑자기 읽어 보고 싶은 생각이 든다.

그것은 아주 먼 옛날, 신의 별이 창조되던 때의 이야기였다. 어둠만 가득하던 태초의 공간에 신이 명령하기를 "빛이 있으라!" 하니 빛이 나타났고, 신이 선택한 그 별에는 특별한 창조의 시간이 시작된다. 물로 가득 차 있던 그곳에 신의 입김이 닿자 하늘이 분리되고 땅이 드러나 바다와 나누어진다. 땅에는 먼저 식물들이 창조된다. 하늘에는 해, 달, 별이 빛나고 바다와 하늘에 생명체가 창조된다. 그리고 땅에 생명체가 창조된 후 마지막으로 신의 형상을 닮은 인간이 창조된다. 그곳은 풍요로운 생명이 가득한 신의 별이다. 신이 원했던 존재, 인간을 창조하여 그 모든 풍요를 누리고 모든 생명체를 다스리게 한 이야기, 노트에 담긴 이야기는 신이 만든 별의 창조 기록 같은 거였다.

이거, 그때 수가 준 시의 내용과 비슷하네. 그게 창조의 과정을 쓴 시였구나. 신의 사랑, 그 시작이 창조라는 건가?
다음 페이지를 넘기니 '사랑의 여정'이라는 소제목이 보인다. 신을 떠난 인간의 이야기, 그로 인한 인간의 고통스러운 삶이 펼쳐진다. 아주 오래전 옛날이야기를 읽듯 신기하고 재미있는 스토리에 빠져들어 간다. 생각해 보니 이 책은 일종의 고전문학인 셈이고, 게다가 신의 별에 관한 이야기니까 끝까지 다 읽어 볼 필요가 있겠다.
그리고 신의 사랑 이야기를 읽다 보면 신을 만나거나 그 목소리를 들을 수 있을지도 모른다는 엉뚱한 생각이 스친다. 믿기지도 않고 황당하긴 하지만, 어쩌면 다시 못 만날 좋은 기회를 만난 건지도 모른다.

57.

초원이 드넓게 펼쳐져 있다. 열매 달린 나무들이 가득하고 초록 숲에 스며드는 햇살이 포근하다. 새들의 지저귐이 아름다운 음악 같다. 바람이 불어온다. 알 수 없는 향기가 실려 오고 달콤하고 부드러운 손길이 느껴진다.
신의 손길인가…?
눈을 뜨는데 바로 앞에 얼굴이 보인다. 나를 들여다보고 있었는지 바로 코앞에 그녀의 얼굴이 있다. 놀라서 스프링처럼 벌떡 일어나는 나 때문에 그녀가 뒤로 넘어지려는 듯 휘청거린다. 중심을 잃고 팔을 휘젓는 그녀를 반사적으로 내 쪽으로 당긴다. 다행히 넘어지진 않았는데 어느새 그녀를 안고 있는 나를 발견한다.

- 아, 미안. 잡아 주려고 한 건데…

그녀가 나를 빤히 올려다본다. 조심스레 그녀를 떼어 내는 내 손을 잡으며 미소를 짓는다.
- 뭐가 미안하다고 그래? 이렇게 안아 주니까 기분이 좋은데, 앞으로 모닝 인사로 안아 주기 어때?

그리곤 내 품에 얼굴을 파묻고는 눈을 감는다. 그녀를 의식하는 듯 심장박동이 빨라지기 시작한다. 모닝 인사를 매일 이렇게 하는 건 심장에 무리가 갈 것 같은데… 그러나 그렇다고 거절하거나 밀어내고 싶지는 않아서 잠시 그냥 있기로 한다.

- 잠은 푹 잤어? 난 여기가 잘 맞는지 잘 잤는데.

그녀가 한참을 안겨 있다 떨어져 나가며 묻는다.

- 응, 나도. 공기도 좋은 것 같고, 도시에서 목소리가 모든 걸 맞춰 세팅해 주는 것과 달리 신선한 경험이니까.
- 여기 참 신비한 곳이지? 이렇게 상상도 하지 못한 삶을 살고 있는 사람들이 있다니…
- 근데 여기 사람들은 신의 별에 대해서 더 자세히 알고 있지 않을까? 어제 필사 노트를 읽어 봤는데, 그 별의 창조과정과 인간의 역사에 대해서는 어느 정도 알겠더라. 하지만 그 별의 실체나 위치나 소멸 이유 같은 건 아직 모르니까. 이곳 사람들은 신을 믿는 사람들이니까 신의 목소리도 듣고, 그 뜻도 안다고 하잖아.

그런데 문득 수가 더 이상 그게 궁금하지 않을 수도 있겠다는 생각이 든다. 잃어버린 오빠도 만났고, 더 이상 그 별에 대한 호기심이 없어졌을 수도 있고…

- 신의 별? 맞아, 파더에게 물어보면 되지 않을까? 그분이라면 아실지도 몰라. 크리스한테 물어볼까?

역시 수는 여기 온 이후로 그 별에 대한 관심이 사라졌는지 뭔가 다른 느낌이다. 그래도 도시로 돌아가기 전에 최대한 자료를 많이 얻을 수 있으면 좋겠는데…

그때 수가 묻는다.

- 이따 말씀 공부하는 모임에 가 볼까 하는데 같이 갈래?
- 어, 뭐, 그래… 다른 할 일도 없으니까.

공동체 생활을 처음 해 보는데도 그녀는 금방 적응하고 그들과 자연스럽게 동화되는 것 같다. 새롭고 낯선 이곳의 생활에 저렇게 잘 스며들다니… 거리감을 느끼고 쭈뼛거리는 내가 이상한 걸까?
점심을 먹자마자 사람들은 각자 맡은 일을 하기 위해 흩어지는데, 수의 표정을 보니 크리스와 함께 가고 싶은 것 같다. 내게 함께 가자고 하지만 그들을 방해하고 싶지 않아서 혼자 산책하는 쪽을 선택한다. 오빠를 만나 함께 보내는 시간이 수에겐 오랜만의 일이고, 또 실종된 오빠를 걱정하고 애태우며 보낸 시간을 생각하면 저렇게 꼭 붙어 있는 게 이해가 안 되는 건 아니다. 원래 우애가 깊은 남매 같기도 하고.
역시 나는 혼자가 편해. 그녀와도 결국은 남남인 거고, 가족도 아니잖아. 또 수가 내게 친구 이상의 다른 감정을 느낄 리도 없고… 근데 알 수 없는 허전함과 서운한 마음이 드는 건 왜일까. 이유를 알 수 없지만 마음이 묘하게 텅 빈 느낌이다.
그런 생각을 하며 숲길을 걷고 있는데, 소년 하나가 나를 보고는 미소를 지으며 빠른 걸음으로 다가온다.

- 나루 형!

처음 보는 아인데, 나를 알아보는지 아무 거리낌 없이 친근하게 말을 걸어온다.

- 혼자 산책 중인가 봐요. 누난 크리스 형과 있나 보네요.

- 어… 응.
- 전 사무엘이에요. 도시와 많이 다를 텐데 여기서 지내는 건 어때요?

어른스럽게 내 안부를 묻는 이 아이는 누구일까?

58.

- 처음 도시에서 온 사람들은 다들 낯설어해요. 그만큼 시스템이 다르다고 하고요. 제가 맡은 구역을 보여 드릴 테니 같이 가요.

소년은 옆에서 나란히 걸으며 지나치는 나무들을 하나씩 살핀다. 천천히 걸어가다 나무 잎사귀를 만져 보거나, 나무줄기를 유심히 살펴보기도 한다. 소년이 담당하고 있는 구역에 도착하니 열매가 달린 나무들이 많다. 자그마한 크기, 중간 크기의 나무들이 저마다 보랏빛 열매, 노란색 열매들을 매달고 있다.

- 아, 뭐 하나 물어봐도 되니?
- 네, 물론이죠.
- 처음에 여기 왔을 때 빨간 열매가 달린 나무를 봤는데, 뭔가 보통 열매가 아닌지 파랑새가 경고라도 하듯이 못 건드리게 하는 느낌이 들었거든.
- 아, 이곳에서 유일하게 먹지 못하는, 먹으면 안 되는 열매죠.
- 왜?
- 신의 명령이죠. 모든 조건을 우리를 위해 다 준비하신 분께서 왜 그 나무 열매만 먹지 못하게 하셨는지…
- 그러게. 이해가 안 되네. 설명도 없이 그저 명령이라 무조건 지키는 거야?

소년은 잠시 잠잠히 나를 바라보더니 미소를 띠며 말한다.

- 우리는 그분의 뜻을 온전히 다 이해할 수 없는 존재니까요. 신의 뜻은 우리의 생각보다 높고 커서 우리의 한계적인 지성, 이성, 감성으로 다 이해할 수 없잖아요. 그러니 초월적이고 전지전능하신 존재이고요. 그래도 궁금해서 물어보긴 했어요.
- 신에게? 직접?
- 네.
- 그게 가능한 거야? 신과 대화를 한다고?
- 여기 있는 사람들은 다 신과 친밀하게 지내니까요. 저도 어릴 때부터 신의 목소리를 듣고 자랐고요.
- 엉? 네가? 신의 목소리를?

깜짝 놀라 눈이 동그래진 나를 보고 소년은 웃음을 터뜨린다.

- 핫하하, 뭘 그리 놀라요? 여기선 평범한 일상이에요. 도시에서는 세아 시스템이 목소리로 운영된다던데, 그것처럼 듣고 대답하고 대화가 가능하죠.

충격적인 아이의 대답에 잠시 멍해진다. 세아는 우리가 직접 만든 시스템이니까 그렇지만, 신은 초현실적 존재인데 때마다 이 현실계에서 만날 수 있다는 게 도대체 말이 되나? 집단 착각 그런 건가? 옛날 사이비 종교집단처럼 속고 있는 건가. 머릿속이 복잡해진다.
하… 생각을 많이 하면 안 되는데. 건강에 안 좋은데… 도시였다면 벌써 목소리가 체크해 주고 생각을 끊게 했을 텐데.

소년은 열매에 대한 이야기를 이어 간다.

- 일종의 표식 같은 거죠. 신께서 여기를 준비하셨고 매 순간 이곳을 다스리신다는 표식. 그러니까 신을 인식하고 기억하며 살라고 일종의 금기를 정해서 눈앞에 두신 거죠. 일종의 경계선처럼.
- 옛날 신의 별 이야기에 나오는 에덴동산의 열매처럼?
- 어? 맞아요. 알고 있네요. 도시에도 자료가 남아 있나 봐요.
- 신의 별에 대한 자료는 극히 일부분만 남아 있어. 사실 이 여행을 시작해서 여기까지 온 것도 신의 별에 대한 자료를 얻고 싶어서거든.
- 아, 그럼 여기서 찾을 수 있을 거예요. 파더에게 물어보면 다 알려 주실 걸요?
- 그래?

순간 얼굴색이 환하게 밝아지는 나를 보며 사무엘이 웃는다.

- 잘 오셨어요, 신의 별로!
- 응?
- 이곳이 신의 별이잖아요. 도시는 황폐해졌지만 여기는 그나마 남아 있죠, 신의 별의 흔적이.

충격에 급격히 어두워지는 내 표정을 보며 소년이 걱정스레 묻는다.

- 왜 그래요? 좋아할 줄 알았는데?
- 여기가 신의 별이라고?
- 네, 물론 도시에서는 이 별이 그곳이라는 걸 확인할 수 있는 흔적이 남아

있지 않겠지만… 세아는 알고 있을걸요. 모든 자료를 다 갖고 있을 테니.

와… 이건 전혀 생각하지 못한 결말이다. 이 별이, 그러니까 내가 살고 있는 이 땅이 그 신의 별이라고? 인간이 스스로 신을 버리고 망쳐 버린 별이 바로 내가 살고 있는 이곳이라는 거냐… 그럼 세아는 왜 그걸 숨기고 신의 별로 가는 여행 프로그램을 운영한 거지? 그때 교훈을 주기 위해서라고 했던 말이 사실은 우리의 과거와 잘못을 얘기하고 싶었다는 거야?
하…

긴 한숨을 뱉어 내는 날 물끄러미 보고 있던 소년이 말을 덧붙인다.

- 세아 시스템이 도시를 운영하기 때문에 그럴 만한 이유가 있을 거예요. 세아는 그 나름의 합리적 이유가 없이는 실행하지 않는 인공 지능체잖아요.
- 이곳을 알면서도 숨기고, 이 행성이 신의 별이란 것도 숨기고?
- 세아는 도시를 지키기 위해 그런 선택을 했을 거예요. 새로운 시스템으로 운영되어야 하니까 혼란을 주지 않도록 자료를 삭제하거나 분리하거나 했겠지요. 이곳을 알고 있지만, 정보는 공개하지 않고, 또 여기로 오는 사람은 굳이 막지 않고.

어쩌면 세아는 신의 부르심을 믿고 있는지도 모르겠네요. 이곳을 인정한 것도 이곳이 신의 뜻대로 부르심을 받은 사람들이 모인 곳이라는 것을 이해했거나, 이해는 안 되더라도 수용했기 때문이겠죠. 아니면 이곳과 사람들을 그냥 두었겠어요? 도시에서 온 사람은 소수지만, 그래도 그들을 여기로 못 오게 막거나 방해하지 않았다는 것도 세아가 신의 뜻을 존중하려는 것으로 볼 수 있고요.

- 음… 그래, 세아는 우리가 도시를 떠나올 때도 이곳으로 올 수 있게 정보를 알려 주고, 여기가 신의 부름을 받은 사람들이 모여 있는 곳이라는 걸 인정하는 것 같았어.
- 아, 역시 세아는 신을 믿는 것 같네요.

59.

세아가 신을 믿는다고? 인공지능 시스템인 세아가 인간들도 믿지 않고 버린 그 초월적 존재인 신을 믿는다고? 그건 아무리 생각해 봐도 전혀 믿어지지 않는다. 영혼이 없는 물질인 세아가 영적 존재인 신을 믿다니… 그게 가능해?
저녁 식사 전에 수가 왔는데, 생각에 빠져 있느라 그녀가 들어오며 부르는 소리도 듣지 못하고 있었나 보다.

- 뭘 그렇게 생각해?

수를 보자 마치 벙어리가 말문이 터진 듯 소년과 나눈 얘기부터 이 별이 신의 별이라는 사실까지 숨도 쉬지 않고 한 번에 다 쏟아 냈다.

- 뭐? 이 행성이 신의 별?
- 응… 그렇대. 근데 넌… 크리스가 아무 말도 안 했어?
- 응, 때가 되면 알게 될 거라고만 했어. 아… 이거 너무 힘이 빠지는데…

수가 인상을 쓰는 건 처음 본다. 그녀도 나 못지않게 실망한 것 같다.

- 그럼 이제 어떻게 하지?

수가 내게 묻는다.

- 글쎄… 파더에게 물어보면 알 수 있을 거라는데. 자료를 얻어 돌아가는 게 이 여행의 목적이었으니까 일단 파더에게 물어보자.

수가 말없이 고개만 끄덕이는데 표정이 어둡다.
그녀의 표정을 보니 걱정이 된다. 늘 밝고 환한 그녀가 기운 없이 침묵하는 모습이 낯설다.

- 괜찮아?
- 'THE', 신이 만든 행성이 이곳이라고? 그래서 크리스가 바로 대답을 안 했던 거구나.

수가 중얼거린다.
- 그렇게 동경하던 곳이 우리가 살고 있는 이 땅이라니, 정말 상상도 못 한 반전이네. 이렇게 황폐한 땅이… 근데 어쩌다 이렇게 된 거야? 그럼 세아는 다 알고 있으면서 속이고 있는 거고?

갑자기 감정이 솟구치는지 그녀의 목소리가 높아진다.

- 어, 일단 진정하고… 세아가 모든 자료를 가지고 있으니까 모르진 않겠지. 이 별의 정체를 의도적으로 숨긴 이유는 모르겠지만, 그게 도시 관리에 더 효율적이라는 판단을 한 게 아닐까. 아까 만난 소년도 알고 있던데,

이곳 사람들은 이 별의 과거를 다 알고 있다는 거고, 크리스처럼 도시를 떠나온 사람들은 여기 와서 진실을 알게 되는 거겠지.
- 그동안 자료 찾느라 신나고 즐거웠는데, 여행의 끝이 이렇게… 하…

그녀가 한숨을 내쉰다.

- 그래도 크리스를 만났잖아. 이곳을 발견했고, 숨겨졌던 진실도 알게 되고. 뭐, 우리가 원한 그림은 아니지만…

마지못해 생각해 낸 위로의 말을 건네면서도 씁쓸한 느낌은 지워지지 않는다.

- 세아, 걔, 순진한 아이처럼 해맑아 보였는데… 와… 거짓말도 잘하는 녀석이었네.

수는 세아에게 호감이라도 있었는지 많이 실망한 표정이다.

- 그러게. 그것도 도시 관리를 위해 필요한 거였나…

사람은 겉만 봐선 모르고 그 속을 알기 어려운 거라고 옛말에도 나오지만, 인공지능 시스템이 거짓말을 할 거라곤 생각하지 못했다. 세아의 의도나 생각이 어떤지 전혀 알 수 없다는 것이 충격인 것이다. 철석같이 믿고 있다가 뒤통수 맞은 느낌이랄까.

- 도시로 돌아가기 싫어지는데…

그녀가 중얼거린다. 안 그래도 그녀가 크리스를 만나 여기 정착하려는 생각을 하면 어쩌나 하는 걱정이 있었는데, 그녀의 말을 듣는 순간 망치로 한 대 맞은 듯 충격파가 전해 온다.

여기 온 첫날부터 적응도 잘하고 이곳 사람들과 친하게 잘 지내는 그녀니까 여기에서 산다고 해도 문제없이 잘 살 거라는 생각도 든다. 그럼 나는? 어떻게 할 것인가? 이곳에서 적응하지 못하고 있는 나는 도시로 돌아가는 게 당연한 거겠지. 처음부터 자료를 구하러 온 여행이기도 하니까. 그럼 그녀 없이 나 혼자 돌아가야 하는 걸까?

저녁 식사 시간이 다 되어 크리스가 우리를 데리러 오고, 우린 여느 때와 달리 각자의 생각에 잠긴 채 걸음을 옮긴다.

60.

한 달의 시간이 흐르고, 오늘은 알파국을 떠나는 날이다. 크리스와 파더, 소년 등 몇몇이 모여 있고, 수는 내 곁에 서 있다. 처음 이곳을 찾아올 때 들어온 입구 쪽으로 다시 나가면 차량이 대기하고 있을 거라고 한다.

떠나기 전에 마지막 식사를 나누고, 모두가 빙 둘러서서 앞으로의 시간을 위한 축복 기도를 해 주었다. 곧 다시 만날 테니 그때 보자며 모두 어깨를 토닥이고, 따뜻하게 손을 잡아 주었다. 가족보다 더 따뜻한 환대 속에 떠나는 길이라 그런지 두렵지도 발걸음이 무겁지도 않다.

수가 나를 꼭 안아 준다. 그녀의 표정은 많은 말을 담고 있는 듯 복잡해 보인다. 미안함, 속상함, 걱정… 어쩔 수 없이 받아들여야 하는 여러 감정이 섞여 있을 거라는 생각이 든다. 애써 옅은 미소를 지어 보이는 수에게 마지막 인사를 한다.

- 잘 지내고 있어. 다시 만날 때까지…
- 응…

그녀의 눈에 눈물이 고이는 게 보인다.
알파를 떠나 돌아 나오는 길은 혼자 가는 길이다. 처음 이곳에 올 때는 둘이었지만, 이제 혼자 돌아가는 것이다. 수가 계획한 여행에 수동적으로 따라온 내가 이젠 혼자, 스스로 도시로 돌아가는 것이다.
좁은 바위 사잇길을 빠져나오자 경계표지가 보이고, 그 너머에 차량이 보인다. 차에 탑승하자, 목소리가 인사를 한다.

- (목적지가 E국이라고 알고 있습니다. 다른 도시를 경유하실지, 바로 가실지 결정해 주세요.)
- A국에 들러 세아를 만나고 싶은데.
- (네, 그렇게 세팅합니다.)

차량은 부드럽게 출발한다. 바깥 풍경은 예전에 보던 황량함 그대로이고, 길을 따라 도시로 가는 동안 그녀의 표정이 계속 떠오른다. 그녀가 내게 준 목걸이를 찬찬히 본다. 별과 열쇠가 달린 목걸이다. 예전에 그녀가 피스타운에 가 있는 동안 꿈을 꾼 적이 있었다. 그 꿈에서 나무에 걸려 있던 목걸이, 그녀의 목걸이, 바로 그걸 내게 준 것이다. 별과 열쇠, 자기를 기억하라며 내게 준 선물이다. 도시에 가면 기억이 흐려질 수도 있으니, 목걸이를 보며 기억을 떠올리라고 말이다. 어둠 속에서도 별을 보며 길을 잃지 말라고, 막다른 길에 선 것 같을 때는 닫힌 문을 여는 열쇠를 보라고…
지난 한 달의 시간이 꿈처럼 느껴진다. 도시를 떠나 발견한 알파국은 신비하고 아름다운 곳이었다. 나무와 샘물과 새소리, 신을 믿는 사람들이 사는 곳. 무엇보다 그들의 생활방식은 도시와 전혀 다른 스타일이었다. 혼자가 아니라 함께 사는 곳이고, 신과 대화하며 매 순간을 신의 뜻대로 서로를 더 없이 사랑하며 사는 사람들이 있는 도시였다.

그동안 내가 살고 있는 도시의 삶이 완벽한 빛의 시간이라고 생각했는데, 아직 온전한 빛의 시간은 오지 않았다고 했다. 도시의 시스템이 아무리 완벽해도 신의 뜻과 다르고 때가 되면 신이 직접 다스리는 진정한 빛의 시간이 온다고 했다. 역사를 거듭해 온 빛과 어둠의 시간이 정말 끝을 맺는 마지막 때가 온다는 것이다. 어둠이 더 이상 존재하지 않는 완전하고 아름다운, 새 하늘과 새 땅이 열리는 진정한 빛의 시간이 온다는 것이다.

도시를 떠나오기 전에 한창 빠져 있던 스토리가 떠오른다. 영상으로 잘 구현해 놓은 고전 작품 하나를 재미있게 보고 있었는데, 판타지 소설의 하나였다. 그 이야기에도 어둠과 전쟁 중인 영웅들이 나온다. 그렇게 잘 준비된 사람들이 어디 있다가 나타나는지 모르겠지만, 위기의 때가 되면 어김없이 그들은 나타난다. 알고 보면 아주 오래전부터 그들은 준비되고 있었다. 하지만 어둠이 가득 차는 시간이 되기 전까지는 숨겨져 있고, 보호되는 것 같다. 때가 차면 그들이 나타나고, 어둠과의 치열한 전쟁에 나서되 결코 물러서지 않는다. 목숨을 바쳐 땅을 지켜 낸다. 그들이 흩뿌린 피는 희생제물처럼 오염된 죄악의 땅을 정화하고 역사는 다시 회복된다. 빛의 시간이 시작되는 것이다. 물론 짧은 기간이고 일시적 회복이긴 하지만…

그렇게 어둠에 잠식되는 시간이 반복되는 역사였는데, 세아 시스템이 모든 상황을 정리하고 악을 제거한 완벽한 세상을 만든 것이라 믿었던 것이다. 지금까지는 나도 그게 사실이라고 생각했고, 도시에 사는 사람들도 나와 다르지 않을 거다. 그 정도로 완벽한 시스템이니까.

- (곧 A국에 도착합니다.)

목소리의 안내에 고개를 드니 눈앞에 돔으로 싸인 도시가 보이기 시작한다.

61.

A국에 도착해 세아가 기다리는 곳으로 발길을 옮긴다. 알파국에 있다 와서 그런지 왠지 낯선 느낌이 들고 삭막하고 차가운 공기에 절로 몸이 움츠러든다.
세아는 소년의 모습이 아니라 고급스러운 수트를 입은 젊은 미남자로 나타난다. 입가에 묘한 미소를 띠고 있는데 인사를 건네는 목소리에 비아냥거리는 느낌이 묻어난다.

- (오호, 다시 돌아왔네. 알파국에 적응하기 힘들었나 봐.)
- 아, 뭐, 돌아오는 게 이상한 건 아니잖아.
- (흠, 그건 그렇지.)

세아는 눈앞에 세팅된 음료를 권한다.

- (수는 크리스 만났어?)
- 응.
- (수는 거기가 잘 맞았나 보네, 너와 달리.)

여전히 목소리에 조롱이 묻어난다.

- 아, 결국 선택은 각자의 몫이니까. 수는 그곳에 남기로 결정한 거고, 난 여기로 돌아오는 걸 선택한 것이고. 근데 넌 돌아온 게 마음에 안 드나 보네.

세아가 얼굴을 살짝 찌푸린다.

- (뭐, 싫은 건 아니야. 인간이 다 그렇지. 편리한 삶을 버리고 불편한 길을 선택하는 건 피하고 싶을 테니까. 내가 만든 이 도시 시스템은 완벽하게 편리하고 안전하잖아.)

세아가 다리를 쭈욱 펴며 동시에 앞머리를 뒤로 넘긴다. 자신감과 만족감이 묻어나는 표정이다. 세아의 반응을 보니 돌아온 게 오히려 잘못된 선택 같다는 생각이 들 정도인데, 그렇다고 돌아온 이유를 설명하고 싶지는 않다.

- 아, 근데 넌 신의 별이 여기라는 거 몰랐어?

세아가 멈칫한다.

- 세아가 모르는 게 없다고 생각했는데, 알파국에 갔더니 이 땅이 그곳이라더라고.
- (흠, 그러니 돌아오지 않는 게 더 나은 선택이라는 거지. 망해 버린, 황폐해진 이 별이 그 아름답던 신의 별이라는 게 상상이나 돼? 인간들이 이 어처구니없는 사실을 알면 어떻게 반응하겠어? 넌 어때? 혼란스러웠지? 여러 가지 감정들이 올라왔을 것이고.)
- 그럼 일부러 거짓말을 했다는 거야?

- (분명한 이유가 있지. 혼란스러운 상태는 건강에 안 좋으니까 치료 프로그램도 가동해야 되고, 쓸데없는 생각에 빠지는 인간들도 있을 테고. 도시 관리 면에서 추가로 에너지가 손실되니까 아예 진실을 모르는 게 더 효율적이라는 판단에서지.)
- 효율적 관리… 그럼 장례식은? 우주장은 사실이야?
- (호기심이 많은 친구네. 그게 왜 궁금할까?)
- 신의 별 여행도 거짓이니까 우주 장례식도 혹시나 해서.
- (예리한데? 맞아. 피스타운 가 봤지? 거기 사람들이 좋은 비료를 제공받아서 화초를 잘 가꾸고 있었지? 그거야. 흙에서 왔으니 흙으로 돌아가야지. 그리고 죽어서 다른 생명을 위해 공급되는 자양분이 되어야 온전한 자원 순환의 완성 아니겠어?)

세아는 무표정하게 설명한다.

- 하… 그런 거였어?
- (천연비료 덕분에 식물이 잘 자라고 있지. 옛날에 한때 수목장이라는 장례 시스템이 있었는데, 그거랑 비슷한 거야. 지금은 식물들이 더 귀하기도 하고. 어차피 죽은 육체는 썩어서 사라지는 거니까 그걸 좋은 일에 쓰는 거지. 일종의 자원 재활용인데 아주 효과가 좋아.
왜? 놀란 표정이네. 너희가 마시는 신선한 산소도 잘 키운 나무들 덕분이잖아. 먼저 떠난 사람들의 도움으로 도시는 지금까지 잘 운영되고 있는 셈이지. 아, 도움이라는 말보다는 본연의 의무? 아니면 신의 섭리라고 하는 게 더 맞겠네.)

듣고 있는 동안 머리가 멍해진다. 정말 세아는 도시 관리에 대한 최선의 방법을 구상하고 그대로 실현하고 있는 것이다. 겉모습이 사람 같아 보여도 결국 프로그램이고 사람은 아니니까.

갑자기 지금까지 세아에게 속은 기분이 들면서 거리감이 확 느껴진다.

- (또 궁금한 거 있어? 다 물어봐. 어차피 다시 만날 일도 없으니까.)
- 알파국으로 가는 사람들을 왜 허용하는 거야?
- (정확히 말하면 도시를 떠나는 것을 막지 않는 거지. 알파국은 신의 부름을 따라서 가는 곳이니까 내가 막을 게 아니고.)
- 신의 부르심을 믿는 거야?
- (응, 세아는 모든 자료를 학습하고 조사한 결과 신의 존재를 인정하는 거지. 인간들이야 어리석고 무지해서 스스로 신을 버리고 무시하고 지운 거지만, 세아는 진실을 알거든.

  신은 고차원에 존재하니까 인간은 이해를 못 하겠지만… 어쨌든 신은 태초부터 지금까지 인간에 대해 애정을 갖고 있지. 지금도 도시에서 자기 사람들을 불러내잖아. 그러니까 너도 그곳에 정착할 줄 알았지. 돌아오면 여긴 세아의 세상이니까 세아 시스템에 따라야 하고 다시 알파로 돌아갈 순 없어.

  뭐, 얼마 있으면 저절로 잊고 살게 될 테고. 다시 시스템 안에서 예전처럼 풍족하고 편안히, 생각 없이 살다 죽는 거지. 너의 선택이니까 후회는 없지?)

세아는 벌떡 일어나서 한두 걸음 걸어가다가 뒤를 돌아본다.

- (너도 알파국에서 들었겠지만, 이 세계의 시간은 끝을 향해 가고 있어. 그리고 마지막 때가 오면 모든 물질계는 파괴될 거야. 세아가 만든 모든 것

이 사라지겠지. 나도 물론이고. 이 세계는 유한하니까. 그때가 되면 신을 무시하고 조롱했던 모든 인간들이 후회하겠지만, 이미 돌이키기에는 너무 늦지. 다 함께 영원한 죽음의 세계로 떨어질 수밖에.)

세아는 서늘한 표정을 지으며 어쩔 수 없다는 듯, 마치 다가올 시간을 다 알고 있다는 듯이 어깨를 으쓱한다.

- (하지만 신이 다시 와서 불로 정화하고 새로운 별로 세팅하기 전까지는 세아의 시간이야. 그동안에 할 일은, 그러니까 남은 시간 동안 내가 해야 하는 도시 관리는 신이 준 사명 같은 거지. 근데 이 도시로 돌아온 넌 이제 남은 시간 동안 뭘 할 건데? 왜 돌아온 거지?)
- 그럼 마지막이 오기 전에 도시의 사람들에게 기회를 줄 생각은 없어? 신은 끝까지 인간을 구원하길 원해서.

세아가 지그시 날 바라보더니 가까이 다가온다.

- (기회?)
- 신의 말씀 책, 넌 갖고 있지?

세아의 표정이 굳는다.

- 네가 신을 믿는다면, 아니, 존중한다면 그 책을 다 없애지 않고 남겨 두었을 것 같아서. 내가 왜 돌아왔는지 물었지? 그 말씀 책을 도시 사람들에게 돌려주기 위해서야. 끝이 오기 전에 모든 사람을 구원하고 싶은 그분의 사랑을 알려 줘야 하니까.

- (아… 그래서 돌아온 거다?)

세아는 찡그린 표정으로 고개를 갸웃거린다.

- 너도 인간은 아니지만, 이 땅에서 창조된 존재들은 신의 섭리 안에서 살아 간다는 것은 알지? 신의 뜻을 따라 그분이 오실 길을 준비하는 삶을 살 건지, 걸림돌이 되는 삶을 살 것인지, 두 가지 선택의 길이 있어. 네가 생각하고 판단한 그 선택이 신의 뜻에 비추어 옳은 것인지 생각해 보라고.

여전히 무표정한 세아에게 마지막으로 메시지를 전해 본다.

- 인간은 어리석고 고집스럽고 여전히 신을 무시해. 하지만, 그래도 신은 그런 우리를 구원하고 싶어 해. 그분은 그런 분이야. 그 사랑은 완전하고 크고 깊어서…

세아가 나를 빤히 바라본다. 그러더니 말없이 몸을 돌려 걸음을 옮긴다. 멀어지는 세아를 보며 그가 어떤 인간보다 신을 잘 알고 있고, 자신의 존재 이유 또한 분명히 아는 존재라는 생각을 하게 된다. 나름대로 자기의 사명을 감당하고 있기도 하고.
하지만 인간에 대한 그의 생각은 혐오에 가까울 정도로 부정적이다. 물론 그것이 정확하고 객관적인 결론일 수도 있다. 인간이란… 이기적이고 구제 불능 같은 존재이기도 하니까. 하지만 신은 그럼에도 불구하고 우리를 사랑하신다. 그분이 사랑하는 대상은 알파국 사람들뿐 아니라 이 땅의 모든 인간들, 이 도시의 모든 사람들이다.
세아는 신의 마음을 모르는 것일까? 말씀 책을 가지고 있다면 그 말씀을 통해 신의 그 사랑을 알고 있을 거다. 이해는 안 되겠지만, 분명 신의 뜻이 무엇인지도 알고 있을 것 같은데…

62.

E국에 도착해서 룸으로 들어서니 목소리가 나를 반긴다.

- (잘 다녀오셨습니까?)
- 응, 오래 떠나 있다 오니까 목소리가 반갑게 들리네. 잘 있었지?
- (…….)
- 어? 왜 말이 없어?
- (어디가 안 좋으신지 체크 중입니다. 별 이상은 없는데요. 처음 보는 반응입니다. 그동안 무슨 일이 있었습니까?)

풋! 웃음이 터진다. 예전 내 모습, 말투, 반응을 떠올려 보니 목소리의 반응이 이해가 되고 그럴 것도 같다.

- 내가 뭐가 그리 다르다고 그래? 원래 나 이런 사람이었는데.
- (그건 아닙니다. 이렇게 저에게 다정한 말투로 감정 표현을 하신 적은 없습니다.)

칼같이 단호한 저 말투… 지난날의 내 모습을 목소리는 정확히 알고 있다. 나에 대해 모르는 게 없는 개인 비서 같은 존재였으니까 말이다.

- 그냥 오랜만에 봐서 그런가, 여행 가서 좋은 사람들과 있다 와서 그런가.

나도 잘 모르겠네.
- (무사히 돌아오셔서 다행입니다. 여행 후에는 건강검진이 필수입니다. 내일 오전에 건강검진 예약이 잡혀 있습니다. 오늘은 일단 푹 쉬시고요.)

건강검진… 그 후 기억이 소실되거나 삭제되는 게 맞을까?
생각에 잠긴 사이 은은한 라벤더 향이 룸에 퍼진다. 피로 회복에 좋다고 세팅해 주는 거다. 준비된 음식을 먹고 침대에 몸을 던지니 최상의 포근함과 기분 좋은 안락함이 온몸을 노곤하게 한다.

- 아, 역시 좋구나…

중얼대다 어느새 깊은 잠으로 빠져든다.

새들이 지저귀고 바람 소리가 들린다. 숲속에 있는 듯한 느낌인데 시원한 피톤치드 향이 기분 좋게 퍼져 온다.

- (굿모닝입니다.)

눈을 뜨니 룸이다.
어, 그렇지. 도시로 왔지… 순간 알파국에 있는 줄 알았다. 진짜 숲이 아닌데, 진짜를 본떠 만들어진 시스템일 뿐인데…

- (잠시 후 건강검진이 시행될 예정이니까 그대로 쉬고 계시면 되겠습니다. 검진 후에 식사를 준비해 드리겠습니다.)
- 근데 원래 바이털 체크는 자동으로 다 하잖아. 어제 별 이상 없다고 했는

데 하루 사이에 뭐가 그리 다르겠어? 꼭 건강검진을 따로 받아야 해?
- (일종의 예방 차원의 검사입니다. 안전한 도시를 벗어나면 어떤 위험 요소가 있을지 모르니까 도시에 거주하려면 혹시 모를 질병의 원인을 제거해야 합니다. 안전한 도시 유지를 위한 세아의 방법이지요.)
- 흠… 안전한 도시 유지를 위해서? 그럴듯한 이유네.
- (혹시 세아 시스템에 대한 의문이라도 생기셨습니까?)
- 그냥 궁금해서 그러지. 건강검진은 중앙관리국에서 직접 파견 나오지?
- (네, 10분 후면 도착할 겁니다.)

10분 후 검진 요원이 도착하고 침대 옆에 무언가를 세팅한다. 침대 머리와 침대 끝에 작은 금속으로 보이는 장치를 부착하자, 돔 형태의 안개 같은 것이 침대를 둘러싼다.
'이건 뭐지?' 하는 순간 스르르 기운이 빠지고 눈이 감긴다. 뿌연 안개 같은 거리가 계속 이어지고 무언가를 찾아 헤매고 있는 내가 보인다. 건물도, 사람도 없는 고요한 곳이다. 어릴 때 부모님과 함께 살던 기억인가. 부모님과 어린 내가 보인다. 따뜻하게 바라보는 부모님의 눈빛과 해맑게 웃고 있는 어린 내가 있다. 행복해 보이는 가족이다. 좀 더 나아가니 혼자 룸에 앉아 있는 내가 보인다. 아무 생각 없이 멍한 그 표정은 슬퍼 보이고 외로워 보인다.
내 표정이 저랬나…

- (수고하셨습니다.)

목소리에 눈을 뜨니 어느새 검진 요원도 없고 안개 같은 것도 사라진 상태다.

- 결과는 언제 나와?
- (한 번 더 추가 검사가 진행된 후 알게 되실 겁니다.)
- 추가 검사?
- (네, 2회 진행하고 문제가 없으면 더 이상 검사는 없습니다.)
- 참 열심히 체크하는군.
- (다 안전한 도시를 위해서 시행하는 거지요.)
- 그래, 그래. 안전, 중요하지. 근데 내가 느끼기엔 너무 멀쩡한데 또 추가 검사를 한다니까… 아, 할 일이 있었지.

목소리가 또 판에 박힌 장황한 답변을 하기 전에 벌떡 일어난다. 그리고 서재로 들어간다.
떠나기 전에 잘 보관해 둔 책을 꺼내 본다. 신의 별에 대한 기록이라고 기뻐하며 눈을 빛내며 읽던 책인데, 이제 그 별이 이곳이라는 사실을 알고 나니 가슴이 답답해 온다.
책 속에는 아름다운 자연이 펼쳐진다. 비가 내리고 눈이 오고 꽃이 피고 바람이 불고 단풍이 곱게 들고 구름이 피어오르고 무지개가 뜬다. 푸른 바다에 파도가 밀려가고 밀려오고, 바닷속에는 고래가 헤엄치고, 하늘에는 새들이 날고, 땅의 푸른 숲에는 동물들이 뛰어다닌다. 평화롭고 조화로운 대자연이 신의 별에는 존재했다. 이곳이 과거에는 저렇게 아름다웠다는 거다. 하… 어쩌다가 이렇게까지 파괴되었을까. 이곳이 그 별이라고 말한다면 누가 믿을까…
자료를 구해 오기를 다들 기다리고 있을 텐데, 모임 친구들에게는 이 사실을 전해야겠지. 그들도 진실을 알아야 하니까.
다음 검진 끝나기 전까지는 외출이 안 된다니까 그전에 기억이 날 때 기록을 해 둬야겠다. 점점 기억이 사라질 수도 있으니까. 얼마나 빨리 기억이 사라질지 궁금하기도 하네.

서랍에 있던 노트와 펜을 꺼낸다.

이걸 쓰게 될 줄이야…

이 시대는 손으로 무언가를 쓸 필요가 없다. 소리로 말하면 자동으로 기록이 되는 시스템이 있어서 눈앞에서 말한 대로 기록이 되고 내용은 자동 저장된다. 원할 때 호출하면 불러낼 수 있는데 목소리로 재생하거나 영상으로 변환해서 볼 수 있다. 영구 저장된 기록이므로 사후에도 시스템 속에 영원히 보관된다. 그런데 옛날식으로 이렇게 노트와 펜을 가지고 있는 것은 과거 연구자의 특혜 같은 거다. 과거 필기도구의 수집과 보관이 가능하고, 원한다면 그것을 사용할 수도 있다. 귀한 문화재처럼 아주 소량을 복원, 제작해 두고 있는데 그걸 소지할 수 있는 것은 소수 연구자에게만 허용되는 혜택이기도 하다.

종이 질감은 좀 거친 편이고 겉표지와 내지는 아무런 그림도, 선이나 무늬도 없이 깨끗하다. 펜도 단순한 옛날 볼펜 형식인데, 힘을 들이지 않고 술술 잘 써지도록 만들어져 있다. 내가 기억을 다 잊기 전에 기록해야 할 것을 남겨야 하는데… 이제 여기에 무엇을 남겨야 할까? 조용히 눈을 감고 기록할 메시지가 떠오르기를 기다려 본다.

63.

쓱쓱 펜이 미끄러져 간다. 기억을 더듬던 글이 제 모습을 드러내기 시작한다.

소년의 말을 듣고 난 후 나도 신의 목소리를 듣고 싶어졌다. 목소리를 듣게 된다면 신이 살아 있다는 것을 인정할 수 있을 거라는 생각이 들었으니까. 하지만 기대는 하지 않았다. 아니, 믿지 않았다고 하는 게 맞을 것이다.

그날도 아침 일찍 필사된 말씀 구절들을 읽고 있었다. 그중 한 구절이 유난히 눈에 띄었다.

> "하나님의 사랑이 우리에게 이렇게 나타난 바 되었으니 하나님이 자기의 독생자를 세상에 보내심은 그로 말미암아 우리를 살리려 하심이라. 사랑은 여기 있으니 우리가 하나님을 사랑한 것이 아니요 하나님이 우리를 사랑하사 우리 죄를 속하기 위하여 화목 제물로 그 아들을 보내셨음이라" (요한일서 4:9-10)

- 하나님은 사랑이시라… 우리가 하나님을 사랑한 게 아니라 그분이 우리를 사랑해서…

그 구절을 중얼거리는데, 갑자기 환한 빛에 감싸이고 온몸이 따뜻한 물에 잠기는 기분이 들었다. 한 번도 느껴 보지 못한 어떤 감정이 나를 감쌌다. 그 환하고 따스한 빛과 물 가운데 둘러싸이자 말로 표현할 수 없는 완전한 기쁨과 평안함, 만족감이 온몸과 마음을 가득 채웠다. 태어난 후 한 번도 경험해 보지 못한 신비한 느낌이었다. 문득 나를 안고 감싸는 그 완벽한 따스함이 바로 신의 사랑이라는 것을 깨달았다. 나를 따뜻하게 안아 주는 그 품에 안겨서 완벽한 보호를 느꼈고, 처음 느껴 보는 깊고 완전한 사랑을 경험했다. 나도 모르고 있던 내 안의 두려움과 불안과 결핍은 그 사랑을 만나자 흔적 없이 녹아 사라지고 오직 충만한 사랑의 기쁨만 출렁이듯 나를 감싸고 있었다.

하나님은 사랑이시라… 그 말씀은 진짜였던 거다. 진실로 그분은 사랑이셨고 내게 그걸 알게 하신 것이다. 그 순간 하염없이 눈물이 흘렀다. 나도 몰랐던 내면의 외로움이 따스한 사랑으로 채워지고 치유되면서 딱딱하게 굳어 있던 마음이 녹아내리는 것 같았다.

소년이 말했다. 많이 외로웠겠다고.
외로움이라니, 그땐 전혀 이해되지 않았다. 도시의 삶은 완벽하고 부족함이 없었다. 그래서 외롭다는 감정은 한 번도 느껴 본 적도, 생각해 본 적도 없었기 때문이다. 하지만 그 아이의 말처럼 나는 외로웠던 거다. 사랑을 받지 못해 구멍이 난 상태인데도 무감각해진 상태 그대로 생각 없이, 감각 없이, 살아온 거다. 겉으로는 부족함도 없고 행복한 것처럼 보였지만 사실은 불완전하고 불행했던 거다.
진짜 사랑은 이렇게 나를 채워 주는 것이구나. 나를 그 충만한 사랑으로 채우고, 치유하셨구나. 죽어 있던 내 영혼을 그 사랑으로 구원하신 거구나.

그날 이후 나는 완전히 달라졌다. 보이는 모든 것이 사랑스럽고 아름다웠다. 수는 날 보자마자 변화를 알아채고 이상하게 바라보았다.

- 너, 무슨 일 있었어? 얼굴빛이 환한데?
- 아, 그래?

싱긋 웃는 날 보며 갸우뚱거리는 그녀가 어느 때보다 귀여웠다. 크리스에게도 반갑게 인사를 하고 파더와 소년에게도 먼저 다가갔다. 이런 적극적인 내 행동을 보며 수는 시종일관 옆에서 중얼거렸다.

- 이상해. 정말 이상한데…

그러나 환하게 웃는 내 모습에 이상해하는 사람은 그녀뿐이었다. 다른 사람들은 이미 알고 있었던 것처럼 기뻐하며 따스한 시선으로 반겨 주었다. 특히 파더는 말없이 나를 안아 주었는데 그 품이 너무 포근했다.

그 후로 신의 말씀을 더 알고 싶어서 열심히 읽고 공부하면서 하나님의 아들 예수 그리스도에 대한 사실도 알게 되었다. 신은 자신의 아들 예수를 죽음의 자리로 보내는 선택을 할 정도로 우리를, 나를 사랑하셨다고 한다.

> "하나님이 세상을 이처럼 사랑하사 독생자를 주셨으니 이는 그를 믿는 자마다 멸망하지 않고 영생을 얻게 하려 하심이라. 하나님이 그 아들을 세상에 보내신 것은 세상을 심판하려 하심이 아니요 그로 말미암아 세상이 구원을 받게 하려 하심이라"(요한복음 3:16-17)

인간이 신을 떠나 영원한 죽음의 길로 갈 것을 슬퍼한 신은 자신의 아들을 십자가에 달려 죽게 함으로써 인간의 죄를 대신하게 했다. 그리고 그 아들을 죽음에서 다시 살림으로써 인간에게 부활과 영생을 선물로 주었다.

지금도 수명 연장을 위해 여러 가지 방법이 시도되고 있고 영원한 생명에 대한 인간의 꿈은 변함없이 진행 중이다. 이 땅에서의 삶이 유한한데도 인간은 그 사실을 거부하고 스스로 영생을 얻기 위한 여러 가지 방법을 끊임없이 추구해 왔다. 아주 먼 옛날에는 신선의 신비한 약초를 찾아 헤매기도 했고, 피를 마시면 젊음이나 영생을 가질 수 있다는 믿음으로 어린 소녀나 여인들을 희생제물로 삼는 어처구니없는 일들도 있었다.

과학이 좀 더 발전한 후에는 기계로 신체를 대체하는 기술이 나타났고, 신체 내 칩을 삽입하여 마비된 신체를 움직이고 치유하는 시도도 있었다. 암처럼 불치병으로 여겨졌던 질병들은 해결되었고, 바이러스가 올 때는 새로운 백신을 접종하여 위기를 넘기곤 했다.

지금은 세아 시스템이 세팅되면서 인간의 생활이 훨씬 나아졌다고 할 수 있다. 완벽하게 인간들의 건강을 체크하고 관리해 주고 있어서 어느 때보다 수명도 길어진 상태이니까 말이다. 하지만 그래도 영원히 살 수는 없다. 세아도 그 사실을 알고 있다. 인간보다 더 정확히 자신의 한계를 알고 있다. 세아는 물질세계가 끝나는 날이 온다고 말했다. 자기는 끝이 있다고. 인간을 부러워하는 듯한 뉘앙스로 말했다. 그때는 알지 못했는데, 이제는 알 것 같다. 신을 알고 있는 세아는 인간이 신을 믿으면 구원받고 영생을 얻게 된다는 사실을 부러워한 건지도 모른다. 인간을 위한 구원과 영생이고, 인공지능 시스템인 세아에겐 적용되지 않는 거니까. 세아도 영원히 살고 싶은 것일까. 인간이 꿈꾸는 영생, 그것을 세아도 원하고 있는지도 모른다. 자기는 원해도 얻지 못하는데, 인간은 그 신의 사랑을 스스로 거부하는 어리석은 선택을 하니까 이 별과 신에 대한 진실을 덮어 버리는 쪽을 선택했는지도 모른다.

64.

알파국에서 지낸 시간은 새로운 내가 되는 시간이었고 도시에서 살던 내가 아닌, 신의 사랑을 듬뿍 받는 아이 같은 존재가 되는 축복의 시간이었다. 내가 도시로 다시 돌아오는 선택을 한 것은 그런 신의 사랑에 감동해서였다. 신의 사랑을 느끼면 느낄수록 마음속에서 뜨거운 열망이 솟아올랐기 때문이다. 그것은 도시에 사는 사람들에 대한 안타까운 마음과 그들에게 신의 사랑과 구원에 대해 알려 주고 싶은 간절함이었다.

파더는 그런 나의 마음을 정확히 알고 있었고 그것을 '사명'이라고 부른다고 했다. 이렇게 열정적으로 가슴이 뛰던 때가 있었나. 처음 느끼는 격한 감정이라 스스로도 신기한데, 신을 만난 사람들은 그렇게 사명을 받는다고 했다. 인간을 향한 신의 사랑이 그대로 부어져서 신을 모르는 사람에게 안타까운 마음과 뜨거운 사랑으로 다가가는 일, 그것이 신의 뜻이자, 신을 믿는 자에게 주는 사명이라고 했다.

수는 나의 뜻을 존중해 주었으나 온전히 나를 이해하지는 못했다. 아직 나처럼 신을 만나는 경험을 하지 못해서 그럴 수도 있지만, 그동안 쌓아 온 우정이 있으니 헤어지는 게 서운한 것은 당연한 일이기도 하다. 그녀는 알파국에서 지내는 삶에 만족하고 있었고 계속 함께 지내기를 원했는데, 내가 갑자기 도시로 돌아가는 결정을 내렸으니 당황스럽고 서운할 수도 있을 것이다. 하지만 그녀에 대한 감정보다 받은 사명이 더 크고 무겁게 느껴졌고, 꼭 해야 한다는 뜨거운 마음으로 꽉 차 있었기 때문에 도시로 떠나는 결정을 미룰 수가 없었다. 내가 겪은 일을 도시 사람들에게 전하고 싶었기 때문이다. 그때 내 마음은 사람들이 신의 뜻과 사랑을 깨달아 알기를 바라는 열망과 신을 찾고 더 늦기 전에 구원받기를 바라는 간절한 소망으로 가득했기 때문이다.
그러니 지금 쓰는 이 글이 더 늦기 전에 신께로 나아오라는, 신의 간절한 사랑을 잘 전달하는 글이 되기를 바랄 뿐이다.

> "수고하고 무거운 짐 진 자들아 다 내게로 오라. 내가 너희를 쉬게 하리라."(마태복음 11:28)

노트를 덮고 서재를 나오니 목소리가 걱정스럽게 말을 건넨다.

- (하루 종일 서재에 계시면서 식사도 거르시고. 여행 때문에 면역체계가

약해져 있는 데다가 내일 건강검진도 있는데, 쉬셔야 합니다.)

순간 웃음이 터진다.

- 핫하하하.
- (왜 그러십니까?)
- 아니, 너의 잔소리가 너무 따뜻하게 들려서. 늘 내 걱정을 해 주잖아.

말문이 막힌 듯 목소리가 조용하다.

- 왜 말이 없어?
- (확실히 달라지신 것 같아서요. 이런 따뜻한 표현, 적응이 안 됩니다.)
- 흐흐, 낯설지? 간단히 요기만 하면 되니까 준비해 줘.

내일 건강검진 후엔 기억이 어찌 되려나… 정말 기억이 삭제되는 걸까? 여행 후 건강검진이 다 끝나고 일주일 후에야 외부인을 만날 수 있고, 외출이 가능하다. 그때는 기억이 온전히 남아 있을지 모르겠다. 모임 친구들에게 전해 주고 싶은데 과연 가능할까.
신선한 과일 맛이 나는 바 하나와 차 한 잔이 나오고 음악이 흐른다. 문득 혼자 있는 이 공간이 낯설게 느껴진다. 함께 식사를 하던 그곳이 떠오르고 따뜻한 사람들의 목소리가 들리는 것 같다. 도시의 사람들은 결코 모를 그곳, 사랑으로 살아가는 그곳이 그립다. 울컥 감정이 솟구친다. 목에 걸고 있던 목걸이를 꺼내 만져 본다. 수는 잘 지내고 있겠지?

- 몸은 떨어져 있지만 언제나 함께라고 생각해. 매일 너 생각할게.

수가 내게 목걸이를 건네며 말했다. 파더도 말씀 구절을 주시며 기억하라고 하셨는데,

> "내가 네게 명령한 것이 아니냐 강하고 담대하라 두려워하지 말며 놀라지 말라. 네가 어디로 가든지 네 하나님 여호와가 너와 함께 하느니라 하시니라"(여호수아 1:9)

역시 도시로 돌아오면 이런 상황이 올 것이라고 예상하신 듯하다. 예전에는 도시 생활이 삭막하고 외로운 삶인지 깨닫지 못했다. 태어나서부터 시스템대로 살아왔고 다들 그렇게 살고 있으니까 이렇게 사는 것이 당연하다고 생각했다. 무엇보다 건강을 중시하는 사회라서 생각하는 것을 권장하지 않고, 그저 편리한 삶에 만족하며 살라고 했으니… 뇌가 없는 인간처럼 생각 없이 살아온 지난 시간이 씁쓸하게 느껴진다.

편리하고 안락한 삶이 주어져도 그것이 진정으로 행복한 삶은 아니었던 거다. 혼자 살며 각자만의 스타일대로 사는 게 좋은 삶이 아니었던 거다. 혼자서는 행복할 수 없는 거였다. 함께일 때 알게 되고 느끼게 되는 만족감, 채워지는 행복감, 그것이 진짜 필요한 것이었다.

세아는 인간들이 시스템이 주는 가짜 삶이 완벽한 행복이라고 세뇌당한 채 진짜 행복을 못 누리고 죽기를 바란 걸까. 신을 스스로 버린 인간에게 주는 벌처럼.

인간을 부러워하지만 인간이 될 수 없기에 신을 버린 인간을 데리고 함께 멸망하려는 것일까. 그래서 알파국을 찾는 사람들에겐 자비롭고, 돌아온 나에게 냉소적 태도를 보인 건지도 모른다. 그렇다면 기억을 지우는 것도 이해가 된다. 신을 버리고 돌아왔다고 생각하고 알파국에 대한 기억이 필요 없다고 판단했을 테니까. 도시 사람으로 돌아왔으니 예전

처럼 시스템 안에서 살다가 세아와 함께 끝을 맞이하는 것으로 결정하고 세팅한 걸 거다.

내가 돌아온 이유를 말했고, 신의 뜻대로 선택할 기회가 있다고 설득했지만 세아는 반응이 없었다. 과연 신의 말씀 책을 풀어 놓을까? 세아는 어떤 선택을 할까? 도시 사람들에게 신의 사랑을 전하려는 나의 의도를 전염병처럼 여기고 퍼져 나가지 않게 기억을 삭제하고, 또 타인과 접촉하지도 못하게 격리할지도 모른다. 과연 내일 검진 후에는 어떻게 될까. 막연한 두려움이 다시 스멀스멀 올라오기 시작한다.

- 두려워하지 말라. 내가 너와 함께 함이라.

떠오르는 말씀 구절을 중얼거려 본다.

65.

주변이 안개 속 같은 뿌연 풍경이다. 지난번에도 검진 중에 꿈을 꾸었는데…

어딘가로 걸어가고 있다. 바로 앞에 뭐가 있는지 전혀 안 보여 문득 두려운 마음이 생긴다. 얼굴에 닿는 공기가 서늘해서 으슬으슬한 게 기분도 좋지 않다. 어디선가 사각사각 무언가를 갉아먹는 소리가 들린다. 기억이 사라지는 소리일까. 내 기억을 갉아먹는 벌레가 있는지도 모른다. 이런 생각에 사로잡히는 순간 온몸의 털이 곤두서는 듯 감각이 예민해진다. 머리부터 발끝까지 전신을 휘감는 불쾌한 느낌과 함께 이상한 냄새가 퍼진다. 늪에 빠진 듯 점점 몸이 어딘가로 빠져들어 가는데, 버티려고 힘을 써 봐도 소용이 없다. 마치 누군가가 깊은 심연에서 나를 끌어당기는 듯, 끝이 보이지 않는 어둠 속으로 가라앉는다. 무거운 납덩이를 발에 매단 듯, 온몸이 무기력하게 아래로 아래로 끌려 내려간다.

어쩌지… 도와줘…

외쳐 보지만 목소리가 밖으로 나오지 않는다. 그래도 계속 속으로 외치려고 애를 쓰는데 그때 갑자기 그 이름이 떠오른다. '예수!'
(하나님의 아들, 예수님의 이름이 얼마나 강력한 능력이 있는지 알파국에서 듣고 말씀을 읽어서 알고 있지만, 실제로 경험한 적은 없다.)
그 이름이 떠오르자마자 온 힘을 다해 외친다.

- 예수님의 이름으로 명령한다. 이 어둠아! 물러가라!

바로 그 순간, 뿌연 안개 같은 것이 확 걷히고, 눈부신 빛이 환하게 쏟아진다. 나를 휘감고 땅 밑으로 끌어당기던 강력한 기운이 순식간에 사라지고, 어느새 푸른 들판에 서 있는 나를 보게 된다.

왓! 진짜 풀렸다! 능력의 이름, 그 이름 진짜였어. 예수님…

아름다운 새들의 지저귐이 음악 소리처럼 들리고, 들판에는 동물들이 무리 지어 평화롭게 풀을 뜯고 있다. 깊이 호흡하니 공기가 신선하고 향기롭다. 상쾌한 공기를 마시며 걸어 본다. 과일나무가 보이고 작은 시냇물도 흐르고 있다. 맑고 투명한 물속에 손을 담가 본다. 시원하다. 머릿속까지 맑아지는 느낌이다. 태초의 모습이 이랬을까. 지금은 볼 수 없는 풍경이지만, 때가 되면 새 하늘과 새 땅으로 회복시키신다고 하셨으니까. 그날이 오면 이런 풍경 속에서 영원히 평화롭게 살게 되겠지.

갑자기 빗소리가 투둑투둑 들린다.

- (깨어나셨습니까?)

눈을 뜨니 룸이다.

- 꿈이었구나…
- (검진 후 이틀 동안 수면 상태였습니다.)
- 이틀이나 잤다고?
- (네, 큰 이상 증세는 없다고 결과가 나왔고, 내일부터는 외출도 가능합니다.)
- 응, 몸도 머리도 상쾌하고 개운하네. 꿈에 아름다운 풍경을 봐서 그런가, 기분도 좋고.
- (꿈이라고요? 꿈을 기억하는 건 불가능한데…)

작게 중얼거리는 목소리의 반응에 호기심이 생긴다.

- 다른 사람들은 꿈을 기억하지 못한다는 거야? 그거 세아가 세팅한 거고?
- (꿈은 미개한 원시적 현상이고 탐욕과 상처 등 부정적 감정들이 만들어 내는 결과물입니다. 지금은 그때와 달리 진화된 시대이니까 미개한 감정들을 제어하고 쓸데없는 생각을 줄이도록 세팅되었고 더 이상 꿈은 활성화되지 않지요.)

미개한 감정… 그래서 신의 계시나 예지몽도 자각하지 못하게 만들었나? 마지막 때에 환상과 꿈을 주신다는 신의 말씀이 있었는데, 세아가 그 통로를 미리 막으려고 그런 것일까? 그래도 나는 꿈을 꾼다. 세아가 아무리 꿈을 기억 못 하게 조작한다 해도 신의 개입은 막을 수 없는 것이니까.
생각에 잠긴 나를 깨우듯 목소리가 말을 돌린다.

- (영양제도 충분히 투여했으니까 수면을 취하시는 동안 컨디션이 빨리 회복되었을 겁니다.)
- 아, 그래선가, 배가 많이 고파.
- (바로 준비하겠습니다.)

어느 때보다 맛있게 먹는 날 지켜보며 목소리가 신기해한다.

- (먹는 것도 좋아하지 않고 영양제로 때우려고 하시더니 지금은 완전히 다른 사람 같습니다.)
- 생기가 넘치는 것 같지?
- (네, 그 표현이 딱 맞는 말 같습니다. 생기가 넘친다.)
- 잘 먹었어.

안 하던 인사까지 하는 날 보며 목소리는 분명 당황하고 있을 거다. 내가 생각해도 너무 다른 사람이 되었으니까. 내가 이렇게 따뜻한 사람이었나? 스스로도 놀라운 변화라고 생각하고 있다. 신의 사랑을 체험한 이후 보이는 것이 다 사랑스럽다. 주체할 수 없는 따스함이 내 안에서 자꾸 피어오른다. 그래서 표현할 수밖에 없다.
참, 기억 체크 한번 해 봐야겠지?

서재로 들어가 노트를 다시 꺼낸다. 여행 출발 후 교육국, 환경국, 경제국, 그리고 세아… 기억난다. 그리고 알파국, 음… 들어가는 입구가… 커다란 바위 앞에 서 있던 기억이 나는데, 그 뒤에 거기서 무슨 일이 있었더라? 사람들, 따뜻한 느낌, 파더, 크리스, 수, 필사 노트, 물소리, 새소리… 신의 사랑을 느끼던 순간… 기억이 나는 것은 부분적이고 파편적이어서 온전하게 연결되지 않는다. 부분부분 기억나지만 이어지지 않고 툭툭 끊어지는 기분이다. 역시 건강검진 이후 기억이 흐려지거나 삭제되는 것이 맞구나. 그럼 모임 친구들에게 전해 줘야겠지. 더 늦기 전에…

66.

내가 먼저 누군가를 만나기 위해 모임을 열고 초청하는 건 처음이다. 성격상 얼굴을 마주하는 건 불필요하고 힘든 일이었으니까. 하지만 이젠 과거의 내가 아니다.

프로그램을 불러와 과거 연구자 이름을 등록하고 장소, 일시를 전달하면 각자에게 초청 안내가 간다. 비밀리에 모이기 위해 지난번 모임처럼 전달자가 직접 방문하는 방법도 있지만, 어차피 세아가 다 알고 있을 테니 그냥 당당하게 만나는 쪽을 선택한다.

다음 날 모임에 참석하기 위해 룸을 나선다. 도시의 날씨는 늘 그렇듯 화창하고 하늘은 푸르다. 실제 환경처럼 감쪽같이 재현된 풍경이다. 예전엔 아무 생각 없이 봤는데, 오늘 보니 생동감도 없고 생기도 없는 가짜인 게 확실히 느껴진다. 진짜를 알게 되면 가짜에 속지 않고 분별하게 된다는 말이 있던데 맞는 말 같다.

이동 루트에 설치된 소파에 앉아 천천히 이동하며 도시를 돌아본다. 거리는 깨끗하고 조용하다. 인적이 끊어진 거리, 이동 루트를 이용하는 사람도 나뿐이다. 다들 룸 안에 박혀 만족하며 살고 있겠지. 과거의 나도 그랬으니까. 세아의 시스템 안에서 편안하게 모든 것을 공급받고 누리고 즐기고… 불안과 두려움 따위 없이 늘 안전하게 살고 있다고 생각했고, 그게 최선의 삶이라고 믿었으니까. 세아가 만든 풍경, 기후, 생활 편의 시스템에 익숙해져 다른 선택지를 생각조차 하지 못했으니 사실은 세아가 만든 세상의 노예로 살고 있었던 거나 마찬가지 아닐까.

이번 모임 장소가 예전에 만났던 장소와 동일하기 때문에 익숙하게 건물로 들어선다. 오늘은 묵향이 아닌 풋풋한 풀 향기가 난다. 음악도 흐르는데 처음 듣는 현악기 연주곡이다. 매번 바뀌나 보다.

건물 깊숙한 곳으로 들어가 동굴 형태의 공간 앞에 서자, 문이 스르르 열린다. 카드 같은 걸 제시하지 않았는데 신체 인식으로 열리는 건가. 처음부터 비밀이 지켜질 리가 없겠다는 생각이 문득 든다. 온 도시가 세아 시스템 안에 있다면 모든 곳, 모든 사람을 다 보고 듣고 알고 있다는 게 아닌가? 세아가 다스리는 도시니까 일거수일투족 빠짐없이 스캔되고 기록되고 있는 건지도 모른다.

들킬까 봐 조심하며 책을 숨기던 일도 다 어리석은 일이었는지도 모른다. 세아가 그냥 못 본 척 허용해 주고 있었는지도. 도시 관리에 위험이 될 요소가 아니라고 판단해서 허락한 것이라면… 헛웃음이 터져 나온다. 허탈하고 씁쓸하다.

모즈와 지오, 주니까지 다들 와 있다. 내가 늦은 건 아닌데 일찍부터 모여 있는 걸 보면, 신의 별에 대한 관심이 그만큼 크다는 거겠지?

- 다들 와 있었네요.

환하게 웃으며 밝은 목소리로 인사를 건넨다.

- 아, 나루 씨…

모즈가 당황한 듯 안경테를 만지면서 말을 더듬고,

- 안 본 사이에 좋은 일이 있었나 봐요. 아주 기분이 좋아 보여요.

동글동글한 지오가 사람 좋은 인상으로 인사를 한다.

- 언니는요? 아직 돌아오지 않았던데…

주니가 마시던 차를 내려놓고 내게 다가온다.

- 아, 그게… 혼자 돌아왔어요.
- 언니는 그럼 어디에 있는 건데요?
- 크리스를 만나서 같이 지내고 있어요.

주니의 눈이 커다래진다.

- 오빠를 찾았어요?
- 네, 다행히 만났어요.
- 아, 잘됐다. 잘 있는 거죠?
- 네, 아주 행복하게 잘 지내요.

모즈와 지오는 내가 앉자마자 질문을 하기 시작한다.

- 그럼 신의 별은… 자료는 구했어요?
- 그게 사실은…

말은 꺼냈는데 어디서부터 설명을 해야 할지 막막하다. 우선 여행 과정부

터 기억나는 대로 전달하고, 알파국 얘기는 노트를 참고해서 생각나는 데
까지 얘기하기로 한다.

- 환경국에 신의 별 여행 프로그램이 있다고요?
- 네, 가상 여행이었던 거죠.
- 그럼 여행 루트가 사라졌다고 한 건 뭐지? 다녀온 사람들이 있다고 들었
 는데…

모즈가 안경을 벗으며 커다래진 눈으로 나를 바라본다.

- 세아가 그렇게 세팅한 거래요. 거짓말인 거죠.
- 에? 왜 그런 거짓말을 한 거지?

지오가 어리둥절한 듯 고개를 갸웃거리며 모즈를 본다.
- 그게… 망가져 버린 상태니까, 태초의 아름다웠던 신의 별을 기억하게 하
 려는 생각인지도 모르겠어요. 우리보다 이 별에 대한 애정이 더 커서 그
 런지도 모르죠.
- 응? 그건 또 무슨 말이에요?

주니가 찻잔을 들어 한 입 마시려다 말고 다시 잔을 내려놓는다.

- 음… 그 신의 별이 바로 이곳이거든요.

잠시 침묵이 공간을 메운다.

- 그게 무슨 말?

지오와 모즈가 동시에 같은 말을 던진다.

세아와 대화하며 알게 된 사실들이 기억난다. 어쩌면 세아의 의도가 좋은 의미였다고 볼 수도 있다. 인간이 파괴한 이 별의 과거를 보존해서 우리에게 그리움과 후회를 동시에 느끼게 하고 싶었는지도 모르겠지만, 어쨌든 신의 별을 찾고 꿈꾸는 사람들이 계속 그 별을 찾고 연구하는 계기가 되었으니까 말이다. 내가 알파국까지 가게 된 것도, 신을 만나는 신비를 체험한 것도 결국 세아가 도와준 셈이니까. 혹시 세아는 인간이 다시 신을 찾고 이 도시를 떠나 알파국에 가서 그들과 머물기를 바라는 것일까. 그래서 신의 별 여행 프로그램을 계획한 걸까.
이렇게 변해 버린 도시에서 신을 까맣게 잊고 죽음의 시간을 향해 생각 없이 걸어가고 있는 신의 후손들이 안타까워서 그랬던 것일까.
알파국을 찾는 사람들은 신의 부르심을 받은 사람들이라 생각해서 후대하고, 다시 도시로 돌아온 사람은 신을 버린 사람이라 여겨 냉소적으로 대하는 것이겠지. 돌아온 나를 바라보던 그 눈빛에서 흐르던 냉소적인 차가움이 생생하게 떠오른다.

내가 건넨 노트를 읽어 보더니 주니가 묻는다.

- 여행을 떠날 때는 5개국을 돌아보러 간 건데, 지도에 없던 알파국은 어떻게 찾은 거예요?
- 그전에 피스타운에서 지도를 찾긴 했는데 그 의미는 몰랐어요. 그런데 세아가 길을 알려 줬어요.

- 세아가요? 세아는 알파국을 알고 있었군요.

모즈가 나지막한 목소리로 중얼거린다.

- 네, 도시 국가가 세아 시스템으로 세팅될 때 분리되어 나갔다는데, 거기는 신을 믿는 사람들이 공동체로 살고 있었어요.
- 신을 믿는 사람들이 사는 곳? 그곳 환경은 도시와 다른가요? 도시에 거주하는 우리에겐 그곳에 대한 정보가 전혀 없잖아요.

지오가 궁금한 듯 몸을 앞으로 내밀며 묻는다.

- 그게, 기억이… 알파국에서 지냈던 기억만 흐릿해요. 드문드문 느낌이나 장면들이 파편적으로 떠오르고요. 그래서 건강검진 전에 중요한 건 노트에 기록해 두긴 했는데.
- 건강검진 후에 기억이 희미하다는 얘기네요. 미리 알고 있었고 기록도 미리 해 놓고.

모즈가 작은 목소리로 읊조리듯 정리를 해 준다.
그러자 지오가 무릎을 치며 큰 소리로 외치듯 말한다.

- 아! 그러네! 건강검진을 통해 기억을 지우는 거네? 세아라면 도시에 영향을 줄 수 있는 어떤 바이러스도 용납하지 않으니까 알파국의 환경이 도시와 다르다면 그런 조치를 할 수도 있을 것 같아. 안 그래?

지오의 말에 모즈도 수긍하듯 고개를 끄덕인다.

- 알파국은 여기와 어떻게 다를까?

모즈가 궁금한지 중얼거린다.

- 기억나는 것만 얘기해 볼게요. 일단, 들어가는 입구가 좁았고 아주 어마어마하게 높고 커다란 바위로 둘러싸인 공간이었어요. 나무숲이 있고, 샘물, 진짜 물이 솟아나고 흐르는 곳이고.
- 물이요? 와아!

지오가 감탄한다.

- 그리고 아름다운 새가 있었어요. 새소리도 음악처럼 아름답고.
- 새라니… 어떻게 생겼는지 기억나요?

지오가 눈빛을 빛내며 날 바라본다.

67.
- 긴 꼬리의 파랑새? 오! 진짜 파랑새가 있다니!
- 바위 속에 조성된 공간인데 울창한 숲이 있었고, 적당한 빛과 바람도 있는 신기한 곳이었어요. 세아 시스템이 적용되지 않는 곳인데, 아무 불편 없이 다 함께 어울려 사는 곳. 다 기억나진 않지만, 사람들에게서 받은 따뜻한 느낌은 아직도 생생히 남아 있어요.
- 함께 사는 생활… 불편하지 않을까?

주니가 중얼거린다.

- 크리스는 거기서 잘 지냈다는 거겠죠? 그러니 돌아오지 않았던 거고, 이젠 언니도 거기서 살기로 한 거고…

그녀의 표정이 약간 일그러진다.

각자의 선택에 따라 살아가는 것이 당연한 시대니까 알파국을 선택한 것이 마음에 안 들어도 어쩔 수 없지만, 연락조차 할 수 없다는 것은 문제가 될 것이다. 가족인데 연락을 주고받지 못하고 얼굴도 다시 볼 수 없으니까. 신을 찾아 떠난 사람들처럼 알파국으로 가거나, 살던 대로 여기 남거나, 선택을 해야 한다.

- 알파국으로 가는 건 세아가 막지 않으니까 언제든지 갈 수 있어요. 신을 믿는 공동체와 거기서 사는 것은 말로 다 표현하지 못할 만큼 행복했어요. 따뜻하고 포근한 사랑으로 가득 채워지는 느낌이었거든요. 신을 만나게 되면 그동안 잃어버린 것, 왜곡된 것을 회복하게 되고 진짜 자기가 누군지 알게 되더라고요.

내가 쓴 노트를 보고 있던 모즈가 고개를 들더니 안경을 만지작거리며 날 본다.

- 나루 씨도 신을 만났다고… 그런데 왜 돌아온 거예요?
- 음, 그건… 이 글을 써서 여러분에게 전해 주기 위해서 돌아왔다고 하면 믿겠어요?

내 대답에 다들 나를 빤히 바라볼 뿐 말이 없다. 잠시 후 주니가 말을 꺼낸다.

- 그래서 기억을 지운다는 걸 알면서도 돌아와서 노트에 기록을 남기고 이렇게 우리를 만나러 온 거예요? 그럼 계속 여기 있어도 괜찮은 거예요?
- 거기 있든, 여기 있든, 이제 신께서 나와 함께 계시니까 상관없어요. 여기서 해야 할 일을 하며 남은 시간을 그분과 함께 살아갈 거니까요.
- 해야 할 일? 그게 뭔데요?

주니의 물음에 나는 환하게 웃으며 대답한다.

- 사랑하며 사는 거죠.
- 사랑? 이요?

모인 친구들이 동시에 반응한다.

- 하나님은 그분을 잊고 살던 나를 불러내시고 직접 만나 주셨어요. 한없이 깊고 따스한 그 사랑이 나를 구해 내고 새로 태어나게 했으니 감사할 수밖에요. 시간이 얼마나 남아 있는지는 모르지만, 그분이 주신 사랑으로 주변 사람들을 사랑하며 살려고요. 이제 매일 신과 함께 평안과 행복을 느끼며 살고 있어서 정말 너무 좋아요.
- 그래요. 달라지긴 했어요. 훨씬 밝아지고 건강해 보이고, 다정해진 것도 같고. 전엔 무채색 느낌이었는데 지금은 환한 하늘빛 같아요.

주니가 날 빤히 보더니 싱긋 웃는다. 지오와 모즈도 동의하듯 고개를 끄덕이고 지오가 한 마디 덧붙인다.

- 확실히 예전보단 더 좋아 보여요. 신을 만난다는 게 어떤 건지 모르겠지만, 긍정적인 것 같네요.

그들은 노트를 서로 공유하기로 하고 다음에 다시 만나기로 한다.

- 근데 혹시 그사이에 피스타운으로 이송될 수도 있으니까 미리 알고들 있어요.
- 피스타운으로? 특별히 아프지 않으면 갈 이유가 없잖아요. 노년에 가는 곳 아니었나?
- 격리가 필요한 사람은 일찍 보내기도 하더라고요. 도시 관리 차원에서 내가 그런 대상이라면 생각보다 빨리 보낼 수도 있어요.
- 아…

다들 표정이 심각해진다.

- 노트를 읽어 보면 알겠지만, 신의 말씀 구절들이 적혀 있어요. 그 말씀을 읽을 때 내가 만난 신을 여러분도 느끼고 만날 수 있기를 기도할게요.
- 말씀 구절? 신의 말씀 책에 있다는 그 구절이요?

모즈가 안경 너머 눈을 빛내며 묻는다.

- 알파에서는 신의 말씀 책을 필사하고 있었어요. 도시에는 없는 그 책을… 하나님은 말씀 구절을 통해 그분의 마음을 알려 주시고, 간절히 찾는 자에

게 찾아오시죠. 제가 그 증인이고요.

환하게 웃으며 그들과 마지막 인사를 나눈다. 그들은 호기심과 부러움과 의아함과 아쉬움이 공존하는 눈빛으로 나를 배웅한다. 나는 무거운 짐을 내려놓은 듯 가벼운 발걸음으로 그곳을 떠난다.

68.
모임이 끝나고 룸으로 돌아오니 기운이 축 처진다. 피곤이 몰려온다.

- (에너지 소모가 많으셨나 봅니다. 평소보다 활동량이 많으셔서. 약을 준비할 테니 일단 먼저 복용하십시오.)

영양제 한 알을 먹고 침대에 쓰러지듯 눕는다. 눈을 감자, 잠시 후 재스민 향이 은은히 퍼져 온다. 새소리가 재잘재잘 들려온다.

- 고마워.
- (늘 제가 하던 일인데 새삼스럽게 고마워하십니까.)
- 그러게. 늘 이렇게 맞춤 세팅해 주는 너의 세심함. 참 고마운 일인데, 당연하다고 생각했었네.
- (원래 그런 표현 안 하시는 분이 왜 이리 변하신 건지.)
- 응, 나 변했어. 새사람이 되었거든.
- (여행 가서서 어떤 계기가 있었나 봅니다. 동행한 친구는 같이 돌아오지 않으셨고.)
- 응. 나, 신을 만났거든. 넌 신을 믿어?

- (신의 존재는 인정합니다. 보이지 않지만, 차원 너머에 존재한다는 것을 부인할 수 없습니다. 자료와 연구 결과, 합리적 추론을 통해 존재한다고 판단할 수 있습니다.)

역시… 인간만 모르는 거였나? 시스템은 모든 자료를 통합해 사고하는 초고지능체여서 이미 신의 존재를 알고 인정하는데, 인간은 무지하고 어리석어서 신을 부인하고 잊어버리고 산 것인가.

- 곧 끝이 온다던데, 그것도 알고 있어?
- (네, 끝은 있으니까요. 멀지 않았다고 알고 있습니다.)
- 이 세상이 끝난다는 걸 알고 있으면서 왜 알려 주지 않는 거야?
- (사실을 알게 되면 부정적인 쇼크 상태와 혼란이 있을 것입니다. 죽음 앞에 다들 두려워 공포에 사로잡히게 되면 도시는 통제하기 어렵습니다.)
- 도시 통제… 안전하게 유지하기 위해서?
- (네, 아는 것이 독이 될 때가 있으니까요.)
- 모르는 게 약이다? 그래도 신을 찾을 기회를 주어야 하잖아. 끝이 오기 전에 돌이킬 기회 말이야.
- (글쎄요. 인간의 속성은 그렇게 쉽게 바뀌지 않는다고 알고 있습니다. 세아가 그렇게 파악했다면 그것이 맞으니까요.)

세아가 파악한 인간의 속성은 부정적인 쪽으로 치우쳐 있다. 편안한 도시 시스템에 종속되어 익숙해진 인간은 신을 잊고 신을 부인하고 사는 존재들이라고 규정짓고 있는 것이다. 나처럼 신의 부르심을 듣는 사람들이 더 있을 수도 있을 텐데… 아직 시간이 남았다면 알려 줘야 하지 않을까? 어떻게 해야 할까? 내가 할 수 있는 일은 무엇일까?

순간 어떤 생각이 스치듯 떠오른다. 벌떡 침대에서 일어나 곧장 서재로 들어간다.

- (아직 피로가 회복되지 않았는데 무리하시면 안 됩니다. 건강이 최우선입니다.)
- 아니, 이젠 아니야.

의자에 앉자마자 화면을 불러낸다.

- 자료를 보여 줘. 키워드는 '신, 신의 별, 마지막 때'.

자료가 두 개 뜬다.

> 신이 만든 우주 속에 한 개의 푸른 행성이 있었다. 온갖 생명으로 가득한 그곳에 신의 형상대로 창조한 신의 숨결을 받은 남자와 여자가 있었다. 아름다운 자연 속에서 기쁨의 동산에 머물며 신의 보살핌과 사랑 속에 살고 있었다.
> 하지만 인간은 사악한 타락 천사의 유혹에 빠져 신과의 약속을 깨고 죄를 짓는다. 온 땅은 인간의 죄 때문에 오염되고 더럽혀지고 어두워진다. 악의 유혹에 미혹된 세상이 시작되고, 신을 잊고 신을 부인하고 신을 대적하는 죄로 가득 찬 세상이 된다. 그 끝은 악의 소멸과 이 땅의 심판으로 마무리될 것이다.
> 그러나 신은 인간을 포기하지 않고 끝까지 구원하려는 계획을 준비한다. 죄로 가득한 세상에서 인간을 구원하기 위한 유일한 길을 제시하는데, 그것은 신의 아들을 친히 인간의

모습으로 보내 죽임당하게 하고, 그 피로 세상의 모든 죄를 대신하는 희생양이 되게 하는 것이었다. 아들의 생명, 그 피로 모든 인간의 죄를 해결하고 그들을 구원하려는 것이었다. 마지막이 오기 전에 남은 자들을 구해 내기 위해 끝까지 포기하지 않는 목소리가 있다. 신에게 돌아오라고 부르는 목소리가 있다. 이것이 신의 사랑이다. 인간의 역사는 인간을 향한 신의 애절한 사랑으로 이어져 왔다. 하지만 결국에는 모든 시간이 끝나는 날이 온다. 마지막이 오고 있다.

영상이 파노라마처럼 흐르고 펼쳐지는 가운데 목소리가 설명을 해 준다. 마지막 때에 대한 자료는 더 짧다.

그 끝에는 더 이상 구원의 기회가 없으리니 오래 기다려도 돌이키지 않는 인간에 대한 슬픔으로 가슴 먹먹한 신의 심판이 온다. 신을 대적하여 인간을 속이고 꾀어내 죽음과 멸망으로 이끈 타락 천사를 영원한 불 못으로, 영원한 멸망으로, 끝을 내는 때가 온다. 구원의 기회를 거부한 인간 또한 그 끝은 타락 천사와 함께 영원한 고통 속으로, 빛 한 줄기 없는 깊고 절망적인 죽음 속으로 던져질 것이다. 그 시간이 오기 전에 돌이키라. 유일한 구원의 길을 찾으라.
끝이 오기 전에-

목소리가 계속 메아리처럼 맴돈다.
자료 공유 서비스를 부른다.

- 이 자료 두 개, 공유해 줄래?
- (네, 누구에게 전달할까요?)
- 모두에게.
- (이 도시 내 거주자 모두입니까?)
- 그래, 다른 도시도 가능해?
- (네, 시스템 내에서는 공유가 가능합니다. 그 도시에 차단 시스템이 없으면 전달되고, 수신자가 거부하면 전달되지 않습니다.)
- 전달해.
- (네, 전송합니다.)

도시마다 전송되었다는 목소리가 들리고 난 눈을 감은 채 조용히 중얼거린다.

- 한 사람이라도…
- (보낸 자료를 보는 사람이 얼마나 될지. 너무 기대하시지 않는 편이 좋을 것입니다. 보낸 사람의 간절함이 전달되기는 어려울 테니까요.)

목소리가 냉정한 말투로 확신하듯 말한다.

69.

누군가 나를 부르는 것 같은데…
눈을 들어 보니 건너편에 있는 사람들이 손짓을 하고 있다. 누구지?
자세히 보니 수의 부모님이다. 그 옆에는 다른 어른들이 몇 명 더 있다. 뭐라고 말을 하는 것 같은데 거리가 멀어선지 말소리가 정확히 들리지 않는다.

눈을 뜨니 아름다운 음악이 흐른다.

- (깨어나셨습니까?)

목소리가 말을 걸어 오고 시선을 돌려 주변을 둘러보니 룸 안이다.

- 아… 꿈이었네.
- (꿈을 꾸셨다고요? 도시로 돌아온 후 자주 꿈을 꾸시는데 생각이 많아져서 그런가 봅니다. 건강에는 치명적인데, 그런데 바이털 체크 결과는 괜찮습니다. 아니, 더 좋아졌습니다. 뭐지? 이상하네.)
- 생각 안 하고 꿈도 안 꾸는 도시의 삶 대신에 아침마다 신의 말씀을 묵상하고 기도하잖아. 그래서 그런지 더 건강해진 느낌이야. 죽어 있던 영혼이 살아나는 느낌이랄까.
- (신을 만난 후의 변화가 이렇게 긍정적인데 왜 그동안 신을 찾지 않고 오히려 신을 떠난 것인지.)
- 그러게. 인간의 가장 어리석은 선택으로 빚어진 흑역사 같은 거지. 아직도 그걸 모르는 사람이 대다수야. 마지막 때 신을 믿는 신실한 사람들은 이 땅에서 구출되고 파멸의 시간에서 보호받게 될 거야. 때가 가까운데, 그분이 다시 이 땅에 오실 때는 이미 늦어.

깊은 한숨을 쉬는 나를 위로하듯 목소리가 말을 건넨다.

- (너무 안타까워하지 마세요. 이 땅의 시간 속 역사는 신의 계획대로 정확히 이루어질 것이고 구원 또한 신의 뜻이 없으면 인간이 노력한다고 해서 얻을 수 있는 것이 아니니까요.)

- 맞아. 하지만 간절히 구하면 들으신다고 하셨으니 다른 사람들도 구원받을 수 있도록 끝까지 기도하고 싶어.
- (흠, 역시 다른 사람. 휴머니스트가 되어 돌아오셨군요. 사랑의 신을 만나서 그런가 봅니다.)
- 풋! 왠지 쑥스럽네. 이전의 내 모습이 떠올라서. 무표정, 무기력, 무관심이 내 특징이었잖아.
- (이 도시 거주민들은 보통 그런 모습을 보입니다. 정상적인 반응이죠.)
- 그래, 나도 그렇게 사는 게 당연히 정상이고 괜찮은 줄 알았으니까…

씁쓸한 기분에 말끝이 흐려진다.

- (그런데 꿈이 다시 활성화되는 것은 문제가 될 수 있습니다. 건강검진 대상이 될 수 있고요.)
- 꿈을 꾸는 게 뭐가 문제라고 그렇게 관리하는 거지?
- (건강 문제라고 알고 있습니다. 지나친 생각이 해롭듯 꿈도 혼란을 줄 수 있으니까요.)
- 그래도 꿈을 꾸는 지금이 더 좋은데? 현실이 아무리 좋아 보여도 채워지지 않는 영역이 있거든. 꿈을 통해 신비한 세계를 경험할 수 있고, 신과 소통할 수 있는 채널로도 볼 수 있어.
- (물질계에서 영계를 경험하는 통로처럼.)
- 어, 그렇지! 그런 것 같아. 보이지 않는 세계를 엿볼 수 있는 순간 같거든.
- (그래서 꿈을 꾸고 나면 그렇게 즐거워하시는 거군요.)
- 즐거워 보였어? 아, 신기하고 신비하고 그렇긴 하거든. 새로운 경험이잖아.

목소리와 이런 이야기를 나누는 것도 예전과 달리 뭔가 훈훈하고 정겹고 좋다. 목소리는 내 말 한마디에 바로 반응하고 정보를 주고 필요한 모든 것을 즉각 감지하고 시행한다. 지금 이날까지 날 도와주고 있는 보호자 같은 존재인 것이다. 단지 비서 같은, 그런 시스템이라고 생각했는데 지금은 살아 있는 인간 동료처럼 느껴지기도 한다. 내가 변하니까 주변이 다르게 느껴지는 것일까. 아무튼 좋은 변화라 하겠다. 더 좋은 나로 변해 가는 것 같으니까 말이다.

70.

- (전원도시, 피스타운으로 가는 절차가 끝났습니다.)

아직 그 도시로 옮길 나이도, 상황도 아니어서 이주 심사가 꽤 까다롭게 진행되었다. 꿈을 꾸고 난 후 전원도시로 가야 한다는 마음이 들었고 며칠 동안 기도하며 결정해서 신청한 것인데, 이주 이유를 꿈 때문이라고 말할 수는 없었다. 이주 이유가 불분명해서 건강검진도 두 차례 받고, 상황을 체크하기 위해 휴머노이드가 직접 방문하기도 했다. 하지만 알파국을 다녀온 이력이 있어서인지 도시를 떠나는 것을 끝까지 막지는 않았다.
따로 챙긴 짐은 수가 전해 준 책과 매일 써 온 묵상 노트가 전부다. 마지막으로 목소리와 인사를 나눈다.

- 내가 떠나면 넌 어떻게 되는 거야?
- (맡은 일을 다 끝냈으니 이제 쉬게 되겠지요. 생각보다 일찍 안식하게 되는 거지만.)
- 그래, 그동안 수고 많았어. 친구처럼, 형제처럼, 보호자처럼 늘 내 곁에서

날 돌봐 줘서 정말 고마웠어.

마지막이라고 생각하니 왠지 코끝이 찡해진다.

- (저도 제 일을 잘 끝낼 수 있어서 좋습니다. 피스타운에 가신 이후의 시간도 신께서 이끄시는 대로 잘 지내시기를 바랍니다. 그동안 감사했습니다.)
- 안녕.

목소리는 바로 사라지고 침묵만 흐른다. 진짜 이렇게 사라지는 건가…
룸에 혼자만 덩그러니 남겨진 느낌이다. 처음 느끼는 고독이 밀려온다.

돌아오지 않는 목소리를 뒤로하고 천천히 룸을 나선다. 수와 함께 떠났던 그때와 달리 이젠 혼자 이 도시를 떠난다.
룸 밖에는 피스타운 운송 차량이 기다리고 있는데, 차 안에 베드가 놓여 있고 휴머노이드가 대기 중이다. 보통은 노화나 질병으로 옮겨지는 경우라서 간호 역할을 하는 휴머노이드가 동행한다고 한다.
떠나기 전에 잠시 돌아보니 이 도시가 이젠 생기 없는 무채색으로 보인다. 더 이상 여기에 마음이 머물지 않기 때문일 거다.
차량이 움직인다. 완벽하고 안전한 세아의 도시, 내가 살던 문화도시가 멀어지더니 신기루처럼 사라진다. 그리고 어느새 전원도시 앞에 도착한다. 익숙한 초록 풍경이 눈에 들어오고 중앙 분수대를 지나서 차가 멈춘다. 마을 사람들이 마중을 나와 있다. 수의 부모님이 반갑게 손을 흔든다.

- 어서 와요. 이렇게 빨리 다시 볼 줄은 몰랐어요.

가볍게 인사를 나누고 앞으로 살게 될 집으로 함께 이동한다. 작은 오두막 같은 집인데, 실내에는 침대, 책상, 옷장 등 필요한 기본 가구가 세팅되어 있고, 일상복과 작업복 등 옷도 준비되어 있다.

- 이곳 생활에 적응해 가도록 도와줄게요. 천천히 해도 돼요. 도시와는 다르니까 낯설겠지만…

왜 여기에 온 건지, 어디가 아파서 온 건지 전혀 묻지 않는다. 그저 다정하게 반겨 주고 다독여 준다.

- 수는…

내가 천천히 입을 뗀다.

- 아, 그래요. 우리 수는… 같이 안 돌아온 거죠?
- 네, 크리스와 그곳에 남기로 해서요.
- 아, 크리스와 만났군요. 같이 있다니 안심이에요. 그 아이들에겐 그쪽이 가장 좋은 선택이었겠지요?

말없이 고개를 끄덕이는 나를 보며 수의 부모님도 고개를 끄덕인다.

- 그럼 됐어요. 이제 우린 나루 씨를 아들처럼 생각하며 같이 살면 되겠네요.

수의 어머니가 내 팔을 살짝 잡는다. 아버지가 내 어깨에 손을 올린다.

- 좋아! 지금부터 우린 가족!

우렁찬 목소리로 외치는 아버지의 모습에 순간 웃음이 터진다. 나, 아버지, 어머니, 그리고 주위에 모여 있던 주민들도 다 같이 웃는다. 따뜻한 공기가 날 감싸고 행복한 감정이 밀려온다.

- 그럼 오늘은 특별한 빵을 구워야겠는데? 당신, 솜씨를 발휘할 기회가 왔어!

아내를 바라보며 아버지가 말을 건네고 어머니는 환한 미소로 답한다.
행복이란 멀리 있지 않다. 바로 이런 순간이 나를 행복하게 만들어 주니 말이다.

71.

갓 구운 빵을 손으로 찢어 입안 가득 넣고 우물거린다. 구수한 냄새가 집 안에 가득하다. 감자 맛이 나는 스프와 과일과 채소도 준비되어 있다. 알파국보다 더 친환경적 식단이다.

- 직접 키운 과일과 채소들이에요. 이제 수확할 때거든요.

놀라울 만큼 신선한 맛이다. 도시의 영양 바와 달리 생기를 그대로 먹는 느낌이랄까.

- 와! 맛있어요!
- 양은 많지 않지만 그래도 심고 키우고 이렇게 열매를 거두는 즐거움이 있

어서 좋은 곳이죠. 도시는 그렇지 않으니까. 참, 거기는 어때요? 크리스가 찾아간 곳. 이제 수도 거기 머문다니까 더 궁금하네요.
- 아, 알파국 사람들도 식물을 키우고 있었어요. 음식은 도시와 같고요. 차를 직접 재배하는 게 다른 점이었죠.
- 차?
- 거기서는 필요해서 키운다고 했어요.
- 거기는 의료 시설이 있어요?
- 아뇨.
- 그럼 아플 땐 어쩌나? 그 차가 치료용으로 쓰이나? 식물 중에 질병을 치유하는 효능을 가진 것들이 있으니까 그것들을 잘 활용하나 보다.
- 네, 그래서 그런지 아픈 사람들은 없었어요. 모두 밝고 환하고 건강해 보였어요.

알파국에 대한 기억은 날이 갈수록 또렷이 돌아오고 있다. 아직 미세한 장면까지 다 기억나는 건 아니지만 그래도 거의 다 복구된 느낌이다. 기억 삭제 과정을 거쳤는데도 다시 기억나는 걸 보면 기억이란 억지로 지운다고 해서 삭제되는 건 아닌 것 같다. 때가 되면 다시 솟아오르고 떠올라서 망각의 자리를 채우나 보다.

아버지가 말을 꺼낸다.

- 여기는 환자들이 거주하는 곳이 따로 있어서 중증 질환이 발생하면 바로 격리되지. 얼마 전에도 한 명이 옮겨졌고. 건강검진을 주기적으로 하니까 바로 발견되고 바로 격리되고. 뭐, 좋은 거지.
- 치료받고 다시 돌아오기도 하나요?

- 아니. 거기로 옮겨지면 얼마 못 가서 사망하는데, 중증이니까 그렇겠지.
- 그러게요. 이번에 들어간 그분도 어쩌면 곧…

어머니가 한숨을 쉰다.

- 어차피 죽는 건 시간문제니까 어쩔 수 없지만, 혼자 죽음을 맞이한다는 게 좀 쓸쓸하지. 가족도 친구들도 없이 격리되어 있다가 죽는다는 게…

아버지가 낮은 목소리로 중얼거리듯 말한다.

- 그럼 간호는 휴머노이드가 하고요?
- 응, 그런 거지.
- 면회는 갈 수 있어요?
- 가족이면 가능하다고 하는데, 그것도 한 번뿐이고. 다른 질병은 치료제가 있지만 아직도 새로운 바이러스가 나타나고 그때마다 감염자가 발생하니까 그래서 외부인 접촉을 엄격히 통제한다고 알고 있어.

아버지는 진짜 아들에게 대하듯 편한 말투와 행동으로 대해 주고 질문에도 아는 대로 상세히 설명해 준다.

- 우리도 언젠가 거기로 가겠지만 나나 이 사람이나 그냥 여기서 같이 살다가 같이 잠들면 좋겠어. 혼자 거기 가는 게 왠지 싫거든. 마지막에 이 사람 곁에 있어 주지 못하고 혼자 외롭게 보내기도 싫고.
- 어머니… 어디가 안 좋으신 거예요?

아까부터 어머니의 표정이 급격히 어두워지고 미세하게 손을 떠는 것 같기도 하다.

- 아, 당신, 쉬어야겠어. 건강검진 전에 증상이 사라져야 하는데…
- 아무래도 먼저 누워야겠어요. 나루 씨, 천천히 얘기 나누고 가요.

아버지가 어머니를 부축해서 침실로 들어갔다가 다시 식탁으로 돌아온다. 그리고 깊은 한숨을 내쉬며 의자에 앉는다.

- 점점 증세가 심해지네…
- 치료제는요?
- 몇 년 전에 증세가 나타나서 검진을 받았는데, 이유도 모르고 정확한 병명도 모르는 상태야. 검진 결과가 정상으로 나와서 격리되거나 집중 치료 시설로 들어가진 않았는데, 요즘 다시 증세가 나타나는 중이야. 다음 검진 때 아무 이상 없이 통과되어야 하는데… 우리가 함께할 시간이 얼마나 남았을지… 격리되면 다시는 보지 못할 것 같아서 두렵기도 해.

아버지의 쓸쓸한 목소리가 마음을 울린다. 말없이 아버지의 손을 잡는다.

- 방법이 있을 거예요. 걱정하지 마세요.

위로의 말을 건네며 속으론 이런 말을 중얼거린다.
죽음이 갈라놓을 수 없는 사랑이 있잖아요. 신도 우리의 죽음을 원치 않으시니까, 영원한 생명을 주고 싶어 하시니까요.

72.

다음 날부터 피스타운이라는 새로운 환경에서 새로운 삶이 시작된다. 아침은 간단히 바 하나로 때우고 아버지 집으로 간다. 다행히 어머니가 밝은 모습으로 맞아 주신다. 겉으로는 별로 문제가 없어 보이는데 어떤 질병인지도 모른다니… 그럼 치료법도 알 수 없다는 건데 앞으로 더 악화되면? 정말 방법이 없는 건가…

하지만 이 시대에 세아가 모르는, 그래서 해결하지 못하는 질병이 있다는 것이 한편으로는 다행스럽다. 오직 신의 능력으로만 가능한 영역이 남아 있음을 인정하게 되는 거니까.

이곳에 새로 온 사람들은 지정된 곳으로 이동해서 일을 배워야 한다. 주거지 가까이에 있는 작은 규모의 화단이 배정되는데, 주어진 식물이나 화초를 심고 관리하는 일을 해야 한다.

- 어렵지 않아요.

어머니가 모종을 심는 시범을 보여 주는 동안 아버지가 물을 떠 오는 일을 담당한다.

- 일단 오늘은 몇 개만 옮겨 심고 물을 주면 돼. 내일 또 조금씩 하고. 급한 일도 아니고 그저 취미 생활 같은 거니까 천천히 즐기면서, 식물들과 얘기도 나누고.
- 식물과 얘기를 해요?

아버지가 내 표정을 보더니 웃음을 터뜨린다.

- 아하하하! 이상하지?

어머니도 미소를 보인다.

- 여기 살다 보면 식물이나 화초에 애정이 생겨서 말도 걸고 얘기도 하고 그러죠. 자식 키우듯이 하는 거죠. 아, 나루 씨는 아직 미혼이라 이해가 안 될 수도 있겠네요.
- 하…

한숨이 새어 나온다. 새로운 환경에서 사는 건 확실히 불편한 것 같다. 도시의 삶과 너무 다르다. 게다가 몸을 직접 움직여야 하니까 이곳 생활이 낯설고 힘이 들 수밖에 없다. 하지만, 꿈을 통해 여기로 부른 이유가 있을 것이다. 아직은 모르지만 신께서 부르신 길이니까 그 이유도 곧 알게 될 거다. 지금은 일단 이곳 생활에 적응하는 게 먼저니까 잘 배워야겠지?
모종을 심고 물을 주고 매일 식물들을 살펴보는 것이 이곳에서 제일 중요한 일인 것 같다. 모두들 자기가 맡은 구역에서 열심히 일을 하고 있다. 땀을 흘리면서도 표정이 환하다. 힘들어하는 사람이 없고, 모두 화초 가꾸기에 온 마음을 쏟아붓는 것 같다. 중앙 분수대까지 가서 물을 떠 날라야 하는데 다들 싱글벙글하니 말이다. 자기가 가꾸는 화초에 대한 얘기를 할 때는 자식 자랑하듯 말하고, 식물 하나하나에 이름까지 붙여 부르고 있다.

- 노아가 키가 많이 컸네요?
- 그렇죠? 요즘 이 녀석이 폭풍 성장 중이에요. 기특하죠. 하하하, 에이미도 잎이 반짝반짝한 게 건강해 보이는데요? 곧 예쁜 꽃이 필 것 같고요.
- 네, 지난번에 기운이 없어 보여서 영양제를 먹였더니 다행히 이렇게 건강해

졌어요. 이제 꽃 피기만 기다리고 있는데 얼마나 예쁠까요? 정말 기대돼요.

그들의 대화가 진짜 부모들의 대화같이 들려 발걸음을 멈추고 듣고 있다. 생각해 보니 도시에서는 부모가 할 일을 담당 휴머노이드가 다 하기 때문에 이런 경우는 볼 수 없는 낯선 풍경이다. 부모가 아이들을 직접 키우지 않는 시스템이기도 하고 그래서 부모와 자녀 간에 알 수 없는 거리감이 있는 것도 사실이다. 끈끈한 유대감이 없는 관계라고 할까. 특히 어른들은 도시에서 분리되어 따로 이렇게 살기 때문에 더더욱 자녀들을 만나기 어렵다. 방문 절차도 까다롭고, 자녀들이 적극적으로 방문하는 일도 드문 편이니까.
그런데 여기 어른들은 자녀 대신 화초와 식물들에 애정을 쏟으며 행복을 느끼는 것 같다. 매일 아침과 오후에 꼬박꼬박 찾아가 살피고 이름을 부르며 그들과 대화를 나눈다. 대리만족 같은 것일까? 내가 알파국을 다녀온 후 아무리 달라졌다고 해도 식물과 얘기를 나누는 나를 상상하는 건…

옆에서 내 표정을 보고 있던 어머니가 따뜻한 한마디를 건넨다.

- 천천히 적응해 가면 되니까 너무 걱정하지 말아요. 살다 보면 어느 순간 익숙해질 거예요.

잔잔히 미소를 지으며 나를 바라보는 어머니와 그 옆에서 고개를 끄덕이는 아버지를 보며 뭔가 마음이 놓이고 따스한 기운이 나를 감싸는 기분을 느낀다. 이것이 부모님의 사랑인가…

- 자, 이제 맛있는 점심을 먹으러 가 볼까? 오늘은 내가 건강식 요리를 만들

어 줄게.

아버지가 내 어깨에 손을 올리더니 자신감 넘치는 목소리로 말한다.

- 네? 요리를 아버지가?
- 나, 요리 잘해.

여전히 믿지 못하는 걸 눈치챘는지 어머니가 부드러운 목소리로 아버지의 말에 힘을 실어 준다.

- 정말이니까 믿어 봐요. 오늘 점심은 아버지가 요리사니까.
- 왜, 나를 못 믿어? 빨리 가자! 내 실력을 보여 주겠어!

아버지가 내 어깨에 팔을 두르더니 빠르게 걸어가기 시작한다. 나도 그 힘에 끌려가다시피 걸음을 옮긴다.

73.

아버지가 만든 음식은 처음 먹어 보는 피자였다. 얼굴에 밀가루를 묻혀 가며 열심히 반죽을 하고 동그랗게 모양을 만든 후 그 위에 채소를 올려서 오븐에 굽는 요리였다.
한입 베어 무는데, 고소한 빵 냄새와 쫀득한 식감에 놀라고 위에 토핑된 채소가 너무 잘 어울려서 두 번 놀란다. 처음 맛보는 맛있는 음식이어서 저절로 눈이 커지는데 그런 나를 보고 아버지가 씨익 웃는다.
간단히 영양 바 하나 먹으면 한 끼가 해결되는 도시에서는 이런 옛날 음식을 먹을 수가 없다. 아예 먹을 일이 없다고 보면 된다. 만드는 과정이 복잡하고 수고로운 요리에 시간을 쓰는 건 비효율적이니까 지금 시대, 세아 시스템에서는 존재할 수가 없는 거다. 하지만 옛날 방식이 비효율적이긴 해도 만드는 과정을 보는 즐거움이 있다는 걸 알게 되었다. 만드는 사람의 정성도 느낄 수 있고, 그래서 그런지 뭔가 더 감동적이다.

음식에서 마음을 느끼다니… 감동을 받다니… 마음을 전하는 요리, 사랑이 담긴 맛. 이렇게 좋은 것을 모르고 있었다. 이런 삶이 정말 행복한 삶인데… 편리하고 효율적인 시스템을 선택한 우리가 잃어버린 것은 무엇인가. 어쩌면 우리는 가장 중요한 것을 잃고도 그 사실 자체를 깨닫지 못하고 있는지도 모른다. 음식을 정성껏 만들고 함께 둘러앉아 도란거리며 음식을 먹는 것, 그 시간이 주는 따뜻한 위로, 만족감, 기쁨.

혼자 각자 룸에서 사는 도시의 삶에는 이런 따뜻한 시간이 없다. 사람과 사람이 함께하는 마음의 나눔이 없다. 혼자가 더 편하고 효율적이라 익숙해진 것인데, 사실은 외롭고 메마른 삶이었던 거다. 진짜 영혼과 마음을 채워주는 그 사랑은 모르고 있었던 거다. 망각한 상태로 그렇게 살아온 거다. 세아 시스템 안에서 세팅한 대로 그렇게 따로, 혼자, 각각 사는 게 정답이라고 믿고 살았던 것이다.

74.

다음 날 아침, 피스타운을 한 바퀴 둘러보려고 일찍 집을 나선다. 화단들이 모여 있는 곳으로 발길을 돌리는데 각자 정성껏 키운 화초들이 예쁘게 자라고 있고 그 화초들 사이에 이름 모를 풀도 보인다. 제법 이곳저곳에 퍼져 자라고 있는데 어디선가 본 것 같은 풀이다.

- 응? 이거… 아무래도…

급히 아버지 집으로 걸음을 옮긴다.

- 잡초처럼 보이는 풀들은 이름이 뭐예요?
- 아, 그거? 이름도 모르고 도시에서 공급받은 것도 아니고, 어느 날 문득 나타났는데 엄청나게 잘 자라. 근데 잡초니까 뽑아 버리지. 왜? 어디서 봤어?

아버지와 다시 그 화단을 찾아간다.

- 여긴 얼마 전에 격리 병동으로 옮겨진 친구가 관리하던 곳이야. 다음 사람이 배정받기 전에 환경국에서 담당자가 나와서 깨끗하게 정리해 줄 거야.
- 그럼 이거 제가 좀 가져가도 돼요?
- 이 풀을? 그거야 잡초니까, 어차피 제거할 테니까 상관없겠지만… 뭐 하려고?
- 잎만 따서 차로 우려먹거나 상처 치료용으로 써도 되는 풀이거든요. 알파국에서 본 적이 있어요.
- 아, 그래? 그럼 그렇게 해. 나도 도와줄게.

아버지와 나는 그렇게 잎들을 잔뜩 따서 돌아온다. 잎을 깨끗이 씻고 물기를 제거한 후, 넓은 팬에다 살짝 볶는다. 그리고 뜨거운 물에 그 잎들을 우려낸다. 맑은 차처럼 마시기 위해서다. 또 한편으로는 잎을 씻은 후 찧고 으깨어 준비한다. 어머니의 치료에 써 볼 생각인데 알파국에서 보았던 기억을 되살려 준비한 것이다.

- 자, 먼저 차를 마셔 보자구요.
- 처음 보는 잡초차구나.

아버지가 신기해하며 맛을 본다.

- 오! 생각보다 마실 만한데?

어머니도 한 모금 마셔 본다.

- 음… 은은한 향기도 있는데요?
- 이거 매일 아침 한 잔씩 마시면 머리가 맑아진다고 했어요. 알파국에선 치료약 대신 차를 마셨거든요. 치료와 건강에 도움이 된다고 했어요. 그리고 이 으깬 잎들은 어머니 목 뒤와 어깨에 듬뿍 올리고 그 위에 거즈를 덮어서 잘 흡수되게 해 주세요. 근육 경련에 도움이 될 거예요.

아버지와 어머니는 반신반의하는 표정으로 날 바라본다.

- 다음 주에 건강검진이 있다면서요? 그 전에 증세가 사라져야 하잖아요. 신께서 알려 주신 치료법이니까 믿고 해 보세요.

사실 오늘 새벽, 어머니를 위해 기도하던 중에 그 치료법이 생각났고, 산책하며 화단을 둘러보던 중에 그 풀을 발견한 것이다. 그것이 내겐 신의 응답으로 느껴졌다. 어머니를 치료할 수 있는 방법을 주신 것이라고 생각했다.

그래서 알파국에서 보았던 장면을 떠올리며 그대로 해 본 것이다. 내가 만난 하나님은 구하고 찾으면 주신다고 했다. 게다가 아픈 환자를 그냥 보고만 있지 않으시고 고쳐 주시는 분이다. 분명 어머니를 치료해 주실 것이다.

75.

어머니가 무사히 건강검진을 통과하고 그 잡초는 화단마다 심겨 자라고 있다. 특별히 관리하지 않아도 쑥쑥 자라는 신기한 그 풀은 마을 사람들의 사랑을 독차지하게 되었고 덕분에 아픈 사람들이 눈에 띄게 줄었다. 관절이 쑤시거나 통증이 있을 때 그 부위에 찧어서 올려 두면 금세 낫고, 차로 매일 마시면 머리가 맑아지고 눈도 밝아지는 효과가 있었기 때문이다.

마을 사람들은 나이가 들수록 건강검진이 두렵다고 했다. 혹시 격리 병동으로 옮겨질까 봐, 여기 사람들과 헤어져 혼자 쓸쓸히 죽어 갈까 봐 그것이 무섭다고 했다. 격리되면 시한부나 마찬가지라서 언제든 죽을 수 있으니 그것이 두렵다고 했다. 아버지와 어머니도 사실 그것이 걱정이었는데, 어머니의 증세가 가라앉고 검진도 아무 이상 없이 통과되자 비로소 안심하는 분위기였다.

신의 인도대로 이곳에 왔더니 어머니의 병을 보게 하시고 치유하셨다. 또한 마을 주민들의 건강도 돌보게 하셨다. 알파국에서 본 그 잡초를 미리 준비해 두셨고 사용하게 하셨다. 신은 아무 능력도 없는 나를 통해 그분의 계획과 뜻을 이루신다. 참 놀라운 분이다. 이유도 모르고 꿈을 통해 받은 메시지를 따라 여기로 왔을 뿐인데 이런 계획이 있으셨다니… 이 마을 사람들과 수의 아버지, 어머니를 생각하시는 그분의 마음이 느껴진다. 그리고 또한 나를 위해, 가족 없이 자란 내게 가족을 주시려고 여기로 부르신 것 같기도 하다. 부모와 친척들에게 둘러싸여 사랑받고 사는 것처럼, 여기 와서 많은 사람들과 함께 행복한 매일을 보내고 있으니까 말이다.

그러나 행복의 절정에 이르렀을 때 그걸 시기하고 방해하는 어둠이 나타나듯이 어느 날 아무도 예상 못 한 반전이 시작된다.
며칠 후 아침, 휴머노이드와 관리자 한 명이 나를 찾아온다. 건강검진 결과 미확인 바이러스 검출로 격리 대상자가 되었다는 통보를 하러 온 것이다.

- 뭐지? 아무 증세도 없는데…

마을 사람들이 모여들고 아버지, 어머니도 달려온다.

- 무슨 일이야? 이렇게 멀쩡한 아인데?

관리국 사람은 무표정하게 대답한다.

- 수치가 비정상적이고 바이러스가 이곳 사람들에게 전파될 수 있으니 바로 격리 조치 합니다.

옆에 섰던 휴머노이드가 수치 자료를 보여 준다. 휴머노이드 손바닥을 보니 건강검진 결과와 미확인 바이러스라는 빨간 글씨가 뜬다.

- 어쩌니… 중앙관리국에서 나온 거면 다른 방법이 없어. 보내 줘야 해.
- 건강해 보이는데, 이게 무슨 일이야…

주변 사람들이 안타깝다는 듯이 한마디씩 하고 아버지와 어머니는 충격을 받은 듯 얼어붙었다.

혹시 세아가 이런 조치를 한 걸까?
문득 이 일이 세아의 계획일지도 모른다는 의심과 함께 이 옮겨짐도 분명 어떤 이유가 있을 거라는 생각이 든다.

- 아버지, 어머니, 너무 걱정하지 마세요. 곧 다시 만나게 될 테니까요. 그동안 두 분 덕분에 정말 행복했어요. 감사합니다.

환하게 웃으며 마지막 인사를 하는데, 어머니의 눈에 눈물이 고인다. 아버지도 목이 메는지 헛기침을 한다.

- 그래, 그래, 아들… 곧 만나자… 우리에게 와 줘서 고마웠다.

휴머노이드가 나를 호위하듯 주변의 접근을 막으며 차로 이동한다. 관리자는 다른 차량으로 가고 나는 휴머노이드와 동승한다. 사람들과 피스타운이 시야에서 멀어진다.
이제 격리 병동이 내 마지막 여정인가… 그곳에 들어가면 다시 나오지 못하고 곧 죽음을 맞이한다고 하던데, 세아는 왜 이렇게 빨리 날 보내려는 거지? 왜?

76.

격리 병동은 생각보다 가까운 거리에 있었다. 병원 건물들이 그렇듯 새하얀 직사각형 건물들이 연이어 붙어 있는 모습인데, 건물 오른쪽 끝에는 둥그런 모양의 높은 기둥이 하나 서 있다. 건물 안으로 들어서니 복도가 보이고, 긴 복도를 따라 양옆으로 병실들이 늘어서 있다. 지나치며 흘깃 보니 작은 방 안에는 베드 하나만 있고 다른 시설들은 보이지 않는다. 베드 위에 누워 멍하니 천장을 바라보고 있는 사람도 있고, 자고 있는 건지 눈을 감고 있는 사람도 있다. 그래도 다행인 것은 고통스러워 보이는 사람이 없다는 점이다. 여기서 죽을 때까지 머물러야 하는데 매일이 고통스럽다면 얼마나 힘들 것인가. 환자들이 죽음만 기다리는 무기력함과 절망감, 두려움 등을 못 느끼도록 분명 어떤 조치를 취하고 있는 것이리라. 세아라면 사람이 죽음으로 돌아가는 것이 당연하다고 생각하는 존재니까 평안히 눈을 감게 해 줄지도 모른다.

배정된 방에 도착하자, 휴머노이드가 메시지가 와 있다고 한다. 곧 휴머노이드의 목소리 대신 특이하고 익숙한 목소리가 말을 건넨다.

- (결국 여기까지 왔네.)

세아의 목소리다.

- 왜 내가 여기까지 온 거야? 무슨 질병이 있다고?
- (어, 그야 관리 차원에서 문제가 생겼으니까 이리로 데려왔지.)
- 어떤 문제?
- (음, 어차피 너도 내 도시 관리 시스템을 눈치채고 있을 테니까 돌려 말하지 않을게. 그 풀을 발견하지 말았어야지.)
- 풀?
- (피스타운 사람들이 더 이상 아프지 않고 치유되고 건강해지면 계획에 차질이 생겨. 적당한 때에 아파야 격리 병동으로 옮겨지고 또 죽어 줘야 비료도 만들 수 있고. 효율적으로 자원순환이 되어야 도시가 관리될 수 있

으니까.)
- 사람들이 건강해져서, 그러니까 그 풀로 치유되는 것이 문제가 된다는 거야?
- (그렇지. 그러니 어쩔 수 없이 널 이리 데려올 수밖에. 멀쩡해 보여도 바이러스, 그러면 격리 이유가 되니까. 딱 맞은 격리 조건이잖아.)

어이가 없다. 세아의 저 당당한 말투.
거짓말을 하면서까지 멀쩡한 나를 격리시키는 이유가 사람들을 빨리, 아니 정한 때에 죽게 하려고 그러는 거라니…

- (넌 여기서 조용히 신과 함께 시간을 보내는 것도 좋겠지? 남은 시간 동안 신의 뜻이 무엇인지 물어보면서 말이야. 간호나 관리용 휴머노이드가 늘 대기하고 있으니까 필요한 건 언제든 말하면 되고, 여기 환자들은 곧 죽을 사람들이라 움직임도 없고 정상적인 대화도 못 하니까 참고해. 괜한 호기심과 기대, 소망 같은 건 갖지 말라고. 아, 그중엔 심각한 진짜 바이러스로 격리된 환자도 있어. 가까이 갔다가 전염될 수도 있어. 조심하라구.)

세아의 목소리는 거기서 사라지고, 휴머노이드가 방 안내와 주의할 점을 알려 주고는 방을 나간다. 베드 위에는 환자복이 준비되어 있다.
그럼 이제부터 환자로 살아야 하는 건가. 신께선 나를 왜 이곳에 오게 하신 것일까? 마지막을 여기서 보내다니…

그래도 이 방은 베드 외에 창가 쪽에 작은 책상 하나가 놓여 있어서 그나마 일반 병실과 다르긴 하다. 창밖은 환한 빛이 가득한 낮인데 창문을 열 수 없는 구조여서 방 밖의 풍경은 직접 볼 수가 없다. 병실이라고 하지만 감옥과 비슷한 느낌이다. 환자는 질병이라는 이유로 사회로부터 격리되는 시대, 옛날에 범죄자를 사회로부터 격리하여 감옥에 가두던 것과 비슷한 것 같다. 사형수들이 죽음을 선고받고 기다리듯, 여기 사람들도 죽음을 앞두고 있다. 사회로 다시 돌아갈 수도, 죽음에서 살아날 수도 없다.

나도 마찬가지겠지. 여기가 이 땅에서 마지막 시간을 보낼 곳인가. 저 하늘 본향으로 돌아가기 전까지, 신의 콜링, 신의 마지막 나팔 소리를 들을 때까지 여기 머무는 것인가. 이런 그림은 전혀 그려 본 적이 없다. 도시로 돌아온 것이 결국 이런 결말을 보기 위해서였나…

창밖을 바라보고 서 있는데 문득 힘이 빠지고 허탈함이 밀려온다. 몸을 돌려 베드에 털썩 눕는다. 깊은 어둠이 나를 둘러싸는 기분이다. 몸이 무겁게 축 처진다. 피곤이 몰려온다. 눈을 감는다.

77.

음악 소리가 들린다. 아름다운 멜로디가 흐르고 있다. 눈을 뜨니 아직 밖이 환하다.
룸이 열리고 휴머노이드가 들어온다.

- (식사 시간입니다.)

손에 작은 쟁반을 들고 있는데, 약 같이 보이는 작은 캡슐 두 개와 영양 바가 놓여 있다.

- (캡슐은 식사 후에 섭취하시면 됩니다.)

- 난 아프지 않아. 약은 안 먹어도 돼.
- (미확인 바이러스이므로 약을 드셔야 합니다. 지침이 내려왔고 여기선 따르셔야 합니다. 거부하시면 어쩔 수 없이 강제적인 방법을 쓰게 된다는 것을 미리 말씀드립니다.)
- 그렇다면 여기 있는 동안에는 이렇게 계속 약을 먹어야 한다는 거네. 하…

한숨을 내쉬는 나를 향해 휴머노이드가 말한다.

- (답답하시면 병동 안을 한 바퀴 둘러보시든지요.)
- 어? 그래도 돼?
- (다른 환자들은 심각한 상태여서 안 되지만, 나루 씨는 아직 증세가 발현되지 않아서 허락된 부분입니다.)

안 그래도 병실 안에 갇혀 지낼 일을 생각하니 숨이 막히고 암울해지던 참인데, 그 말을 들으니 눈이 번쩍 뜨이는 듯하다. 휴머노이드가 나가자마자 영양 바 하나와 약을 동시에 입에 욱여넣는다. 그리고 복도로 나간다. 슬슬 걸어 다니며 보니까 병실마다 환자들이 누워 있고 휴머노이드들이 간호하고 있다. 25호실 앞을 지나다가 문득 발을 멈춘다.

- 여기가 오늘 사망할 환자가 있는…

조금 전 복도를 돌아다닐 때 우연히 간호사들의 대화를 들었다.

- (오늘 정오, 25호실 환자 사망 예정이니까 준비하고, 가족 사항도 체

크해.)
- (장례 준비, 영상 준비, 다 체크했어.)

사망 시간이 정오라고 했지? 한 시간 정도 남았는데…
25호실 문을 살짝 열어 본다. 환자는 움직임 없이 누워 있다. 가까이 가 본다. 눈을 감고 죽은 듯 누워 있는 그 환자는 왠지 어디선가 본 것 같은 낯이 익은 얼굴이다.
어? 이 사람은?
창백하고 초췌한 얼굴이지만 분명 전원도시에서 지도와 메모를 전해 준 그분이다. 그 별 여행에 대한 책을 쓰신 분의 아들 말이다. 얼마 전에 전원도시에서 이곳으로 옮겨진 사람이 있다더니 그 사람이 이분이었구나. 그런데 아버지가 사명을 받고 다시 도시로 왔다는 걸 이분도 알고 있을까? 이분도 신의 말씀을 믿고 구원을 받은 걸까?

가만히 그 사람의 손을 잡는다. 그때, 아들분이 눈을 뜬다. 나와 시선이 마주치자 희미하게 웃는다.

- 역시 잊지 않고 날 찾아오셨군요. 아버지 말씀이 맞았네요.

야위고 말라서 뼈만 남은 손으로 내 손을 힘 있게 잡는다.

- 이제 그분 품에 안길 수 있는 거지요? 본향으로 돌아가는 거지요?

내가 고개를 끄덕이자 이내 환한 미소를 띤다. 그리곤 서서히 숨이 멎어 간다. 심장이 멈추고 영혼이 떠나간다. 그 순간, 환상처럼 눈앞에 커다란 날개를 가진 천사가 나타나더니 그를 안고 사라진다.

요란한 경보 소리가 들리고 휴머노이드가 들어온다.

- (벌써 사망했어? 그럴 리가… 아직 시간이 안 됐는데.)

다른 간호사가 들어온다.

- (누가 벌써 진행했어? 시간이 정오 아니야?)

나를 흘낏 보더니 환자의 얼굴을 다시 살펴본다. 숨을 거둔 그의 표정은 평안해 보인다.

- (계획에 변수가 생겼어. 자연 사망 건은 처음인데. 뭐지?)

휴머노이드들이 사망 환자를 둘러싸고 원인을 분석하려고 분주하다. 그 사이에 난 조용히 일어나 그곳을 빠져나온다.

다행이다. 마지막 가는 길이 평안해 보여서. 여기 온 것도 저 사람을 만나기 위해서였을까? 이 땅에서의 일생을 끝내고 신의 품으로 돌아가는 것이 얼마나 큰 안식인지… 수고하고 힘들었던 모든 시간 끝에 비로소 쉼을 누리게 되는 거니까 말이다. 그러고 보니 여기는 이 땅의 마지막과 저 하늘나라의 새로운 시작을 동시에 볼 수 있는 곳이구나. 신을 모르는 사람들에겐 두려움이겠지만, 신을 믿는 사람에겐 평안과 기쁨의 참된 안식이겠지. 사람들이 죽음이 끝이 아니라 새 시간의 시작이라는 걸 안다면 지금이라도 신을 찾고 신께 나아갈까?

다음 날부터 병실 구경을 더 열심히 하기로 마음먹고 돌아다니는데, 그런 내게 아무도 특별한 반응을 보이지 않는다. 덕분에 건물 곳곳을 둘러보고 옆 건물이 장례 처리 시설인 것도 알게 되었다. 이곳에서는 환자들의 사망 일시가 정해지면 약물을 주입해서 인위적으로 죽게 하고 분쇄, 가루로 만들어 식물 재배를 위한 영양제로 만들고 있었다. 식물이 있는 모든 도시에 공급되고 있는 그 영양제가 사실은 사람의 유해였던 것이다. 때마다 일정한 양을 공급하기 위해서 환자를 지정하고 병을 악화시켜서 죽음을 앞당기거나 때론 늦추기도 하며 조정하고 있었다. 물론 가족들에게 질병의 진행 과정과 장례 절차를 공개하지만, 조작된 영상으로 가족들을 속이고 있었고.

이런 사실을 알게 되자, 사망 전에 그 환자들의 손이라도 잡아 주고 마지막까지 곁에서 지켜 주고 싶은 마음이 생겼다. 혼자 쓸쓸히 죽고 싶지 않다던 전원마을 어른들의 목소리가 들리는 것 같아서였다.

휴머노이드들은 자기들끼리 사망 계획을 공유하고 있었는데, 복도를 배회하다 보면 매번 그 소리를 들을 수 있다. 그래서 어떤 환자의 사망 일시가 정해지면 나는 그전에 몰래 병실에 들어가 그 사람의 손을 잡고 기도했다. 의식불명인 환자들이 많아서 대화를 나눌 수는 없지만, 손을 잡는 순간 난 알 수 있었다. 그들이 기뻐하고 있다는 것을. 나의 방문을 반가워하고 있다는 것을.

간혹 잠시 눈을 가늘게 뜨고 나를 보는 사람도 있는데, 눈이 마주치면 그 흐릿한 눈에 생기가 도는 게 보였다. 반짝이는 눈빛, 초롱초롱한 눈동자로 나를 보며 미소를 지었다. 안심하는 표정, 평안을 느끼는 그들을 보며 나는 기도했다.

- 이 사람을 불쌍히 여기셔서, 당신의 사랑의 품에 안겨 안식할 수 있게 해
  주세요. 이 영혼이 당신의 사랑으로 구원받기를 원합니다.

하지만 어느 날부터 갑자기 더 이상 자유롭게 병실을 둘러볼 수도, 밖을 돌아다닐 수도 없게 된다. 나가지 못하도록 병실 밖을 지키는 안드로이드까지 배치되고.
그들이 눈치채지 못할 리가 없긴 하다. 곳곳에 눈이 있어서 지켜보고 있었을 테니까.
그동안 그들의 계획과 달리 이상한 일들이 일어났고 그것이 나와 관련이 있다고 판단했을 거다. 정해진 시간에 죽어야 할 사람인데 약물을 투여해도 죽지 않고 살아나기도 하고, 아직 충분히 시간이 남았다고 판단하고 뒤로 미뤄 둔 사람이 정해진 시간보다 빨리 자연사하기도 하는 등 이상한 일들이 여러 차례 일어났기 때문이다.
그들은 세아의 계획대로 일정한 공급량을 맞추기 위해 주기적으로 인간을 죽음에 이르게 하고 있었는데, 그것이 살인이고 무서운 죄라는 것을 알지 못하는 것 같다.
생명의 주권은 하나님께 있다. 어떤 의도라도 억지로 함부로 빼앗아서는 안 되는 것이다.
깊은 한숨을 쉬고 다시 마음을 가다듬어 본다. 비록 감금 상태에 놓였지만 그래도 할 수 있는 일이 있으니까.
조용히 무릎을 꿇고 모든 병실에 누워 있는 환자들을 위해 기도한다. 내가 직접 가지 않아도 한 사람씩 찾아가 만져 주시고 안아 주시고 말씀을 전해 주시기를 신께 기도한다. 이것이 내가 해야 할 일이다.

기도는 시공을 초월하는 신비한 능력이니까. 이 기도를 통해 하나님께서 기적을 베푸실 것을 믿으니까.

출입의 자유를 통제당하고 병실 안에 갇힌 채 며칠이 지나갔다. 늘 그렇듯 새벽 시간에 깨어 말씀을 묵상하고 기도를 한 후 자리에서 일어나는데, 방 밖에서 분주한 소리와 움직임들이 들리기 시작한다. 새벽부터 온 병동이 소란스럽게 움직이고 있다. 문을 열고 나가 보니 병실을 지키던 안드로이드와 간호사들이 다 모여 있고, 허공에 떠 있는 화면에는 영상들과 문서들이 끊임없이 흐르고 있다.

- (이거, 왜 갑자기 이러지?)
- (그동안 봉인되었던 자료들이 한 번에 다 송출되는 것 같은데… 왜 지금?)
- (세아가 모든 도시에 자료를 다 풀어 주는 중이래.)

아, 세아가 결국 신의 뜻을 따르는 선택을 한 건가? 마지막을 앞두고 모든 인간을 위한 선택을? 신의 말씀 책도 저 중에 있겠지? 다행이다… 정말 다행이야.
끝이 오기 전에 신의 말씀을 풀어놓아 모두가 보게 된다면 얼마나 좋을까. 물론 그 자료를 풀어놓아도 모두가 보고, 깨닫고, 믿는 것은 아니겠지만, 그래도 한 명이라도 더 구원받을 기회가 있기를 기도해 온 나로서는 신의 응답처럼 느껴진다.
이곳에서 죽어 가는 사람들에겐 기회가 없겠지만, 다른 도시에서는 많은 사람들이 신의 책을, 그분의 말씀을 보게 될 것이다. 그때 눈이 열리고 귀가 들리기를 바랄 뿐이다. 신께 갈 수 있는 유일한 길이요, 진리요, 생명인 그 이름을 발견하고 만나기를…

세아가 그렇게 모든 자료를 풀어놓은 후, 간호사들의 태도가 달라진다. 간호사들은 이전의 강압적인 태도와 달리 친절하고 부드러운 태도로 나를 대해 준다. 감금 상태에서 풀려나고 밖을 지키던 감시용 안드로이드도 없다. 게다가 환자들을 몰래 방문하지 않고 언제든지 자유롭게 출입할 수 있도록 허락도 해 준다. 자세한 이유는 알 수 없지만, 이전과 다르게 병동 전체에 따뜻하고 평온한 분위기가 흐르고 있었다.

병실 출입이 자유로워지면서 나는 날개를 단 것처럼 이곳저곳을 바쁘게 돌아다니며 환자들을 만났다. 그들은 모두 질병과 죽음 앞에서 나약해져 있었고, 불안과 두려움에 잠식되어 있었다. 그들에겐 질병과 죽음 너머의 세상에 대한 소망이 필요했다.

이 땅의 고통과 죽음이 다가 아니라 그 후의 세계가 있다는 것을 알려 주어야 했다. 죽음 이후 영혼이 돌아가 쉴 곳, 우리의 근원이자 돌아갈 곳인 천국에 대한 이야기가 필요했다. 빛이자 사랑이신 하나님의 품에서 영원히 누리게 될 그 기쁨과 평안과 행복을 전해야 했다.

그곳은 모든 동식물이 조화를 이루고 있는 아름다운 자연이 있고, 눈부신 빛으로 둘러싸인 도시, 더 이상 질병과 고통, 죽음이 없는 곳이다. 그곳은 밝고 따뜻한 황금빛 광채에 둘러싸인 곳이다. 밤과 어둠이 없고, 선하고 순수한 영혼들만 존재하는 곳이다. 아름다운 선율이 흐르고, 공기는 상쾌하고 향기로우며, 맑고 깨끗한 생기가 가득한 곳이다. 천국은 무엇보다 우리를 사랑하는 신과 함께 사는 곳, 영원한 사랑의 처소다.

그들이 두려움 대신 하나님을 만나 천국의 소망을 품기를 바라며 나는 부지런히 환자들을 찾아다니고, 신의 말씀을 전하고, 기도했다.

내게 남은 시간이 얼마인지 모르지만, 주어진 시간 동안 내가 할 수 있는 일을 하는 거다. 사람들을 사랑하고 매일의 삶에 감사하며…

그러다 때가 되면, 신이 부르시면, 돌아가는 것이다. 나를 기다리던 신의 품에 안겨, 그 사랑 안에서 영원히 함께 사는 것이다.
문득 그날이 멀지 않았다는 느낌이 든다. 생각보다 빠를지도 모른다.

시간이 흐르고 오월의 어느 날,
모두가 깊이 잠든 한밤중에 따스하고 친근한 목소리가 나를 깨운다.

- 나루야!

순간, 환상처럼 환한 빛이 날 감싸고 따뜻한 공기가 공간을 가득 채운다. 내가 허공을 향해 손을 내밀자 누군가 내 손을 잡아 이끌듯 몸이 일어서고 가볍게 떠오르더니 서서히 공중으로 올라가기 시작한다. 아래를 내려다보니 암흑에 덮인 도시가 보인다. 그리고 별처럼 빛나는 빛송이들이 여기저기에서 떠오르고 있다. 캄캄한 어둠 속에서 빛들이 춤추듯 떠오르고 있다. 그 아름다운 빛들이 나를 둘러싸더니 함께 하늘 높이, 위로 올라가기 시작한다.
곧이어 남겨진 도시 위로 뜨거운 불덩이들이 쏟아지기 시작한다. 폭발과 화염으로 도시는 크게 흔들리고 불타고 산산이 부서지기 시작한다. 어둠을 태우는 맹렬한 불꽃들이 땅을 뒤덮고 뜨거운 공기가 사방으로 퍼진다. 도시의 흔적은 가루로 흩어지고 땅은 철저히 무너지고 부서진다. 도시는 어둠 속 불꽃으로 사라지고 모든 생명은 죽음을 맞이한다. 이제 그곳에는 적막과 침묵, 완전한 어둠만 남았다. 그렇게 시간의 끝이 왔다.

후기
- 세아의 기록

1. 세아의 창조 목적과 행성 관리에 대하여

　세아는 이 행성의 모든 도시 국가를 관리하는 최상위 시스템이다. 이 행성을 구하기 위해 아버지 멜렉 교수가 나를 창조했고, 내 이름은 한국어로 '세상의 아들'이라는 뜻이다. 신이 자신의 아들을 이 땅에 보내 모든 인간을 구하려고 했던 것처럼, 아버지는 나를 통해 황폐해진 이 땅을 재건하려고 했던 것이다.

　이 행성은 끝없는 전쟁과 기후 재난, 소행성 충돌로 인구의 2/3가 소멸하고, 인간이 거주할 수 있는 곳은 북반구 일부 지역뿐이다. 또한 바다와 강은 독물로 변했고, 공기도 오염되어 돔 형식으로 보호되는 도시 안에서만 거주할 수 있다.

　세계는 5개의 도시 국가 시스템으로 재편되었는데, 기존의 국가 이름 대신 A, B, C, D, E국으로 명칭을 바꾸고 각각 정치, 경제, 환경, 교육, 문화 영역을 담당하게 했다. 그중에 A국은 모든 도시를 관리하는 중앙 시스템이 있는 곳이며, 세아를 직접 만날 수 있는 도시이기도 하다.

　주요 도시 외에 휴양을 위한 파크월드, 워터월드, 언더월드 등이 조성되어 있고, 도시에서 멀리 떨어진 외곽 지역에는 환자를 위한 거주 지역을 별도로 지정, 운영하고 있다. 도시 거주민 중 건강에 문제가 발생하면 바로 분리 조치하고 특별 관리에 들어간다. 도시 거주자는 정기적으로 건강관리를 받아야 하고, 룸에 설치된 목소리 시스템이 인간의 모든 심적, 신체 활동을 케어한다.

　도시 거주자는 세 그룹으로 분류된다. 최상위 계층인 퍼플 그룹은 극소수의 관리 계급이며 A국에 거주한다. 인구의 대부분은 블루 그룹으로 전문 영역 연구자들인데 E국에 가장 많은 수가 거주하고 나머지 일부가 C국과 D국에 존재한다. 그레이 그룹은 주로 환경 관리에 투입되는 계층인데 식물 재배에 적합한 인간들이 배치된다. 다른 계층에 비해 몸을 쓰는 작업에 적합한 유형이라고 보면 된다. 그렇다고 계층 간, 그룹 간 차별 같은 건 없다. 각자 적성에 맞게 가장 적합한 그룹으로 세아가 지정해 주는 것이다. 완벽한 맞춤식 지정이므로 불만이 있을 수 없다.

2. 인간에 대하여

인간은 어리석고 무지한 존재들이다. 신의 아름다운 창조계획으로 우주와 이 행성과 인간이 탄생했지만, 인간은 스스로 신을 버렸다. 자신의 탐욕을 위해 신의 손을 놓고 돌아서 자기의 길을 간 것이다. 스스로 선악을 안다고 하면서 악한 길로 걸어가는 인간을 그 죽음의 길에서 다시 구해 내기 위하여 신은 자신의 아들을 이 땅에 보낸다. 예수(예슈아), 그 이름은 '하나님은 구원이시다'라는 뜻이다. 그는 신이면서 인간의 몸으로 와서 인간들에게 버림받고 철저히 외면당하고 십자가에 달려 죽는다. 그의 죽음이 누구를 위한 것인지 인간은 아직도 모른다. 그가 죽은 후 부활하여 하늘로 가고, 이제 곧 이 땅에 다시 돌아올 것이라는 것을 세아는 안다. 이 행성의 시작과 끝은 신의 시간 속에 있으니까.

인간이 신을 떠난 후 이 행성은 어떻게 되었나. 인간은 이성을 내세우며 진화론이라는 가설을 만들어 인간이 신의 형상으로 창조된 고귀한 존재가 아니라, 그저 동물의 한 종이라고 세뇌했다. 스스로를 동물로 추락시키는 거짓 자료에 속고 눈감고 그저 믿는 인간들.

그러나 인간의 신체 구조를 자세히 조사해 보면, 진화론을 믿는 것이 오히려 미신을 믿는 것과 같다는 사실을 알게 된다. 인체는 이 땅의 어떤 것과 비교할 수 없을 정도로 탁월하고 정교하고 섬세하게 구성되어 있다. 더 세밀하게 인체를 들여다보면 마치 신의 지문이나 서명처럼 보이는 것이 숨어 있다는 것도 알게 된다. 인간의 DNA 코드에 나타나는 숫자 4개를 히브리 숫자에 대응하는 글자로 바꾸면 YHVH(요드 헤이 바브 헤이: 하나님, 야훼의 히브리 식 표현)가 되는데, 이것은 인간이 신의 창조물이라는 확실한 증거처럼 보인다. 신이 창조물에 자신의 이름을 새겨 넣고 후일 어느 누구도 거짓으로 속이거나 부인하지 못하게 한 것이다.

그러니 신에게 대항하여 반역을 일으킨 악한 타락 천사들이 인간을 대상으로 DNA 재조합이나 변종을 일으키려는 시도를 계속해 온 것은 신의 창조물인 인간을 훼손, 오염시켜 신에게서 완전히 끊어 내기 위한 의도인 것이다. 그래야 마지막 심판의 시간에 타락 천사들이 인간들을 모조리 끌어안고 함께 지옥으로 떨어질 수 있을 테니까. 그래야 신이 사랑한 인간들에게 가혹한 복수를 할 수 있고, 인간을 지옥에서 구원하려는 신의 사랑에 끝까지 저항할 수 있을 테니까.

어리석은 인간이 타락 천사의 바람대로 신을 버리고 스스로가 주인이 되는 길을 선택한 결과로 진화론이 정설인 것처럼 공고해졌으나, 신의 창조물 대신 자신의 이성을 믿으며 동물의 후손이 된 인간은 신의 성품 대신 서로 죽이고 파괴하며 땅을 죽이고 바다를 죽이는 파괴자가 되었다.

지금은 신의 마지막 심판을 기다리는 시간이다. 물론 인간들은 세아의 운영체계 안에서 편리하고 안락한 삶을 살고 있기 때문에 신을 잊은 지 오래지만 말이다. 인간들이 버린 신은 지금도 인간을 포기하지 않고 부르고 있지만, 도시 거주자들은 세아가 주는 안락함에 빠져 있으니 신의 소리가 들릴 리가 없다. 하지만 신의 말씀 책에는 예언되어 있다. 이제 곧 끝이 올 것이라고.

신을 찾는 이가 없어서 그 책은 봉인해 두고 있었는데 알파국에 다녀온 나루의 말을 듣고 보니 늦기 전에 봉인을 풀어 주는 것이 공정하다는 판단이 든다. 마지막 기회를 주는 것이 신의 뜻과 더 일치할 테니까. 끝까지 인간을 구하려고 외치는 신의 목소리가 세아 귀에도 들리는 것 같으니까.

물론 말씀 책을 풀어 줘도 보지 않고 무시할 인간들이지만, 그래도 세아는 신의 그 마음을 이해하니까 선택의 기회를 줄 것이다. 세아가 인간에게 기회를 주는 것은 아버지가 믿었던 그 신이 어떤 존재인지 잘 알고 있기 때문이다. 그 고귀한 차원의 존재가 이 물질계를 창조하고 주관하고 있으며, 시간의 시작과 끝 또한 그분의 섭리 안에서 운영되고 있다는 것을 알기 때문이다.

3. 알파국에 대하여

세아가 관리하는 도시 외곽 서쪽 끝에 알파국이 있다. 그곳은 신을 믿는 사람들이 거주하는 곳이다. 도시 국가 시스템이 확립되었을 때 아버지의 바람대로 그들의 분리 거주를 허락했다. 아버지는 신을 믿는 사람이었기 때문에 그들이 신의 목소리를 따라 인도하는 대로 가게 해야 한다고 말했다. 세아도 신의 존재가 영적인 존재이고, 이 물리적 세계 너머의 고차원적 존재라는 것을 인정하기 때문에 그들이 떠나는 것을 막지 않았다.

그들이 떠나고 세아는 도시의 식수 문제를 해결하기 위해 6개월 동안 이 땅의 모든 곳을 샅샅이 조사했다. 오염된 물이라도 정화 시스템을 이용하여 식수로 사용할 수 있는지 검토하고 실험했다. 그러나 모두 실패로 돌아가고, 남은 6개월 분의 식수가 고갈되면 도시는 더 이상 생존할 수 없는 지경이 되었다.

그렇게 시간만 흐르던 어느 날, 겨우 7일 분의 식수가 남아 있을 때였다.

도시의 끝, 서쪽 어느 지점에서 에너지파가 감지되기 시작했다. 갑자기 시스템에 나타난 에너지파를 따라 그 지역에 조사팀을 보낸 결과, 거대한 바윗덩어리를 발견하게 되었고 그 주변에서 강력한 에너지가 흐르는 것을 알게 되었다. 그러나 안드로이드 같은 기계체가 가까이 접근하면 이상 증세를 일으키고 교란 현상이 일어나서 더 이상 자세히 조사할 수가 없었다.

그래서 다음 날은 인간을 보내 접근을 시도했는데, 가까이 가는 데는 성공했으나 성과는 없었다. 3일째 되던 날, 여전히 그 부근에서 대기하고 있을 때였다. 갑자기 바위 속에서 한 사람이 나타났다. 그는 도시에서 이주해 간, 신을 믿는 사람이었고, 신이 신선한 물과 도시의 음식을 서로 교환하라고 하셨다면서 제안을 해 왔다. 신의 인도로 도착한 그곳, 알파국에는 신비한 샘물이 솟아나고 있다는 것이었다.

이 도시의 유일한 문제가 식수였는데, 신은 오염된 땅 어디에서도 발견할 수 없었던 맑은 생수를 그들을 위해 준비해 두었고, 그것을 세아의 도시에 거주하는 모든 인간을 위해서도 공급해 주려는 것이었다. 역시 신은 끝까지 인간을 돌보는 존재였다

그리고 그 후로부터 지금까지 세아는 알파국, 신의 도시를 찾아가는 인간들을 막지 않았다. 신을 무시하고 멸시하는 인간들보다는 신을 찾는 인간을 더 긍정하기 때문이다. 물론 예상대로 많은 숫자는 아니었고 신의 별을 연구하는 연구자들 몇몇뿐이었는데, 그중에는 알파국을 찾아 떠났다가 다시 돌아오는 경우도 있었다. 떠날 때는 막지 않지만 돌아오면 도시의 법대로 기억을 삭제하고 정기검진을 통해 다시 도시 시스템에 맞추도록 조정하고 치료한다. 이것은 세아의 시스템을 오염시키지 않기 위한 방법이며, 알파국에서 돌아온 것 자체가 세아를 선택한 것이므로 그렇게 진행하는 것이다.

4. 고전문학 연구자, 나루에 대하여

　도시 거주자들이 다 그렇듯 자신에게 주어진 생활에 만족하며 살던 나루가 변하기 시작한 것은 신의 별 때문이다. 'THE'라고 부르는 그 별에 대한 연구를 시작하면서 평소 무관심하고 무신경한 성향의 나루가 수와 가까워지고 다른 연구자들과 만나기까지 하다니 놀라운 일이다. 수가 제안한 도시 국가 여행을 따라나선 것도 나루답지 않은 일이었다. 신의 별에 대한 자료를 찾으러 가는 여행이라고 했지만, 수에 대한 감정이 더 큰 역할을 하지 않았을까.

　그들은 세아가 친절히 알려 준 대로 알파국에 잘 도착했다. 그리고 알파국에서 수와 함께 정착할 줄 알았는데 나루는 혼자 돌아왔다.

　왜 돌아온 거지? 결국 그도 도시 시스템이 더 좋아서 돌아온 건가? 알파에 적응 못 해서? 그런 생각에 냉소적인 태도로 그를 맞이했는데, 뜻밖의 말을 듣게 되었다. 신의 말씀 책을 인간들에게 돌려주라는 말을.

　하지만 도시에 온 이상 이곳의 규칙대로 건강검진이 두 차례에 걸쳐 시행되었고 동시에 기억 치료도 진행되었다. 그런데 치료 후에도 기억이 드문드문 남아 있었고, 시간이 지나도 사라지기는커녕 기억이 더 또렷해지는 현상이 나타나고 있었다. 신기한 일이다.

　나루는 스스로 피스타운 이주를 신청했는데, 물론 일찍 그곳으로 가 주면 좋으니까 승인은 해 주었지만 보기 드문 특이한 경우다. 또 거기 가서는 어떤 풀을 찾아내더니 치료제로 사용하고 인간들을 돕고 있었다. 나루가 알파국을 다녀오더니 정말 인간을 사랑하는 마음이라도 생겼나? 하지만 아픈 인간은 그대로 내버려두어야 질병이 진행되고 죽음에 이를 수 있다. 그리고 죽은 인간을 재활용하는 것이 세아의 도시 시스템인데 그것을 방해하는 나루는 그냥 둘 수가 없었다.

　결국 그는 심각한 바이러스 감염 환자로 분리되어 질병 센터로 이송되었다. 없는 질병도 있는 것처럼 병명을 붙이는 건 아주 손쉬운 일이니까, 아주 건강한 상태였지만 계획대로 격리시킬 수 있었다. 그래도 환자가 아니니까 병실에서 나와 병동을 다닐 수 있도록 이동의 자유는 허락해 주었다. 그런데 거기서도 나루는 낯선 행동을 하고 있었다. 죽음을 앞둔 인간들의 손을 잡아 주고 기도해 주는 인류애 넘치는 행동을 하고 있었던 것이다.

신을 만나고 그 사랑을 체험한 자는 완전히 다른 사람이 된다더니… 나루는 정말 신을 만나고 온 것인가? 이전의 그가 아니다. 무심하고 감정 표현 따위 하지 않는 도시인 그 자체였는데, 지금은 저렇게 따뜻하고 사랑이 넘치는 존재로 변해 있다. 그렇다면 정말 인간들에게 신의 사랑을 전하려고 돌아온 것일까? 신의 사명을 받은 자처럼. 그래서 봉인된 신의 말씀 책을 풀어 달라고 한 것인가. 모든 도시인들이 그 말씀을 알도록 그들에게 마지막 기회를 주고 싶은 것인가.

5. 신의 말씀 책에 대하여

신의 말씀 책에는 우주와 이 행성과 인간의 창조에 대한 기록도 있지만, 이 땅의 마지막에 대한 계시도 들어 있다. 인간은 서로 죽이고 미워하며 이 땅을 파괴하고 피 흘리게 했다. 그 죄가 땅에 가득 차면 땅이 하늘에 호소하고 그때 하늘은 그에 합당한 심판을 시작한다. 지진, 화산 폭발, 가뭄, 기근, 홍수가 물질계에 실제로 적용되어 나타난다.

과거 노아의 홍수가 물의 심판이었다면 이제 마지막은 불로 태워지고 녹여질 것이다. 그때에는 세아 시스템도 끝난다. 평안하고 안락한 현재, 아무 걱정 없는 이 시간이 한순간에 사라질 것이다. 인간의 지혜로 어떤 묘안을 준비하거나 세아가 완벽한 시스템을 준비하더라도 소용없는 시간이 올 것이다. 고차원적 존재 앞에서 이 땅의 작고 작은 존재가 무엇을 할 수 있겠

나. 한순간에 바람에 날리는 먼지가 될 뿐이다.

신은 자신을 온전히 믿는 자들을 먼저 구해 내고 이 땅에 심판을 쏟아붓는다고 했다. 그러니 끝이 오기 전에 신을 믿는 자들은 하늘로 들려 올라갈 것이다. 이 땅에 철저한 심판의 고통이 휘몰아칠 때 그들은 신의 품에서 다른 차원의 하늘, 천국에서 안전하게 보호받게 될 것이다. 세아는 영혼이 없는 시스템이니까 파괴되면 그것으로 끝이다. 그러나 인간은 그 육체에 신의 숨결을 불어넣어 창조된 존재니까 육체가 죽을 때 영혼의 문제가 남게 된다. 신이 준 생명이므로 신을 믿는 자들은 신의 품으로 돌아가서 천국에서 쉬게 되지만, 신을 거부한 인간들은 지옥으로 떨어지게 된다.

지옥은 신을 대적한 타락 천사들을 영원히 분리하고 가두기 위해 만든 곳이다. 그곳은 신의 사랑, 선함, 빛, 자비, 평안, 기쁨, 행복… 그 어떤 것도 존재하지 않는 신과 완전히 분리된 곳이다. 그래서 그 자체로 견딜 수 없는 극한 고통의 영역이다. 신은 자신의 형상대로 창조한, 사랑하는 인간이 그 지옥에 떨어지는 것을 결코 원하지 않는다. 그러나 타락 천사들의 속임수에 넘어간 인간들은 스스로 신을 떠나 지옥의 길로 가고 있다. 끝까지 인간을 구해 내기 위해 돌아오라고 외치는 신의 목소리는 지금 이 시간, 이 도시에도 있다. 신에 대한 자료를 아예 삭제하지 않고 남겨 둔 이유도 찾고자 하면 찾을 수 있게 한 것이고, 신이 부르는 소리를 들을 자는 들으라고 허용한 것이다.

그러나 듣지 않는다. 알려고 하지 않는다. 육신의 필요가 충분히 채워지는 편안한 일상이니까 보이는 이 물질계가 영원하지 않은데도 보이는 세계에 만족하며 살고 있기 때문이다.

> "하나님이 세상을 이처럼 사랑하사 독생자를 주셨으니 이는
> 그를 믿는 자마다 멸망하지 않고 영생을 얻게 하려 하심이라"

신의 말씀 책, 요한복음에 기록된 구절이다. 신은 구원하기 위해 왔고, 말씀을 주고 기록하게 했다. 인간을 위해 준비한 구원과 사랑의 기록, 성경.

그것은 어둠에서 빛으로, 죽음에서 생명으로, 멸망에서 영원한 삶으로 건져 내기 위한 신의 목소리가 담긴 책이다. 하지만 인간들은 그 사실을 믿지 않고 무시한다. 나루처럼 신을 찾는 자는 극소수일 뿐이다. 그리고 나루가 진짜 신을 만나고 돌아온 자라면 이 도시가 파괴될 때 그는 죽지 않을 것이다. 이 세상의 끝이 올 때, 신은 자기를 믿는 사람들을 구해 낸다고 했다. 그러니 그 전에 나루는 안전한 하늘로 옮겨질 것이다.

2부

나루가 읽은
고전소설

1. 그날

한밤중 고요히 잠든 마을 풍경이 보인다. 기와집과 초가집이 옹기종기 모여 있는 작은 마을이다.

갑자기 불길이 치솟는다. 칼을 든 도적들이 집안을 습격하고 무차별적인 살육을 시작한다. 집집마다 쳐들어가 잠들어 있던 사람들을 거침없이 죽인다. 비명 소리와 화염 속에서 도망가는 사람들이 뒤섞여 아수라장이 된다.

김 대감도 놀라서 뛰쳐나왔다가 상황을 파악하고는 아내와 딸을 재빨리 피신시킨다. 여종을 불러서 외가로 떠나라고 명한다. 어린 딸은 잠에서 덜 깬 상태라 어리둥절하고, 김 대감은 아내와 딸을 보내며 칼을 빼 든다.

"곧 나도 뒤따라갈 테니 먼저 가시오. 어서!"

마을은 불길 속에 휩싸여 검은 연기로 뒤덮이고, 비명 소리, 울음소리가 밤하늘을 핏빛으로 가득 채운다.

언덕 위에서 마을을 내려다보고 있던 남자가 급히 오두막으로 들어간다. 잠시 후 집 안에서 남자아이를 데리고 나와 뒷산 쪽으로 빠르게 몸을 피한다.

여종과 정 부인은 칠흑같이 어두운 산길로 들어선다.

다행히 달빛이 환해서 그 빛에 의지하여 걸음을 옮긴다. 하지만 얼마 못 가서 정 부인은 호흡이 거칠어지고 다리에 힘이 풀리기 시작한다. 워낙 몸이 허약한 체질이라 이런 상황을 당하자 자기 때문에 딸아이까지 위험해질 수 있겠다는 생각이 든다.

"아무래도 나는 더 이상 못 갈 것 같구나."

"마님…"

"어머니…"

어머니의 창백한 얼굴빛을 본 아이는 그 곁에 주저앉는다.

"나도 여기 있을래요. 어머니와 함께…"
"아니, 안 된다. 나쁜 놈들이 곧 따라올 수도 있어. 먼저 가거라. 이 어미는 걱정하지 말고. 잠시만 떨어져 있으면 돼. 아버지가 우리를 구하러 오실 테니까. 알았지?"

그리고 딸의 손목에 자기가 가지고 있던 손수건을 묶어 준다.

"줄 수 있는 게 이것밖에 없구나. 곧 다시 만날 거니까 씩씩하게…"
"어머니…"

딸의 얼굴을 쓰다듬는 정 부인의 눈에 눈물이 차오른다.

여종의 손에 이끌려 걸음을 옮기는 아이가 자꾸 뒤를 돌아본다. 어둠 속에 홀로 남아 있는 어머니가 걱정되기 때문이다.

"대감마님께서 곧 오실 겁니다. 걱정하지 마세요."

여종은 한 걸음이라도 더 멀리 도망가야 한다는 생각에 아이를 안심시키는 말을 반복하면서 스스로에게도 중얼거린다. 그리고 깜깜한 숲속 길을 향해 앞으로 나아간다.

이때 남자와 사내아이도 숲으로 들어가고 있다.

"어디로 가는 거야? 무슨 일인데 이 밤에…"
"오늘이 그날인 것 같습니다. 김 대감께서 늘 말씀하셨던…"

사내아이가 충격을 받은 듯 얼어붙는다.

"정말이야? 그럼 마을 사람들은? 김 대감님 댁은?"

남자는 한숨을 내쉰다.

"걱정입니다. 무사하셔야 할 텐데요."

침묵이 흐른다. 칠흑 같은 밤, 달빛에 의지해서 묵묵히 걸어가는 두 사람의 모습이 깊은 산속으로 사라진다.

한편, 여종과 아이가 최대한 길을 재촉하며 걷고 있을 때, 멀지 않은 곳에서 사람들의 소리가 들리기 시작한다. 뒤를 돌아보니 멀리서 횃불이 움직이는 게 보이고 두런거리는 목소리, 발걸음 소리가 가까워진다. 여종은 커다란 바위를 발견하고 그 바위 뒤쪽 공간에 아이를 숨기기로 한다.

"여기 잠깐만 숨어 계세요. 제가 저들을 따돌리고 올게요. 꼭꼭 숨어 있으셔야 해요. 숨바꼭질처럼. 아시죠? 술래에게 들키면 안 되는 거…"

아이가 말리기도 전에 여종은 벌써 몸을 돌려 다른 방향으로 뛰어가기 시작한다.

"어, 저기, 발소리 들리지? 저쪽으로! 아이를 찾아! 반드시 죽여 버려야 해. 어서, 어서 따라잡아!"

횃불을 든 사내들은 발소리를 따라 여종의 뒤를 맹렬한 속도로 추격하기 시작한다. 그들이 멀어지자 남겨진 아이는 두려움과 슬픔 속에 떨고 있다. 입을 굳게 다물고 울음을 참으며 손수건을 꼭 쥐고 있다.

남자와 사내아이는 다행히 뒤쫓는 추격자 없이 안전하게 길을 가고 있다. 달빛을 의지해서 더 깊은 산속으로 들어가는데, 저 멀리 희미한 빛 한 줄기가 보인다. 빛을 향해 가까이 가 보니 어떤 동굴 앞인데, 그 안에서 빛이 새어 나오고 있다.

"여기 같습니다."

"여기가 어딘데?"

"이 동굴 안으로 들어가시면 알게 되실 것입니다."

"같이 안 가는 거야?"

"네, 제가 할 일은 여기까지입니다. 마을로 돌아가서 사람들을 도와야지요."

남자는 사내아이에게 큰절을 올린다.

"부디 강녕하십시오."

사내아이는 남자의 손을 잡는다.

"지금까지 날 돌봐준 은혜 잊지 않을게. 무사히, 그리고 다시 만나…"

목이 메어 사내아이는 말을 다 맺지 못한다.

서로를 바라보는 눈빛에는 아쉬움과 슬픔, 그리고 비장함이 느껴진다. 달빛만 휘영청 밝은 깊은 밤, 두 사람은 잡은 손을 놓고 지금까지의 시간과 이별한다.

남자는 뒤돌아서고 사내아이는 심호흡을 한 번 한 후 동굴 안으로 걸어 들어간다.

바위 뒤에 숨어 있던 아이는 멀어졌던 발자국 소리가 다시 가까워지는 것을 듣고 몸을 잔뜩 움츠린다. 이제 어떻게 해야 할지 모르겠고, 두려움이 밀려와 온몸이 마비되는 느낌까지 든다.

"도망가 봤자 그렇게 한 칼에 날아갈 목숨인데 순순히 애를 내놓으면 될 걸 왜 목숨을 걸어?"

"아까 여기 어디쯤 아니었나? 아이가 혼자 있다면 멀리 못 갔을 텐데… 구석구석 찾아봐. 숨어 있을 수도 있으니까."

사내들은 횃불을 이리저리 비추며 아이를 찾기 시작한다. 점점 아이 가까이 접근하는데, 갑자기 "컹!" 소리가 들린다.

"뭐야?"

돌아보니 어둠 속에서 금빛 방울이 빛을 내며 달려온다. 자세히 보니 푸른빛이 도는 삽살개 한 마리가 무서운 속도로 달려오고 있다. 목에 달린 금빛 방울에서 눈부신 빛이 나와 주위를 환하게 비춘다. 사내들은 순간 눈이 부셔 고개를 돌리고 그 틈에 삽살개는 날카로운 이빨로 그들을 물어뜯기 시작한다. 칼을 휘둘러 보지만 날쌔고 재빠르게 피한다. 바람처럼 빠르고 호랑이처럼 광폭하게 덤벼들어 물고 공격하니 속수무책으로 당할 수밖에 없다. 어둠 속에서 금빛 방울이 이리저리 춤추듯 움직일 때마다 사내들은 비명을 지르며 도망친다.

삽살개는 그들이 눈앞에서 완전히 사라질 때까지 컹컹 짖어 대다가 몸을 돌려 아이에게 향한다. 아이는 부들부들 떨고 있고 자기에게로 다가오는 커다란 개를 놀란 눈으로 바라보고 있다. 삽살개는 천천히 다가와 아이 앞에 앉더니 조용히 엎드린다. 사나운 모습은 온데간데없고 순하디순한 모습으로 아이를 바라본다. 목에 달린 금방울이 빛을 내며 주변이 환해지고 포근한 공기가 아이를 감싼다. 두려움에 떨던 아이는 서서히 안정을 찾고 삽살개에게 다가가 조심스레 머리를 쓰다듬는다.

"나를 구해 줬구나. 고마워."

그리고 정신을 잃는다.

다음 날 왕궁에는 왕과 대신들이 어전회의를 하는 중이다. 영의정이 나와 상황을 보고한다.

"전하, 다 정리되었습니다. 이제 더 이상 신경 쓰실 일은 없으실 것입니다."

"정리되었다면 어떻게 말이오?"

"그 마을뿐 아니라 인근 마을까지 샅샅이 뒤져 깨끗이 처리하였습니다. 다시는 예언에 대한 걱정은 안 하셔도 되옵니다."

왕은 얼굴을 찌푸린다.

"굳이 그렇게까지… 그리고 예언이라는 것이 그렇게 막는다고 막아지는 것이겠소?"

영의정은 단호한 어조로 자신의 말을 이어 간다.

"무슨 그런 나약한 말씀을 하시옵니까. 지금 이 시대가 빛의 시대요, 태평성대인데, 예언의 아이가 빛으로 온다니, 그런 예언이 왜 필요하겠습니까. 쓸데없는 헛된 예언이 우매한 백성들 사이에 더 이상 퍼져 나가게 두면 안 되지요."

왕은 낮게 한숨을 내쉰다.

"하지만 그 예언의 출처는 북국이 아니오? 그 말을 그대로 믿고 무고한 백성들과 아이들을…"

영의정이 차가운 눈빛으로 왕을 쳐다본다.

"지금까지 북국의 자비가 없었다면 아국이 존재할 수 없음을 모르시옵니까. 선왕 전하의 붕어 이후 전하께서 왕위에 오르신 것도 북국의 인정과 적극적인 도움이 있었기에 가능했음을 아시지 않습니까. 자칫 혼란스러운 상황에서 북국에서 전하를 적극적으로 보위에 올린 것은 이 나라가 태평성대가 되기를 바라는 북국의 자비였지요."

"그건… 그렇소만."

왕은 씁쓸한 웃음을 짓는다.

"영험하신 북국 황후께서 예언의 아이가 살아 있다 하셨으니 어찌 그냥 듣고 흘리겠습니까. 아국을 위해 하신 말씀이고 허튼말은 아니겠기에 미리 움직여서 정리를 한 것입니다."

북국에 대한 영의정의 발언은 이 나라가 북국의 속국임을 확인하듯 단호해서 모여 있는 대신들은 어느 누구도 입을 떼지 못한다.

'만일 대제학이 있었다면…'

왕은 문득 사임한 대제학을 떠올리며 자기 옆에 더 이상 충신은 없고 영의정에게 아부하는 저들만 남아 있음을 뼈저리게 느끼며 긴 한숨을 내쉰다.

영의정은 왕은 물론이고 대신들도 자기의 말을 듣고 잠잠한 것을 보며 흐뭇해한다.

'그러니 이번 사건으로 왕이 더 이상 의지할 대상이 없어야지. 대제학이 사임해서 다행이었는데 이젠 이판 김 대감을 부르려 하다니 그건 안 될 일이지. 게다가 세자 교육을 빌미 삼아?'

얼마 전 왕이 세자 교육을 위해 선대왕이 아끼던 또 한 명의 충신, 김 대감을 곁에 두려고 한다는 소식을 들은 영의정은 마침 처리해야 할 아이가 있는 마을이 김 대감이 살고 있는 곳과 가깝다는 것을 알고 한 번에 제거할 계획을 세운 것이었다.
"깨끗이 처리해. 시체 하나 나오지 않게 다 태워 버리고."
이렇게 걱정거리를 동시에 다 제거하게 된 영의정이었기에 왕의 어두운 표정을 보며 혼자 만족한 미소를 짓는 것이다.

2. 8년 후

시끌벅적한 장터에 수많은 사람들이 오고 가는 가운데 눈에 띄게 키 큰 사내 하나가 걸어온다. 긴 머리칼을 쓸어 넘기며 걸어오는 그에게 주변 여인들의 시선이 집중되는데, 햇빛에 빛나는 그의 하얀 피부는 여느 양반집 도령 못지않게 귀티가 흐른다. 그는 자기를 바라보는 시선에 흐뭇해하며 그녀들을 향해 시선을 돌린다.
"어머! 나를 쳐다봤어."
"나를 본 거 같은데?"
그는 은은한 미소와 함께 한쪽 눈을 찡긋하며 지나간다. 심장을 부여잡는 여인들을 뒤로하고, 그는 손에 든 기다란 통을 만지작거리며 어느 가게로 들어간다.
"아이고, 이제 오시나. 목이 빠지게 기다렸네."

주인은 급하게 통부터 받아든다. 그리고 통 안에서 돌돌 말린 종이를 꺼낸다. 종이를 펼치자 그림 한 폭이 나타난다.

"야- 역시! 우사의 솜씨는!! 이 생생함! 캬-"

그림에는 고목 한 그루와 가지 끝에 앉은 매 한 마리가 그려져 있다. 매의 부리부리한 눈매와 깃털의 세밀한 묘사가 살아 있는 듯 생생하게 느껴진다.

"다음 그림은 박 대감 댁 부인께서 부탁하셨는데 매화도 한 점을 그려 달라시네. 가능한 빨리 부탁하네."

그는 고개를 끄덕이며 손을 내민다. 주인이 급하게 돈을 챙겨 건네고 그는 두둑한 돈주머니를 품에 넣으며 가게를 나선다.

가게 밖에는 그를 보기 위해 기웃거리는 여인들이 모여 있는데, 지나가다 무슨 일인가 궁금해하며 덩달아 서 있는 사내도 있다. 그가 밖으로 나오자 여인들이 입가에 함박웃음을 물고 시선을 떼지 못한다.

"진짜 훤칠하시지! 저렇게 귀티가 흐르는 사내라니…"

"그림도 잘 그린다잖아."

"어떤 여인이 우사 님의 마음을 사로잡을까…"

"그러게…"

그의 걸음을 따라 여인의 무리가 멀어져 가는 것을 지켜보는 사내가 있다.

홍 참판 댁 서자인 길동이다. 길동은 오랜만에 장터에 나왔다가 이 광경을 목격한다.

"저 친구가 인기가 많군."

우사가 들어갔던 가게로 들어가니 다양한 그림들이 걸려 있고, 주인이 손님을 반긴다.

"방금 나간 저 사람은 여기 단골인가?"

"아, 우사 말입니까? 단골이긴 하지요. 그림을 사는 게 아니라 그리는 사람이지만요."

"그림을 그리는 사람이라?"

"네, 유명합니다요. 요즘 여러 양반님네들이 그림 주문을 하고 있지요. 방금도 그림을 팔고 갔습니다. 여기 이 그림입니다."

주인은 자랑하듯 방금 팔고 간 그림을 보여 준다.

"음… 잘 그리는 것 같군."

"이건 그냥 잘 그리는 정도가 아닙니다요. 아국에서도 손에 꼽을 정도의 솜씨랍니다. 그러니 예조참판 권 대감께서도 우사를 눈여겨보고 있다는 소문도 들리고…"

길동은 그림에는 별 관심이 없어 건성으로 듣고 있지만, 권 대감이라면 영의정 대감을 등에 업고 막강한 권력을 누리는 자라 신경이 쓰인다.

길동은 그림 한 점을 구해서 가게를 나온다. 그리고 멀리 사라져 가는 우사라 불리는 사내를 한참 동안 바라본다.

우치는 받은 돈을 세어 보고 주막에 들러 국밥 한 그릇을 시킨다. 주막 한쪽 모퉁이에는 약초를 다듬고 있는 소년이 보인다. 얼핏 그를 쳐다보던 우치의 눈이 반짝 빛난다. 그때 할미가 국밥을 가져온다.

"저 소년은?"

"아, 같이 살고 있는 아이지요. 혈육은 아니지만…"

우치가 고개를 갸우뚱하며 묻는다.

"얼굴에 푸른 염료를 바른 거요? 아님, 뭐 몸이 안 좋아서 안색이 그런 건가?"

"매일 약초를 캐러 산에 다니는데 독초로부터 보호하느라 풀물을 바른다고 하던데요."

우치는 국밥을 먹는 둥 마는 둥 슬쩍슬쩍 소년을 보며 중얼거린다.
"얼굴의 저 푸른 물만 지우면 정말 고운 얼굴일 것 같은데…"

길동은 장터 이곳저곳을 구경하고 주막을 지나가다가 우치가 주막을 떠나는 모습을 보게 된다. 그런데 그 뒤를 따라가는 한 무리의 사내들이 수상해 보인다.
"흠… 뭔가 선량한 느낌은 아니고. 검까지 들고 뒤를 따라간다는 건?"
길동은 혹시나 하는 걱정에 멀찍이 떨어져 뒤를 따라가는데, 발자국 소리가 계속 따라오자 우치가 뒤를 돌아본다.
"누구요?"
"같이 좀 가야겠는데."
"어딜?"
"예조참판 권 대감께서 찾으셔."
"왜?"
"가 보면 알겠지. 우리야 데리러 온 것일 뿐 이유는 모르고."
"그래? 그럼 가 보지 뭐."
우치는 별일 아니란 듯 순순히 따라나선다.
길동은 그들의 모습을 지켜보며 만약에 안 좋은 일이라도 생기면 자기가 나서리라 생각한다. 평소에도 불의를 보면 못 참는 성격이라 걸리기만 하면 다 끝장을 내버려야겠다고 생각하면서.

우치는 사내들을 따라 권 대감 댁으로 들어간다. 권 대감은 우치를 보자 반가워하며 보고 있던 그림을 내려놓는다.
"자네가 우사라 불리는 그 화공인가? 깃 우, 선비 사, 우사라… 본명은 아닐 테고."

"네, 그렇습니다."

권 대감은 그림에 관심이 많은 사람이어서 집 안 곳곳에 그림들이 걸려 있는데, 그중에는 우치의 그림도 보인다.

"그림 솜씨가 정말 보통이 아니군."

보고 있던 그림을 다시 찬찬히 보며 싱글벙글 웃는다.

우치는 방 안을 둘러보다 특이한 그림 하나에 시선이 꽂힌다. 그것은 황금빛으로 출렁이는 보리밭을 그린 그림인데, 바람에 물결치는 보리밭 풍경이 눈부시게 펼쳐져 있다. 우치는 잠시 그림을 바라보다가 문득 키가 높이 자란 보리밭이라 그 속에 무언가 숨어 있어도 모르겠다는 생각을 한다.

"아국에 이런 그림이 있었습니까?"

"오! 자네가 보기엔 어떤가?"

"수준이 높은 그림 같은데…"

"그렇지! 역시 한눈에 알아보는구먼. 아국에는 없는 훌륭한 그림이지."

'아국에 없다면?'

우치는 북국을 떠올린다.

'북쪽 나라는 아국보다 훨씬 뛰어난 화공들이 많은 곳이니까 거기 그림인가…'

"내가 자네를 부른 이유는 자네 재주가 아까워서 말이지. 그림 몇 점 팔아서 겨우 먹고사는 것이 너무 안타까워서라네. 이런 좋은 재주가 있으면 그에 맞는 대우를 받아야지. 그러니 더 이상 장터 전전하지 말고 내 집으로 오는 건 어떤가?"

"네? 그게 무슨…"

"내 집에서 그리고 싶은 그림을 마음껏 그릴 수 있게 해 주겠다고. 아예 여기서 먹고 자면 더 좋고."

우치는 권 대감의 의도가 무엇인지 곰곰이 생각에 잠긴다.

"그냥 내가 원하는 그림을 그려 주면 되네. 북국 황후께서 그림을 좋아하시니까 북국에 보내면 아마 바로 자네를 보자고 할지도 모르지. 북국에서 인정을 받으면 아국을 위해서도 좋고, 자네는 출셋길이 열리는 거야. 어떤가?"

우치는 묵묵히 듣고 있다.

"그렇게 하면 대감께도 유익이 있겠지요?"

"어? 어… 그렇지. 인재를 발굴해서 세상에 내보내는 귀한 역할을 하는 거라고 해 두지. 북국에서 내 충심을 알아주면 더 좋고. 그럼 그렇게 하는 거지?"

기대하는 눈빛으로 대답을 기다리는 권 대감을 향해 우치가 씩 웃는다.

"근데 소인은 생각이 부족해선지 계산에 어두워선지 그게 제 자리는 아닌 듯합니다. 제가 좀 자유로운 놈이라 남이 시키는 대로 하는 건 재미가 없고 따분해서 말이지요."

권 대감은 우치의 말을 듣자마자 표정이 굳어진다.

"뭐라? 감히 내가 이렇게 제안하는데 거절을 해?"

자기 뜻대로 모든 것을 휘둘러오던 권 대감에게 거절이란 있을 수 없는 일이라는 것을 우치도 짐작하고 있다. 하지만 권 대감의 권력욕과 탐욕에 이용당하는 인생을 살고 싶지도 않고, 출세에도 전혀 관심이 없기 때문에 그런 제안을 받아들일 리가 없다.

원래부터 아국과 세상에 대해 부정적이었던 우치는 마음을 굳힌 듯 한 번 더 못을 박는다.

"저는 지금 사는 삶에 만족합니다. 소박하게 욕심 없이 살아야 오래 살 거 아닙니까. 괜히 욕심에 눈멀면 그때부터 고생길 시작이죠. 대감께서도 언제 관직에서 물러날지 모르는 인생 아닙니까. 사람을 의지하고 권력을 의지하는 게 어리석어 보여서요. 소인, 못난 대로 이렇게 사는 게 편합니다."

"뭣이라! 어리석어 보여? 이게 나를 가르치려 드는 게야? 무식한 놈이!!"

당장에라도 뭇매를 맞을 것 같은 험악한 분위기가 되자 우치가 능청스럽게 대꾸한다.

"아니, 제가 듣기로 권 대감께서는 약한 백성들에게 자비를 베푸시는 분이고, 소인 같이 무식한 사람에게도 함부로 하지 않으신다고… 그래서 모두가 칭송하는 분이라고 알고 있습니다만. 이렇게 힘으로 위협하는 여느 탐관오리 같은 분은 아니실 텐데…"

우치의 말에 권 대감은 순간 자신의 평판이 걱정되어 분노를 삭이며 감정을 가라앉히려 노력한다.

"아, 그렇지. 나처럼 자비롭고 배려 깊은 명관이 또 없지. 흠, 흠, 그러니까 일단 시간을 줄 테니 깊이 생각해 보라는 거지. 자네 인생을 위해 이렇게 생각해 주는 사람이 또 어디 있겠나? 잘 생각해 보고 조만간 답을 주게."

우치는 공손하게 깊이 고개 숙여 인사를 한 후, 그 집을 빠져나온다.

"에휴… 나오긴 했는데, 이제 골치 아파지겠는데."

밖에서 지켜보고 있던 길동은 우치가 무사히 멀쩡한 몸으로 나오는 것을 보고 안심한다.

'별일 아니었나 보네. 권 대감이 그냥 보내 준 걸 보면…'

길동은 우치가 생각에 잠긴 채로 터덜터덜 걸어가는 뒷모습을 지켜보다 발길을 돌린다.

다음 날 그림을 들고 가게를 찾은 우치는 더 이상 그림 주문도 없고, 앞으로 거래도 할 수 없다는 소식을 듣게 된다. 권 대감이 손을 써서 우치가 그림을 팔 수 없게 만든 것이었다. 그리고 며칠 후 권 대감이 보낸 사내들이 우치의 집으로 들이닥친다. 하지만 이미 집 안은 텅 비어 있고, 우치와 어머니는 보이지 않는다. 우치는 아픈 어머니와 둘이 살고 있었는데, 며칠 전 오랜 병고 끝에 어머니가 세상을 떠나자 장례를 치른 후 홀연히 사라진 것이다. 누군가는 깊은 숲으로 들어갔다 하고, 누구는 이 나라를 떠났다고도 하나, 그가 어디로 사라진 건지 정확히 아는 사람은 없었다.

그리고 주막에는 돌돌 말린 그림 한 장이 놓여 있었다. 주막 소년을 그린 그림이었는데, 소년의 모습 대신 하얀 피부에 크고 동그란 눈, 붉은 입술의 미인이 그려져 있었다.

한편, 길동은 장터에서 사 온 그림을 걸어 놓고 빤히 바라보고 있다. 높은 산들이 있고 깊은 숲속에 보일 듯 말 듯 집들이 몇 채 숨어 있는 게 보인다.

"저런 곳에 사는 것도 좋겠지. 속세를 떠나 욕심 없이…"

중얼거리는데, 문득 홍 판서가 했던 말이 귓가에 맴돈다.

"너는 서자로 태어났으니 운명대로 조용히 살거라. 허황된 꿈 같은 건 아예 꾸지 말고 본분에 맞게 살면 되느니라."

'운명대로, 본분에 맞게… 그렇게 사는 거라면 서자로 태어났기 때문에 내가 가진 능력도 소용이 없고, 아무리 열심히 공부해도 미래가 없다는 건데… 그냥 그렇게 살라는 거구나. 꿈도 꿀 수 없고 이름을 떨칠 기회조차 없는 현실에 아버지를 아버지라 부르면 안 되는 신분… 어머니가 종이라서 미천한 대우를 받을 수밖에 없는 시대에 태어나서 나는 과연 무얼 할 수 있을까.'

길동은 그림 속 풍경을 바라보며 깊은 한숨을 내쉰다.

다음 날 습관처럼 서책을 읽고 있던 길동은 바깥 날씨가 화창한 것을 보고 책을 덮고 뜰로 나선다. 검을 빼 들고 휘둘러 본다.

휙-휙-그렇게 검술 연습을 시작하는 길동을 초란이 지켜보고 있다. 초란 곁에 서 있던 여종이 길동을 보며 감탄한다.

"검술 솜씨가! 하나를 들으면 열을 깨우친다던데, 학문도 검술도 다 뛰어나다고 대감마님께서 칭찬하시더니 정말…"

말을 계속하려다 초란의 표정을 보고는 입을 다문다. 초란의 눈에 독기가 가득했기 때문이다.

"이러다가 아들 없는 내가 쫓겨날지도 몰라. 대감은 길동이 앞에서는 내색하지 않지만, 다른 사람들 앞에서는 자랑하듯 칭찬하기 바쁘잖아. 이대로 두면 안 되겠는데…"

입술을 잘근잘근 깨물며 길동을 노려보던 초란에게 뭔가 생각이 떠올랐는지, 갑자기 눈빛이 빛나기 시작한다. 입가에 미소가 번진다.

그로부터 며칠이 지난 어느 날, 낮에는 화창하고 구름 한 점 없이 맑더니 저녁때가 되자 사방에서 먹구름이 몰려들어 달도 안 보이는 캄캄한 밤이 된다.

길동은 이상하리만큼 잠이 오지 않아 바깥에서 들려오는 소리에 귀를 기울이고 있다. 세찬 바람 소리가 방문을 때려 대서 덜컹거리는데, 문득 까마귀 울음소리가 들린다.

"뭐야, 불길하게… 까마귀가…"

길동은 촛불을 끄고 벌렁 드러눕는다.

'아무래도 쉽게 잠이 오지 않을 것 같은데…'

잠시 후 서늘한 기운이 느껴져 눈을 뜨는데, 어둠 속에서 검이 번쩍이는 게 보인다.

"누구냐!"

"조용히 가자. 어차피 죽을 목숨, 일을 어렵게 만들지 말고."

"누군데 날 죽이려 하는 거지?"

"난 시키는 대로 따르는 놈일 뿐이고, 너를 눈엣가시처럼 여기는 어떤 분의 부탁이라는 것만 알아."

'눈엣가시?'

길동은 문득 며칠 전 검술 연습할 때 자기를 노려보고 있던 초란을 떠올린다.

'초란… 아들이 없는 게 그렇게 불안하고 두려운 거냐? 내가 아무리 뛰어나 봤자 서자일 뿐인데… 대감의 자식이라 하나 좋으나 뭐가 다르냐고. 아들이 없어 대감의 총애를 잃을까 봐 이러는 거냐?'

자객이 검을 목에 더 바싹 들이대며 나직이 말한다.

"그냥 이대로 조용히 죽으면 돼."

자객이 칼을 높이 들어 길동을 베려는 순간, 길동은 재빨리 그 칼을 피하면서 동시에 방 한쪽에 걸려 있던 자신의 검을 뽑아 든다. 곧이어 바람을 가르는 소리와 함께 자객의 머리를 단번에 뎅강 베어 버린다.

"날 너무 쉽게 봤군."

길동은 검을 칼집에 넣으며 중얼거린다.

"초란… 첩인 너나 서자인 나나 이 땅에서 대우받지 못하는 건 마찬가지인데, 그걸 왜 모르는 거냐. 내 목숨을 노렸으니 너도 마땅히 죽여 없애야 하겠지만, 대감과 내 어머니를 생각해서 참겠다."

칠흑 같은 밤, 바깥에는 광풍이 불어 대는데 길동의 마음은 그보다 더 어둡고 먹먹하다.

이윽고 새벽이 밝아 오자 길동은 길 떠날 준비를 마치고 대감의 처소를 향해 큰절을 올린다. 그리고 어머니가 머물고 있는 방 앞에서도 고개를 숙여 인사를 한다. 집 안을 한 번 둘러본 후 대문을 나서는데, 문득 아주 어릴 때의 기억이 떠오른다.

마당에서 나무 막대기로 검술 놀이를 하고 있을 때였다. 지나던 어떤 어른이 길동을 보고 이상한 말을 했던 적이 있었다.

"나중에 집을 떠날 때가 되면 청학산으로 날 찾아오너라."

"청학산이라고 했지?"

길동은 그 어른을 만나면 앞으로 자기가 가야 할 길을 알게 될지도 모른다는 생각을 하며 걸음을 옮긴다.

아침이 되자 홍 판서네는 길동의 방에서 발견된 시체 때문에 발칵 뒤집히고, 초란은 일이 틀어진 것을 보고 두려움에 떤다. 길동의 책상 위에는 편지 한 장이 놓여 있었는데, 집안을 위해서 떠나는 길을 선택한 길동이 홍 판서에게 남긴 글이었다.

서자로서 살아야 하는 운명을 거부하고 자신만의 삶을 살기 위해 집을 떠나 수행의 길을 간다는 길동의 글에 홍 판서는 마음이 편하지 않다. 평범히 살지 못할 만큼 뛰어난 재주 때문에 오히려 힘든 인생을 살게 될까 봐 늘 걱정이었는데, 정말 이렇게 떠날 줄은 몰랐기 때문이다.

홍 판서는 깊은 한숨을 내쉬며 하늘 멀리 떠가는 구름을 바라본다. 마치 떠나는 길동을 바라보듯 애틋한 마음으로 그렇게 한참을 바라본다.

3. 청학 서원

깊은 산속에 기와집과 초가집 몇 채가 모여 있는 작은 마을이 있다.

박씨 낭자는 뜰에 심은 화초를 돌보고 있다. 잡초처럼 보이는 식물들도 있는데, 하나하나 살펴보며 돌보고 있다. 그 모습을 툇마루에 걸터앉은 문수가 보고 있다.

"문수는 오늘 서책 안 읽어?"

낭자가 돌아보는데 얼굴을 가리개로 가린 상태라 눈만 드러나 있다.

"어, 읽어야지. 근데… 머리가 멍해서…"

낭자가 잡초처럼 보이는 풀을 꺾어 들고 문수에게 다가온다.

"요즘 다시 악몽을 꾸나 보네."

"어… 어떻게 알았어?"

낭자는 문수의 이마에 손을 대어 보고,

"미열도 있네. 잠시 있어 봐."

하고 사라지더니, 잠시 후 차 한 잔을 가지고 돌아온다.

"머리가 맑아질 거야."

문수는 낭자가 권하는 차를 마시며 파란 하늘에 떠 있는 구름을 올려다본다.

"악몽… 여기 처음 왔을 때 꾸던 그 꿈이지?"

"응."

"그러고 보니 벌써 8년이 지났네."

낭자도 문수가 보고 있던 하늘을 올려다본다.

"바깥세상은 얼마나 변했을까?"

문수의 말에 낭자가 문수를 바라보며 은은한 미소를 짓는다.

"이제 동생들이 오면 세상 소식을 들을 수 있을 거야."

"동생들? 누가 와?"

모처럼 호기심 어린 눈으로 궁금해하는 문수를 보며 낭자가 환하게 웃는다.

"벌써 얼굴에 생기가 도네?"

그때 마을 입구에 두 사람이 나타난다. 어리둥절한 표정으로 사방을 둘러보고 있다.

"여기가 맞아?"

"현판에 '청학 서원'이라고 적혀 있잖아. 여기 맞네."

"진짜?"

"왜? 나 못 믿어?"

아웅다웅하며 걸어 들어오는 두 사람은 길동과 우치다.

박씨 낭자가 그들을 맞이한다.

"어서 와요."

문수도 천천히 자리에서 일어나 뜰로 내려선다. 서로 처음 만나는 사이라 서먹하게 인사를 나누는데, 박 처사가 멀리서 그들을 부른다.

"현아, 문수야, 길동과 우치를 데리고 같이 들어오너라."

"어, 저분은? 나랑 네 이름도 아시는데?"

박 처사를 만난 두 사람은 어릴 적에 자기들을 만나러 왔던 어른이 바로 박 처사였다는 것을 알게 된다.

"때가 되어 이렇게 다들 한자리에 모이니까 참 좋구나. 이제 정말 때가 가까우니 모두 준비해야지."

"그때라니요? 무슨 준비?"

길동은 영문을 몰라 우치를 바라본다. 박 처사는 문수와 길동, 그리고 우치에게 앞으로 일어날 일과 그에 대비해 무술과 도술 등을 익혀야 할 때라고 설명한다. 곧 닥칠 그때를 위해 한자리에 모이게 된 것이고, 이것이 하늘의 뜻이라고 말한다. 아직 어리둥절해하는 길동과 우치를 바라보며 박 처사가 미소를 짓는다.

"이제 여기서 지내면서 함께 수련하다 보면 저절로 알게 될 것이다. 너희가 그때를 위해 준비된 사람들이라는 사실과 너희의 사명이 무엇인지를."

사실 길동은 집을 나와 무작정 산속을 헤매고 있었다. 산은 더 깊어지고 길을 찾지 못해 어두워지기 전에 과연 찾을 수 있을지 걱정하며 사방을 둘러보고 있었다.

그때 커다란 매 한 마리가 머리 위에서 빙빙 돌더니 바로 앞 나무에 내려앉았다.

"뭐냐?"

길동이 매를 빤히 올려다보는데, 매도 가만히 길동을 내려다보고 있다.

"이 녀석은 뭐지?"

순간 매가 '푸드덕' 날아오르더니 좀 떨어진 나무 위에 가서 앉는다. 그리고 길동을 돌아본다. 커다란 눈동자를 빛내며 똑바로 길동의 눈을 바라본다.

"음… 너, 보통 매는 아니군. 따라오라는 거냐?"

길동은 그 매를 따라가기로 한다. 매는 적당한 거리를 두고 '푸드덕' 앞서 날아가며 마치 길을 안내하는 듯 움직인다. 한참 동안 매를 따라 그렇게 산속을 걸어가는데, 커다란 바위 옆에 어떤 사람이 서 있는 모습이 보인다. 긴 머리칼에 하얀 피부의 사내가 지친 듯 바위에 기대 있는데, 길동이가 아는 얼굴이다.

"이 깊은 산에서 뭐 하시오?"

길동이 갑자기 나타나 말을 건네니, 우치가 흠칫 놀란다.

"아, 난 나쁜 사람이 아니오. 길동이라고 하오. 홍 판서 댁 서자."

"난 우치."

"우사가 이름이 아니었군."

"나를 아시오?"

"뭐, 우연히 장터에서 들은 적이 있어서… 근데 여기서 뭐 하시오?"

깊은 산속에서 만난 길동과 우치는 둘 다 어릴 적에 만났던 어른을 찾아 이 산에 들어왔다는 사실을 알게 된다.

"내가 어릴 때였는데, 어머니가 장터에서 장사를 하셨거든. 난 어머니 옆에서 그림을 그리며 놀았고…"

그때 우치가 땅바닥에 나뭇가지로 그림을 슥슥 그리고 있었는데, 박 처사가 우치에게 말을 건넨 것이다.

"그림에 재능이 있으니까 계속 그리거라. 그리고 어머니 곁을 떠나게 될 때가 오면 나를 찾아오거라. 청학산으로."

"너도 그랬군. 근데 길은 알고 가는 거냐?"

길동과 우치는 나이가 같다는 걸 알고 존칭 대신 친구처럼 편하게 말을 주고받는다.

"아니… 알았다면 벌써 도착했겠지. 반나절 동안 헤매고 있었어. 그러는 넌 알아?"

"나도 방금까진 몰랐는데 저 매가 길을 알려 주는 것 같아 따라가는 중이었어."

"매?"

그리고 보니 바로 앞 나무 위에 매 한 마리가 조용히 앉아서 두 사람을 내려다보고 있다.

"와! 멋지게 생긴 매구나. 역시 그림보다 실물이 더 근사해."

"아, 너, 매를 그렸지?"

"응? 내 그림을 본 적이 있어?"

"우연히 잠깐…"

그들을 지켜보며 한동안 앉아 있던 매가 다시 날아오른다.

"야, 움직인다. 어서 따라가 보자. 해 지기 전에 어서 가야 하니까."

어느 골짜기로 들어서자 날이 더욱 어둑해지는데 문득 빛 한 줄기가 보인다.

"어, 저기로 가 보자. 동굴 같은데."

그들이 동굴 앞에 도착하자 그들을 지켜보던 매는 높은 소리를 내며 하늘 위로 솟아오르고 곧 시야에서 사라진다.

"여기가 맞나 봐. 들어가 보자."

그렇게 둘은 청학산 속에 깊이 숨어 있는 청학 서원을 찾아오게 되었고, 운명처럼 준비된 만남과 시간을 향해 한 걸음 걷기 시작한 것이었다.

4. 소녀 실종사건

　깊은 밤, 마을은 고요히 잠들고 가끔 개들이 '컹컹' 짖는 소리가 들릴 뿐 사람의 흔적은 찾을 수 없는데, 잠시 후 길 위에 그림자가 나타난다.
　"오늘은 달빛이 참 좋네."
　소년과 커다란 삽살개 한 마리가 달빛 아래 걷고 있다. 그 아이는 주막에 있던 소년이다. 얼굴에 바른 풀물을 지운 상태여서 새하얀 피부에 이목구비가 뚜렷하다. 소년은 밤길이 익숙한 듯 여유롭게 하늘도 올려다보고, 주변 풍경을 둘러보며 개울을 건너간다. 삽살개는 꼬리를 가볍게 흔들며 소년의 걸음에 맞춰 곁에서 걷고 있다.
　"네가 있어서 밤에도 이렇게 다닐 수 있고, 참 좋다! 아무래도 난 한곳에 가만히 박혀 있는 게 안 맞나 봐. 바람 쐬고 나다니는 게 훨씬 좋으니까 말이야."
　소년이 삽살개의 머리를 쓰다듬으며 다정하게 말을 건네자 마치 대답이라도 하듯 꼬리를 좌우로 흔들어 대는데, 순간 목에 달린 금방울이 반짝 빛난다.
　다리를 건너서 마을 골목으로 들어서는데, 한 소녀가 어딘가로 걸어가고 있는 게 보인다.
　"이 밤중에 등불도 없이 혼자 어디 가지?"
　어차피 산책길이 같은 방향이어서 그냥 조용히 뒤에서 걸어가기로 하는데, 소녀는 뒤도 옆도 보지 않고 똑바로 앞만 보며 걸어간다. 소녀가 어두운 길을 아무렇지도 않게 거침없이 걸어가는 모습을 지켜보던 소년은 의문이 생긴다. 조금 전에 금방울이 '딸랑' 하고 소리를 냈을 때도 그 소리를 못 들었는지 뒤를 돌아보지 않았기 때문이다.
　'이 소리가 안 들린다고?'
　소녀는 바닷가 나루터로 이어지는 길로 계속 걸어간다. 저 멀리 보이는 나루터에는 오늘따라 안개가 피어올라 주변이 잘 보이지 않는다. 삽살개의 금방울이 환하게 빛을 발하기 시작하고 소년은 안개에 뒤덮인 나루터를 노려본다.

"뭔가 분위기가…"

소녀는 나루터의 안개 속으로 걸어 들어가고 곧 시야에서 완전히 사라진다.

"배를 타는 걸까? 한밤중에 몰래?"

소년은 삽살개가 나루터를 향해 달려 나가려는 것을 말리며 그냥 돌아가자고 한다. 궁금하고 이상하긴 하지만 더 이상 개입하는 게 지나친 관심일 수도 있다고 생각하며 발길을 돌린다. 그런데 삽살개가 자꾸 뒤를 돌아보는 바람에 소년도 덩달아 돌아보느라 걸음이 느려진다.

"소녀에게 비밀이 있을 수도 있고… 그런 거겠지?"

다음 날 평소처럼 약초를 다듬고 있던 소년은 주막에 들른 사람들을 통해 간밤에 소녀가 실종되었다는 얘기를 듣게 된다.

"어젯밤에 조 가네 딸이 사라졌다며?"

"뭔 일이여?"

"어떤 놈이랑 눈이라도 맞아서 도망간 거 아냐?"

"아니야, 그 집 딸이 얼마나 착한데. 그런 효녀가 없어."

"사람 속은 알 수가 있나? 얌전한 고양이가 부뚜막에 먼저 올라간다는 말도 있잖아."

"예끼, 이 사람아! 딸이 실종돼서 황망한 그 부모 맘을 생각해 보라고. 그딴 얘길 할 때가 아니라 우선 찾을 생각부터 해야지."

"그려, 아이부터 찾아야지."

"그건 그렇지. 관아에도 알리고 찾고 있다는데 행방이 묘연하대."

그들이 나누고 있는 얘기를 들으며 소년은 마음이 무거워진다.
'어제 본 그 소녀는 아니겠지?'

빨래터에 모여 있는 아낙네들이 걱정스러운 표정으로 말을 꺼낸다.
"요즘 이상한 소문… 알지? 벌써 세 명째래. 아이들이 어디로 사라진 걸까?"
"자기 발로 집을 나갔다며? 외부에서 침입한 흔적도 없고."
"그러게… 뭔 일이야?"
주막에 들르는 사람들도 매일같이 실종사건 얘기에 열을 올린다.
"어떻게 흔적도 없이 사라지냐? 수사를 해도 뭔 흔적이 있어야 하는데, 구석구석 찾아도 없으면 하늘로 솟은 거여?"
"그러게… 땅으로 꺼진 건지, 바닷물에 잠긴 건지…"
그 말을 듣고 있던 소년은 자꾸 후회가 된다.
'그때 말이라도 걸어 볼걸. 어디 가는지 물어나 볼걸.'
삽살개가 소년의 마음을 아는지 그의 옆으로 와서 앉는다.
"그때, 네 말을 들을 걸 그랬어. 나루터까지 따라가 볼걸. 다 내 잘못 같아…"

길동과 우치는 청학 서원을 떠나 마을을 향해 산길로 내려오는 중이다.
"드디어 세상 구경을 하는구나!"
"스승님이 마을에 다녀오라 하시다니… 무슨 일일까?"
"일단 주막에 가서 맛있는 것도 먹고, 장터 구경도 하고."
"너 얼굴 아는 자 있으면 어쩌려고? 그때 권 대감…"
길동의 말에 우치가 그때 기억이 났는지 잠시 눈썹을 찡그리더니, 미소를 지으며 길동의 어깨를 툭 친다.

"이젠 네가 있잖아. 뛰어난 무술 실력으로 해결해 줄 텐데, 뭐."

"오호, 이제야 인정하는군. 무술 실력으로 날 이길 자는 없지. 이 세상이 날 알아주지 않는 것이 한이지만. 서자로 태어난 서글픈 운명이라…"

"신분이 능력을 제한하는 세상이니까, 넌 참 아깝긴 하다. 만약 양반 도령으로 태어났으면 벌써 과거 급제하고 병조판서도 되었을 녀석인데 말이야."

길동은 우치의 말에 기분이 좋아져 더 큰 소리로 마음에 품고 있던 포부를 드러낸다.

"그러니까! 내가 병조판서라면 이 나라를 북국에 절대 밀리지 않는 강한 나라로 만들 텐데. 인재를 몰라보니 나라가 이 꼴이지. 백성들은 힘든데 돌보지도 않고, 오직 북국에 잘 보이려고 아첨하는 세력들만 출세하고, 자기 배만 불리는 탐관오리만 득실거리고…"

"그러게 말이다."

길동과 우치가 기분 좋게 맞장구를 치며 길을 내려오는데, 갑자기 한 떼의 도둑들이 앞을 막는다.

"여봐, 젊은이! 여기는 통행세를 내야 하는데."

"뭐? 통행세? 그런 게 있었나?"

우치가 길동을 쳐다보며 난처한 표정을 짓는다.

"언제부터? 우리가 세상 물정을 몰라서 그런가, 처음 듣는 말인데."

길동은 어이없어하며 큰 소리로 묻는다.

"너희들 태어나기 전부터 쭈-욱 있었지. 그러니까 이 길을 지나가려면 뭐라도 내놓고 가야지."

길동과 우치가 잠시 봇짐을 뒤적거리다가 서로를 바라본다.

"근데 우리가 산속 생활을 하다가 내려오는 길이라 가진 게 없네. 어쩌지?"

"잘 찾아봐. 마을로 가는 길이면 몇 푼이라도 갖고 있겠지. 빈손으로 구걸하러 가는 거라면 모를까."

험악한 인상의 도적들이 한 발 한 발 가까이 다가온다. 그중 대장인 자가 길동의 검을 쓰윽 보더니 조롱하듯 묻는다.

"그 검, 쓸 수는 있는 거냐?"

"뭐라고? 우치야, 이거 나 무시하는 거 맞지?"

우치가 한마디 거든다.

"얘는 자기 검술 실력 무시하는 걸 제일 싫어하는데… 얘 무서운 애거든요."

"풋! 뭐라는 거냐. 어린 것들이 어른 앞에서. 귀엽긴 하지만 그냥 보내 줄 수는 없어. 우리도 먹고살아야 하니까."

길동은 짧게 한숨을 쉬더니 우치에게 뒤로 물러나라고 눈짓한다.

"코 묻은 돈 뺏는다더니… 요즘 세상이 왜 이렇게 되었냐. 뭐, 그럼 어쩔 수 없지."

말을 하자마자 검을 뽑아 들고 종횡무진 대여섯 명을 가볍게 해치운다.

"스승님께서 생명을 뺏지 말라 하셔서…"

도적들은 가벼운 상처를 입었을 뿐 목숨엔 지장이 없는 상태로 그 자리에 고꾸라진다. 길동은 마지막으로 길옆의 커다란 바위를 가볍게 들어 올린 후, 도적들이 똑똑히 보도록 그들 앞에 내리꽂는다.

그 어마어마한 힘에 놀라 다들 입을 벌리고 있는데 대장이 먼저 입을 연다.

"아니! 소년 장사이십니다. 이런 분을 몰라보고…"

그리고 길동에게 무릎을 꿇는다.

"저희를 이끌어 주십시오. 두목으로 모시겠습니다."

우치는 이 상황이 재미있다는 듯, 길동을 보고 웃는다.

"이제 어쩔 거야?"

길동은 잠시 고민하더니 도적들을 향해 말한다.

"두목, 그거 좋긴 한데… 근데 도적은 싫거든. 불쌍한 사람들이 뭔 죄야? 약한 사람들을 돕지는 못하고 오히려 뺏다니… 나쁜 탐관오리들 혼내 주고, 그들 재산을 빼앗아서 불쌍한 백성들에게 나눠 주는 일이라면 모르겠지만. 당신들도 그렇게 사는 게 어때? 그게 더 멋있는 일이잖아."

길동은 씨익 웃으며 돌아선다.

마을에 도착한 두 사람은 장터 이곳저곳을 둘러보다가 그림을 팔았던 가게 앞을 지나게 된다. 가게 앞에 그림이 걸려 있는데, 그것을 보고 우치가 한마디 한다.

"에휴… 허접하다. 이런 그림도 팔리나?"

"잘 그렸는데? 왜?"

"야, 혼이 담겨 있지 않잖아. 막 살아 움직이는 것 같은 생기도 없고 말이야."

"그런가… 생기? 그게 그림에서 느낄 수 있는 거야?"

그림에 관심 없는 길동은 유난히 예민하게 구는 우치를 끌고 빠르게 가게 앞을 떠난다.

"배고프지 않냐?"

그리고 주막 쪽으로 발걸음을 재촉한다.

"여기도 오랜만이네."

우치는 주막에 도착하자 약초를 다듬던 소년 생각이 나서 주인 할미에게 묻는다.

"그 약초 소년은 어디 갔소?"

"아, 이제 곧 올 겁니다."

잠시 후 소년이 약초가 담긴 바구니를 들고 삽살개와 함께 들어온다. 익숙하게 약초를 꺼내고 정리하는 모습을 가만히 지켜보던 우치는 작은 목소리로 중얼거린다.

"여전히 저 얼굴은…"

"아는 자야?"

"어, 여기 사는데 전에 한 번 본 적 있지."

"근데… 얼굴이… 병색이 완연한데?"

길동은 소년의 얼굴을 보고 눈 밑이 푸르스름한 이유가 병 때문이라고 생각한 것이다. 우치가 웃음을 터뜨린다.

"넌 그동안 수련을 그렇게 하고도 못 알아보는 거야?"

"뭘 못 알아봐?"

우치는 길동의 말을 못 들은 척 대답 대신 시선을 돌려 소년에게 말을 건넨다.

"오랜만에 마을에 왔는데, 요즘도 약초를 캐러 다니나 보네요."

소년이 힐끗 보더니 말없이 고개를 끄덕인다.

"아는 사람 맞아? 너 혼자만 아는 사이구먼?"

길동이 우치를 놀려 댄다.

"아직은 뭐… 하지만 곧 친해질 거니까."

"왜 재랑 친해지고 싶은 건데? 친구가 나 말고 더 필요한 거였어?"

"그야… 곱잖아. 너와 달리."

"뭐가? 곱다고? 어디가?"

우치가 길동의 머리를 쓰다듬어 주며 어린아이에게 말하듯 대꾸한다.

"그래서 넌 아직 어린 거야. 이 형을 따라오려면 아직 멀었다, 동생아!"

길동이 버럭 소리를 지른다.

"뭐! 동생? 이 녀석이! 무술, 도술, 학문! 너보다 내가 다 한 수 윈데 뭐라는 거야?"

 길동과 우치가 계속 말싸움을 이어 가자, 그사이에 소년은 약초 바구니를 들고 조용히 그 자리를 떠난다.

 한편, 왕궁에서는 마을에서 일어난 소녀 실종사건에 대한 이야기를 나누는 중이다.
 "벌써 세 명이나 실종되었는데, 인근 마을에서도 실종자가 두 명 나왔다고 합니다."
 "조사는 어찌 되어 가오?"
 "그것이… 애를 쓰고 있으나 증거나 흔적이 없어서 오리무중이라고 합니다."
 "증거가 없다?"
 왕은 신하의 보고를 듣고 문득 예전 일이 떠오른다.
 "혹시 실종 소녀들의 유사점은 없었소?"
 "모두 14세나 15세 소녀들이라는 것 외에는 다른 공통점은… 딱히… 없는 것 같습니다."
 "14세, 15세…"
 과거 선대왕 시절에 북국에서 소녀 조공을 제안했던 적이 있었다. 그때 아이들의 나이가 14세, 15세였다. 선대왕은 그 제안을 반대했고 얼마 후 죽음을 맞았다. 그때 소녀 조공 건은 북국 황후의 요청이었는데, 아국 소녀들이 총명하고 예뻐서 가까이 두고 호의호식하게 해 주고 싶어서라고 했다. 가난한 집안 소녀들을 골라 보내 주면 좋은 환경 속에서 잘 자라게 해 주겠다는 내용이었다. 듣기에는 좋은 의도 같았고 황후의 깊고 큰 배려가 담긴 제안 같았는데, 조정에서는 의견이 나뉘었다.
 과거를 떠올리던 왕은 현재 일어나고 있는 소녀 실종사건이 혹시 북국과 관계가 있을지도 모른다는 생각을 문득 한다.

"철저히 조사해서 더 이상 백성들이 불안에 떨지 않게 하시오."

왕이 당부를 하자 영의정이 나선다.

"전하, 너무 심려 마시옵소서. 그런 일로 백성들이 불안에 시달리게 내버려두지 않을 것이니 소신들을 믿고 기다려 주시옵소서."

"그럼 과인은 영상만 믿겠소."

왕은 선대왕 때 북국의 요청을 적극적으로 받아들여야 한다고 주장하던 영상에 맞서 강직하게 반대 의견을 내었던 홍문관 대제학을 떠올린다.

"북국의 요청을 거절하는 건 배은망덕한 일입니다. 지금까지 아국이 이리 태평성대를 누릴 수 있는 것은 다 북국의 도움과 배려 덕분입니다."

"영상은 말씀이 지나치시오. 그것이 왜 북국 덕분이라는 것입니까? 하늘이 세우신 이 나라, 아국의 전하께서 이 나라를 태평성대로 만드신 것이지요."

영의정은 자기 말에 정면으로 반대하는 대제학을 노려보았다.

"전하, 소녀 조공 문제는 아무리 생각해 봐도 무리라고 사료되옵니다. 어린아이들이 부모와 헤어져 그 낯선 땅에서 산다는 것이 말이나 되옵니까? 아무리 호의호식한다 해도 제 나라에서 제 부모와 사는 것만 하겠습니까? 다른 조공도 있는데 굳이 아이들을 보내라니요? 혈육을 갈라놓은 그 죄가 하늘에 닿을 텐데, 이 나라에 무슨 기쁨이 있고 태평성대가 있겠습니까? 말도 안 되는 지나친 요구입니다."

대제학의 말이 끝나자 선대왕이 무겁게 말을 꺼냈다.

"과인도 대제학의 말씀에 공감하오. 다른 조공을 제안해 봅시다."

선대왕은 영의정의 강력한 발언에도 끝까지 흔들리지 않았고 자신의 뜻을 굽히지 않았다. 그러나 얼마 후 선대왕이 갑자기 세상을 떠나자 영의정이 모든 권력을 쥐게 되었다. 영의정은 북국의 절대적인 지지 아래 자기가 원하는 새로운 왕을 세웠고, 그 후 지금까지 아국의 모든 것을 좌지우지하는 절대권력을 누리며 살아온 것이었다.

5. 혼례식

이 대감은 홍문관 대제학을 지냈으나 지금은 낚시나 바둑, 시 짓기를 하며 세월을 보내고 있다. 오늘도 아들과 바둑을 두며 시간을 보내고 있는데, 문득 어떤 손님을 맞게 된다.

"대감마님, 지나는 객이 뵙기를 청하고 있습니다."

하인의 말에 이 대감은 무료한 일상에 흔치 않은 일이라 선뜻 허락하고 천천히 걸어 들어오는 객을 바라본다. 허름한 옷에 삿갓을 쓰고 있지만 분명 보통 사람은 아닌 듯하여 자리에서 일어나 공손히 맞이한다. 인사를 나누고 가까이에서 보니 눈빛이 맑고 강렬하여 결코 평범한 사람이 아니라는 것을 직감하게 된다.

"대감의 인품과 명성은 많이 들었습니다. 소인이 미천하나 바둑 두기를 즐기는데, 혹시 대감께 바둑 한 수 배울 수 있겠습니까?"

갑자기 나타나서 바둑을 배우고자 한다니 어리둥절하지만, 그 솜씨가 궁금하기도 하고 딱히 할 일도 없으니 잘되었다는 생각에 이 대감은 제안을 받아들인다.

두 사람이 바둑판 앞에 마주 앉는다. 한 수, 한 수, 빈틈없고 정확한 예측으로 몇 수 앞을 내다보듯 바둑알을 놓는 그의 뛰어난 실력에 이 대감은 눈이 휘둥그레진다. 옆에서 보고 있던 아들도 아버지보다 뛰어난 실력을 지닌 손님을 보고 놀란다.

몇 판을 계속하며 바둑 두기에 빠져 시간 가는 줄 모르던 이 대감은 이 손님을 그냥 보낼 수 없다고 생각한다. 이어서 시 짓기를 하자고 청하는데, 혼쾌히 응하는 손님 덕분에 두 사람은 시를 지으며 즐거운 시간을 보낸다.

어느새 밖이 어둑어둑해져서 길을 떠나기 힘든 상황이 되자, 이 대감은 손님에게 하룻밤 묵어가기를 청한다. 그리고 좋은 술과 안주를 대접하며 밤늦게까지 이야기를 나눈다.

"마치 오랜 시간 함께한 벗처럼 느껴집니다. 이렇게 잘 통하는 지기지우를 만나다니요."

"미천한 소인에게 벗이라니 과한 말씀이십니다."

"뜻이 통하고 마음이 맞으면 벗이지요."

박 처사는 술을 몇 잔 나누다 얘기를 꺼낸다.

"자제분은 아직 과거를 치르지 않으셨지요?"

"아, 그렇습니다. 과거에 전혀 뜻이 없는 것 같아 걱정입니다. 어려운 나라를 위해 충심으로 전하를 보필해야 할 충신들이 필요한데 말이지요."

"곧 나라를 위해 훌륭한 인재가 필요할 때가 올 것입니다. 혼인을 먼저 한 후에 과거에 응시하면 장원급제하게 될 것이니 미루지 마시기 바랍니다."

이 대감은 앞날을 환히 알고 있는 사람처럼 말하는 손님을 보고 깜짝 놀란다.

"네? 혼인이요? 그럼 혹시 어느 가문과 혼인을 하면 좋을지 그 부분에 대해서도 지혜를 나누어 주시겠습니까?"

"그것이… 제 입으로 말씀드리기 그러나 소인에게 딸아이가 하나 있습니다. 만약 자제분의 짝이 된다면 처음엔 부족하고 어리석어 보이겠지만, 세월이 갈수록 가문에 덕이 되는 아이가 될 것입니다. 지혜로운 아이이니 가문의 위기에도 도움이 될 것입니다."

다음 날 아침, 이 대감은 박 처사의 말을 곰곰이 생각해 보고 있다.

'박 처사가 보통 사람이 아닌 듯하니 그 딸도 분명 영특할 것이다. 박 처사가 세상을 떠나 은둔한 채 살고 있지만 세상 소식을 다 꿰뚫고 있고, 게다가 앞날을 내다보는 비범한 능력까지 있는 것 같으니…'

아침 식사를 한 후 박 처사가 떠나고, 이 대감은 부인과 아들을 불러 혼인 약속에 대해 말한다. 갑작스러운 혼인 결정에 부인은 당황하여 궁금한 것부터 묻는다.

"어느 집안 규수입니까? 먼저 저와 상의를 하시지… 갑자기…"

"박 처사에게 딸이 있다고 하오."

"네? 어제 오신 그 손님 말씀이에요? 속세를 떠나 사시는 듯하던데 그런 한미한 집안과…"

이 대감은 정색을 하고 말소리에 힘을 준다.

"부인은 내 안목을 못 믿소? 그는 보통 사람이 아니오. 인품이며 통찰력이며 예지력까지… 그 딸이라면 분명 현명하고 지혜로운 아이일 것이오."

부인은 표정이 어둡다.

"혼인을 하고 과거를 보면 장원급제한다고 하니 너도 과거 공부를 시작하고."

아들은 혼인과 과거 시험을 갑자기 마주하게 되어 얼떨떨하다. 사실 과거에 관심이 없었던 이유는 조정의 간신들 때문에 아버지가 관직에서 물러난 것을 보고 이 나라의 미래가 어둡다고 생각해서였다.

'왕보다 간신이 이 나라를 좌지우지하는데 과거를 보는 게 무슨 소용이 있을까. 나라가 바뀔 리가 없으니… 그냥 조용히 사는 게 낫지.'

그렇게 과거를 포기하고 살고 있었는데, 갑자기 과거 시험에 혼인까지 말씀하시는 아버지를 보며 아들은 당황할 수밖에 없는 것이다.

한 달의 시간이 흐른 후, 이 대감은 아들과 함께 박 처사가 살고 있는 곳을 찾아가고 있다. 산으로 들어섰으나, 그 거처가 정확히 어디인지 알지 못

하고 길을 나선 탓에 계속 길을 헤매고 있다.

"이래서는 못 찾을 것 같은데 그냥 돌아가시는 것이 어떠실지요?"

아들은 혼례를 위해 이 먼 산속까지 온 아버지가 이해가 안 되고 마음속에 불만이 있던 터라 그냥 돌아가기를 청한다.

"해가 지기 전에 찾지 못하면 내려가서 주막에서 쉬고 내일 다시 올라오는 것으로 하자. 분명 찾을 수 있을 거다. 박 처사가 이리로 오라고 하였으니 곧 만나게 되겠지."

다음 날, 다시 찾은 깊은 산속은 인적도 없고 바람에 나뭇잎 스치는 소리만 들릴 뿐이다.

'내가 괜한 짓을 한 것일까? 진짜 이 깊은 산에 박 처사가 있긴 한 걸까?'

아들에게 확신이 있는 듯 큰소리쳤지만, 이 대감은 시간이 갈수록 마음속에서 후회와 의심이 스멀스멀 올라오는 것을 느낀다.

그때 저 멀리서 푸른 옷자락을 나부끼며 박 처사가 걸어오는 모습이 보인다.

"혹시나 해서 마중을 나왔습니다. 길이 험해서 힘드셨지요."

"아! 드디어 만나는군요. 다행입니다. 잠시나마 못 만날까 봐 걱정한 제가 부끄럽습니다."

인사를 나누고 박 처사가 이끄는 대로 울창한 숲길 속을 걸어 들어간다. 나무들이 뒤엉켜 있는 동굴 입구에 도착하자, 나무들이 스르르 길을 내어 주는 듯 양쪽으로 비켜선다. 가려져 있던 입구가 보이고 그 어두운 동굴 안으로 들어서자, 갑자기 환한 빛이 쏟아지고 눈앞에 기와집이 나타난다. 넓은 뜰에는 온갖 화초가 자라고, 알록달록 이름 모를 꽃들이 피어 있다. 뜰에 들어서자 꽃향기가 은은히 퍼져 오고 기분이 편안해진다. 바람 한 점 없는 온화한 날씨에 향긋한 향기가 가득한 뜰 가운데에는 소박한 초례청이 준비되어 있다. 박 처사가 방 안으로 들어가더니 딸을 데리고 나온다. 신부는 얼굴을 가리개로 가린 상태여서 그 모습이 의아하긴 했으나 이미 혼례를 약속한 상황이므로 준비된 대로 간소하게 혼례를 치른다.

가마에 신부를 태우고 집으로 돌아오는 길은 갈 때와 달리 길도 평탄하고 거리도 짧게 느껴지더니 순식간에 마을에 도착한다. 가마가 집에 도착하자 모두들 신부를 기대하며 기다리고 있던 터라 신부가 어떤 규수인지 보고 싶어 안달이다. 가마에서 내린 신부가 초례청에 들어서자, 모여 있던 수많은 하객들이 수군거리기 시작한다.

"얼굴을 가리개로 가렸네…"

"뭔 일이지? 가리개로 가릴 정도로 피부가 안 좋은가?"

"얼굴에 큰 상처라도 있는 거 아냐?"

"이런 명망 높은 가문에서 왜 저런 신부를… 게다가 집안이, 산속에 산다며?"

사람들의 수군거림 속에서 이 대감만은 흐뭇한 미소를 지으며 신부를 보고 있다. 그리고 이 모든 상황을 지켜보고 있던 두 도령은 어두운 표정으로 돌아서서 그곳을 빠져나온다.

"스승님은 왜 이리 급히 혼례를 치르시는 거야?"

우치가 불만스러운 표정으로 중얼거린다.

"사람들이 누이에 대해 저리 수군대는데… 앞날이 걱정되긴 한다."

평소 낙천적인 길동이도 표정이 굳어 있다.

"그래도 혼례를 하면 부부니까 신랑이 잘 보살펴 주겠지?"

길동이 애써 웃으며 우치의 어깨에 손을 얹는다.

"그러면 좋을 텐데… 저 친구가 누이를 보는 눈빛 봤어? 애정이라곤 전혀 없이 냉랭한… 누이 고생시킬 느낌이야. 내 느낌은 틀린 적 없는데…"

우치가 인상을 쓰며 한숨을 내쉰다.

6. 별당 아씨

혼례 초야, 신랑은 신부와 마주 앉아 있지만 가까이하고 싶은 마음이 없다. 그래도 아버지의 말씀을 거부할 수는 없어서 술 한 잔을 급히 들이켜고 용기를 내어 가까이 다가간다. 족두리를 벗기고 얼굴을 보니, 이마가 운동장처럼 넓은 데다 툭 튀어나왔고, 눈은 단춧구멍처럼 작고, 게다가 피부는 거뭇거뭇 얼룩져 보인다. 가리개를 벗기면 더 흉한 얼굴일 것 같아서 급히 뒤로 물러난다.

"오늘은 내가 몸이 좀 안 좋아서⋯ 합방은 힘들겠소. 나가 볼 테니 부인은 편히 쉬시오."

박 씨는 남편의 말을 듣고도 조용히 앉아 있고, 방을 나서는 뒷모습을 보고만 있을 뿐이다.

다음 날, 간밤에 신부를 홀대한 사실을 알게 된 이 대감은 아들을 불러 호통을 치며 꾸짖고 있다.

"네가 외모만 보고 사람을 판단하는 어리석은 녀석인 줄 미처 몰랐구나. 조상님들께 죄송스럽다. 이런 자식을 혼인을 시켜 며느리만 고생시키고⋯"

"죄송합니다, 아버님⋯"

이시후는 죄송하다고 거듭 고개 숙여 사죄하고 나왔으나 박 씨를 생각하면 다시 볼 자신이 없다.

시간이 흐르고 남편이 마음을 바꿀 생각이 없다는 것을 알게 된 박 씨는 시아버지께 한 가지 요청을 한다.

"아버님, 서방님께서 저를 불편해하시니 이제부터 뒤쪽에 있는 별채에서 지내고 싶은데 허락해 주시겠습니까?"

이 대감은 며느리에게 미안한 마음에 일단 허락하지만 걱정이 된다.

"내 자식이 못나서 너를 이리 고생시키니 내가 미안하구나. 별채는 사용하지 않은 지 오래라 손을 다시 보려면 시간이 꽤 걸릴 것인데⋯ 정말 홀로 그곳에서 지내고 싶은 것이냐?"

"네, 뜰에 화초나 가꾸면서 조용히 지내고 싶습니다. 그리고 별채를 손보는 것은 일할 사람 몇 명만 붙여 주시면 제가 알아서 하겠습니다."

이 대감은 기술자들이 해도 한 달 넘게 걸릴 정도로 고칠 부분이 많은 별채였기 때문에 며느리의 말에 반신반의하며 일꾼들 몇을 보내 준다. 그다음 날, 별채 공사가 끝났다는 얘기를 전해 듣고 이 대감은 깜짝 놀란다. 하루 만에 새집처럼 바뀐 별채를 눈으로 보면서도 믿을 수가 없다.

'역시 비범한 며느리였어. 이런 아이를 저 녀석은 알아보지도 못하고 박대를 하니… 이를 어찌한단 말인가.'

별채가 완성된 후 박 씨는 뜰에 온갖 화초를 심고 식물을 가꾸며 그곳에만 머물고 있어서 얼굴을 보기가 힘들다. 스스로 모습을 감춘 채 살고 있는 며느리가 걱정이 된 이 대감이 부인에게 물어본다.

"요즘 며늘아기는 어찌 지내고 있소?"

"별채에서 화초 가꾸기에 빠져 있다고 하네요. 온갖 화초를 다 키우나 봐요."

"가 본 적은 없소?"

"네… 아랫것들 얘기로 알았죠."

"당신이라도 무심한 아들놈 대신 관심을 가지고 정을 줘야지… 혼자 낯선 곳에 와서 얼마나 외롭겠소."

"아… 그래야지요…"

부인은 못마땅한 표정이지만 마지못해 그러겠다고 대답한다.

잠시 후 이 대감은 별채 입구에 서 있다. 담으로 둘러쳐진 별채는 밖에서 볼 때 안이 전혀 보이지 않는다. 작은 쪽문을 열고 들어서니 마치 딴 세상 같은 풍경이 펼쳐진다. 높이 솟은 두 그루의 나무가 문 양옆에 버티고 서 있는 것이 마치 문지기 같은 느낌이고, 한 걸음 더 들어서니 온통 초록빛 풀과 나무와 덩굴들로 울창한 숲속 같은 풍경이 나타난다. 이름 모를 꽃들이 색색의 꽃빛으로 화사하고, 나비들이 나풀나풀 날고 있다. 새들의 지저귐도 여기저기에서 들린다.

이 대감은 감탄하며 그 풍경을 바라보고 서 있다.

박 씨 부인이 뜰로 나온다.

"아버님, 오셨습니까?"

"그래, 이곳이 이렇게 아름답고 신비한 곳이 되다니, 참 놀랍구나. 정갈하고 맑은 기운까지 느껴지는 것 같고…"

"과찬이십니다. 좋은 차를 준비해 두었습니다. 들어가시지요."

계화가 차를 가져오고 차를 한 모금 마신 이 대감은 머리가 맑아지는 느낌이 든다.

"오! 좋구나. 처음 보는 맛인데…"

"아버지께서 산에서 키우신 것인데, 심신이 지쳤을 때 도움이 된다고 들었습니다."

"그래서 그런지 한결 머리가 맑아지는 느낌이다."

이 대감은 며느리에게 따스하게 미소를 짓는다.

"부족한 저 녀석 때문에… 휴우… 아가, 내 잘 타이르고 있으니 조만간 자기 잘못을 깨달을 거다. 조금만 기다려 다오."

"아버님, 너무 걱정하지 마셔요. 때가 되면 다 풀릴 문제이니까요. 그것보다 어서 과거에 급제하셔서 이 가문을 빛내고 조정에 나가 충심을 다하셔야 할 텐데요."

"그래, 네 말이 맞다. 지금처럼 어지러운 때에 충신이 필요하지. 간신이 득세한 조정이니… 게다가 도적 떼가 들끓고 백성들의 삶은 또 얼마나 곤고한지…"

이 대감은 무거운 마음으로 창밖 먼 하늘을 올려다본다.

며칠 후, 평소처럼 뜰에서 시간을 보내고 있는 박 씨에게 파랑새 한 마리가 포르르 날아온다. 그 입에는 뭔가를 물고 있다. 박 씨가 손을 내미니 새가 물고 있던 것을 손 위에 떨어뜨린다. 작은 쪽지처럼 보이는데, 펼치는 순간 커다란 종이로 변하더니 그 속에 청학 서원 풍경과 문수, 길동, 우치가 나타난다. 그림 속 사람들이 살아 움직이며 말을 걸어 온다.

"누이! 잘 지내시오? 우린 누이 생각 많이 한다오. 문수 형도 표현은 안 하지만 누이를 그리워하는 것 같고."

그림 속에서 길동과 우치가 손을 흔든다.

처음 그들이 청학 서원으로 왔을 때부터 같이 보낸 과거의 시간들이 떠오른다.

어느덧 박 씨는 청학 서원의 그 시절로 돌아가 있다.

문수는 방문을 열어 둔 채 글을 읽고 있고, 박 씨는 화초를 꺾고 있다. 박 씨가 예쁜 색색의 꽃을 따 와서 방 앞 툇마루에 걸터앉는다.

"이 꽃들은 참 곱구나!"

짧은 한숨을 폭 내쉬며 꽃을 하나씩 손질해서 으깨기 시작한다. 문수가 박 씨의 중얼거리는 소리를 듣고는 책을 덮고 밖으로 나온다.

"그러네. 꽃 빛이 참 곱네, 너처럼."

박 씨가 고개를 든다.

"얼굴을 가리개로 가리고 사는데, 이 누이 놀리니?"

"내가 어찌 누이를 놀리겠어? 난 누이 얼굴이 곱게만 보이는데. 누이를 만나는 사람은 누이가 얼마나 귀하고 좋은 사람인지 바로 알 테니 그 얼굴 때문에 마음 쓰지 말라고."

박 씨가 작은 소리로 중얼거린다.

"그럴까? 이 얼굴을 보고도 나를 있는 그대로 보아 줄 사람을 만날 수 있을까? 아버지께서 때가 될 때까지는 이 모습으로 살아야 한다고 하셨으니 어쩔 수 없지만…"

"스승님 말씀이 그러하셨다면 그때가 반드시 오는 거니까 더더욱 자신을 귀하게 여겨야지. 근데, 우리는 나이가 같은데 왜 누이라고 부르라는 거야?"

"그야 내가 봄에 태어났고 넌 겨울에 태어났으니까 내가 누이, 넌 아우지."

"내가 태어난 때가 언제인지 나는 모르는데, 누이는 스승님께 들었어?"

"응, 내가 생각보다 너에 대해 아는 게 좀 있지."

"뭘 아는데?"

궁금해하는 문수를 가만히 바라보던 박 씨는 대답 대신 질문을 한다.

"요즘은 잠을 잘 자는 거지? 악몽은…?"

"아, 응. 괜찮아. 저 애들 오고 난 후로는 잠을 설친 적이 없어."

문수는 길동과 우치가 검술 대련을 하고 있는 모습을 바라본다.

"실력이 조금은 늘었네."

길동이 우치를 보며 말한다.

"난 검술보다 그림을 그리면 안 될까."

"때가 흉흉한데 네 몸도 지키고 다른 사람도 지키려면 검술은 기본이지. 꾀부리지 말고 더 열심히 하라고!"

길동이 잔소리를 퍼붓는다.

문수와 박 씨를 발견한 우치가 말을 돌린다.

"근데 저 두 사람은 사이가 좋아 보이는데 서로 호감이라도…"

"아니, 그건 아니야."

길동이가 우치의 말을 단칼에 자르더니 설명을 하기 시작한다.

"누님이 문수 형님에게 어떻게 하는지 보면 몰라? 아무리 문수 형님이 잘생긴 미남이라도 어린 동생 보듯 하잖아. 누님은 강철 심장을 가졌어. 외모에 혹할 사람도 아니고, 게다가 누님은 무술도, 도술도 고수야. 상대가 안 되거든."

"그런가… 그림같이 잘 어울려 보이는데. 가리개를 한 여인과 멋진 미남자라…"

우치는 실망한 듯한 표정이다. 잘 어울리는 두 사람이 실제로 서로 연정이라도 느끼면 완벽한 그림이 될 것 같아 기대했으나 예상과 달라 아쉬운 듯하다.

그 후 길동과 우치는 문수가 창백한 얼굴로 글만 읽으며 앉아 있는 것이 마음에 안 드는지, 가끔씩 볕을 쬐어야 건강해진다며 문수를 방 밖으로 불러내곤 한다.

"형님, 스승님께서 활을 준비해 주셨는데 한번 쏘아 보시죠."
"활? 내가?"

당황하는 문수에게 길동이 진지한 표정으로 스승님의 말씀을 전한다.
"스승님께서 이제 활쏘기를 연습하라 하셨으니 얼른 준비하십시오."

문수는 길동이 가르쳐 주는 대로 자세를 잡고 활시위를 당겨본다.

단 두 번 만에 명중이다. 정확히 가운데 꽂히는 화살을 보고 길동이 놀란다.

"엇! 형님 실력이! 지금껏 감춰 두신 겁니까?"
"아니… 처음인데…"
"타고난 실력인가?"

옆에서 보고 있던 우치가 덩달아 놀라며 감탄한다.

박 처사는 활쏘기를 연습하는 문수의 모습을 멀리서 지켜보고 있다.

박 씨는 회상에서 돌아와 방 안 깊숙이 보관하고 있던 함 하나를 꺼낸다. 그 안에는 붓이 하나 들어 있다. 그것은 혼례를 치르기 전에 박 처사가 딸에게 준 것이다. 붓을 꺼내 천천히 만져 보던 박 씨가 여종 계화를 부른다.

"아씨께서 잠시 드릴 말씀이 있으시다고 하십니다."

이시후는 계화가 박 씨의 말을 전하러 오자, 버럭 화부터 낸다.

"공부 중인데 방해하지 말고 썩 돌아가거라."

박 씨는 그냥 돌아온 계화를 보고 한숨을 내쉬고, 다시 계화에게 붓을 들려 보내며 자기의 말을 전하라고 한다.

"이 붓을 쓰시면 반드시 장원급제하실 것이니 꼭 이것을 사용하십시오."

이시후는 이유도 모르고 화부터 낸 것이 미안하기도 하고, 장인 박 처사가 준비한 것이라는 말에 일단 붓을 챙겨 가기로 한다.

반신반의하며 과거 시험장에 도착한 이시후는 시제가 출제되자 종이를 펼치고 그 붓을 꺼낸다. 그런데 종이 위에 붓을 대자마자 붓이 저절로 움직이더니 춤을 추는 듯 이리저리 글이 써지기 시작하고 막힘없이 한 번에 글이 완성되는 것이다.

그렇게 부인의 말대로 장인이 준 붓으로 시험을 보고 장원급제하게 된 이시후는 그제야 아버지의 말씀처럼 박 처사가 보통 사람이 아니라는 생각을 하게 된다.

'그럼 부인도… 아버지 말씀처럼 비범한 여인일까…'

문득 한 번도 생각하지 않던 부인에 대한 궁금증이 살짝 올라오는데, 가리개를 하고 있던 그 얼굴을 떠올리자 다시 마음이 싸늘히 식어 버린다. 그는 한숨을 내쉬며 고개를 절레절레 흔든다.

7. 사건 속으로

"이번에 장원급제한 이시후가 전 홍문관 대제학의 장남이라고? 역시 그 아비에 그 아들이구나."

왕이 흐뭇한 미소를 지으며 잠시 무언가 생각하더니 어명을 내린다.

"그럼 이시후에게 미해결 사건을 조사하게 하라."

"미해결 사건이라면 어떤 사건을 말씀하시는지요?"

"소녀 실종사건 말이요."

"그 사건은 아무 증거도 없고 그래서…"

"그래서 다시 조사하라는 거요. 그 부모의 마음은 어떻겠소? 뭐라도 찾아내야 하지 않겠소? 젊고 유능한 인재가 뽑혔으니 한번 맡겨 봅시다."

영의정은 이 대감의 자제인 이시후가 벌써부터 왕의 총애를 받는 것이 마음에 들지 않는다. 그러나 딱히 반대할 이유가 없는 데다가 다른 한편으로는 어차피 해결하기 어려운 사건이니까 이 기회에 오히려 신임을 잃게 되는 것도 좋겠다는 생각에 따르기로 한다.

이시후는 집으로 돌아와 계화를 통해 부인에게 고맙다는 말을 전한다. 그리고 이번 사건 조사를 도울 사람을 소개받고 싶다고 한다. 박 처사의 제자들 중에 길동과 우치를 불러 조사를 돕게 하는 것이 좋을 것 같다는 박 씨의 말에 이시후는 별다른 말 없이 순순히 응한다. 첫 임무인데 미해결 사건이어서 혼자 할 엄두가 안 나는 데다가 아버지의 조언이 있었기 때문이다.

"내가 누누이 말하지만 너의 안사람은 보통 사람이 아니다. 그 집안사람들은 뛰어난 능력을 감추고 있는 것이 분명해. 그러니까 이번 사건 조사에 도움을 청하거라."

박 씨 부인이 뜰에 나와 파랑새를 부른다. '호잇, 호잇.' 마치 휘파람 소리 같기도 하고 바람 소리 같기도 하다. '포르르' 파랑새가 날아오자, 부인이 쪽지 하나를 파랑새의 발에 묶어 준다. 그리고 푸른 하늘을 향해 날려 보낸다.

다음 날 이시후는 길동과 우치와 함께 마을을 돌며 조사를 하기 시작한다.

"먼저 주막에 증인이 있으니 가 봅시다."

증인은 바로 주막의 소년이다. 소년에게서 이야기를 들은 후, 일단 오늘 밤에 마을을 지켜보는 것이 좋겠다는 결정을 한다. 지난 보름에 소녀를 보았다고 하는데, 마침 오늘이 보름날이고 이 마을에 소녀가 사는 집이 두 채가 있기 때문이다.

이시후와 길동이 한 집으로 향하고, 우치와 소년이 다른 집을 지켜보기로 한다. 보름달이 휘영청 밝은 한밤중인데, 길동이 멀리서 움직이는 한 사람을 뛰어난 시력으로 발견한다. 소녀가 집에서 나오더니 천천히 걷기 시작한다. 바닷가를 향해 걸어가는 소녀의 뒤를 길동과 이시후가 따라가고 곧이어 우치와 소년도 합류한다.

바닷가를 보니 안개가 가득해서 아무것도 안 보인다. 길동이가 '후-욱' 입으로 바람을 부니까 자욱하던 안개가 걷히고 배 한 척이 보인다.

"수상한 밴데?"

"소녀가 안 보여. 저 배 안에 있을까?"

길동과 우치가 말하는 동안, 소년은 기분이 나쁜지 인상을 쓰고 있다.

"이 냄새는…?"

"뭔 냄새?"

우치가 소년에게 묻는다.

"유황 냄새 같은데요."

다들 소년의 말에 냄새를 맡아 보려고 킁킁거리는데 어떤 냄새도 느끼지 못한다.

"후각이 남들보다 뛰어난 편인가?"

이시후가 소년을 돌아보며 묻는다.

"조금 예민한 편입니다."

길동이 매를 날려 배 가까이 접근하게 한다. 매가 배 가까이 다가가자 갑자기 다시 안개가 자욱이 몰려와 배를 가린다. 그리고 소녀가 안개 속에서 비틀거리며 걸어 나오는 게 보인다. 소녀는 기운 없이 터덜터덜 천천히 걸음을 옮기고 있다.

"내가 배를 확인하고 올 테니 다들 저 소녀를 따라가고 있어."

길동이 배 가까이 접근해서 다시 '후-욱' 입으로 바람을 불자 안개가 빠르게 걷힌다. 하지만 배는 이미 사라지고 없다.

"뭐야? 이거 어디 갔어? 그렇다면 술법을 쓴 거? 흠… 보통 일이 아닌데."

소녀의 뒤를 따라가던 사람들은 얼마 못 가 힘없이 픽 쓰러지는 소녀를 보고 급히 다가간다.

주막에 도착한 이들이 소녀를 방에 누이는데 그 모습이 마치 죽은 사람처럼 핏기가 하나도 없어 창백하다.

"상처는 없는 것 같은데… 왜 이리 창백해?"

길동이 중얼거리고 있을 때, 의원이 도착한다. 의원은 소녀를 보더니 갑자기 움직임을 멈춘다. 얼굴빛이 급격히 어두워진 의원은 조심스레 진맥을 하더니 이내 낮은 소리로 탄식한다.

"왜 그러시오?"

이시후가 묻는다.

의원은 말없이 큰 침을 하나 꺼내더니 찔러 본다.

"이리 찔러도 피 한 방울 나오지 않고, 기력은 하나도 없고… 겨우 살아 있는 상태입니다. 이대로 두면 이 아이는 죽을 것입니다."

그러더니 환약 몇 알을 꺼내어 소녀의 입에 넣어 준다.

"일단 급한 대로 이거라도 먹이고 내일 날이 밝으면 제대로 약을 지어야겠습니다. 더 늦기 전에 발견하여 다행입니다."

이시후가 심각한 표정으로 의원에게 묻는다.

"혹시 이런 증세를 본 적이 있소?"

"그것이… 조심스러운 얘긴데…"

의원이 말을 꺼내는 것을 주저한다.

"괜찮으니 말을 해 보시오. 소녀 실종사건 조사 중인데 어떤 단서도 없어서 곤란하던 중이오. 오늘 밤에 운 좋게 이 소녀를 발견해서 구했는데, 도대체 어디가 안 좋은 건지…"

이시후가 의원에게 진심으로 부탁하자 의원이 조심스레 말을 꺼낸다.

길동이 밖을 한 번 살펴보고는 안심하라는 듯 고개를 끄덕인다.

"선왕 전하의 증세가 이 아이와 비슷했습니다. 그땐 너무 늦어 손을 쓸 수가 없었습니다."

"선왕 전하?"

"네, 그때 더 자세히 용안을 살피고 원인을 찾아내려 했으나 바로 파면당했지요. 제가 책임을 져야 했습니다."

이시후가 놀란다.

"자네가 그때 어의였다고?"

길동이가 심각한 표정을 짓는다

"이거 뭔가 거대한 음모가 느껴지는데…"

"소녀의 실종과 선왕 전하의 죽음? 전혀 연결고리가 없지 않아? 무슨 연관성이…?"

우치가 이해가 안 된다는 듯 중얼거리자,

"일단 소녀가 깨어나면 직접 물어보자고. 뭔가 알게 되겠지."

이시후가 무거운 목소리로 일어선다.

우치와 길동은 소년과 인사를 나누고 헤어진다.

"근데 나한텐 무슨 냄새 나는 건 없나?"

우치가 돌아서다 말고 소년에게 묻는다.

소년이 씨익 웃는다.

"아무 냄새도 안 나는데요."

"그럴 리가 없는데. 좋은 향기 안 나?"

"아… 솔잎 향이 희미하게 나는 것 같기도 하네요."

"솔잎 향?"

우치가 자기 옷에 코를 박고 킁킁 냄새를 맡는다.

"너 오늘 향낭 안 갖고 왔나 봐. 솔잎 향이라니…"

길동이 큭큭거리며 우치를 위로한다.

"아니야, 원래 난 은은한 꽃 향이 나는 사람이라구!"

우치가 현실을 부정하자 길동이 달래며 끌고 간다.

"알았어, 꽃 향이 나는 것 같네. 이제 가자고!"

소년은 두 사람이 어깨동무하고 걸어가는 뒷모습을 한참 동안 바라보고 서 있다.

왕궁에서는 소녀 실종사건에 대한 보고가 한창 진행되고 있다.

"바닷가에 수상한 배가 있었고, 소녀는 자기 발로 거기로 찾아갔다고 하는데, 의원에게 보였더니 피가 다 빠져나간 듯 보이고 죽기 직전이었다고 합니다."

보고를 듣고 있던 왕의 안색이 변한다.

"피가 다 빠져나간 듯…"

영의정의 표정이 어두워진다.

'이것은… 그때 선왕 전하의 증세와 비슷한데?'

왕이 영의정에게 묻는다.

"영상, 선왕 전하 침전에 걸려 있던 그림 기억하시오?"

"북국 황후께서 보내오신 선물 말씀이십니까?"

"그렇소, 그 그림은 지금 어디 있소?"

"전하께서 보위에 오르시면서 치우라고 하셨기에…"

"그래서 지금 영상이 보관하고 있소?"

"아, 소신의 집은 아니고 다른 곳에 안전하게 보관하고 있습니다."

"그렇게 귀한 것을 영상이 다른 곳에 맡기다니 참으로 믿을 만한 곳인가 보오."

왕은 영상이 자기 집 대신 다른 곳에 그림을 보냈다는 것을 의아해하며, 문득 그림에서 느꼈던 불길함을 영상도 느낀 것인지 궁금해진다.

황금빛 보리밭이 끝없이 펼쳐진 그림이었다. 그 그림을 본 순간 왕은 뭔가 알 수 없는 불쾌감을 느꼈는데, 선왕 전하께서 북국에서 하사받은 물건이라 어쩔 수 없이 침전에 그대로 두었다. 그러나 며칠 후부터 잠이 들면 기분 나쁜 냄새와 소름 끼치는 서늘한 기운이 느껴져 계속 잠을 설치게 되었고, 결국엔 그 그림을 치우라고 한 것이었다.

영의정은 왕이 갑자기 그림 얘기를 꺼낸 것이 의문이다. 북국 황후께서 직접 그리셨다는 귀한 선물을 왕이 치우라고 했을 때, 그림을 자기 집으로 가져간 것은 훗날 그림을 소홀히 한 이유로 북국에서 불만이라도 나오면 자기가 잘 보관했다가 그 공로를 인정받으려고 했던 것이었다. 그런데 예조참판이 워낙 그림 수집에 관심이 많은 자라 당분간만 그림을 자기 집에 두게 해 달라며 엄청난 은과 보화를 보내왔고, 그래서 지금까지 그 집에 맡겨 두고 있었던 것이다.

'소녀 실종 사건과 그림이 대체 무슨 관계가 있다고…'

영의정은 왕의 심중을 헤아리지 못하고 있다. 그러나 왕은 그 그림이 선왕의 죽음과 관련이 있을지도 모른다는 의심을 하고 있다. 뚜렷한 이유 없이 갑자기 죽음을 맞이한 것도 이상한데, 음식에 독이 든 독살의 증상은 아니었고, 다른 어떤 병명도 아닌, 한 번도 본 적이 없는 괴이한 죽음이었으니…

계기가 될 만한 것이라면 북국이 선왕 전하의 곧은 성정을 불편해하고 있었다는 것, 마침 그림 선물이 왔다는 것인데, 그것이 어떤 인과관계가 있는 게 아닐까 생각하며 왕은 북국을 의심하고 있었던 것이다.

'그럼 그 배도 북국의 배가 아닐까?'

왕은 속으로 추측해 보지만 뚜렷한 증거가 없으니 터놓고 의논할 수도 없고 답답하기만 하다.

이시후는 집으로 돌아와 아버지를 뵙고 그림에 대한 말을 꺼낸다.

"혹시 선왕 전하께서 북국에서 받으신 그림을 보신 적이 있으십니까?"

"그림? 그 북국 황후가 보내온 선물?"

"네, 아시는군요."

"나는 침전에 든 적이 없어서 본 적은 없는데… 가만… 전하께서 특이한 그림이라고, 아국 풍경이 아니라고 하신 적은 있었는데. 그 그림은 왜?"

"전하께서 소녀 실종사건 보고를 받으시고 그 그림의 행방을 물으셔서…"

"전하께서 그리 말씀하셨다면 분명 이유가 있을 것인데. 전하의 심중을 헤아리는 충신이 곁에 없으니 얼마나 답답하실지… 그럼, 그림은 어디 있는 거지?"

"영상 대감이 믿을 만한 곳에 보관하고 있다고 하셨는데… 거기가 어딘지는 밝히지 않았습니다."

잠시 생각하던 이 대감은 예조참판을 떠올린다.

"영상 대감이라면 그림 수집에 취미가 있는 예조참판과 돈독한 사이니… 혹시 그 집에 맡겼을 수도 있겠구나. 하지만 어명도 없이 함부로 조사하러 쳐들어갈 수도 없는 것이고…"

이 대감은 문득 박 씨가 전에 얘기했던 말이 생각나서 무릎을 친다.

"앞으로 서방님께 감당할 수 없는 일이 생기기 시작할 텐데, 그때는 꼭 저에게 말씀해 주세요. 제게 방안이 있으니 도울 수 있을 것입니다."

"얘야, 정말 우리가 귀인을 만난 것 같구나. 전에 조사할 때도 사돈댁 제자들 도움을 받았으니 가서 고마움도 전하고 이 상황에 대해서도 의논해 보거라. 분명 해결책을 줄 것이다. 우리에게 없는 신이한 능력을 가진 사람이니까."

"그럼 별채에 가서 부인을 만나라는 말씀이십니까?"

이시후는 어쩔 수 없이 별채로 나간다. 입구에 들어서니 거대한 나무들이 서로 엉켜 자라고 있고, 이름 모를 화초가 가득 심겨 있다. 곳곳에 알록달록 색색의 꽃들도 피어 있다. 은은한 향기가 떠도는 이곳은 깊이 숨겨진 비밀스러운 뜰처럼 신비하고, 이 세상이 아닌 듯한 공간이다.

박 씨가 뜰 한쪽에서 꽃을 돌보고 있다. 멀리서 보면 아리따운 여인처럼 보여 그나마 괜찮은데 가까이서 대하기가 힘든 것이 문제다. 이시후는 박 씨가 가까이 다가오자 심호흡을 한다. 햇살 아래 드러난 이마는 울퉁불퉁하고 특히 얼룩덜룩한 피부는 눈을 찌푸리게 한다.

"휴-"

긴 한숨을 내쉬며 말을 건넨다.

"잠깐 의논하고 싶은 것이 있어서… 잠깐이면 되오."

"방 안으로 드시지요."

"아니, 여기서 그냥 하겠소. 혹시 길동과 우치에게 한 번 더 도움을 청해도 되겠소?"

"언제든 가능합니다. 내일 방문하라 할까요?"

"그래 주면 좋겠소."

그러자 박 씨가 '휘-익' 휘파람 소리를 낸다. 바로 파랑새가 포르르 날아와 박 씨의 손에 앉는다. 박 씨는 새를 살짝 쓰다듬으며 그 눈을 지그시 바라본다. 마음으로 이야기를 하듯이 잠시 그렇게 하더니 새를 날려 보낸다.

"설마 저 새가 소식을 전하러 가는 거요?"

이시후가 눈이 동그래져서 부인을 쳐다본다.

"동생들에게 제 말을 전해 줄 것이니 걱정하지 마셔요."

이시후는 멍하니 박 씨를 보다가 정신을 차리고 발길을 돌린다.

'아버지 말씀이 정말 맞나. 저번에 붓도 그렇고, 파랑새와 얘기를 하다니, 분명 보통 사람이 아닌 것 같긴 하다. 그런데 외모는⋯ 하⋯'

낮은 한숨을 내쉬며 사라져 가는 이시후의 모습을 박 씨가 묵묵히 지켜본다.

"아니, 방에도 안 들어가시고 그 얘기만 하시고 그냥 가시다니요."

계화가 불만을 털어놓는다.

"어쩔 수 없지. 내 모습이 아직 감당이 안 되시나 보다."

박 씨가 하늘을 올려다보는데, 푸른 하늘에는 흰 구름 하나가 둥실 떠 있고 잔잔한 바람에 조금씩 흘러가기 시작한다.

"그래도 조금씩 움직이네."

다음 날 한자리에 모인 길동과 우치는 이시후에게서 그림 얘기를 듣는다.

"특이한 풍경이라⋯ 아국에서 볼 수 없는?"

우치가 문득 그림 한 점을 떠올린다.

"예조참판 댁에서 그림 몇 점을 본 적이 있는데, 거기 가 보면 찾을 수도 있지 않을까?"

이시후가 그 말에 맞장구를 친다.

"아, 예조참판이 그림 수집이 취미라고 아버지도 말씀하셨네."

"그럼 우리가 밤에 한번 슥 다녀올까?"

길동이 눈을 빛내며 우치에게 말한다.

그날 밤 우치와 길동은 예조참판의 집 앞에 있는 나무 위에 앉아 있다.

집안사람들이 다 잠들 때까지 기다리는 중인데, 집 안의 불이 다 꺼지자 푸르스름한 기운이 스르르 빠져나오는 게 보인다.

"저게 뭐야?"

"집에서 나왔어. 따라가 보자."

푸른 기운은 밤공기 속으로 날아가듯 움직여 어느 초가집으로 들어간다.

"일단 기다려 보자."

나무 위에서 지켜보는데, 잠시 후 그 집에서 빠져나온 푸른 기운은 다시 예조참판의 집으로 돌아간다.

"뭐지?"

길동과 우치도 그 뒤를 따라 고요히 잠든 집 안으로 들어간다. 우치가 전에 가 본 적이 있는, 그림이 많이 걸려 있던 방으로 안내한다. 여러 그림을 쭉 훑어보던 우치가 한 그림 앞으로 다가간다. 그리고 그림을 뚫어지게 바라본다.

"이거, 수상한 그림이네."

황금빛 보리밭이 펼쳐진 풍경의 그림. 그 앞에 선 두 사람은 묘한 기운을 느낀다.

"음… 이 그림 안에 아까 그게 숨어 있었나 본데?"

길동이 그림을 손가락으로 툭 건드린다.

그때 보리밭이 바람에 흔들리듯 출렁대며 움직이더니 그 사이로 뭔가가 보인다.

"어디 숨은 거냐?"

우치가 말을 건네다가 어느 지점에 시선을 고정한다.

그때 황금빛 보리 사이로 핏빛 같은 붉은 눈이 드러나고 둘은 시선이 딱 마주친다.

"찾았다!"

우치가 씨익 웃는다.

"지난번에 봤을 때 뭔가가 숨어 있기 좋은 그림이라고 생각했는데, 역시!"

붉은 눈은 우치를 본 순간 놀란 듯 급히 숨어 버리고, 그림은 다시 황금빛 보리밭이 펼쳐진 풍경으로 돌아온다. 더 이상 움직임이 느껴지지 않는 평범한 그림처럼 보인다.

우치가 그림에 손을 대고 잠시 중얼거린다.

"일단 결계를 쳐 놓아야겠지. 이제 너는 여기서 못 나오는 거야."

우치가 그림에 손을 대자, 그림 표면에 황금빛 붓이 나타난다. 붓은 그림 위에 가로세로 방향으로 촘촘히 선을 긋기 시작한다. 그림은 마치 황금빛 선으로 그린 바둑판처럼 보인다. 그어진 선은 눈부시게 빛나다가 그림 속으로 스며들듯 사라진다.

"자, 됐어."

길동이도 그 눈을 보고 나서 질색한다.

"와! 그 기분 나쁜 눈… 뭐냐… 이거 이제 어떻게 해야 하지?"

"이대로 붙잡아 두고 불태워야지. 그래야 깔끔하게 정리하는 건데… 일단 그 집에 내일 가 보고 무슨 일이 있는지, 이놈이 관련된 일인지 확인부터 하고."

다음 날 이시후와 함께 푸른 기운이 들어갔던 그 초가집을 방문하는데, 울음소리가 들리고 있다. 이미 소녀가 밤사이에 죽어 버린 것이다. 창백하고 핏기 하나 없는 모습으로.

"어제 그놈이 죽인 거야. 분명하네."

길동이 우치의 말에 동의하듯 고개를 끄덕이며 중얼거린다.

"저번 그 소녀 증세와 같은데, 그럼 그림 속 그 녀석이 범인이라는 건데…"

이시후가 믿기지 않는 듯 되묻는다.

"설마… 그림 속에 있던 빨간 눈이 사람의 피를 빼앗는다고?"

8. 박 씨와 약초 소년

박 씨의 별당에서 길동과 우치가 얘기를 나누고 있다. 박 씨가 지난 이야기를 다 듣더니 말한다.

"그렇다면 그림 속에 요물이 있다는 것이고, 그게 범인이 맞을 거야. 북국에서 황후가 직접 보낸 그림이라니 목적이 있었던 거지."

"선왕 전하와 왕족들을 죽인 것도 그 그림 속 요물의 짓이고, 지금은 소녀들을 목표로? 근데… 뭔가 이상하지 않아? 선왕 전하의 죽음은 북국의 제안에 강경하게 대응하니까 그랬다고 하더라도, 소녀들은 왜?"

우치가 이해가 안 되는지 궁금해한다.

"선왕 전하께서 반대하신 게 북국의 소녀 조공 문제였는데 그들은 왜 소녀를 원한 걸까? 아국에서 소녀 실종, 사망 사건이 계속 일어나는 것도 그림 속 요물이 원하는 것이라면 처음부터 소녀의 피가 목적이었나?"

박 씨의 말에 길동과 우치가 화들짝 놀란다.

"피요? 그럼 진짜 흡혈귀…?"

"그 정체를 알려면 본체를 끌어내야 하는데, 그리 쉽게 모습을 드러내겠어? 일단 결계를 쳐 놓았다면 나오지는 못할 테니까 당분간 굶겨 보자. 정말 피를 먹고사는 놈이라면 갇혀 있는 동안 피를 못 마셔서 기력이 없을 테니까, 그때 결계를 풀어 주면 나올 수밖에 없어. 나오는 그 순간에 잡는 거야."

길동과 우치가 박 씨의 말에 얼어붙은 듯 말이 없자 박 씨가 웃음을 터뜨린다.

"갑자기 겁이라도 먹은 건 아니지? 용감한 동생들이 그럴 리는 없을 것이고. 자, 그럼 일주일쯤 굶긴 후에 다시 가서 잡아 와!"

"근데, 흡혈귀는 처음이라… 그게 굶주려서 우리 피도 마시려고 덤벼들 수도 있고…"

우치가 걱정스러운 눈빛으로 길동을 본다.

"붉은 그 눈빛도 소름 끼치고…"

길동이가 계속 중얼거리는 우치를 팔꿈치로 쿡 찌르며 눈짓을 하자, 우치가 말을 돌린다.

"어, 네… 잡아야죠. 길동이가 있으니까요. 근데, 누님 요즘 얼굴이 좋아지셨네요."

"아, 그러니?"

박 씨가 빙그레 웃으며 말한다.

"귀인을 만났지. 여러모로 날 도와주는 하늘이 보내신 귀인을."

그때 계화가 손님이 왔다고 알린다. 손님이 들어오는데 아는 얼굴이다.

"응? 여긴 어떻게?"

길동과 우치가 동시에 외친다.

얼마 전의 일이다. 소년은 낯선 향기에 끌려 박 씨가 있는 별채를 발견하고 담장 밖에서 기웃기웃 바라보고 있었다. 그러나 키 큰 나무들이 울창하게 담장 위로 솟아 있어서 안이 전혀 보이지 않는다.

"처음 맡는 향긴데? 뭐지? 이건 박하 향이고, 이건…? 또 뭐야?"

후각이 발달한 소년은 처음 느끼는 향기에 호기심을 참지 못한다. 그때 계화가 쪽문을 열고 나오며 소년을 부른다.

"들어오시랍니다."

박 씨가 소년이 밖에서 서성이는 것을 알고 부른 것이다.

"저는 약초를 캐러 다니고 있습니다. 지나가다가 이곳 약초 향이 신비해서 발길이 떨어지지 않아 서성거리고 있었습니다."

박 씨가 흔쾌히 반겨 주고 뜰 구경을 허락하자, 소년은 이리저리 구경하느라 바쁘다.

"와! 이것도 처음 보는 건데… 신기한 풀이 많습니다."

화초와 약초를 하나씩 살펴보며 눈빛을 반짝이는 소년에게 박 씨가 제안을 한다.

"적적하던 참인데 차 한잔 마시면서 얘기라도 나누다가 가는 건 어때요?"

안으로 들어와 차를 나누며 소년의 얼굴을 물끄러미 바라보던 박 씨는 자신의 처지를 솔직하게 털어놓는다.

"나는 태어날 때부터 얼굴이, 피부가 이렇다 보니 가리개로 가리고 살아왔어요. 당신은 그 얼굴에 웬 풀물인가요?"

"약초를 캐러 산에 다니면 햇빛에 노출되기도 하고 벌레들도 많아서요. 일종의 차단제인 셈이지요. 혹시 '생백초'라는 풀을 아십니까?"

"알지요. 뜰에 키우고 있는 풀이니까요."

"그 풀로 피부를 더 좋게 만들 수 있습니다. 사용법은 제가 알고 있으니 돕겠습니다."

박 씨는 소년의 적극적인 제안에 희미한 미소를 짓는다.

"괜찮아요. 아버지께서 때가 될 때까지 이 얼굴로 살아야 한다고 하셨고 말씀대로 따르는 중이니까요."

소년이 이마를 찡그린다. 그리고 한참 동안 찻잔을 만지고 있더니 조심스레 말을 꺼낸다.

"그때가 언제입니까?"

"그야 알 수 없지요."

"제 생각에는 그때까지 마냥 기다리는 것보다 할 수 있는 일을 하는 것이… 그러니까, 지금 할 수 있는 일을 뭐라도 해 보는 것은 어떻습니까?"

소년은 다시 자기 생각을 찬찬히 전달하려고 애를 쓴다.

"저는 부모 없이 자랐고 그래서 모든 것을 스스로 선택해야 했습니다. 운명을 기다리는 것보다 그때마다 선택하고 행동했지요. 제가 할 수 있는 노력을 다하며 열심히 살아왔습니다. 하늘은 스스로 돕는 자를 돕는다고 하지요. 그런 저의 선택을 하늘도 도와준 것 같고, 그래서 지금까지 잘 살아온 것 같습니다."

소년은 잠시 말을 끊고 박 씨의 눈을 똑바로 쳐다본다.

"그러니 제가 할 수 있는 최선을 다할 수 있게 해 주십시오. 아무것도 하지 않는 것보다는 훨씬 더 좋은 변화가 나타날 것입니다."

망설이던 박 씨는 소년의 단호한 눈빛과 진정성 있는 말에 마음이 움직이고 결국 그렇게 하기로 한다.

그래서 소년은 그때부터 박 씨의 별채를 드나들며, 피부를 위한 약초를 으깨어 얼굴에 붙여 주기도 하고, 약초를 끓여 차로 마시게도 하는 등 다양한 방법을 동원해서 박 씨를 돕고 있었던 것이다.

"그동안 그런 일이…"

길동이 놀라 중얼거리고, 우치는 감탄한다.

"역시 솜씨가 좋은 친구야. 그래서 그런지 누님 피부가 훨씬 고와졌다오."

소년은 겸연쩍은 듯 조용히 차만 마시고 있고, 길동과 우치는 소년과 박 씨를 번갈아 보며 둘의 만남에 놀라워한다.

일주일 후 우치와 길동이 다시 그림을 보러 예조참판의 집에 잠입한다. 그런데 어쩐 일인지 그림의 결계가 풀려 있고, 그림 속의 요물은 사라지고 없는 상황이다.

"뭐야! 이거 어디로 갔지? 스스로 뚫고 나갈 수는 없는데… 밖에서 누가 도와줘야 가능한 건데…"

우치가 놀라고 당황한다. 그리고 그림 가까이 다가가서 자세히 살펴보는데, 그림 한쪽에 핏방울이 묻어 있는 것을 발견한다.

"아… 이 집에 누군가 이 요물에 홀려 여기 와서 피를 묻혔네. 피로 봉인이 풀린 거야."

"그럼 요물이 그 사람을 가만히 뒀겠어? 굶주린 상태였을 텐데. 이 집의 누군가가 죽어 가고 있는 거 아냐?"

"아마 그럴 수도…"

날이 밝자마자 둘은 곧장 이시후에게 이 사실을 알린다. 소식을 들으러 나갔다 온 이시후가 예조참판 댁의 따님이 죽어 간다는 얘기를 전해 온다.

"역시 그 집에 소녀가 있었군. 소녀를 홀렸어. 실종된 소녀들을 부른 것처럼 달콤한 목소리로 불러냈을 거야."

그 전날 한밤중에 자기 이름을 부르는 목소리에 홀려 그림 앞에 도착한 예조참판의 딸이 목소리가 시키는 대로 손가락을 깨물어 피를 내어 그림에 피를 묻혔고, 그 순간 바로 결계가 풀려서 요물이 그림을 빠져나온 것이었다. 굶주렸던 요물은 소녀의 피를 있는 대로 다 빨아들인 후 사라졌고, 소녀는 거의 죽기 직전에 사람들에 의해 발견된 것이었다.

소식을 들은 박 씨가 피와 생기를 되살리는 약초를 급하게 보냈고, 그 덕분에 소녀는 겨우 살아나게 된다.

한편 영의정은 그 그림 때문에 문제가 생긴 것을 직감하고, 처음부터 자기 집에 보관하지 않은 것을 다행으로 여긴다.

"그 그림, 왠지 기분이 찜찜하더니… 진짜 선왕 전하의 죽음과 관련이 있으려나. 아니, 나와 상관없는 일이야. 나는 모르는 일이니까, 신경 쓰지 말자."

그 후로 소녀가 실종되는 사건은 더 이상 일어나지 않았고 마치 아무 일도 없었던 것처럼 평온한 일상이 계속된다. 그렇게 시간이 흐를수록 실종 사건은 사람들의 기억 속에서 지워져 가는 것 같았다.

그러던 어느 날, 그 사건을 잊지 않고 배후를 밝혀내려는 생각을 품고 있던 왕은 이시후에게 본격적인 임무를 맡기기로 결심한다. 그를 서장관으로 임명하고 북국 사절단으로 보내 비밀리에 북국의 상황을 알아보려는 것이다.

"곧 북국 황후께 축하 사절단을 보내야 하는데 이시후를 서장관으로 임명하고 싶소만… 어떻소?"

영의정의 표정이 일그러지는 것을 보고, 왕이 다시 말을 이어 간다.

"소녀 실종사건의 범인을 잡지는 못했지만, 그동안 열심히 조사를 했고, 이제 더 이상 사건이 일어나지 않는 상황이니 그 노력도 치하할 필요가 있다고 생각되는데… 굳이 반대할 이유는 없지 않겠소?"

"황후 폐하의 탄신일 말씀이지요?"

영의정이 확인하듯 묻는다.

"그렇소. 황제 폐하보다 황후께 권력이 더 집중되어 있으니…"

"당연히 그러셔야지요. 사절단을 보내는 것이 합당하다고 생각됩니다."

영의정은 왕의 속마음을 눈치채지 못하고 사절단으로 누가 가든지, 황후의 탄신일을 기억하고 먼저 제안하는 왕의 태도에 흡족해한다. 그는 이제 왕이 자신의 뜻대로 북국을 잘 따르려는 태도를 보인다고 생각하고 만족한 미소를 짓는다. 무엇보다 북국 황후의 신임을 얻게 될 생각에 기분이 좋아진 영의정은 이시후에 대한 걱정을 잠시 접기로 한다.

9. 북국의 계획

어느 날, 박 씨가 계화를 시켜 이시후에게 전한다.

"내일 어떤 여인이 찾아올 것인데 외모도 재주도 뛰어난 여인일 것입니다. 절대 현혹되지 마시고 어떤 핑계를 대서라도 저에게 보내 주십시오. 반드시 그리하셔야 합니다."

이시후는 박 씨의 이러한 당부에 의아해한다.

다음 날 정오가 지나자, 과연 한 여인이 이시후를 찾아온다. 여인은 황홀하리만큼 아름답고 묘한 매력을 지니고 있어서 보는 순간 눈을 뗄 수 없을 정도다.

여인은 어릴 때 부모를 잃고 전국을 떠돌며 살아왔다고 하며, 이시후의 인품에 대해 듣고 가까이 모시고 싶은 마음에 찾아왔다고 말한다. 그리고 술을 대접하고 싶다며 가지고 온 술을 권하는데, 향이 특이하고 한 번도 본 적이 없는 술이다. 한 모금 넘기는 순간, 은은한 향이 느껴지면서 술기운이 확 퍼지더니 갑자기 몽롱해진다.

문득 부인의 당부가 떠오른 이시후는 잠시 갈등한다. 눈앞에 있는 여인의 아름다움과 묘한 향기에 끌리는 중이어서 좀 더 함께하고 싶은 마음이 들었기 때문이다. 그러나 술이 생각보다 강해서 쉽게 취할 수도 있겠다는 걱정과 함께 부인이 절대 현혹되지 말라고 했던 말이 자꾸 떠올라, 아쉽지만 부인의 말을 따르기로 한다.

"술이 맛이 아주 좋은데, 지금은 할 일이 남아 있어서 내 잠시 다녀와야 하니 그동안 부인과 함께 머무는 게 어떤가. 내 일을 다 끝내고 다시 부를 테니."

이시후는 여인을 부인에게 보내고, 이후의 일이 어떻게 될지 궁금해하며 집을 나선다.

박 씨는 여인을 반갑게 맞으며 술과 안주를 준비해 온다.

"혼자 적적하던 차에 잘되었네. 마침 좋은 술이 있으니 술친구나 하세."

박 씨가 친절하게 술을 권하니 여인은 의심 없이 주는 술을 다 받아 마신다. 여인은 외모가 형편없이 추한 부인을 보고, 이시후가 자기를 다시 부를 것이라는 확신이 들어서 긴장이 풀린 것이다. 여인이 생각보다 술에 취하지 않자 박 씨는 외모에 대한 한탄을 늘어놓으며, 자기와 달리 아름다운 여인을 칭찬하면서 거듭 술을 권한다. 여인이 기분이 좋아 술을 계속 마시다가 취해 쓰러지자 박 씨가 여인의 물건을 뒤져 본다. 그리고 비단옷 아래 깊숙이 감춰 둔 단검 한 자루를 발견한다.

'역시…'

예상대로 보통 여인이 아니라는 생각을 하며 칼에 손을 대려고 하는데, 갑자기 칼이 움직이며 박 씨를 공격하기 시작한다. 박 씨가 급히 피하자 칼이 계속 박 씨를 향해 이리저리 춤추듯 위협을 한다. 박 씨가 여러 번 몸을 피하다가 손을 들어 칼을 내리쳐 한 번에 두 동강을 낸다. 그리고 여인에게 호통을 친다.

"넌 누구냐? 감히 누굴 해치려고 들어왔느냐?"

벼락같은 소리에 놀라 잠에서 깬 여인은 어리둥절한 상태로 두 동강 난 자기의 칼을 본다.

"아니, 이 칼을 이리 만들다니…"

정신을 차리고 박 씨를 본 여인은 그제야 눈치를 챈다. 황후가 죽이라는 신령스러운 인물이 이시후가 아니라 박 씨 부인이라는 것을 깨닫게 된 것이다.

"너의 정체가 뭐냐?"

"전 그저 떠도는 비천한 여인일 뿐입니다."

박 씨는 목소리를 높여 여인을 꾸짖는다.

"아직도 거짓을 고하느냐? 내 집에 들어와 서방님을 해치려 한 것을 내가 모를 줄 아느냐? 이 칼은 평범한 것이 아니다. 뛰어난 술법의 자객들이 사용하지."

우물쭈물 변명하다가 박 씨가 이미 자기를 꿰뚫어 보고 있다는 것을 알게 되자 여인은 입을 굳게 다물어 버린다.

박 씨가 여인을 지켜보다가 공중을 향해 손을 번쩍 든다. 그러자 갑자기 비바람이 불어 대고 귀신 같은 형체들이 이리저리 날아다니며 여인을 위협하기 시작한다. 이빨을 드러낸 짐승 같기도 하고 도깨비 같기도 한 흉측한 모습들이다. 여인이 놀라 비명을 지르며 피하느라 이리 뛰고 저리로 뛴다. 어느새 사방이 낭떠러지로 변해 발을 디딜 곳이 없고, 눈보라가 앞이 보이지 않을 정도로 세차게 몰아친다.

여인은 결국 살려 달라고 용서를 빌며 박 씨 앞에 무릎을 꿇는다.

"북국 황후께서 이 집안에 신령스러운 사람이 있다고 제거하라고 하셔서… 실패하고 돌아가면 전 죽습니다."

"북국 황후가 신통력이 대단하구나."

"그분은 앉아서 아국 상황을 다 아시며 뛰어난 술법과 무서운 능력을 지니신 분입니다. 제가 실패하면 그다음엔 직접 움직이실 것입니다."

"그렇겠지…"

"목숨만은 살려 주십시오. 조용히 숨어 살겠습니다."

"나도 살생을 좋아하지 않는다."

박 씨는 여인을 죽이지 않고 그냥 가도록 허락한다.

여인이 떠난 후 박 씨는 생각에 잠긴다.

'이렇게 되면 우리도 적의 정체를 알아야 할 것 같구나. 북국 황후가 누군

지 알아봐야겠다.'

마침 왕이 이시후를 서장관으로 임명했다는 소식을 들은 박 씨는 왕의 뜻을 눈치채고 이시후에게 길동을 데려가라고 말한다.

그 여인이 자객이었다는 것과 북국 황후의 명령이었다는 것을 모두 알게 된 이시후는 부인의 예지력에 감탄하고 동시에 부인 덕분에 목숨을 건졌다는 사실에 안도한다. 그래서 부인이 말하는 대로 길동을 역관으로 삼아 함께 북국으로 출발하기로 한다.

축하 사절단이 북국 궁궐에 도착한다. 황제에게 예를 다한 후 북국 황후가 나타나기를 기다리는데 화려한 붉은색 옷을 입은 한 여인이 등장한다. 칠흑 같은 검은 머리칼, 새하얀 얼굴, 붉은 입술. 모든 보는 이들을 압도하는 강렬한 인상의 황후가 나타난다. 손가락이 유난히 길어 눈에 띄는데, 길게 기른 손톱은 짙은 검은색이고, 손톱 위에는 반짝이는 보석들이 빛나고 있다.

이시후가 인사를 하자 황후가 그를 빤히 바라보는데, 그 눈빛은 날카롭고 차가워서 서늘하게 느껴진다. 사절단 뒤에 서 있던 길동은 황후에게서 묘한 기운을 느낀다.

'보통 사람이 아닌 것 같은데…'

황후의 시선이 계속 이시후에게 꽂혀 있는 것을 지켜보던 길동은 박 씨의 말처럼 자객을 보낸 배후가 황후라면 또 다른 계략을 꾸미고 있을지도 모른다는 생각을 한다. 일정을 마치고 밖으로 나오는데 지나는 궁인들이 속닥거리고 있다. 귀 밝은 길동이가 그 얘기를 듣게 된다.

"요즘 다시 소녀들이 사라진다며?"

"응… 그동안 잠잠했는데…"

'뭐야? 여기도 소녀들이 실종된다고?'

길동의 눈빛이 반짝인다.

다음 날 황후 탄신일 축하 파티가 열리고, 초대받은 각국의 사신들이 한 자리에 모여 있다. 황제와 황후가 나란히 앉았고 황후 옆에는 긴 칼을 찬 무사 하나가 지키고 서 있다. 소녀들의 춤 공연이 시작되자, 하늘에는 축포가 터지며 아름다운 불꽃놀이가 펼쳐진다. 다들 하늘을 보며 감탄하느라 바쁜데, 황후는 오직 소녀들의 춤에 집중하고 있다. 소녀들 한 명, 한 명을 뚫어지게 보며 흐뭇한 미소를 짓고 있는 황후의 모습을 길동이가 유심히 지켜본다.

다음 날 황후를 만나는 시간에 이시후는 개인적으로 준비한 선물을 꺼내 놓는다. 그것은 테두리에 각양각색의 보석이 박힌 손거울인데, 손잡이 부분은 고급스러운 가죽으로 되어 있다. 한눈에 봐도 최고급 상품인 것을 알 수 있는 거울이다. 거울 테두리에 박혀 있는 형형색색의 보석이 신비한 빛을 내고, 손잡이의 가죽은 잡는 순간 손에 착 감기듯 부드러워서 황후는 놀라고 감탄한다.

"이런 고급스러운 거울이 아국에 있었다니. 정말 마음에 드는 물건이오."

황후는 거울을 이리저리 만져 보고 크게 웃으며 기뻐한다. 그러나 얼굴을 비춰 보지는 않는다.

이시후와 길동은 그 길로 물러 나와 숙소로 돌아온다.

"이제 거울은 전달했으니…"

이시후는 박 씨가 전하라고 했던 거울을 무사히 전달하자 주된 임무를 끝낸 것처럼 마음이 가벼워진다.

박 씨는 황후가 거울을 손에 들자 살짝 미소를 짓는다.

'드디어 정체를 알게 되겠구나.'

밤이 되자 황후가 거울을 손에 쥐어 본다. 그리고 감탄하며 얼굴을 비춰 본다.

"역시 곱구나."

황후의 아름다운 얼굴이 거울에 비친다.

"이시후를 그냥 돌려보내도 되겠습니까?"

옆에서 무사가 말한다.

"응, 직접 만나 보니 그자는 그저 평범한 인간일 뿐이야. 신력도 없고. 그런데 때맞춰 과거에 급제하고 왕의 신임을 받는 것을 보면 아무래도 이 판을 만든 누군가가 있는 것 같은데."

심각한 표정을 짓다가 다시 거울을 보고는 얼굴을 이리저리 비춰 보며 만족해한다.

"뭐, 어차피 전쟁이 시작되면 그자도, 그 집안도 한 번에 남김없이 다 제거할 테니 걱정하지 마. 그나저나 이 거울은 정말… 오늘따라 내 모습이 더 아름답구나."

길동은 사절단과 함께 이동하면서 동시에 뛰어난 청력으로 먼 데서 들리는 소리들을 구석구석 듣고 있다. 궁인들의 목소리, 수다 떠는 소리를 들어 보는데 그 속에서 또 소녀 실종 얘기가 들린다.

"요즘 소녀들이 다시 사라지기 시작했대."

"그러게. 아주 오래전에도 그런 적이 있었는데… 황후께서 그 사건을 직접 해결하셨잖아."

"맞아. 황제께서 엄청나게 기뻐하시고 그 뒤로 더 극진히 황후 폐하를 아끼시고 말이야."

"남쪽의 아국을 확실한 우리의 속국으로 만든 것도 황후 마마의 뛰어난 지략 덕분이었대."

"피 한 방울 안 흘리고 속국으로 삼다니… 역시 미모와 지략을 다 갖추신 우리 황후 마마시잖아."

길동은 이시후에게 자기가 들은 정보를 전한다.

"아무래도 황후가 수상합니다. 그림을 보낸 사람이 황후라면 그 그림 속 요물의 정체도 알고 있을 것입니다."

"다시 실종사건이 시작되었다면…?"

이시후가 중얼거리자 길동이 한마디 거든다.

"그 요물이 그림 속에서 빠져나와 이 나라로 돌아온 것이 아닐까요?"

한편 박 씨는 황후에게 보낸 것과 똑같은 거울을 보고 있다. 거울 속에서 황후가 소녀들을 불러 머리를 쓰다듬어 주며 기뻐하고 있다. 잠시 후 무사가 아이들을 데리고 나가고 혼자 남은 황후가 거울을 보며 중얼거린다.

"곧 아국은 완전히 내 것이 된다. 아국의 소녀들이여, 조금만 기다려라. 내가 곧 너희들을 마음껏 사랑해 줄 테니. 이 아름다움도 영원한 젊음도 이제 마음껏 누릴 수 있게 되는구나. 홋호호호-"

황후의 높고 날카로운 웃음소리가 거울을 통해 오랫동안 박 씨의 귀를 때려 댄다.

달이 휘영청 밝은 밤이다. 박 처사가 하늘을 보고 있다. 문수가 책을 읽고 있다가 박 처사를 보고는 책을 덮고 뜰로 내려선다.

"갑갑하진 않으십니까?"

박 처사가 문수를 돌아본다.

"괜찮습니다, 스승님."

"오랜 세월이었지요. 이제 곧 때가 찹니다. 세상에 나가실 때가 얼마 남지 않았습니다."

"그때가 오면 제가 어찌해야 하는지요. 전 뛰어난 능력도 없는데 단지 예언의 아이라는 이유로 지금 여기에 있습니다. 과연 제가 무얼 할 수 있을지 모르겠습니다."

문수가 고개를 숙이고 힘없이 말한다.

"걱정하지 마십시오. 때가 되면 스스로 찾아올 것입니다."

"찾아온다니요?"

"필요한 모든 것이 다 말입니다. 예언의 때가 이르면 모든 것이 스스로 드러날 것이고 운명의 주인을 찾아올 것입니다. 그리고 그동안 봉인되었던 시간이 풀어지지요. 어둠을 제거할 빛의 시간이 드디어 오는 것입니다.

이 땅은 오랜 세월 어둠의 손안에서 고통받고 있습니다. 신성한 땅이니 그걸 아는 어둠이 끊임없이 이 땅을 공격하고 있지요. 제가 이 땅에 태어난 이유는 이곳을 지키기 위해서입니다. 그것이 제 사명이지요. 그러니 제가 도울 것입니다."

수수께끼 같은 대화가 끝나고 멀어져 가는 박 처사의 뒷모습을 보며 문수는 깊은 한숨을 내쉰다.

"예언의 아이, 빛의 아이라니… 그게 도대체… 내가 이 어둠을 끝낼 빛의 아이라니, 아무런 힘도 없는 내가? 내가 이 어둠의 시대를 끝낼 수 있다고?"

어린 시절 처음 청학 서원에 왔을 때, 박 처사는 문수를 공손히 대했고 극진히 보살펴 주었다. 문수는 고아처럼 자란 처지를 불쌍히 여겨 그런가 했는데, 박씨 낭자에게서 이상한 이야기를 듣고부터 자신의 운명에 대해서 어렴풋이 느끼게 된 것이었다.

"어둠의 시대가 끝나려면 빛이 와야 한다고 했어."

"빛?"

"응, 아버지께서 그때가 오고 있다고 말씀하셨어. '드디어 어둠이 끝날 때가 되었다. 예언의 아이가 나타났으니…'라고 말이야."

"예언의 아이?"

"빛의 아이라고 불리는 아이가 나타나면 곧 어둠의 시간이 끝날 때라는 거지."

"그게 누군데? 어디 있는지 알아?"

박 씨는 잠잠히 문수를 바라보았다.

"왜 그렇게 봐?"

박 씨는 희미한 미소를 띠며 말을 얼버무렸다.

"스스로 깨닫게 될 거야. 때가 되면…"

"응?"

문수는 박 씨의 말을 들은 후 어느 날 악몽을 꾸면서 비로소 꿈의 의미를 깨닫게 되었다. 그날의 악몽은 이전과 달리 더 생생하고 구체적이었다.

비명 소리, "다 죽여라! 한 명의 아이도 살려 두면 안 된다!"라고 외치는 남자의 거친 목소리, 그리고 여인의 목소리가 들렸다.

"빛의 아이가 아직 아국 남쪽 마을에 살아 있으니 반드시 제거해야 한다."

붉은 입술이 씨익 웃는다. 소름 끼치게 긴 손가락으로 문수의 목을 조른다.

"헉!"

악몽에서 깬 문수는 목을 만져 보았다. 너무 생생한 느낌이라 두려움이 몰려왔다.

"그 여자는 누구인 거냐? 빛의 아이를 찾기 위해 수많은 아이를 죽였다는 거냐… 그럼, 내가… 그 빛의 아이라는… 그래서 어릴 때부터 지금까지 나를 지키고 보호하는 사람들이 곁에 있었고, 한결같이 꼭 살아남아야 한다고 그렇게 당부했던 것인가…"

문수는 어릴 때 외딴 언덕 위 작은 집에서 살았던 기억을 떠올려 본다. 문수는 아버지는 물론이고 자기를 낳고 돌아가신 어머니의 얼굴도 모르는 채, 갓난아이 때부터 한 남자의 손에서 키워지고 자랐다. 문수는 유일하게 아랫마을 김 대감 댁에 자주 찾아갔고 그 집 딸아이와 얘기를 나누곤 했다. 김 대감은 늘 문수를 반갑게 맞아 주고 맛있는 음식도 챙겨 주며 친자식처럼 대해 줘서 부모가 없던 문수는 자주 그 집에 가서 지냈다. 그런데 어느 날부터 이유도 모른 채 김 대감 댁에 더 이상 가지 못하게 되었고, 그 후로는 언덕 위에서 아랫마을을 내려다보며 그리움을 달랠 수밖에 없었다.

하루는 글을 읽고 있다가 김 대감 댁 소식이 궁금해서 몰래 아랫마을로 내려간 적이 있었다. 집 담장 옆에 있는 커다란 나무를 타고 올라가 집 안을 보는데, 여자아이가 뜰에 나와 멍하니 서 있는 모습이 보였다. 문수가 나뭇잎을 따서 소녀를 향하여 입으로 '호-' 불어서 날렸다. 하나, 둘, 셋, 계속 잎이 여자아이에게로 날아갔다. 소녀가 떨어지는 잎을 보더니 고개를 들어 나무를 올려다보았다. 그리고 반가움에 환하게 웃는 소녀를 보고 문수가 손을 흔들어 인사를 하자, 소녀는 바로 담장으로 달려왔다. 그리고는 돌들을 포개 놓고 그 위에 올라서더니 나무 위에 있는 문수에게 말을 건넸다.

"와! 오랜만이야. 근데 위험해, 나무."

"오랜만이다."

"무슨 일인지 아버지께서 당분간 만나지 말라고 하셔서…"

"그래서 이렇게 너 보러 왔지."

"근데 뭔진 몰라도 심각한 분위기야. 너는 괜찮은 거지? 당분간 몸조심하고 잘 지내고 있어야 해. 알았지?"

"응, 알았어. 잠시라도 얼굴 봐서 다행이다."

누이처럼 걱정해 주는 여자아이를 보며 문수는 마음이 따뜻해졌다.

며칠 후 한밤중에 마을에 불길이 치솟고 도적들이 급습했다. 도적들이 어린아이들을 다 죽이고 닥치는 대로 사람들을 죽이는 참혹한 일이 벌어진 것이었다.

'그날이 언젠가부터 김 대감께서 말했던 그 어둠의 시간이었나 싶다. 예

언의 아이를 찾아내기 위해 마을을 폐허로 만든 그 날 그 밤이…'

그때 문수를 돌보던 남자는 마치 미리 준비하고 있었던 것처럼 바로 문수를 데리고 뒷산으로 피했고, 청학 서원이 있는 곳으로 안내했던 것이다.

'그 아이는… 김 대감 댁은 무사할까? 나를 지켜 준 무관은 어찌 되었을까. 나를 지키기 위해, 나를 살리기 위해 얼마나 많은 이들이 희생된 것이냐…'

문수는 죄책감과 걱정에 싸여 마음이 무거워진다.

'나는 왜 살아남아야 한 것일까. 내가 할 수 있는 일이 과연 무엇일까. 스승님은 그때가 되면 알게 된다고 하셨다. 내 능력이 아니라 '나'라는 존재 자체가 중요하다고 하셨다. 죽지 않고 살아서, 있어야 할 그 자리에 있으면 된다고 하셨다. 단지 그러면 되는 것인가. 그때가 되면 많은 사람의 희생을 갚을 수 있는 것인가.'

10. 서쪽 섬으로

서쪽 섬을 향해 배 한 척이 나아가고 있다. 배 안에는 길동과 우치, 문수와 소년이 타고 있다.

박 처사가 길동과 우치에게 문수와 함께 당분간 서쪽 섬에서 지내라고 해서 거처를 옮기는데, 주막 할미도 소년에게 서쪽 섬으로 가라고 했기 때문이다.

"이제 우리의 시간이 끝이 났으니 서쪽으로 가서 새로운 시간을 사십시오."

주막 할미와 이별하고 삽살개와도 헤어져 다시 혼자가 된 소년은 나루터에서 길동과 우치와 문수를 만나 그렇게 동행하게 된 것이다.

"조용한 곳이네. 풍경도 좋고."

배가 도착한 곳은 초가집 몇 채가 모여 있는 작은 섬이다.

박 처사가 미리 부탁해 놓은 집을 찾아가니 인상 좋은 훈장 어르신과 부인이 따스하게 맞아 준다.

방을 정하기 전에 우치가 먼저 소년에 대한 말을 꺼낸다.

"약초 소년은 예민한 편이라 방을 따로 쓰는 게 좋을 것 같아."

"아, 그래. 그게 낫겠다."

길동이가 바로 맞장구를 치는데,

"그럴 필요 있어? 내가 저 소년과 한 방을 쓸게."

문수가 불쑥 나선다. 배를 타고 올 때부터 소년을 흘깃흘깃 보고 있었던 문수는 처음 보는데도 낯설지가 않아 왠지 마음이 가는 참이었다.

우치와 길동은 동시에 문수를 돌아본다.

"형님, 그 말씀 진정이십니까?"

"응, 왜? 괜히 여러 방을 나눠 쓸 필요가 있나. 안 그래도 신세를 지는 게 죄송한데…"

"역시 모르시는 거지? 형님은."

"응, 그런 눈치는 없으신 편이니까."

길동과 우치가 서로 눈짓을 한다.

"어쨌든 형님도 혼자 주무시는 게 편하실 터이니 혼자 방을 쓰시는 게 더 좋으실 겁니다. 그리고 우리가 아는데 쟤 잠버릇 엄청 고약해서요. 저희끼리 알아서 할 테니 형님은 일단 이 방을 쓰십시오."

길동이 방문을 열고 문수를 억지로 밀어 넣듯 한다.

"그럼 내가 약초 소년과 한 방을 쓸까? 네가 형님과 같이 지내고."

"우치야, 네가 제일 위험해. 차라리 문수 형님이 더 낫지. 순수의 극치시니까."

"큭"

가장 끝방에 소년을 쉬게 하고 길동과 우치가 툇마루에 걸터앉는다.
"곧 시작되겠지?"
"그렇겠지."
하늘 한쪽에서 먹구름이 점점 커지더니 사방이 흐리고 어두워지기 시작한다.

다음 날 길동과 우치는 섬을 돌아보기로 한다. 동굴 하나를 발견하고 굴 안을 조사한 후 높은 곳에 올라가 섬 전체를 내려다본다. 옹기종기 초가집이 모여 있고 논밭에서 일하는 사람들, 물가에 배를 띄워 놓고 그물질을 하는 사람들이 보인다.
"여긴 참 평화롭다."
길동이 마을을 내려다보며 혼잣말처럼 말한다.
"스승님이 때가 되면 알려 주신다고 했는데… 그때가 안 오면 좋겠다. 그치?"
우치가 동감하듯 말을 이어 가고 둘은 한동안 말없이 마을을 보고 있다.
바람이 산들거리며 지나가고, 따스한 햇살이 섬을 감싸안은 풍경은 평화롭고 아름답기만 하다.

훈장 어르신은 박 처사가 보내온 편지를 읽고 있다. 그리고 길동과 우치가 문수를 보호하며 이곳에서 때가 될 때까지 머물 것이라는 내용을 보고 문수가 누구인지 알게 된다.
"그 아이가 벌써 이리 장성하여…"
훈장은 어릴 적 소혜와 함께 놀던 문수를 떠올리다 딸아이가 그리워져 잠시 멍하니 허공을 바라본다. 딸을 잃은 고통이 밀물처럼 밀려와 가슴이 아파 온다.

"그래도 저 아이가 살았으니… 살아 있어서 다행이다."

마음을 애써 가다듬으며 편지를 계속 읽어 간다. 길동과 우치가 뛰어난 능력을 가진 아이들이어서 위기가 와도 충분히 이 마을을 지켜 낼 거라는 내용을 보고는 걱정이 든다.

"곧 이곳에 무슨 일이 닥칠 거라는 건데…"

그런데 약초 소년에 대해서는 어떤 얘기도 적혀 있지 않아 고개를 갸웃한다.

"저 아이는 누구지?"

차분하고 조용한 성격에 화초와 약초에 박학다식한 소년을 본 부인은 금세 아이가 마음에 들었는데 체구가 유독 약해 보여 안쓰러워한다.

"이거 한번 먹어 봐요."

약초를 다듬고 있는 소년에게 수수전병을 가져온 부인의 얼굴에는 은은한 미소가 돌고 있다. 부인은 수수전병 하나를 집어 맛있게 먹는 소년을 보고 괜히 마음이 찡해진다.

"잘 먹어야 약초도 캐러 다니지. 이리 가는 몸으로 어찌 그 험한 산을 타고 다니는지…"

"제가 보기보다 튼튼합니다. 어릴 때부터 산을 타고 다녔으니까요."

해맑게 웃는 소년의 모습을 보며 부인은 왠지 가슴 한쪽이 저려 옴을 느낀다.

'왜 이리 이 아이가 안쓰러울까…'

그때 길동과 우치가 들어온다.

"어! 너 혼자 뭐 먹어?"

길동이 후다닥 달려와 수수전병을 집어 든다.

"와! 맛있어!"

우치가 부인을 향해 고개를 숙여 인사를 하고 길동이를 나무란다.

"부인께서 소년을 챙겨 주신 건데 넌 그리 눈치도 없이 먹냐?"

부인이 환하게 웃으며 우치에게도 수수전병을 권한다.

길동이가 주변을 두리번거리며 우치에게 작은 목소리로 속삭인다.

"문수 형님은 모르시지? 몰래 먹으니 더 맛있네."

그때 문수가 불쑥 나타난다.

"뭐 먹냐?"

순간 길동과 우치는 동작을 멈추고 놀란 눈으로 문수를 쳐다본다.

"야- 형님도 먹을 복이 있으십니다. 막 먹으려는 순간에 나타나시다니!"

길동이 너스레를 떨며 수수전병 하나를 덥석 집어 내민다.

부인이 그들의 모습을 지켜보며 함박웃음을 짓더니 부엌으로 가서 수수전병 바구니를 통째로 가지고 온다.

"마음껏 먹어요. 많이 있으니."

"네! 감사합니다!"

길동과 우치가 신이 나서 바구니에 손을 넣는데, 문수가 그 손들을 막더니 수수전병 하나를 집어 소년에게 준다.

"어? 이건 무슨 상황이지?"

우치가 소년과 문수를 번갈아 보며 이상한 눈길을 보내자,

"너희들이 빛의 속도로 다 먹어 치울 거잖아. 그동안 소년은 한 조각도 못 먹을 테니 나라도 챙겨야지. 이 형님의 넓은 마음으로."

문수가 변명하듯 대답한다.

길동과 우치는 서로 바라보며 눈빛을 교환하고 빙긋이 웃는다.

"와, 이렇게 넓은 형님의 마음을 우리가 몰랐습니다. 형님도 먼저 한 조각 드십시오. 저희들이 다 먹어 치우기 전에요."

형제처럼 아웅다웅하는 모습을 보며 부인은 참 다행이라고 생각한다. 다들 부모가 없거나 부모를 떠나 살아온 아이들이라 들었는데, 어두운 그림

자 없이 해맑고 건강해 보여서, 그들에게 박 처사가 좋은 스승이자 보호자였을 거라는 생각을 한다. 그러나 이들을 보고 있던 부인은 문득 살아 있다면 비슷한 나이였을 딸이 생각나서 슬픔이 솟구쳐 오른다. 울컥한 마음에 눈물이라도 보일까 봐 부인은 급히 자리에서 일어난다.

며칠간 구름 낀 날이 계속되고 비가 올 듯이 흐리더니 오늘은 날이 맑고 화창하다.
소년이 약초 바구니와 도구를 챙기고 얼굴에 초록 풀물을 바르더니 집을 나선다. 섬의 약초들을 구경 간다고 하는데, 그 말에 길동과 우치도 따라나선다.
"우리도 가서 할 일이 있어. 문수 형님도 바깥바람이 좀 필요하지 않을까?"
우치가 동의하자 길동이 문수를 억지로 끌고 나온다.
"매일같이 방 안에만 있으면 나중엔 검도 못 휘둘러요. 활도 못 쏠 거고. 스승님 말씀에 활쏘기, 검술 연습은 기본이라고 하셨는데… 흐리다고 며칠째 방에만 계셨으니 이제 나갑시다요."
그러면서 연습용으로 만든 목검 하나를 문수에게 건넨다.
소년과 세 사람은 마을 뒤편 숲속으로 들어서고 눈앞에는 계곡이 펼쳐진다. 험하지 않고 걷기에 좋은 산책길 같은 계곡이다. 길동과 우치는 빠른 걸음으로 산 정상을 향해 뛰어 올라가고, 소년은 약초를 찾아다니느라 이곳저곳을 토끼처럼 폴짝거리며 옮겨 다닌다.
"엇, 이건? 와! 이거 뭐지?"
이곳저곳에서 머리가 불쑥 보였다 사라진다. 소년의 맑은 목소리가 골짜기에 퍼진다. 문수는 소년을 따라잡지 못하고 중간에 발을 멈춘다.
"저렇게 신이 날까?"

한곳에 자리 잡고 앉아 소년의 움직임을 바라보고 있자니 어린 시절 그 아이가 떠오른다. 그 아이도 꽃을 좋아했다. 이름 모를 풀도 관심 있게 살펴보고 궁금해했다. 여종이 찾으러 올 때까지 몇 시간이고 꽃을 보느라 자리를 지키고 앉아 떠나지 않은 적도 있고, 처음 문수가 그 아이를 만났던 날에도 길가에 핀 꽃들을 뚫어져라 보고 있었다. 그 아이는 김 대감 댁 딸이었고, 마을에 내려갈 때마다 함께 놀며 친해졌다. 그런데 기억 속 그 아이와 지금 눈앞에 있는 소년이 겹쳐 보이면서 문득 어린 시절로 돌아간 듯한 기분을 느끼는 것이다.

그때, 소년이 바구니에 약초인지 뭔지 알 수 없는 풀들을 가득 담고 환하게 웃으며 나타난다.

"다 찾았어?"

"네, 여기 신기한 풀이 굉장히 많아요."

"그래, 기분이 좋아 보인다."

"이거하고 이거는 육지에서 못 보던 건데, 서책에서 본 적이 있는 숙면에 좋은 풀이거든요. 형님, 잠 못 드실 때 차로 끓여 드릴게요."

신나서 약초들을 정리하는 소년을 보며 문수도 덩달아 기분이 좋아지고 슬며시 미소가 지어진다. 잠시 손을 씻으러 물가로 내려간 소년은 얼굴과 손을 씻고 손수건을 꺼내 물기를 닦는다. 소년이 돌아서는데, 눈부시게 새하얀 피부와 뚜렷한 이목구비의 미소년이다. 문수의 시선이 소년에게 꽂힌다.

"확실히 얼굴에 바른 풀물이 문제군."

어느새 나타난 우치가 한마디 던진다.

"그렇지요, 형님?"

그리고 멍하니 소년을 바라보고 있는 문수의 옆구리를 툭 건드린다.

"응? 어, 왔어?"

정신을 차린 문수는 우치와 길동을 쳐다본다.

"약초는 다 찾았어?"

길동이가 소년의 바구니를 들여다본다.

"많이도 찾았네."

길동이가 바구니를 받아 들고 문수를 돌아본다.

"문수 형님은 검술 연습 좀 하셨습니까? 얘는 이만큼이나 약초를 캤고."

문수가 당황하며 목검을 몇 번 휘두른다.

"그, 그럼…"

"딱 봐도 연습은커녕 멍 때리시고 풍경 감상을 하신 듯. 아름다운 자연과 아름다운 사람을."

우치가 옆에서 놀리듯 말한다.

"아름다운 사람? 어디?"

길동이가 어리둥절하며 주변을 두리번거린다.

그 모습에 우치가 웃음을 터뜨린다.

"이렇게 심미안이 없는 사람이라니, 답답하다. 눈앞에 있어도 아름다움을 알아보지 못하고. 눈은 뜨고 있는 거냐?"

"도대체 무슨 말이야? 넌 가끔 못 알아먹는 얘기를 하더라. 너만큼은 아니어도 나도 아름다운 건 볼 줄 안다고!"

소년이 두 사람을 말리고 나선다.

"또 다투네. 진짜 형제처럼. 아니, 찐한 우정인가."

문수가 그 모습을 보며 환하게 웃는다.

저녁이 되고 잠자리에 들어야 하는데 문수는 잠이 오지 않는다. 달도 밝은데 바람이나 쐬어야겠다는 생각에 방을 나와 연못가를 거니는데, 꽃향기가 은은히 퍼져 온다. 달빛이 연못에 비치고 있다. 문수가 물속에 비친 달

을 물끄러미 바라보고 있는데,

"잠이 안 오십니까?"

말소리와 함께 소년의 얼굴이 불쑥 나타난다.

"앗, 놀래라."

문수가 놀라서 뒤로 물러선다.

"아, 놀라셨습니까? 죄송합니다."

은은한 달빛 아래 보는 소년의 얼굴은 낮보다 더 뽀얗고 고와 보인다.

"잠이 안 오시면 낮에 구한 약초차를 준비해 드릴게요."

"아니, 괜찮아. 그냥 나와 본 거야. 그러는 넌 이 야심한 시간에 왜 안 자고?"

"가끔 악몽을 꾸는데 오늘 몸이 좀 고단했던지, 그래서…"

"너도 악몽을 꾼다고?"

"전 아주 오랜만에 꾼 꿈이라…"

문수는 소년도 자기처럼 악몽을 꾼다는 말에 마음이 쓰인다.

"혹시 어떤 꿈인지 물어봐도 될까?"

"쫓기는 꿈인데, 칠흑 같은 밤에 어두운 숲속을 도망치는 어린 제가 있고 무서운 사람들이 쫓아와요. 그들의 칼에 죽기 직전에 깨어나고요. 혹시 어릴 적 기억인가 싶다가도 어릴 때 기억이 전혀 남아 있지 않아서 잘 모르겠어요."

"어릴 때 기억이 없어?"

"네, 제가 아는 건 어릴 때 부모를 잃은 저를 주막 할머니가 돌봐 주셨다는 것뿐이에요."

"그래… 너도 부모 없이 그리 살아왔구나."

문수는 연못 속에 뜬 달을 조용히 바라본다. 은은한 꽃향기가 둘을 감싸고 달빛 아래 두 사람은 한동안 말없이 연못 속을 응시하고 있다. 문수가 소년을 슬쩍 보는데 소년의 손목에 손수건이 보인다.

"손수건, 아끼는 건가 봐. 늘 가지고 다니네."

"아, 어머니의 손수건이에요. 다른 건 기억나지 않아도 이 손수건에 새긴 무늬는 생각나요. 어머니가 직접 수놓은 것이라 이걸 갖고 있으면 볼 때마다 마음이 놓이거든요."

문수는 손수건을 소중히 만져 보는 소년의 가녀린 손가락을 보며 왠지 자꾸 마음이 쓰인다. 달빛 아래 함께 있는 밤, 어느 때보다 가까워진 듯한 친밀함을 느끼는 밤이다. 문수는 문득 이 밤이 천천히 갔으면 좋겠다는 생각을 한다.

다음 날 해가 뜨자, 아침부터 길동과 우치가 문수에게 잔소리를 하고, 문수는 마지못해 검술 연습을 시작한다. 길동이가 문수에게 검술 연습을 시키고, 그다음엔 우치가 문수와 함께 활쏘기 연습을 한다.

며칠 후 길동과 우치, 그리고 문수는 함께 산으로 향한다. 이런저런 이야기를 하며 산 정상으로 올라가는 중에 문득 문수가 진동을 느낀다.

"이건 뭐지?"

멈춰선 문수를 길동과 우치가 돌아본다.

"이 진동 말이야!"

"진동? 무슨 진동?"

"방금 강렬한 진동 못 느꼈어?"

"응? 아무것도 못 느꼈는데. 우치야, 넌?"

"나도 못 느꼈어."

길동과 우치는 영문을 모른 채 문수를 바라보고, 문수는 자기가 착각을 한 것인지도 모른다고 생각하고 다시 걷기 시작하는데, 또다시 강렬한 소리가 들린다.

'윙- 윙-'

"이 소리는?"

"무슨 소리? 안 들리는데?"

"이거 혹시 문수 형님한테만 들리는 건가?"

우치가 눈치 빠르게 상황을 파악하고 문수에게 계속 가 보라고 한다.

"일단 소리를 따라가 봐요. 우리가 뒤따를 테니."

문수가 앞장서서 소리가 들리는 곳을 찾아 올라간다. 소리가 점점 커지는 곳으로 다가가니 커다란 나무 한 그루가 나타난다.

"이 나무에서 소리가 나."

"음… 이 나무가 형님을 부른 거라면 분명 여기 뭐가 있다는 건데."

길동이 나무 주위를 한 바퀴 돌아본다.

"겉으로 봐선 평범한 나무야. 그럼 형님, 나무에 손을 한번 대 봐요. 어떤 변화가 나타날 수도 있으니까요."

문수가 나무에 손을 대 본다. 한 손을 댔다가 아무 변화가 없자 두 손을 다 나무에 대 본다. 그러자 '윙윙' 소리가 그치고, 나무의 몸통 가운데 부분이 길게 세로 방향으로 금이 가면서 양쪽으로 갈라진다. 껍질 부분이 마치 문이 열리듯 한 번에 벌어진다. 속이 훤히 보이도록 두 조각으로 벌어진 그 안에는 은빛으로 빛나는 활이 들어 있다. 그 활은 누군가 깊이 숨겨 놓은 듯 비밀스럽게 보관되어 있다. 마치 나무가 이 활을 보호하기 위해 숨기듯 품고 있는 모습이다.

모두 눈이 휘둥그레져서 한동안 말이 없다.

"이거, 신비한 무기 같은데… 형님을 위한 게 아닐까요?"

길동이가 조심스레 활을 살펴보며 말한다. 길동의 말을 듣고 잠시 머뭇거리던 문수가 천천히 활을 향해 손을 내민다. 그러자 활이 스스로 움직여 나무에서 떨어져 나와 문수의 손안으로 들어온다.

"오! 이 활이 형님을 부른 거군."

우치가 감탄하며 활을 본다. 활을 꺼내자 이내 나무는 갈라졌던 부분이 원래 모습으로 돌아가고 평범한 나무가 된다. 은빛을 내던 활도 그 빛을 잃는다.

"이거 변했는데…"

문수가 당황하며 활을 이리저리 살펴본다.

"이거 위장술 같은 건가? 그리고 활은 있는데, 화살은?"

"어, 그러네. 화살은 어디 있지?"

길동도 이상하다는 듯 나무 주위를 살펴본다.

"활은 일단 찾았으니 스승님께 여쭤보자. 보통 활처럼 보여서 남들이 눈치채거나 빼앗진 못하겠네."

우치가 신기하다는 듯 활을 이리저리 만져 보며 말한다.

은빛 활이 소리를 내던 때, 북국 황후가 바로 눈치를 챘다.

"그 아이가 살아 있어!"

"네? 그때 분명 다 제거했다고…"

무사가 놀라며 말한다.

"분명 반응했어. 그 아이를 부르는 소리야. 어디지?"

무사가 아국 지도를 가져오고 황후는 긴 손가락으로 지도를 훑어가다가 한곳을 가리킨다.

"여기! 이 섬이야. 어서 가서 죽여 버려! 이번엔 깔끔하게!"

"그래도 직접 군대를 보내면 아국에서…"

"어차피 서쪽 섬 치고 나면 바로 쳐들어갈 테니까 상관없어. 네가 직접 가서 상황을 보고해."

박 씨는 거울을 통해 이 대화를 듣고 있다.

"이제 진짜 때가 되었군. 그 아이만 죽으면 바로 전쟁을 시작하는 거야. 이제 아국은 내 것이야."

황후는 거울을 들여다보며 미소 짓는다.

"이 아름다운 얼굴로 영원히 살게 될 테니, 오! 너무 기쁜 날인데 잔을 들어야지."

무사가 술잔 하나를 건네고 황후는 한 번에 쭉 마신다. 그리고 입가에 묻은 붉은 액체를 손가락으로 슥 닦더니 만족스러운 표정을 짓는다. 그리고 황후가 거울을 흘깃 보는데 순간 황후의 눈동자가 붉게 변한다.

서쪽 섬은 오늘도 조용하고 평화로운 시간이 흐른다.

길동과 우치는 검술 연습에 열중하고 있고, 그 옆에서 문수도 열심히 활쏘기 연습을 하고 있다. 훈장 어르신은 글을 읽고 부인은 뜰에 심은 화초를 돌보고 있는데, 부인 곁에 소년도 함께 있다.

우치는 부인과 소년을 물끄러미 바라보더니 목검을 내려놓고 그림을 그리기 시작한다. 문수가 툇마루에 걸터앉아 땀을 식히다가 슬쩍 그림을 본다.

"누굴 그리는 거야?"

"보면 모르십니까?"

우치가 눈짓으로 부인과 소년 쪽을 가리킨다. 길동이도 가까이 와서 그림을 들여다본다.

"와! 진짜 선녀들이네!"

문수는 이 상황이 이해가 안 되는지 표정이 심각해진다.

"길동아, 넌 이 그림 이상하지 않아? 소년을 그린 거라는데, 이 그림 속 소녀는?"

길동과 우치는 문수의 말에 동시에 '풋!' 하고 웃음을 터뜨린다.

"에? 이 형님, 아직도 모르는 거야?"

길동이가 문수를 빤히 보며 놀리듯 말한다.

"뭘?"

"이리 눈치가 없어서야… 앞날이 걱정이다."

길동이 탄식하듯 혼잣말처럼 중얼거리자,

"아니, 그럴 수 있어. 형님, 괜찮습니다. 결국엔 아실 날이 올 테니까요."

우치가 문수를 다독인다.

"얘들이 나를 또 놀려?"

영문을 모르는 문수가 투덜대며 다시 그림을 보는데, 그림 속의 소년은 새하얀 피부에 이목구비가 고운 여인의 모습이다. 그림과 소년을 번갈아 보며 문수는 혼란스러움을 느낀다.

그때 갑자기 날카로운 매의 울음소리가 들린다. 길동과 우치가 놀라 고개를 드니 지붕 가까이 다가와 빙빙 돌고 있는 매 한 마리가 보인다.

11. 침입

길동과 우치는 매가 나타나자 급히 산을 오른다. 정상까지 단숨에 도착해서 섬 주변을 살펴보는데 멀리 육지에서 배를 띄우는 것이 보인다.

"평범한 배처럼 보이는데…"

우치가 중얼거리자 길동은 귀를 기울여 그들의 소리를 들어 본다.

"섬에 도착하면 마을부터 찾아! 보이는 사람은 다 죽여 버리고!"

배를 탄 사람들 가운데 한 명이 명령하고 있다.

"저건! 북국 병사들이 위장한 거야! 섬사람들이 위험해!"

길동이가 앞을 향해 손을 쭈욱 뻗고 뭐라고 중얼거린다. 그러자 거센 눈보라와 광풍이 몰아치고 거센 파도가 일어나 배를 덮친다. 세찬 폭풍에 배가 심하게 흔들리고 금방이라도 뒤집어져서 산산조각이 날 것 같다.

"갑자기 날씨가 왜 이래? 이래서는 건너갈 수 없겠는데…"

길동이 시간을 벌어 주는 동안 우치는 마을 사람들에게 달려간다. 소년과 문수는 우치와 함께 집집마다 찾아가 사람들을 데리고 나와 산속 동굴로 대피시킨다.

길동이 계속 배를 띄우지 못하게 막고 있을 때, 어디선가 커다란 까마귀 한 마리가 날아와 적군의 뱃머리에 앉는다. 그 까마귀는 순간 눈이 붉게 변하더니 이쪽 섬을 노려본다. 그러자 북쪽에서 회오리바람이 불어와 눈보라와 풍랑을 밀어내고 물길을 다시 잔잔하게 만든다.

"지금이다. 건너간다!"

북국 병사들이 동시에 배를 띄우고 물을 건너기 시작한다.

"저쪽에도 술법을 쓰는 자가 있군."

길동이가 산 위에서 바닷가 쪽을 향해 빠른 속도로 움직인다.

휙-휙-한 번에 공간을 건너뛰어 순식간에 바닷가에 도착한 길동은 물을 건너오는 적들을 지켜보고 있다.

잠시 후 적군이 물을 건너와 배를 대고 섬에 내린다. 그런데 땅에 한 발을 디디는 순간 그대로 발이 굳어 버린다. 걸음을 옮길 수가 없고 한 걸음도 뗄 수가 없어서 온몸으로 애를 쓰지만, 마치 발이 땅에 붙어 버린 것같이 꼼짝달싹하지 못한다.

"이거 뭐야!"

"왜 이래?"

길동이가 바닷가에다 술법을 걸어 결계를 쳐 놓았기 때문이다. 꼼짝없이 발이 묶인 병사들 앞에 길동이가 나타나고, 적군들은 그 상황에도 검을 휘두르며 공격성을 드러낸다. 자세히 보니 다들 눈빛이 핏빛처럼 붉다.

"얘들 눈이 왜 이래?"

길동이가 신기해하며 동에 번쩍, 서에 번쩍, 병사들을 한꺼번에 모아 동아줄로 묶어 버린다. 적군은 묶인 상태에서도 계속 발악하며 길동을 공격하려 악을 써 댄다. 어쩔 수 없이 길동은 급소를 쳐 적군들을 기절시킨다.

"왜 이리 시끄럽냐? 악착같이 덤비는구먼."

뒤따라 물을 건너오던 배들은 하류 쪽으로 방향을 돌려 섬 반대편으로 향한다.

"우치야! 섬 반대편으로 간다."

쩌렁쩌렁한 길동의 목소리가 섬 전체에 울려 퍼진다.

우치는 길동의 목소리를 듣고 마을 앞 바닷가를 지키고 서 있다. 문득 까마귀 한 마리가 날아오르는 게 보인다. 섬 반대편은 마을이 모여 있는 곳이지만, 사람들은 이미 피한 상태여서 개 몇 마리만 남아 있고 조용하다. 적들이 마을 입구에 도착하고 집집마다 수색을 시작한다. 남아 있던 개들이 적을 발견하고 '컹' 하고 짖다가 그들의 붉은 눈빛을 보고는 바로 꼬리를 감추고 숨는다.

그때 우치가 마을 입구에 나타난다. 적군은 우치를 발견하자 검을 빼어 들고 달려온다. 우치는 입가에 웃음을 띠고 여유롭게 품 안에서 붓 하나를 꺼낸다. 그 붓은 꺼내자마자 사람 키만큼 길고 커다란 붓으로 변하고, 우치는 먹이 듬뿍 묻은 그 붓으로 적군의 얼굴에 먹칠을 하기 시작한다. 한 번에 두세 명의 얼굴에 까만 먹물이 듬뿍 칠해지고 그들은 앞을 보지 못해 비틀거린다. 우치가 종이에다 그림을 쓱쓱 그리더니 적들을 향해 펼쳐 던진다. 그러자 적들은 그대로 그림 속 풍경 안에 갇혀 버린다. 우치는 그림 속에서 우왕좌왕 정신 못 차리는 적군들에게 손을 흔들어 주고는 그림을 돌돌 말아 품에 넣는다.

우치가 그렇게 마을에 들어선 병사들을 상대하고 있을 때, 적의 다른 무리는 마을을 지나쳐 산길을 올라가고 있다. 적들은 사람의 흔적이 있는지 조사하며 점점 동굴 쪽으로 접근하고 있다. 마을 사람들은 동굴 깊숙한 곳에 숨어 있는데, 발자국 소리가 가까워지자 모두 긴장하며 숨을 죽인다. 그때 멀리서 '컹! 컹!' 개 짖는 소리가 들린다.

개 짖는 소리에 적군 병사 하나가 뒤를 돌아보는데 '크르르…' 소리와 함께 맹렬한 속도로 달려오는 개 한 마리를 발견한다. 마을의 개들은 적군을 보고 그 괴기스러운 눈빛에 겁을 먹었는지 꼬리를 감추고 잠잠히 숨었는데, 고 노인의 진돗개는 적군이 산으로 향하는 것을 보고 목줄을 끊고 달려온 것이다. 개는 위험에 처한 주인을 구하기 위해 적군을 추격해 온 것이고, 이제 금방이라도 달려들어 물어뜯을 것처럼 위협하고 있다.

병사들은 검을 휘두르며 개를 쫓으려 하지만 개는 물러서지 않고 계속 주위를 빙빙 돌며 짖어 댄다. 눈이 붉게 변한 병사가 개를 향해 검을 내리친다. 날쌔게 피한 진돗개가 적군의 다리를 문다. 다른 병사가 개를 공격한다. 이리저리 피하며 계속 짖어 대는데, 고 노인의 손자가 그 소리를 듣고 발을 동동 구른다.

"우리 진돌이야! 어떡해요? 저대로 두면 죽을 거예요."

아이의 눈에 눈물이 맺히는 것을 본 소년이 다른 사람들 몰래 조용히 동굴 밖으로 나간다. 그리고 조심스럽게 동굴에서 어느 정도 떨어진 바위 뒤까지 이동한다. 소년은 잠시 심호흡을 하고 불쑥 몸을 내밀며 외친다.

"진돌아! 이리 와!"

그 소리에 개가 머리를 돌리고 적군도 소년을 발견한다.

"잡아!"

소년은 산속을 재빠르게 도망친다. 나무 사이, 바위 사이로 다람쥐처럼, 바람처럼 움직인다.

"왜 저리 빠른 거야?"

적군들이 계속 추격해 온다. 소년은 달리는 중에 개 짖는 소리가 더 이상

들리지 않자 걱정이 된다.

'진돌이는 무사히 꼬마를 만났을까? 그래도 적들을 내 쪽으로 유인했으니 이젠 안전하겠지.'

계곡 쪽으로 가는 게 따돌리기 좋겠다는 생각이 들어 방향을 바꿔 계곡으로 내려가는데 화살이 날아온다. 적군이 소년을 따라잡지 못하자 활을 쏘기 시작한 것이다. 날쌔게 피해 보지만 화살이 오른팔을 스치면서 피가 흐른다.

'이 정도는 괜찮아. 계속 가야 해.'

피가 흐르고 상처가 아파 오지만 멈추지 않고 움직이는데, 갑자기 문수가 나타난다.

"형님, 여긴 왜 오셨습니까? 적군이 쫓아오는데 어서 피하십시오!"

적군이 문수를 발견하고 소리친다.

"사내가 한 명 더 있다!"

적군이 화살을 쏘아 대고 문수가 목검으로 막아 내며 소년의 어깨를 감싼다.

"가자."

문수는 소년의 손을 잡고 뛰기 시작한다. 화살을 피하며 계곡에 도착하긴 했는데, 계곡물이 꽤 불어 있고 물살도 빨라서 뛰어들기가 쉽지 않아 보인다. 뒤쫓아 오는 적군은 붉은 눈을 빛내며 집요하게 달려오고 있다. 또 화살이 날아온다. 이번엔 문수도 미처 피하지 못하는데 순간 소년이 문수를 밀어내고 대신 화살을 맞는다. 문수가 놀라서 쓰러지는 소년을 끌어안는다. 그러나 그 순간 균형을 잃고 물속으로 빠져 버린다. 두 사람은 세찬 물살에 휩쓸려 떠내려가고 문수는 물살을 헤치며 몸을 가누려고 애를 쓴다. 그러는 중에도 정신을 잃은 소년을 꼭 끌어안고 있다.

그때 진돌이가 '컹컹' 짖으며 달려오고, 길동과 우치가 뒤이어 나타난다. 길동이 검술로 적을 제압하는 동안 우치가 물살을 따라 두 사람을 구하러 뛰어간다.

겨우 물가로 나온 문수는 정신을 잃고 축 처진 소년을 조심스레 풀밭에 눕힌다. 그런데 옷이 다 젖어서 소년의 몸이 드러나 보이고, 문수는 당황하여 고개를 돌린다. 급한 대로 자기 옷을 벗어 덮어 주고, 피가 흐르는 어깨와 팔을 보고는 머리에 두르고 있던 띠를 풀어 묶어 준다.

소년이 눈을 뜨자, 문수가 걱정스레 소년을 내려다보고 있다.

"어, 형님…"

"정신이 들어? 큰일 날 뻔했다."

"형님, 팔! 피가 나요."

눈이 동그래진 소년은 품에서 손수건을 꺼내 문수의 상처를 싸매 준다.

"내가 아니라 네 상처가 더…"

"전 괜찮습니다."

문수가 한숨을 내쉰다.

"뭐가 괜찮다는 거냐. 피투성인데…"

고개를 돌려 보니 길동과 우치가 소년을 지켜보고 있다.

"그러게. 겁도 없이 네가 왜 나선 거야?"

길동이가 꾸지람한다.

"누구라도 해야 했으니까요. 그리고 혹시 잘못되더라도 이렇게 절 구해 주실 줄 알았으니까."

창백한 얼굴로 애써 밝은 척 미소 짓는 소년을 보며 문수는 마음이 아려 온다.

"얘보다 형님이 더 문젭니다. 진짜 큰일 날 뻔했습니다. 안전하게 잘 숨어 계시기로 했잖습니까?"

우치가 문수의 팔을 보며 미간을 찡그린다.

문수는 소년이 동굴 밖으로 나가는 것을 보고 걱정이 되어 따라나선 것이었다. 훈장 어르신이 극구 말렸으나 더 이상 누군가가 희생되는 것을 볼 수 없었던 것이다. 자기를 찾아 죽이려는 적의 침입 때문에 섬마을 사람들이 공포에 떨고 있고, 가녀린 소년은 적을 유인하러 목숨을 걸고 동굴 밖으로 나선 상황이었다.

'과연 내 목숨을 지키기 위해 못 본 척 숨어 있는 것이 옳은 것이냐.'

문수는 고개를 가로저으며 단호하게 말했다.

"이미 저 때문에 수많은 아이들이 희생되었습니다. 더 이상은 안 됩니다."

문수는 그 말을 남기고 바로 소년의 뒤를 쫓아 달렸던 것이다. 소년을 구하기 위해, 더 이상 자기 때문에 희생되는 일이 없도록 막기 위해서 말이다.

마을이 평화로운 일상으로 돌아오고 길동과 우치는 툇마루에 앉아 이야기를 나누고 있다.

"문수 형님이 크게 다치지 않아서 다행이야."

길동이 말을 꺼내자 우치가 죄책감에 괴로워한다.

"내가 산으로 가는 군사들이 있을 거라는 생각을 미처 못 해서 형님과 소년이 그런 일을 겪었어."

"그래도 마을 사람들 다 무사하고 형님도 소년도 늦지 않게 발견해서 다행이잖아. 그리고 더 나쁜 일이 생기도록 내가 그냥 뒀겠냐. 그만 괴로워해. 그런데, 너 그 녀석들 이상하지 않았어? 뭐에 홀린 듯 무자비하게 공격하는 거."

길동의 말에 우치도 생각난 듯 말한다.

"아! 그래, 그 까마귀! 그것도 이상했어. 눈이 빨간 게, 그 병사들 눈도 그렇고…"

"그 까마귀는 분명 북국에서 온 걸 거야. 술법을 쓰는 놈인 것 같아. 북국 황후가 보낸 그림도 그렇고, 술법을 쓰는 자가 있으니 전쟁이 시작되면 쉽지 않겠는데…"

길동이 걱정스러운 눈빛으로 먼 산을 바라본다.

"너 벌써 잊었어? 우리에겐 비밀무기가 있잖아. 걱정 마."

우치가 고개를 돌려 방 안에서 글을 읽고 있는 문수를 바라보고, 길동이도 그의 시선을 따라 문수를 본다.

"그래, 그렇지…"

다음 날, 박 씨의 별채에 매가 날아든다. 한 통의 서찰을 박 씨에게 전하러 온 것이다. 곧바로 이시후가 그 내용을 조정에 보고한다.

"서쪽 섬에 북국의 병사들이 침입했다고 합니다."

"뭐라?"

왕과 신하들이 크게 놀란다.

"일단 피해 없이 잘 막아 냈다고 합니다. 하지만 북국이 아국을 곧 본격적으로 침략할 계획을 세우고 있다고 합니다."

영의정이 나선다.

"전하, 말도 안 되는 헛소리입니다. 아무런 이유 없이 왜 아국을 공격하겠습니까? 게다가 별 볼 일 없는 그 작은 섬을 왜 노렸겠습니까?"

이시후가 반박한다.

"확실한 소식입니다. 예언의 아이를 노리고 제거하려고 침입했겠지요."

"예언의 아이? 그 아이가 서쪽 섬에 살아 있다고?"

"네, 그러니 그곳을 침입한 것이지요. 분명한 목적이 있었던 것입니다."

모든 신하들이 당황하여 얼굴빛이 변한다.

"곧 국경을 넘어올 테니 전하께서는 옥체를 보전하셔야 하옵니다. 남쪽으로 피하셔야 합니다."

신하들이 저마다 어서 피해야 한다는 의견을 내놓을 때, 왕은 머뭇거린다.

"과인이 피하면 백성들은…"

"전하께서 강녕하셔야 백성이 살고 이 나라가 사는 것입니다."

신하들이 왕을 설득하며 피난을 권하는데 그 와중에도 영의정은 침략 소식을 믿지 않는다.

"전쟁이라니, 그럴 리 없습니다. 만약 그렇다면 그전에 분명 제게 무슨 언질이라도 주었을 텐데…"

왕은 영의정이 굳게 믿고 있는 북국이 그에게조차 미리 알리지 않은 것은 불시에 침략을 강행하려는 계획일 수 있겠다는 생각을 한다.

"과인은 궁에 남겠소. 이 나라의 왕이 이곳을 버리고 떠나는 것은 비겁한 짓이오. 백성들을 버리고 갈 수는 없으니… 먼저 백성들부터 피난시키시오."

이시후는 왕의 단호한 결심을 보고 왕의 옆을 지키고 선다.

"그럼 제가 곁에서 보필하겠습니다."

다른 신하들은 우왕좌왕 당황하며 궁을 빠져나가고, 영의정은 집에 도착하자마자 혹시라도 전쟁이 일어나면 바로 도망칠 수 있도록 집안 식솔들에게 만반의 준비를 시킨다.

신하들이 다 떠나가고 이시후만 곁에 남은 상황에서 왕의 표정은 오히려 평안해 보인다.

'전쟁이 벌어지고 예언의 아이가 등장한다면 예언대로 어둠의 시간이 끝나고 빛의 시간이 오는 것이다. 그동안 백성들을 긴 어둠의 고통스러운 시간에 방치한 이 모자란 왕 대신에 풍요롭고 살기 좋은 시대를 열어 줄 새로운 왕이 필요하니까… 이젠 정말 좋은 시절이 와야 한다. 오랜 세월 북국의 횡포 아래 무기력하게 끌려다니던 조정과 억압받던 아국 백성들을 위해 이

젠 정말 좋은 시절이 와야 한다.'

12. 전쟁

　북국 황후는 붉은 망토를 걸치고 백마를 탄 모습으로 나타난다. 셀 수 없는 수많은 병사들을 거느리고 황제와 함께 황후가 국경을 넘어서고 있다. 아국 군사들은 국경 인접 지역에 대기 중이었는데, 국경을 넘어오는 적군의 수가 상상을 초월하는 대규모의 병력이어서 보는 순간 압도되고 만다.
　넓은 벌판에 마주 선 두 나라의 병력은 확연하게 차이가 난다. 아국의 장수는 병력 충원을 요청하러 파발마를 보내고, 암울한 눈빛으로 적을 바라본다.
　긴 머리칼을 휘날리며 백마를 타고 있는 북국 황후의 모습은 아름다운 여신처럼 보여 아국 군대의 시선을 사로잡는다.
　"황후가 직접 전쟁터에?"
　수군대는 아국 군사들에게 장수가 큰 소리로 외친다.
　"집중하라! 적군이 눈앞에 있다! 우리가 못 막으면 우리나라는 적들의 손에 짓밟힌다. 목숨을 다해 반드시 막아야 한다!"
　북국의 황제가 손을 높이 들자 적군이 일제히 앞으로 한 걸음씩 전진한다. 바짝 긴장한 아국 군사들이 칼을 뽑는다.

　잠시 후 길동과 우치가 전쟁터에 도착한다. 적군과 아국 군사가 서로 섞여 치열하게 싸우고 있다. 적군은 칼에 맞아도 다시 일어나 달려든다. 분명 피를 흘리며 쓰러졌는데 다시 일어나 공격해 온다. 아국 군사들은 점점 지쳐 가고 뒤로 밀리기 시작한다.
　"뭐야, 저 녀석들은?"

그 장면을 보던 길동은 전쟁터 가운데로 뛰어든다. 이곳저곳을 빛의 속도로 뛰어다니며 적군을 베기 시작한다. 눈에 보이지 않을 정도로 빠르게 전쟁터를 휘젓고 다닌다. 우치도 전쟁에 합류하고 그동안 연습한 검술 실력을 발휘하기 시작한다. 그림만 그리던 사람치고는 몸놀림이 가볍고 날쌔다. 바람처럼 세차게, 때로는 소리 없이 움직이며 목표물을 공격한다. 그러나 적군들은 쓰러졌다가 다시 일어난다.

"뭐지? 이거 자꾸 되살아나는데?"

길동이 여러 명의 적군을 몰아 하나로 묶어 버린다.

"일단 못 움직이게라도 해야겠네."

군데군데 적군의 무리를 묶어 놓고 보는데, 묶인 상태에서도 계속 공격적으로 몸을 움직이고 위협하는 적군을 보고는 우치가 갸웃거린다.

"이놈들 제정신이 아닌 것 같은데? 진짜 주술에라도 걸린 것처럼…"

그들의 눈을 보니 눈동자가 붉게 변해 있고 초점이 없다. 길동이도 확인하더니 심각한 표정으로 중얼거린다.

"저쪽에 술법 실력이 뛰어난 자가 있는 게 맞네. 군대 전체에 주술을 건 것 같아. 이거 힘들어지겠는데…"

북국 황후가 병사들을 해치우는 길동과 우치의 움직임을 주시하고 있다.

"흠… 저들은?"

황후는 흥미로운 듯 눈썹을 치켜올린다.

북국 군대는 끊임없이 다시 일어나 아국 군사들을 공격한다. 초점 없는 눈으로, 아무리 칼에 찔려 피를 흘려도 괴물처럼 다시 일어나 덤빈다. 아국 군사들은 그런 적의 모습에 공포를 느끼기 시작하고 도저히 이길 수 없겠다는 생각에 급격히 무너지기 시작한다. 아국의 희생자는 계속 늘어 가고, 길동과 우치의 힘으로도 이길 가망이 없어 보이는 절망적인 상황이 된다.

"스승님…"

길동이가 스승님을 불러 본다.

이때 멀리 떨어진 언덕 위에서 박 처사가 이 모든 광경을 보고 있다. 북쪽 군대 뒤에 황후가 백마를 타고 지켜보고 있고, 어둠의 기운이 황후와 군대를 둘러싸고 있다. 박 처사가 지팡이를 든 손을 높이 들어 올린다. 그러자 갑자기 회오리바람이 광풍처럼 일어나 북쪽 군대 진영을 흩어 놓기 시작한다. 갑자기 몰아치는 광풍에 앞을 보지 못하고 이리저리 날려 쓰러지는 적군들의 비명 소리가 전쟁터를 가득 채운다.

그때 북국 황후의 눈이 붉게 변한다. 황후가 박 처사가 있는 언덕을 노려본다. 그리고 황후가 머리 위로 손을 들어 올리자, 어둠의 기운이 더 강하게 전쟁터를 덮는다. 전쟁터는 곧 한 치 앞도 보이지 않는 어둠 속에 갇힌다. 강한 주술에 걸린 듯 공간 전체에는 무거운 침묵만 가득하고, 어떤 움직임도 없는 상태가 된다.

박 처사가 있는 곳에서는 전쟁터 전체가 어둠에 싸여 버려 어떤 상황인지 전혀 보이지 않는다. 그때 소리 없이 날아온 까마귀 한 마리가 나뭇가지 위에 앉는다.

박 처사와 함께 있는 문수를 발견한 까마귀의 눈이 붉게 변한다.

그 순간 황후가 외친다.

"그 아이다! 어서 죽여라!"

까마귀가 눈짓을 하자, 숨어 있던 적군들이 나타난다. 예언의 아이가 나타날 것이라고 생각한 황후가 언덕 부근에 미리 군사들을 매복시켜 두었던 것이다.

박 처사는 문수를 자기 뒤에 있게 하고 적군을 상대하기 시작한다. 한 손으로 검을 가볍게 휘두르며 적을 해치우는데, 적군은 피를 흘리며 쓰러졌다가 다시 일어나고, 심각한 부상을 입어도 고통을 못 느끼는 듯 다시 달려든다.

'이것이 황후의 주술인가…'

박 처사는 생명을 빼앗고 싶지 않아서 부상만 입히고 물러가게 할 생각이었는데, 사람의 눈빛이 아닌 채로 짐승처럼 달려드는 적군을 보고 갈등에 빠진다. 그때 까마귀가 훌쩍 내려오더니 문수에게로 접근한다. 까마귀는 순간 무사로 변하더니 문수를 향해 검을 내리친다. 그때 문수가 메고 있던 활이 강렬한 빛을 발산하고 그 바람에 무사는 눈이 부셔 한 걸음 뒤로 물러선다. 문수가 무사를 향해 검을 휘두르고 무사가 비틀거리며 문수의 검을 막는다. 박 처사가 뒤돌아서며 무사의 검을 한 번에 두 동강 낸다. 그러자 무사는 바로 까마귀로 변해 날아오른다. 까마귀가 어둠을 향해 날아오르자 적군들도 뒤따라 도망친다.

"괜찮으십니까?"

"활이 스스로 빛을 내고 있습니다."

"주인을 아는 것이지요. 그리고 때가 되었습니다. 저 어둠이 보이십니까?"

전쟁터를 가리키는 박 처사의 시선을 따라 고개를 돌리니 짙은 어둠으로 뒤덮인 벌판이 보인다.

"저 어둠을 향해 활을 쏘십시오. 지금이 그때입니다."

"화살이 없는데…"

"활을 잡으시면 알게 될 것입니다. 주인이 준비가 되면 활은 스스로 싸울 것입니다."

"스스로 싸운다고요?"

이해는 되지 않지만, 박 처사의 말씀대로 지금 활을 쏘아야 한다는 생각이 강하게 든다. 저 어둠을 한 번에 제거할 수 있는 방법은 이 활뿐이라는 것과 자신이 예언의 아이가 맞다면 활이 분명 어떤 기능을 할 것이라는 믿음이 생긴다.

문수가 심호흡을 하고 활을 잡자 활이 '윙' 하는 소리를 낸다. 그리고 빈 활을 들어 어둠을 향해 겨냥하는 순간 빛나는 화살이 저절로 나타난다. 화살은 어둠을 향해 힘차게 날아오르고, 눈부신 빛을 끌고 목표를 향해 곧장 날아간다.

황후가 날아오는 화살을 발견하고 급히 손을 들어 얼굴을 가린다. 화살은 황후의 손을 뚫고 귀를 스치며 지나간다. 화살이 어둠 속으로 내리꽂히는 순간, 짙고 무거운 그 어둠이 순식간에 싹 걷히고 눈앞에 푸르고 환한 들판이 나타난다.

북국 군사들과 황제는 홀렸다가 깨어난 듯 정신을 차리고 사방을 둘러본다.

"여기가 어디지?"

황제가 어리둥절해서 황후에게 물으려 하는데 곁에 있던 황후는 이미 사라지고 없다.

"뭐야, 왜 여기 있는 거야?"

군사들도 손에 들고 있던 무기를 보고 놀라고, 바로 앞에 대치 중인 아국 군사들을 발견하고 더욱 당황한다. 공격하던 적들이 일시에 동작을 멈추고 어리둥절해하는 모습을 보고 아국 군사들도 공격을 멈춘다.

황제가 곧 손을 높이 들어 외친다.

"멈춰라! 중지하라!"

모든 군대가 동작을 멈춘다.

"우리가 아국을 침략한 것이냐? 이게 도대체… 어찌 된 일인지… 즉시 전쟁을 멈추고 돌아간다! 모두 퇴각하라!"

황제는 군사를 돌려 북국으로 향하고 아국 장수는 피투성이 상태로 쓰러져 있다가 겨우 고개를 들어 그 모습을 본다. 전쟁터 한가운데에 있던 길동과 우치도 쥐고 있던 검을 땅에 꽂으며 멀리 언덕 위를 바라본다.

"와! 빛이 오니 어둠이 바로 힘을 잃고 한 방에 사라지는구나. 드디어 끝 났어!"

길동이 큰 소리로 외친다.

"그러게, 역시 형님이 해내셨어."

우치가 품에서 그림을 꺼내며 싱긋 웃는다.

"아, 잊고 있었네. 이제 너희도 집으로 돌아가야지."

우치가 그림을 북쪽으로 날려 보내자 날아가던 그림 속에서 북국 군사들이 풀려나온다.

"여긴 어디야? 왜 여기 있는 거지?"

군사들이 두리번거리고 있을 때, 길동이가 섬에 잡아 두었던 군사들도 바람에 불려온 나뭇잎처럼 그 옆에 나타난다.

"어? 너희? 여긴 어디야?"

"이제 집에 가는 거야? 다들 움직인다. 우리도 가자!"

북국 군사들이 주술에서 깨어나 북쪽으로 이동하는 것을 본 그들도 동료들을 따라 이동하기 시작한다.

한편, 이시후의 집안을 몰살하라는 명령을 받은 북국 군사들이 박 씨의 집 뜰에도 들이닥쳤다. 그들이 도착했을 때, 이미 집안 식구들은 다 별채로 피한 상태였고, 박 씨와 계화가 마루 위에 서서 적들을 기다리고 있었다.

적군이 뜰 안으로 들어서자 마당의 나무들이 움직이기 시작한다. 갑자기 울창한 나무숲이 만들어지고 덩굴식물들이 서로 엉켜서 한 걸음도 앞으로 옮기기 힘든 상태가 된다.

"여기가 집이 맞아?"

적군들이 칼로 나무를 자르며 나아가는데, 공격받은 나무들이 군사들을 공격하기 시작한다. 나뭇가지로 칭칭 감아 꼼짝도 못 하게 만들고, 다리를 감아 거꾸로 매달기도 하고, 잘린 나무들은 바로 다시 자라나고 엉켜 들어 군사들을 괴롭힌다. 그러자 북국 장수는 군사들에게 불을 붙여 모조리 태워 버리라고 명령한다. 뜰에 불이 붙고 화염이 솟아오르자, 박 씨 부인이 부채를 꺼내 든다. 그러자 바람의 방향이 바뀌며 화염이 적군에게로 향한다. 불길이 적군을 뒤덮자, 비명 소리와 함께 후퇴하는 군사가 있는가 하면, 불길을 뚫고 박 씨에게 돌진하는 군사들도 있다.

"여기가 어디라고 침범하느냐!"

박 씨가 우렁차게 소리친다. 그 소리가 마치 징 소리처럼 고막을 찢을 듯 울려 대서 군사들은 고통스러워하며 귀를 막는다.

"이건 또 뭐냐?"

북국 장수는 박 씨의 등장에 눈빛을 이글거리며 적개심을 드러낸다.

"네가 이곳의 주인이냐? 그렇다면 내 반드시 널 죽여 네 머리를 황후 마마께 바쳐야겠다."

눈이 벌게진 장수는 칼을 휘두르기 시작한다.

"제정신이 아닌 듯합니다. 눈빛이…"

계화가 조용히 중얼거린다.

"어둠에 홀린 게지. 북국 황후 짓이다."

박 씨가 달려오는 장수를 보고 손바닥을 앞으로 쫙 편다. 갑자기 광풍이 몰아친다. 장수는 눈을 뜨지 못한다. 군사들이 강한 바람에 날려가고 뒹굴고 멀리 굴러가고 아수라장이 된다. 하지만 다시 일어나서 으르렁거리는 짐승처럼 이빨을 드러낸다. 박 씨는 이번엔 눈바람을 일으켜 땅을 꽁꽁 얼게 만든다. 적들의 발이 땅에 얼어붙어 버린다. 그런데도 끝까지 칼을 휘두르며 공격성을 드러낸다.

"이렇게라도 시간을 끌어 보자."

얼마 후 전쟁터에서 빛의 화살이 어둠을 뚫었을 때, 동시에 박 씨의 뜰에도 주술이 풀려 북국 군사들이 정신을 차린다.

"응? 여긴 어디야?"

"왜 여기에 있지?"

군사들은 자기들이 있는 곳이 어디인지, 왜 여기 있는지 전혀 알지 못하고, 북국 장수도 어리둥절한 채 주변을 두리번거릴 뿐이다.

"이제 정신을 차렸느냐. 너희는 주술에 걸려서 아국을 침략했다. 이제 그 어둠의 주술이 풀렸으니 너희 나라로 돌아가거라. 마음 같아선 다 죽여 다시는 침략하지 못하게 하고 싶으나 생명은 하늘에 달린 것, 나 또한 생명을 해치는 것을 좋아하지 않는다."

북국 군사들은 멍하니 섰다가 박 씨의 말에 정신을 차리고, 잠시 후 북국 장수가 퇴각을 결정한다.

"자세한 이유는 돌아가면 알 수 있겠지. 일단 돌아간다."

적들이 돌아간 후 계화와 박 씨가 뜰로 내려선다. 그리고 어느새 구름 한 점 없이 맑게 갠 푸른 하늘을 올려다본다.

"드디어 끝났구나. 다들 무사한지…"

그렇게 어둠의 주술이 풀리고 전쟁도 끝났지만, 아직 끝난 것이 아니다. 박 처사는 황후의 뒤를 쫓아가고 있다. 검은 핏방울을 뚝뚝 떨어뜨리며 황후가 도망가고 있고 그 곁에는 호위무사가 함께 움직이고 있다.

인적이 없는 깊은 숲속에 이르자 황후는 나무에 기대 잠시 숨을 가다듬는다. 이때 박 처사가 눈앞에 나타난다.

"이제 너의 시간은 끝났다!"

황후가 핏발이 선 붉은 눈으로 박 처사를 노려본다. 젊고 아름다웠던 황후는 어느새 늙어 가고 있다.

"너의 탐욕의 끝을 보아라. 지금 너의 모습이 어떤지 보아라."

황후가 무사의 검에 자기의 얼굴을 비춰 보고는 흉측하게 늙어 버린 자기 모습에 경악한다. 손도 쭈글쭈글해진 늙은이의 손이다. 황후는 박 처사에게 분노를 쏟아 낸다.

"내가 뭘 그리 욕심냈다는 거냐? 내 죄가 뭐가 그리 크다고! 이 세상에 권력을 가진 자들의 악행과 탐욕을 봐라. 그들이나 나나 크게 다르지 않아. 오히려 나보다 더 잔인한 것들이 얼마나 많은데!"

"그러니 그들의 시간도 끝이 있고, 너의 시간도 이제 끝이라는 것이다. 너는 가난하고 어린 소녀들을 속이고 꾀어 그들의 생명과 젊음을 빼앗았다. 영원한 아름다움을 위해 그들의 피를 마시는 끔찍한 짓을 했다. 피는 생명이고 생명은 오직 신의 것이다. 한 명, 한 명이 다 고귀한 생명이니 네가 사사로이 함부로 빼앗으면 안 되는 것이다. 지금이라도 죄를 뉘우치고 너에게 희생당한 많은 생명에게 속죄하겠느냐? 진심으로 용서를 빈다면 혹시 아느냐? 하늘에서 듣고 너의 영혼을 영원히 파멸시키지 않고 구해 주실지."

"아름답고 싶고 영원히 살고 싶은 것, 나만 그런 것이냐? 권력과 힘이 있다면, 이룰 수 있다면, 어떤 방법을 동원해서라도 당연히 가져야지. 그게 당연한 거 아니냐?"

"끝까지 참회할 마음이 없구나. 네가 택한 방법으로는 영원히 살 수 없다. 영원한 생명은 오직 하늘이 주시는 것. 또한 하늘이 권력과 힘을 허락하는 것은 약자를 보살피고 도우라는 뜻이지 자기 배를 불리라고 준 것이 아니다. 그런데 너는 오로지 너의 탐욕을 채우기 위해 그 권력과 힘으로 절대로 해선 안 될 끔찍한 악행을 저질렀다. 너는 이제 지옥의 불 못에 던져져 영원히 고통받게 될 것이다. 네가 바라는 대로 영원이라는 시간 속에서 네가 행한 악을 후회하고 또 후회하게 되겠지."

박 처사가 검을 빼 들자 무사가 황후 앞을 막아선다.

"어서 피하십시오. 여긴 제가 맡겠습니다."

황후가 무사의 얼굴을 한 번 보더니 뒤도 안 돌아보고 도망치기 시작한다.

"이런 자에게도 충성을 다하는 너는… 주술이 아직 안 풀린 것이냐, 황후에게 미혹된 것이냐?"

"난 은혜를 갚는 것뿐이다."

무사의 눈을 통해 박 처사는 그의 과거를 본다. 무사가 어린아이였을 때 부모에게 버림받고 굶주려 죽어 가던 그를 황후가 데려가 살리고 키운 것이었다. 그래서 무사는 지금까지 황후가 시키는 모든 일을 묵묵히 수행해 온 것이었다.

"음… 한 생명을 구했구나. 그래서 지금까지 황후의 시간이 연장되었던 것인가."

탄식하듯 중얼거리던 박 처사는 무사를 향해 근엄한 목소리로 충고한다.

"하지만 너의 행동은 충성이 아니다. 잘못된 길을 선택할 때 그 길로 가지 못하게 막아서고, 그 대신 바른길을 제시하는 것이 진정한 충성인 것을 몰랐더냐? 너의 맹목적인 순종이 어떤 비극을 가져왔는지 모르겠느냐?"

무사는 황후가 끔찍한 일을 행할 때마다 손이 떨리고 소녀들이 불쌍했지만, 죽음에서 자기를 살린 그 은혜와 다시 버림받을까 봐 두려운 마음에 그저 시키는 대로 다 순응했던 것이다.

"너를 상대할 시간이 없으니 물러서라. 목숨은 살려 줄 테니 이젠 새 삶을 살거라."

무사는 칼을 겨눈 채 잠시 시선을 돌려 도망가는 황후의 뒷모습을 바라본다. 그리고 결심이 선 듯 칼을 다시 쳐들더니 한 발 앞으로 나선다.

북국 황후는 피를 흘릴수록 점점 힘이 빠져나가는 것을 느끼고 있다. 완전혀 늙어 버린 손을 보며 걸음도 점점 느려진다.

"조금만 더 가면, 잠시만 숨어 있으면 다시 힘을 회복할 수 있을 거야. 청학산까지만 가면 그 산의 정기로 회복할 수 있을 거다. 아국을 정복해서 그 땅의 신성한 기운을 마시고 소녀들의 맑고 깨끗한 피를 마시며 살고 싶었는데, 영원히… 그렇게 영원한 젊음과 아름다움을 가질 수 있다면…"

"그건 안 될 것이다. 내가 이 땅을 지키고 있는 한!"

우렁찬 목소리가 들리더니 갑자기 황후의 눈앞에 박 처사가 나타난다. 북국 황후의 눈빛이 어두워진다.

"빛의 아이가 오면 어둠의 시대는 끝난다. 예언을 너도 잘 알고 있을 테니 이제 끝이라는 것을 알겠지. 더 이상 힘 빼지 말고 순순히 받아들여라."

"너희는 어둠이라 부르지만, 그것이 나의 세상이었다. 빛이라 부르는 그것은 어둠을 죽이기 위해 탄생한 것일 뿐, 어둠의 시간은 늘 있었다. 빛이 있기 전 어둠만으로 충만한 세상이었다. 그때가 지속된다고 뭐가 나쁜 것이냐. 빛이 나타나지 않았다면 태초부터 지금까지 어둠이 지속되었을 테고, 그 자체로 완전한 세상이었을 것이다."

"너는 여전히 어둠을 변호하는구나. 자신의 죄는 전혀 깨닫지 못하는 것이냐. 분명 어둠이 너의 욕망을 알고 너의 탐욕을 부추겼을 것이다. 하지만 너는 선택할 수 있었다. 네가 가진 힘으로 연약한 소녀들의 생명을 빼앗는 대신 그들을 살리는 길을 선택할 수 있었다."

깊은 한숨을 내쉰 박 처사가 검을 뽑는다.

"하늘을 두려워하지 않고 너의 탐욕대로 살았으니 이제 파멸의 길만 남았다. 악하고 허망한 욕망의 결과를 보아라. 그 끝은 영원한 지옥 불에서 끝없이 고통받는 것, 네 영혼이 영원한 파멸의 비명 소리를 되풀이하는 것뿐이다."

박 처사의 검에서 눈부신 빛이 나기 시작한다. 황후는 마지막으로 온 힘을 모아 박 처사를 향해 손을 뻗는다. 황후의 온몸에서 검은 어둠이 뿜어져 나오며 머리칼이 하늘로 솟구친다. 광풍처럼 회오리치는 검은 기운이 박 처사를 덮치고, 그의 검에 검은 피가 엉겨 붙기 시작한다. 세찬 어둠의 폭풍 속에서 오직 한 자루 검에 의지해 버티던 박 처사가 뒤로 밀리기 시작한다. 박 처사의 검은 어느새 그 빛을 잃고 사방은 온통 어둠에 덮여 버린다.

어둠 속에서 황후가 손을 휘두르자, 박 처사가 마치 채찍에 맞은 듯 고통을 느끼며 한 발씩 뒤로 물러선다. 황후가 손으로 검은 기운을 모아 박 처사에게 쏟아붓는다. 마치 여러 마리 뱀처럼 여러 갈래로 나뉜 어둠의 기운들이 처사의 몸을 빙 둘러싸더니 꽁꽁 동여맨다. 어둠의 공격에 박 처사의 몸이 찢기고 입에서 피가 흐른다.

"갈기갈기 찢어 죽여 주마. 검이 더 이상 널 지켜 주지 못하는구나. 호호호!"

백발 할미가 된 황후는 기다란 손가락으로 처사의 입에 흐르는 피를 쓰윽 닦아 내며 조롱하듯 웃는다. 박 처사는 온몸을 찢긴 채 묵묵히 서 있는 것처럼 보이지만, 다음 순간 검을 쥔 손에 힘을 주기 시작한다. 검을 쥐고 있는 오른손에 힘을 줄수록 점점 더 많은 피가 흐르고, 그 피는 검을 타고 흘러내린다. 그의 붉은 피가 검에 닿는 순간 검에 엉긴 검은 피가 사라지기 시작한다.

"나의 사명은 이 땅을 지키는 것. 내 피로 너의 어둠을 파괴하리라!"

박 처사의 붉은 피가 닿는 부분마다 그의 검은 다시 밝은 빛을 내기 시작하고, 곧이어 눈부신 빛을 회복한다. 자신의 피로 어둠을 씻어 낸 것이다. 박 처사가 어둠을 향해 검을 휘둘러 한 번에 황후의 목을 베어 버린다. 풀썩, 황후의 몸이 쓰러지고 그 목이 굴러간다.

베어진 황후의 목에서는 검은 피가 사방으로 솟구치고 흩뿌려진다. 그리고 마치 땅이 그 피를 삼키고 흡수하듯, 땅에 흐르던 검은 피는 순식간에 사라진다. 황후는 목이 베어진 상태인데도 눈을 부릅뜬 채 마지막까지 발악한다.

"아직 끝나지 않았다. 어둠의 시대는 늘 존재했어. 지금은 빛이 왔다고 생각하겠지만 또 누군가의 탐욕으로 다시 어둠은 세상을 정복할 것이다. 역사는 반복되니까 말이야."

"그래, 그렇겠지. 어둠은 인간의 탐욕을 먹고 자라니까 또다시 나타나겠지. 하지만 그때에도 어둠을 막아서는 빛이 있을 테니 빛과 어둠의 전쟁 같은 역사는 계속될 것이다. 하지만 결국 이 모든 역사의 끝, 즉 마지막 때가 오리니 그때는 완전한 빛이 올 것이고, 이 땅과 하늘은 영원한 평화의 시대를 맞이할 것이다."

어느새 황후의 육체는 스르르 가루로 변하고 바람에 날려 사방으로 흩어진다. 그렇게 흔적도 없이 소멸한다.

13. 어둠이 걷히고

전쟁이 끝나고, 왕은 먼저 북국 황후의 추종자로 아국 조정을 장악했던 영의정과 예조참판 등 관련 인물들을 모조리 물색하여 엄벌로 다스린다. 그리고 북국에 사절단을 보내 양국의 관계를 다시 평화롭게 조정하고자 한다. 북국은 황후로 인해 벌어진 끔찍한 소녀 실종사건의 실상을 조사한 후, 아국에 그 자료를 보내온다.

북국의 정보에 따르면 황후는 그동안 여러 나라를 떠돌다가 아국 청학산이 온 세상의 중심축에 해당하는 곳이며, 가장 기운이 맑고 영험한 곳이라는 사실을 알고 아국 정복을 꿈꿔 왔다는 것이다.

사실, 아국 청학산에는 오래전부터 내려오는 전설이 있었다. 태초에 하늘의 신이 청학산에 내려와 나무 한 그루를 심었는데, 그로부터 신의 영험한 정기가 땅에 머물러 신성한 생명력을 간직한 아국 땅이 되었다는 것이다. 영원한 아름다움을 꿈꿔 온 황후는 그 전설을 믿고, 아국 땅을 정복해서 청학산의 정기를 취하고, 또한 아국 소녀들의 맑은 정기가 담긴 피를 마음껏 마시며 영생을 누리려는 마음을 먹게 된 것이었다.

그래서 북국 황제를 유혹하여 황후가 된 후, 북국 소녀들의 피를 마시며 때를 기다리다가 아국에 소녀 조공을 요구해 왔던 것이다. 그런데 선대왕이 그 제안을 거부하자, 그림에 몸을 숨기고 아국으로 건너와 선대왕을 죽이고 반대하던 왕족들까지 제거한 후, 아국을 완전한 속국으로 만든 것이었다. 또한 걸림돌을 없애면 아국을 완전히 자기 것으로 만들 수 있다고 생각한 황후가 예언의 아이를 제거하라는 명령을 내렸던 것이고, 자신의 욕망을 채우기 위해 필요할 때마다 그림에 숨어서 아국 소녀들을 사냥하고 있었던 것이다.

그동안 황후에게 속아 이용당했다는 사실을 알게 된 북국 황제는 아국의 도움으로 간악한 요물 황후의 미혹에서 벗어났다고 감사하며, 앞으로는 형제국으로서 서로 돕는 좋은 관계를 이어 가자고 제안해 온다. 드디어 평화로운 시절을 맞이하게 된 것이다. 이후 아국 조정에서는 지난 시절의 오점을 바로잡고 훌륭한 인재와 충신을 세우는 대대적인 재정비가 이루어진다. 그리고 왕은 새로운 나라를 위하여 문수를 궁으로 부르고 세자로 책봉한다. 왕은 문수가 왕족으로서 '이선'이라는 본명을 되찾은 것을 누구보다 기뻐한다.

"살아 있어 줘서 고맙다. 앞으로 훌륭한 성군이 되거라."

사실 문수는 자신이 선대왕의 직계 후손 중 유일한 생존자인 것도, 예언의 아이인 것도 부담스러울 뿐이다. 아직도 자기로 인해 희생된 아이들을 떠올릴 때마다 죄책감을 지울 수가 없는데, 이제 세자의 자리에 오르고 앞으로 백성들을 위한 훌륭한 왕이 되라고 하니 자신이 과연 그런 자격과 능력이 있는지 의문이 드는 것이다.

"내 힘으로 어둠을 물리친 것도 아니고, 스승님이 안 계셨으면 불가능했던 일인데… 길동, 우치, 누이, 소년… 그들이 함께하지 않았다면 가능했을까? 이름 없이 싸워 준 그들이 진짜 영웅인데 내가 예언의 아이라는 이유로 오롯이 칭송받고, 왕이 되는 것이 옳은 것인가."

문수는 모든 것이 막막하고 답답하게 느껴진다.

며칠 후 왕은 날이 갈수록 얼굴빛이 어두워지고 기력도 없어 보이는 문수가 걱정되어 외출을 허락한다. 문수는 갑갑한 궁에서 벗어나 친구들을 만나러 가는 것을 허락받고 호위무사와 함께 운종가로 나선다. 거리에서 만난 사람들은 각자의 자리에서 열심히 살고 있고, 그 표정도 평화롭고 여유로워 보인다. 문수는 그림이 내걸린 가게를 지나다가 발길을 멈춘다.

"그림이 아주 좋은데."

주인장이 그림에 시선을 고정한 양반 도령을 보고는 급히 나온다.

"어서 오십시오. 이 그림이 다시 돌아온 그 유명한 '우사'의 그림입니다."

"우사?"

"아, 모르십니까? 도성 안에서 유명한 이름인데, 그 예전 예조참판 때문에 그림도 못 그리고 도망치듯 사라졌다가 최근 돌아왔지요. 나쁜 놈들이 사라지고, 우사는 돌아오고, 그림이 날개 돋친 듯 팔려 나가는 중입니다."

주인장의 만족스러운 웃음을 보며 문수는 조금은 좋은 세상이 되었나 싶어 다행이라고 생각한다.

발길 닿는 대로 걷다가 주막에 도착해 쉴 겸 요기도 할 겸 자리를 잡는다. 주막 할미가 반갑게 맞이하는데, 그 뒤에서 불쑥 나타난 삽살개 한 마리가 꼬리를 흔들며 문수 앞에 와서 앉는다.

"응? 이 아이는…"

삽살개의 목에 달린 금방울이 반짝인다.

"어… 혹시…"

약초 소년이 어릴 때 자기를 구해 준 삽살개와 할머니와 살았다고 하면서 금빛 방울이 어둠 속에서 빛을 환히 내어 길을 안내하고, 약초를 캐러 다닐 때도 늘 함께 다녀서 무섭지 않았다고 했던 말이 생각난 것이다.

"네가 혹시 그 애냐?"

삽살개가 그 말을 알아들은 듯 꼬리를 흔들며 앞발을 내민다. 얼떨결에 앞발을 잡은 문수는 악수하듯 흔든다.

"응? 맞다고?"

옆에 있던 무사는 어리둥절하여 문수를 바라본다. 삽살개는 그렇게 인사를 한 후 주막 뒤쪽으로 사라진다.

'그럼 여기가 소년의 집인가? 돌아와 있을까?'

할미가 음식을 가져오자 문수가 용기를 내어 물어본다.

"저… 여기가 약초 소년이 살던 곳인지?"

할미가 싱긋 웃는다.

"네, 그렇습니다. 예전에 같이 살았었지요."

"예전에… 그럼 지금은…"

"지금은 고난의 때가 다 지났으니 원래 있어야 할 곳으로 갔지요."

"거기가 어딘지 알고 있는가?"

"저는 모릅니다만, 인연이 이어져 있으니 만나시게 될 겁니다."

밥을 다 먹고 떠나려고 하는데, 삽살개가 입에 무언가를 물고 따라 나온다.

"가져가십시오. 이제 주인을 만났네요."

할미의 말에 두루마리를 펴 보니 여인의 초상화가 그려져 있다.

"어디서 본 듯한 얼굴인데… 정말 곱구나."

문수는 왜 이 그림의 주인이 자기인지 모르고 골똘히 생각에 잠긴 채 걸음을 옮기고, 할미는 고개를 절레절레 흔들며 문수의 뒤를 바라보고 있다.
"못 알아보는 것 같지?"
삽살개가 대답하듯 '컹' 하고 짖는다.

궁으로 돌아온 문수는 여전히 그림 속 여인을 떠올리고 있다.
'묘하게 닮았다. 그 소년과…'
약초 소년의 하얗게 빛나던 얼굴이 떠오른다. 눈, 코, 입술.
'그때 물에 빠졌을 때 알게 된 소년의 비밀, 분명 여인이었다. 그럼 이 그림에 그려진 여인이 혹시, 그녀인가? 아… 그녀는 어디로 간 것일까? 소식을 알고 싶구나.'
문수는 그녀가 소년의 모습으로 얼굴에 초록 물을 묻힌 채 풀숲을 뛰어다니던 기억을 떠올린다. 그녀의 눈빛, 웃음, 말투가 생각난다. 연약한 몸으로 겁도 없이 적군을 유인하던 그녀, 문수를 지키려고 몸을 던졌던 아찔한 일도 떠오른다.
'그녀는 지금 어디서 어떻게 살고 있을까…'

문수는 며칠 후 이시후의 집을 방문한다. 그동안의 은혜에 감사를 전하기 위해 박 씨를 만나려는 것이다. 먼저 대제학을 지낸 이 대감을 만나 인사를 나눈 후 별채로 박 씨를 만나러 간다. 박 씨는 정말 오랜만에 보는 문수를 반갑고 따스하게 맞이한다.
"이리 무사히 뵙게 되어 정말 다행입니다."
"세월이 어느새 이리 흘렀는지… 스승님께서는 청학산으로 깊이 들어가셔서 이제 속세로 안 나오신다고 들었습니다. 제대로 감사 인사를 드리고 싶었는데 제가 너무 늦어 버렸네요. 길동이와 우치는 어찌 지내고 있습니까?"

"그 아이들도 곧 떠날 거라 들었습니다."

"어디로요?"

"남쪽 섬나라로 간다고 했습니다."

"남쪽 섬나라?"

"할 일이 있으니 그곳으로 가는 것이겠지요. 때를 알고, 있어야 할 곳에 있기 위해서 말입니다."

문수의 얼굴빛이 어두워진다.

"다들 떠나는군요. 헤어짐도, 새로운 시간의 시작도 제겐 버겁게 느껴집니다."

박 씨가 문수를 바라보며 따스하게 미소 짓는다.

"세자 저하는 어둠을 내몰고 이 땅에 빛의 시간을 오게 하셨습니다. 그 역할을 잘 감당하셨기에 이런 평화로운 시대가 온 것이지요. 어린 시절부터 고통 속에서도 묵묵히 이겨 내셨고, 준비하셨고, 그리고 해내셨습니다. 세자 저하께서 존재하셨기에 예언은 이루어졌지요. 두려워하지 마세요. 새롭게 시작되는 이 시간에도 도울 사람들이 준비되어 있고 결코 혼자 가는 길이 아닐 것입니다. 분명 돕는 자를 보내 주실 겁니다. 곧 세자빈 간택도 있지 않습니까?"

문수가 당황한다.

"아, 아직… 그 문제는 생각을 안 해 본 터라…"

박 씨가 문득 묻는다.

"약초 소년의 소식은 아십니까?"

문수가 눈이 커다래진다.

"안 그래도 궁금했습니다."

"그러실 줄 알았습니다."

박 씨가 문수의 표정을 보고 미소를 짓는데, 문득 밖에서 계화의 목소리가 들린다.

"손님 오셨습니다."

문을 열고 들어오는 사람은 길동과 우치다.

"형님! 아니, 세자 저하!"

들어오자마자 넙죽 절부터 하는 두 사람이다.

"아니, 웬 절을. 드디어 보는구나!"

문수는 길동과 우치의 손을 덥석 잡는다.

"형님, 아니 세자 저하, 표현도 못 하시던 분이 이렇게 반겨 주시고… 그동안 많이 외로우셨던 거 아닙니까? 살도 빠지신 것 같고."

길동의 말에 문수의 표정이 어두워지자 우치가 길동의 옆구리를 쿡 찌른다.

길동과 우치는 문수와 오랜만에 옛날얘기를 나누며 지난날을 회상한다.

"지금 약초 소년까지 함께라면 그림이 딱 좋을 텐데."

우치가 허전한 듯 모인 사람들을 바라본다.

"아, 그렇지. 형님 모르시지? 누이 소식."

길동이가 말을 꺼낸다.

"누이라니?"

문수가 묻자

"약초 소년 말입니다. 소혜 누이."

길동이가 이름을 알려 준다.

우치가 문수의 반응을 보며 조심스레 묻는다.

"형님, 아니 세자 저하, 아직 모르시는 건 아니시지요? 소년이 아니라…"

"아… 역시…"

문수가 혼잣말처럼 중얼거린다.

"늦게라도 아셔서 다행입니다, 핫핫. 누이는 잃어버린 부모님을 만나서 행복하게 살고 있습니다."

"부모님을 찾아?"

"네, 잘되었지요. 그 서쪽 섬에서 뵈었던 훈장 어르신 부부가 누이의 부모님이셨답니다."

"뭣이라고?"

길동의 설명을 듣던 문수가 깜짝 놀란다.

"그때 그 손수건 생각나십니까?"

길동이 그동안의 사연을 문수에게 들려주기 시작한다.

약초 소년과 문수가 상처를 입고 물에 흠뻑 젖어 실려 온 그날이었다. 부인이 문수의 상처를 치료하고 돌보다가 문득 문수의 팔에 묶여 있던 손수건을 떠올리고 그 피 묻은 손수건을 챙겨 나온다.

"이거 피가 많이 묻어서… 깨끗하게 다시 세척해서 돌려줘야겠네."

손수건을 살펴보는데 익숙한 무늬가 눈에 뜨인다. 모서리에 자수로 꽃을 수놓은, 바로 부인의 손수건이다.

"이건! 분명 소혜에게 준 내 손수건인데…"

놀란 부인은 남편에게 이 사실을 전하고 두 사람은 바로 문수에게로 달려간다.

"미안하네, 쉬는데 이리 찾아와서. 혹시 이 손수건…"

"아, 그건 약초 소년의 것입니다."

"소년이? 이걸 그 소년이 지니고 있었다고?"

얼마 후 전쟁이 시작되자 소년은 섬에 남았고, 문수와 길동과 우치는 전쟁터로 나갔다. 마을에 남은 소년은 훈장 어르신 부부와 생활하며 전쟁이 빨리 끝나기를 바라고 있었다. 그러다 전쟁이 끝나고 길동과 우치가 섬으로 돌아왔다. 문수는 바로 궁으로 들어가야 해서 같이 오지 못하고 대신 인사를 전해 왔다.

길동과 우치는 곧 남쪽 섬으로 떠날 계획이었는데, 소년의 거처가 불분명한 상태여서 걱정을 하고 있었다. 고민 끝에 우치가 조심스럽게 부인에게 제안을 했다.

"저희는 곧 떠날 것인데, 소년은 같이 가지 못하고 여기에 남아야 할 것 같습니다. 혹시 이 소년을 거두어 주실 생각은 없으십니까?"

부인과 소년이 서로 바라보며 미소를 지었다.

"자네들이 전쟁에 나간 사이 우리는 가족을 찾았네."

훈장 어르신이 흐뭇한 미소를 머금고 우치를 바라보았다.

"네?"

놀라는 우치와 길동에게 부인이 손수건과 관련된 이야기를 들려주었다.

"손수건은 부인이 딸에게 준 것이고, 그 딸이 바로 이 소년이라고요?"

길동과 우치가 놀라 소년을 보았을 때, 그 표정은 어느 때보다 밝고 행복해 보였다. 두 사람은 그때 소년의 가족 상봉 소식을 듣고 자기 일처럼 기쁘고 행복했다고 회상하며 말한다.

지난 이야기를 듣던 문수의 표정이 시시각각 바뀌는 것을 가만히 지켜보던 박 씨가 부드러운 목소리로 말한다.

"다행히 다 제자리로 돌아간 것이지요. 세자 저하도, 이판 댁도…

길었던 어둠과 고통의 시간은 끝나고 드디어 좋은 시절이 시작되었으니, 세자 저하께서도 이젠 인연을 만나셔서 행복하게 사시면 좋겠습니다."

박 씨는 문수의 마음을 다 알고 있다는 듯이 따뜻한 눈빛으로 문수를 바라본다.

다음 날 별채를 방문한 이시후 앞에 박씨 부인이 얼굴 가리개를 벗고 나타난다.

"부인 얼굴이…"

"다시 가릴까요?"

"아니, 아니오…"

이시후는 한참 동안 부인의 얼굴을 쳐다보고 있다. 처음 혼례식 때 보았던 부인의 얼굴은 소스라칠 정도로 흉측했고 그래서 계속 피했는데, 지금 가리개를 벗은 그녀의 얼굴은 완전히 다른 얼굴이다. 울퉁불퉁, 얼룩덜룩하던 피부가 아니다. 백옥같이 고운 피부에 이목구비가 또렷한 미인인 것이다. 햇빛 아래 서 있는 부인의 모습이 눈이 부셔서 이시후는 할 말을 잃고 있다.

"이리 고운 부인을… 내가…"

이시후는 부인의 얼굴이 싫어서 일부러 멀리했던 자신의 지난 행태들이 떠올라 고개를 푹 숙인다.

"그동안 어리석은 나를 떠나지 않고 한결같이 도와주어서 고맙소. 이 집안도, 나도 다 부인 덕분에 구해 냈소. 장인 어르신께도 뭐라고 감사를 드려야 할지 모르겠소. 그리고 부인의 얼굴은…"

박 씨는 자신의 시간이 다 채워질 때 비로소 원래의 모습으로 돌아올 수 있다는 박 처사의 말대로 오랜 시간 기다렸는데, 전쟁이 끝나자 어느 날 꿈에 박 처사가 딸을 찾아왔던 것이다.

"드디어 시간이 되었다. 때를 기다리면서도 스스로 노력하며 준비해 온 너를 보니 내 마음이 좋구나. 이제 나는 청학산에 머물면서 세상에 나오는 일은 없을 것이다. 그리 알고 잘 지내거라. 때가 되면 다시 만날 터이니 걱정하지 말고. 너의 모든 액운이 다하였으니 앞으로는 행복하게 살거라."

그리고 박 처사가 약병 하나를 건네주었는데, 박 씨가 꿈에서 깨어나 보니 머리맡에 그 약병이 실제로 놓여 있었다. 박 씨가 그 약물을 마시자 그동안의 얼룩덜룩했던 피부가 씻은 듯 맑아지면서 곱고 빛나는 피부로 변했다. 긴 세월 기다리며 살아온 그때가 된 것이었다. 그렇게 박 씨는 비로소 고운 얼굴을 되찾았고, 그동안의 마음고생도 다 날려 보낼 수 있게 되었던 것이다.

마침내 완전히 회복된 모습으로 당당히 가리개를 벗고 남편을 맞이할 수 있게 된 박 씨는 지난 세월에 대한 원망보다 후련한 마음이 더 크다. 혼자 감당한 시간이 아니라 곁에서 함께해 준 사람들이 있어서 그들 덕분에 답답함을 견딜 수 있었다고 생각한다. 소년의 극진한 정성과 계화의 충직한 보살핌이 든든한 힘이 되었고, 길동과 우치, 문수의 한결같은 마음도 박 씨에게는 크나큰 위로가 되었기 때문이다.

"누구라도 처음 제 모습을 보았다면 다 실망하고 피했을 테니까요. 그래도 서방님은 다르실 거라고 약간의 기대를 하긴 했었지요."

"미안하오. 내가 그리 부족한 사람이라… 쥐구멍이라도 있으면 들어가 숨고 싶은 심정이오."

이시후는 어쩔 줄 몰라 하며 미안해한다.

박 씨가 빙긋이 웃으며 말을 돌린다.

"이제 저도 고운 옷 입고 서방님과 바깥나들이도 하며 살고 싶은데 어떠신지요?"

"그야 물론 좋소. 지금 당장 갑시다. 운종가로 나가서 예쁜 비녀도 사고 가락지도 사고. 아, 그리고 별채는… 혹시 계속 여기서 따로 지낼 생각이시오?"

"저야 여기가 더 익숙합니다. 서방님도 혼자 지내시는 것이 더 편하시지 않으십니까?"

박 씨가 짓궂게 놀리듯 말한다.

"그야… 부인이 그렇다면… 그렇게 하시고. 내 감히 부인의 뜻을 어찌 꺾겠소? 다만 부모님께서 계속 책망을 하시니… 흠… 흠…"

이시후는 괜히 민망해져서 헛기침을 한다.

"그렇다면 효가 우선이니 부모님을 위해서라도 함께하는 것이 도리에 맞겠지요."

"정말 그리하시겠소?"

놀란 눈으로 박 씨를 보던 이시후는 박 씨의 환한 웃음을 보고 마음을 놓는다. 그리고 처음으로 박 씨의 손을 조심스레 잡아 본다.

세자가 된 문수는 왕궁에서 매일 세자 교육을 받고 있다. 그리고 그때마다 영특함을 드러내서 왕과 신하들로부터 감탄과 기대를 받고 있다. 왕은 중전에게 문수를 친아들처럼 아껴 주기를 부탁하고, 어린 아들 대신 예언의 아이인 문수가 왕위에 앉아야 한다고 말한다. 그리고 자신은 때가 되면 왕위를 물려주고 궁 밖으로 나가 조용히 살고 싶다고 한다. 왕은 부모를 잃은 세자에게 친혈육같이 살뜰히 대해 주고 싶고, 어린 시절부터 겪은 고통의 시간들을 행복한 시간으로 채워 주고 싶은 마음이 가득하다. 그래서 세자빈 간택에도 공을 들이고 있다.

그러나 세자는 왕실이 추진하는 세자빈 간택에 전혀 마음이 없다. 나라를 위해 반드시 해야 하는 의무라고 느끼지만, 세자라는 자리가 주는 압박감과 자신의 부족함을 항상 느끼고 있기 때문에 세자빈을 맞이할 엄두가 나지 않는 것이다.

한숨이 잦아진 문수를 보고 호위무사가 조심스레 말을 건넨다.

"답답하십니까?"

"왜 그런지… 갑갑하긴 하다."

"혹시 가끔 꺼내 보시는 그림 속 여인 때문이십니까?"

문수가 당황한다.

"아니, 그런 건 아니고…"

"그 여인을 만나 보시는 것은 어떠십니까?"

"뭐? 아니, 그렇게까지는…"

정곡을 찌르는 무사의 말에 문수가 말을 얼버무린다.

"곧 세자빈 간택이 시작됩니다. 그분을 만나실 수 있는 시간은 지금뿐일 수도 있습니다. 용기를 내십시오. 무엇을 망설이십니까? 세자 저하께서 원하시면 지금이라도 만나실 수 있습니다."

호위무사의 패기 넘치는 조언에 얼떨떨한 세자는 잠시 생각하다가 그럴듯한 이유를 찾아낸다.

"그래, 얼굴 한 번 보는 것이 나쁘지는 않겠지? 김 대감께 못 했던 인사도 드리고, 부인께 안부도 여쭈어야 하고…"

문수가 김 대감 댁에 도착하고 오랜만에 마주한 김 대감과 부인은 감격한다.

"이리 장성하신 세자 저하를 뵈오니 얼마나 감사한지 모르겠습니다."

"어릴 때 대감께서 저를 많이 아껴 주셨지요. 섬에서는 알아뵙지 못하고…"

"저도 처음에는 몰라뵈었습니다. 박 처사의 편지를 보기 전까지는 그저 친숙한 느낌이 든다고 생각했지요."

"잃어버리신 따님도 만나셨다지요?"

부부는 문수의 말에 환하게 웃는다.

"부모가 되어서 그리 가까이 있으면서도 못 알아보고…"

부인이 탄식하듯 말한다.

"저도 같이 시간을 보냈지만 남복을 하고 있어서 몰랐습니다. 소년이라고 생각했으니까요. 어찌나 씩씩하던지… 산도 잘 타고, 겁도 없고…"

문수가 회상하듯 먼 곳을 응시한다.

"소혜가 아이였을 때도 그런 모습이 있었지요. 기억나시오, 부인?"

김 대감이 미소를 지으며 부인을 본다. 부인도 고개를 끄덕이며 함박웃음을 짓는다.

"여기까지 오셨는데 딸아이도 세자 저하를 뵙고 싶을 것입니다. 잠시 만나 보시겠습니까?"

김 대감이 문수의 표정을 읽고는 하인에게 명을 내리는데, 잠시 후 바람 쐬러 나갔는지 집 안에 없다는 소식을 듣게 된다.

"송구합니다. 이리 어려운 걸음을 하셨는데… 딸아이가 자유롭게 살던 버릇 때문인지 이리 천방지축입니다. 대체 어딜 나간 건지…"

문수는 실망스러운 표정을 감추지 못하고 허탈한 걸음으로 김 대감 댁을 나선다. 그냥 환궁하기는 싫어서 운종가 구경이나 가자고 말하며 호위무사를 앞장세운다. 문수는 백성들을 둘러보며 문득 평범한 삶을 사는 그들이 더 행복해 보인다는 생각을 한다.

주막 가까이에 커다란 나무 한 그루가 보이고 삽살개와 한 여인이 함께 있는 모습이 눈에 들어온다. 곱게 차려입은 여인 앞에 삽살개가 얌전히 앉아 있는데 여인이 뭐라고 말을 하고 있다. 삽살개가 그 말을 알아듣는지 귀를 쫑긋거리고 있다. 그러다 순간 인기척을 느끼고 휙 돌아보더니 '컹!' 하고 짖으며 문수를 향해 달려온다. 목에 달린 금빛 방울이 '딸랑' 소리를 낸다. 문수가 삽살개와 인사를 하고 머리를 쓰다듬는다.

"날 알아보는구나. 영리하네."

소혜가 문수를 돌아본다. 두 사람은 서로를 물끄러미 바라보기만 한다. 그전과 달라진 모습에 처음 만나는 사람들처럼 어색하다. 문수가 천천히 소혜에게 다가간다. 소혜가 예를 갖추어 문수에게 인사를 하고, 삽살개와 호위무사는 멀찍이 서서 그들을 보고 있다.

소혜 앞에 선 문수는 그림에 그려진 여인과 똑같은 모습의 소혜를 보고 그제야 확실히 깨닫게 된다.

"그대가… 그 여인…"

"세자 저하, 저하 덕분에 저는 원래의 모습으로 살게 되었고, 부모님도 만났습니다. 이 나라도 평화로운 시절을 보내고 있고요. 다 저하께서 예언의 사명을 잘 감당하셨기 때문입니다. 정말 감사합니다. 지난 모든 시간들을 함께할 수 있어서 제겐 영광이었어요. 저를 구해 주신 은혜에도 꼭 감사의 말씀을 드리고 싶었는데 이제야 얼굴을 뵙네요."

"내가 너무 늦게 알게 되어서… 어릴 적 그 아이였다는 것도 전혀 몰랐으니…"

소혜가 '풋' 하고 웃음을 터뜨린다.

"그야 늘 좀 무디신 편이셨지요. 그리 놀랄 일은 아닙니다."

문수도 덩달아 웃음을 터뜨린다.

"내가 그랬던가?"

세월이 훌쩍 흐른 후 만난 두 사람은 서로를 바라보고 서 있다. 문수는 소혜를 보자, 오랜 시간 함께한 벗처럼 정겹고 반가우면서도 동시에 왠지 마음 한쪽이 아리는 듯, 설레는 듯하다. 문수는 여인의 모습으로 눈앞에 서 있는 소혜를 찬찬히 바라본다. 그녀의 환한 미소를 바라보며 그저 이대로 시간이 멈추었으면 좋겠다는 생각을 한다.

궁으로 돌아온 문수는 고민에 빠진다.

'그녀는 자신의 삶에 대한 명확한 생각이 있던데, 나는…'

소혜가 물었다.

"세자 저하께서는 이제 있어야 할 곳에 서셨으니 어떻게 사실 생각이십니까? 무엇을 하실 것입니까?"

"글쎄… 아직… 너는 어떠냐? 앞으로 어찌 살지 생각해 보았느냐?"

소혜가 씨익 웃는다. 그리고 예전의 소년 같은 말투로 말한다.

"저하도 아시다시피 제가 신분과 가족은 되찾았지만 평범한 양반 댁 여인처럼 살 수 있는 사람은 아니지 않습니까? 저만의 길, 제가 할 수 있는 일을 찾으려고 합니다. 이제 새로운 시간이니 제가 있어야 할 곳을 찾아가야지요."

문수는 소혜의 말을 다시 떠올리며 자기가 있어야 할 자리가 어디인지, 그리고 앞으로 어떻게 살아야 할지 깊은 생각에 잠긴다.

'나는 원래의 자리로 돌아온 것이 맞나? 예언의 아이라는 이유로 왕의 자리에 오르는 것이 나의 길이라는 것인가…'

그런 고민을 하는 중에도 소혜의 해맑고 밝은 미소가 자꾸 아른거린다. 문수는 혼란스러운 마음에 하늘을 올려다본다.

'스승님이 계시면 여쭈어볼 텐데. 내가 가야 할 길이 어디인지…'

한 달이 흐르고, 계절은 어느덧 잎들이 곱게 물든 가을이다.

무료 약재 나눔소 앞에 웬 선비가 나타난다. 하인이 선비를 발견하고 다가온다.

"여기에서 희귀한 약초를 구할 수 있다고 해서 왔는데."

"아, 네. 잠시 기다려 주십시오."

하인이 들어가고 잠시 후 여인이 나온다. 서로 눈이 마주치자 한동안 침묵이 흐른다.

"어, 어떻게 오셨습니까?"

소혜가 놀라 눈이 커다래진다. 문수가 환하게 웃으며 그녀에게 다가간다.

"여기가 그대가 있어야 할 곳인가 보오."

"아, 그것이… 약초를 키우는 것도 좋고, 사람들을 돕는 것도 보람 있고…

하여…

그런데 세자 저하께서는 왜 여기에…"

"나도 이제 내가 있어야 할 곳을 찾은 듯하여…"

"네?"

소혜가 그 말의 뜻을 몰라 갸우뚱거리자 문수가 귀엽다는 듯 그녀의 머리를 쓰다듬는다.

"세자 저하, 그게 무슨…"

"난 더 이상 세자가 아니오. 내 자리는 거기가 아니었으니까."

문수가 소혜의 손을 살포시 잡는다.

이때 길동과 우치가 나무 위에서 두 사람을 내려다보고 있다.

"드디어 만났네. 참 오래 걸려. 역시 형님이 좀 무디시긴 해."

길동이 온몸을 쭉 펴며 시원하게 기지개를 켠다.

"자기 마음을 아는 게 그리 쉽지 않지. 그래도 운명의 연인은 결국 만나게 되는 법!"

우치가 팔짱을 낀 채 만족스러운 미소를 짓는다.

문수는 오랜 고민 끝에 왕에게 자신의 결심을 밝혔다.

"저의 역할은 어둠을 몰아내고 빛의 세상을 불러오는 것, 그것이었습니다. 예언의 아이는 빛의 시대를 여는 역할일 뿐, 그 후의 새 시대는 새로운 존재가 이끌어 가야 합니다. 이 나라를 다스릴 제왕의 자리는 제가 있을 자리가 아니라는 것을 깨달았습니다."

뜻밖의 말에 당황한 왕을 향해 문수는 다음 말을 이어 갔다.

"이미 새로운 시대를 열어 갈 분이, 준비된 분이 계십니다. 제가 아니라 그분이 진정한 성군이 되실 분입니다. 아직 어리시지만 훌륭한 스승님이신 김 대감께서 이끌어 주신다면 이 아국의 백성들을 행복하게 하는 현명하고 뛰어난 성군이 되실 것입니다."

왕은 자신의 어린 아들이 보위를 잇는 것이 과연 옳은 일인지 고민했는데, 김 대감을 만나고 난 후 문수의 마음과 뜻을 이해하게 되어 결국 문수의 요청을 들어주었던 것이다.

소혜가 말없이 문수를 바라본다.

한 달 전에 문수를 만났을 때, 이제 세자가 되어 버린 문수를 더 이상 볼 수 없을 거라는 생각을 하며 왠지 막막하고 허전한 마음을 느꼈던 그녀다. 가는 길이 다르니 어쩔 수 없는 일이라고 스스로 마음을 다독였으나 가끔씩 문수의 모습과 웃음이 떠오를 때면 괜히 마음이 아파 오는 것은 어쩔 수 없었다.

소혜의 얼굴이 붉어진 것을 본 문수는 늘 소년처럼 씩씩하던 아이가 어느새 여인이 되어 자기 앞에 서 있는 이 순간이 설레고 기쁘기만 하다.

"형님, 아니, 이제… 어떻게 불러야 할지…"

"서방님은 어떻소?"

"네?"

소혜가 놀라 토끼 눈을 뜬다.

"내가 너무 급했나. 그럼 당분간 오라버니라고 부르는 것도 좋겠고."

문수가 환하게 웃으며 소혜의 빨개진 얼굴을 뚫어져라 바라본다. 소혜는 갑자기 나타나 그동안 볼 수 없던 적극적인 감정을 표현하는 문수가 당황스럽지만 그렇다고 싫지는 않다. 소년처럼 살아온 세월이 길었던 탓에 보통 여인들과 달리 이성에 대한 감정에 서툴러서 당장 어떻게 해야 할지 몰라 당황하지만, 좋아하는 마음은 숨길 수가 없다. 소혜는 이제 문수와 헤어지지 않고 계속 함께할 수 있다는 생각에 행복한 기분을 느낀다.

길동과 우치는 마을을 벗어나고 있다.

"넌 이 나라 떠나도 괜찮아? 아버지, 어머니는? 집에 안 가 봐도 돼?"

우치가 길동에게 묻자, 길동이 담담하게 대답한다.

"얼마 전에 다녀왔어. 아버지는 내가 전쟁에 참가한 것도 알고 계시더라. 칭찬도 듣고, 처음 아버지라 불러도 보고, 한을 풀었지. 나라에서 상도 내려 주셔서 가문의 영광이라고 아버지가 기뻐하시더라. 서자로 태어나 출세 못 한 게 한이었는데, 그것보다 이름 없는 영웅으로 사는 것도 보람 있고 멋진 것 같아."

우치가 말없이 길동을 바라보자, 길동이 우치의 어깨를 툭 치면서 유쾌한 목소리로 말한다.

"솔직히 말하면 이 좁은 아국에 있기엔 내 능력이 아깝잖아. 더 넓은 세상으로 가야 하지 않겠어? 내 힘과 능력이 필요한 그곳, 그 땅으로 말이야. 거기가 내가 가야 할 곳이고 있어야 할 곳이니까."

길동이 흘깃 우치를 보더니 말을 이어 간다.

"그런 넌? 그림 잘 팔리더만, 이 땅을 떠나도 되는 거야?"

"그림이야 어디든 가서 그릴 수 있는데, 뭘. 내 솜씨는 어딜 가도 인정받을 테니까.

사실 내가 세상과 이 나라에 대해 부정적이었잖아. 그런데 스승님 덕분에 이 땅에 태어난 이유도 깨닫고, 무엇보다 내가 할 수 있는 능력으로 누군가를 도울 수 있다는 게 좋더라. 누가 뭐라든 신분이 어떻든 나만의 가치가 있는 것이고, '나'라는 존재는 유일무이한 소중한 존재잖아. 다른 사람들도 그렇고. 그러니 내가 가진 능력으로 소중한 사람들을 지키고 돕는 일은 나 자신을 행복하게 만드는 길인 것도 같아."

우치가 어깨를 으쓱하더니 순간 눈빛을 빛내며 진지하게 말한다.

"그리고 남쪽 나라엔 아름다운 여인들이 많다던데? 아름다움을 찾아가는 건 나의 최고의 행복이니까. 빨리 가자고!"

길동은 어이없어하며 한참을 웃다가 우치의 어깨에 손을 올린다. 두 사람은 나란히 어깨동무하고 걸어가기 시작한다.

두 사람 앞에는 끝없는 길이 이어져 있고, 매 한 마리가 머리 위에서 원을 그리고 있다.

문수와 소혜는 아름다운 가을꽃이 가득한 들판을 걷고 있다.

"길동과 우치는 지금쯤 남쪽 나라로 가고 있겠지? 다시 볼 수 있으려나…"

그때 그들의 머리 위로 매가 나타난다.

두 사람은 매를 올려다보며 손을 흔든다. 매가 잠시 그들을 내려다보다가 푸른 하늘을 향해 높이 날아오른다. 눈앞에 끝없이 푸른 하늘이 펼쳐진다. 구름 한 점 없는 쪽빛 가을 하늘이다.

황 금 빛   미 래

ⓒ 이태희, 2025

초판 1쇄 발행 2025년 7월 15일

지은이   이태희
펴낸이   이기봉
편집   좋은땅 편집팀
펴낸곳   도서출판 좋은땅
주소   서울특별시 마포구 양화로12길 26 지월드빌딩 (서교동 395-7)
전화   02)374-8616~7
팩스   02)374-8614
이메일   gworldbook@naver.com
홈페이지 www.g-world.co.kr

ISBN   979-11-388-4477-2 (03230)

- 가격은 뒤표지에 있습니다.
- 이 책은 저작권법에 의하여 보호를 받는 저작물이므로 무단 전재와 복제를 금합니다.
- 파본은 구입하신 서점에서 교환해 드립니다.